FANTASY

R. A. Salvatore wurde 1959 in Massachusetts geboren, wo er mit seiner Frau und seinen drei Kindern lebt. Bereits sein erster Roman »Der gesprungene Kristall« machte ihn bekannt und legte den Grundstein zu seiner weltweit beliebten Reihe von Romanen um den Dunkelelf »Drizzt Do'Urden«.

Von R. A. Salvatore bereits erschienen:

Von der Dämonendämmerung

DÄMONENDÄMMERUNG: 1. **Nachtvogel** (24892), 2. **Juwelen des Himmels** (24893), 3. **Das verwunschene Tal** (24905), 4. **Straße der Schatten** (24906), 5. **Der steinerne Arm** (24936), 6. **Abtei im Zwielicht** (24937), 7. **Der ewige Fluch** (24988), 8. **Das brennende Herz** (24989)

Aus den Vergessenen Welten

DIE VERGESSENEN WELTEN 1–6: 1. **Der gesprungene Kristall** (24549), 2. **Die verschlungenen Pfade** (24550), 3. **Die silbernen Ströme** (24551), 4. **Das Tal der Dunkelheit** (24552), 5. **Der magische Stein** (24553), 6. **Der ewige Traum** (24554)

DIE SAGA VOM DUNKELELF: 1. **Der dritte Sohn** (24562), 2. **Im Reich der Spinne** (24564), 3. **Der Wächter im Dunkel** (24565), 4. **Im Zeichen des Panthers** (24566), 5. **In Acht und Bann** (24567), 6. **Der Hüter des Waldes** (24568)

DAS LIED VON DENEIR: 1. **Das Elixier der Wünsche** (24703), 2. **Die Schatten von Shilmista** (24704), 3. **Die Masken der Nacht** (24705), 4. **Die Festung des Zwielichts** (24735), 5. **Der Fluch des Alchimisten** (24736)

DIE VERGESSENEN WELTEN, WEITERE BÄNDE: 1. **Das Vermächtnis** (24663) [= 7. Band], 2. **Nacht ohne Sterne** (24664) [= 8. Band], 3. **Brüder des Dunkels** (24706) [= 9. Band], 4. **Die Küste der Schwerter** (24741) [= 10. Band], 5. **Kristall der Finsternis** (24931) [=11. Band], 6. **Schattenzeit** (24973) [= 12. Band]

Aus der Drachenwelt

DRACHENWELT: 1. **Der Speer des Kriegers** (24652), 2. **Der Dolch des Drachen** (24653), 3. **Die Rückkehr des Drachenjägers** (24654)

Weitere Bände sind in Vorbereitung.

FANTASY

R. A. Salvatore

Das brennende Herz

Dämonendämmerung 8

Ins Deutsche übertragen
von Joannis Stefanidis

BLANVALET

Die amerikanische Originalausgabe erschien
unter dem Titel »Mortalis« (Parts 3 + 4)
bei Del Rey/Ballantine Books, New York

Umwelthinweis:
Alle bedruckten Materialien dieses Taschenbuches
sind chlorfrei und umweltschonend.
Das Papier enthält Recycling-Anteile.

Blanvalet Taschenbücher erscheinen im Goldmann Verlag,
einem Unternehmen der Verlagsgruppe Random House GmbH.

Deutsche Erstveröffentlichung 8/2001

Umschlaggestaltung: Design Team München
Umschlagillustration: Agt. Schlück/Krasny
Satz: deutsch-türkischer fotosatz, Berlin
Druck: Elsnerdruck, Berlin
Verlagsnummer: 24989
Redaktion: Alexander Groß
V. B. · Herstellung: Peter Papenbrok
Printed in Germany
ISBN 3-442-24989-9
www.blanvalet-verlag.de

1 3 5 7 9 10 8 6 4 2

Dieses Buch ist für Gary.
Es gibt keinen anderen.

Barbakan
Berg Aida
ALPINADOR
2
1
Waldlande
3
Moorlande
Andur'Blough
Inninness (Nebeltal)
4
5
Wilderlande
6
Masur Delaval
7
19
8
9
KÖNIGREICH DES BÄREN
10
Großer Gürtel
14
11
13
12
Mantis Arm
BEHREN
Katzenbucht

1 Weedy Meadow
2 Dundalis
3 Weltenend
4 Landsdown
5 Caer Tinella
6 Palmaris
7 Amvoy
8 Dusberry
9 Ursal
10 Youmaneff
11 Entel
12 Freeport
13 Jacintha
14 St. Gwendolyn
15 Macomber
16 Tinson
17 Pireth Tulme
18 Pireth Vanguard
19 St. Mere-Abelle
JULIANTHEN
(Wetterinseln)
18
Pireth Dancard
Allerheiligen-Bucht
Golf von Korona
MIRIANISCHER OZEAN
17
16
5
Zerschmetterte
Küste
N

Teil Eins

Die ruhigen Jahre

Ich frage mich, wo liegt das rechte Maß zwischen dem Gemeinwohl und dem Wohl des Einzelnen? Wann wird die Durchsetzung der eigenen Bedürfnisse zur bloßen Selbstsucht?

Diese Fragen verfolgten mich nach Dundalis und beschäftigen mich auch hier jeden Tag. So große Hoffnungen wurden in mich gesetzt, so viele Menschen glauben noch heute, dass ich auf irgendeine magische Weise die Kraft besitze, ihre Welt zu verbessern. Würde ich diesen Kampf für sie austragen, würde ich, wie ich glaube, nicht nur wenig erreichen, sondern ich würde meine eigene Zerstörung fortführen, die der Schurke Markwart in St. Mere-Abelles Kerker begann, als er dort meine Pflegeeltern zugrunde gehen ließ, und die er fortsetzte, indem er mir auf dem Feld vor Palmaris mein ungeborenes Kind und bei dem anschließenden Entscheidungskampf in Chasewind Manor meinen geliebten Mann raubte. Dass diese Zerstörung meiner selbst bis zum bitteren Ende weitergehen würde, war meine große Angst, die mich aus Palmaris vertrieb und an einen ruhigeren Ort gehen ließ.

Aber wäre es möglich, dass ich mich getäuscht habe? Wäre es möglich, dass ich tatsächlich eine lebenswertere Welt hätte erschaffen können für all die unschuldigen Menschen dort draußen? Welche Verantwortung, welche Pflichten lasten auf mir?

Seit ich eines Morgens Elbryan beim Üben des Bi'nelle dasada *zusah, wollte ich den Schwerttanz und all die anderen Dinge lernen, die die Touel'alfar ihm beigebracht hatten. Ich wollte ein Hüter werden, so wie er. Rückblickend muss ich mich jedoch fragen, ob ich die dazu nötige Selbstlosigkeit besitze. Ich lernte den Schwerttanz und erreichte darin einen Grad der Meisterschaft, der ausreichte, um Elbryan ein halbwegs ebenbürtiger Gegner zu sein, aber die übrigen Eigenschaften eines Hüters kann man, wie ich fürchte, nicht erlernen. Sie müssen von vornherein Teil des Herzens und der Seele sein, und darin liegt, denke ich, mein Versagen. Elbryan – nein, nicht Elbryan, der Nachtvogel – eilte mir bei meinem Kampf gegen Markwart zu Hilfe, obwohl er bereits verwundet war und wusste, dass sein Eingreifen ihn vermutlich das Leben kosten würde. Und trotzdem tat er es, weil er ein Hüter war und weil er wusste, wie wichtig es war, die Welt von dem Dämon zu erlösen, von dem der ehrwürdige Vater der abellikanischen Kirche besessen war. Er wusste, dass dies bedeutsamer war als sein eigenes Wohlergehen.*

Auch ich kämpfte mit all meiner Stärke gegen Markwart, aber mein damaliges Motiv war nicht die Sorge um die Welt, sondern simple Wut und der Glaube, dass der Dämon mir ohnehin bereits alles genommen hatte. Wäre ich ebenso eifrig in diesen letzten Kampf gezogen, wenn ich gewusst hätte, dass er mich das Einzige kosten würde, was mir noch geblieben war? Wenn ich gewusst hätte, dass ich meinen geliebten Elbryan verlieren würde?

Ich bezweifle es.

Und nun, mit all diesen bohrenden Fragen im Kopf, bin ich in die Waldlande heimgekehrt, um meinen Seelenfrieden wie derzufinden. Aber ich fürchte, dass sich dies lediglich als ein weiteres dieser verdrehten, grausamen Paradoxe des Lebens herausstellen könnte. Ich bin dabei, zu mir selbst zurückzufinden – ich spüre es deutlich –, aber was erwartet mich, wenn ich schließlich von tiefem innerem Frieden beseelt bin? Wird dann alles bedeutungslos erscheinen? Wird mein Frieden mich gleichgültig machen?

Aber was wäre die andere Option? Ein Mensch, der sich allein für das Wohlergehen der Welt einsetzt, wird feststellen, dass er einem unerreichbaren Ziel nachjagt. Auf die eine oder andere Art wird es immer Unbill geben. Ein Tyrann, ein Krieg, ein despotischer Landbesitzer, ein Dieb in einer dunklen Gasse, ein fehlgeleiteter ehrwürdiger Vater. In diesem Dasein gibt es kein Paradies für so vielschichtige Wesen wie uns Menschen. Es gibt keine perfekte Welt, in der nicht die eine oder andere Form von Missgunst und gewaltsamen Auseinandersetzungen existiert.

Das weiß ich jetzt, oder zumindest befürchte ich, dass es so ist. Und diese Erkenntnis schuf in mir ein Gefühl der Vergeblichkeit, so als würde man eine steile, morastige Anhöhe hochstürmen, nur um immer wieder an derselben Stelle abzurutschen.

Wird der neue ehrwürdige Vater ein besserer sein als sein Vorgänger? Wahrscheinlich, denn die Kirchenoberen werden versuchen, für das Amt einen Mann mit besseren charakterlichen Eigenschaften zu finden. Aber was ist mit dem übernächsten ehrwürdigen Vater und dem danach? Ich fürchte, dass es früher oder später wieder einen Mann wie Markwart geben wird. Wie kann ich da anders empfinden, als alle bisherigen Opfer als sinnlos zu erachten?

Und wie kann ich unter diesen Umständen Elbryans selbstlosen Tod billigen?

Und nun bin ich also hier im stillen, verschneiten Dundalis, während die Welt dem Jahre des Herrn 828 entgegenstrebt. Wie sehr ich doch die gute alte Zeit herbeisehne, als Elbryan und ich unbeschwert in den Tag hineinlebten und wir nichts wussten von Goblins und Dämonen und Männern wie Vater Dalebert Markwart!

Das vermutlich Entscheidende, was mir im Laufe der Jahre gestohlen wurde, war meine Naivität. Ich blicke auf die Welt und sehe, wie sie wirklich ist, sehe ihre hässlichen, grausamen Seiten.

Und die Gräber ihrer verblichenen Helden.

Jilseponie Wyndon

1. Ein Ass im Ärmel

Der Schnee lag knöchelhoch, und von Norden blies ein bitterkalter Wind, aber Abt Braumins Schritte waren trotzdem federnd und beschwingt, als er auf die Eingangstore von Chasewind Manor zuging.

Die Wachen ließen ihn eine Ewigkeit warten und boten ihm weder Unterschlupf in ihrem kleinen Wachhäuschen an, noch brachten sie ihm einen Becher ihres dampfenden Tees heraus. Nein, sie beäugten ihn bloß, mit Blicken, die genauso eisig waren wie der Nordwind. Trotz seiner guten Laune musste Abt Braumin sich fragen, ob er jemals den Schaden würde reparieren können, den Herzog Kalas der Beziehung zwischen Kirche und Krone in Palmaris zugefügt hatte.

Kurz darauf durfte der Abt endlich das Haupthaus betreten, wo man ihn abermals – fast zwei Stunden – warten ließ. Braumin nahm es mit Gelassenheit, pfiff leise vor sich hin, sang alte Kirchenlieder und überredete sogar einen vorbeikommenden Diener, sich von ihm die Beichte abnehmen zu lassen.

Die Beichte – ein in Herzog Targon Bree Kalas' Residenz sicherlich nicht gern gesehener Akt – wurde nach wenigen Augenblicken von Kalas' Sekretär unterbrochen, der den Abt bat, ihm zum Herzog zu folgen.

»Welch einen wunderschönen Morgen der Herrgott uns heute geschenkt hat, Herzog Kalas«, sagte Braumin fröhlich, als er das Audienzzimmer des Mannes betrat.

Kalas schaute hinter seinem riesigen Eichenschreibtisch auf, seine Miene eine Maske des Argwohns.

Braumin musterte sein Gegenüber. Es war in der Stadt kein Geheimnis, dass der Herzog in letzter Zeit besonders schlecht gelaunt war, und Braumin glaubte zu wissen, woher diese Unzufriedenheit rührte. Die meisten Adligen aus Ursal verbrachten den Winter in Entel oder am Drachensee, wo es einen beliebten Winterpalast gab, während er ohne Freunde oder Bekannte hier oben im verschneiten Palmaris ausharren musste.

Selbst einige der unerschütterlichen Allheart-Ritter zeigten die ersten Anzeichen von Unzufriedenheit und Heimweh.

»Es ist Morgen, das ist richtig«, erwiderte Kalas mürrisch, legte einige Papiere zur Seite und hätte fast sein Tintenfass umgestoßen, »aber was daran wunderschön sein soll, will mir nicht in den Kopf.«

»Nun, ich finde die weiße Pracht dort draußen einfach himmlisch«, sagte Braumin. Sein Tonfall war fast schon euphorisch.

»Eure Ansichten interessieren mich nicht«, zischte Herzog Kalas, die Augen zu schmalen Schlitzen zusammengekniffen.

»Nun, dann interessiert Euch vielleicht das«, entgegnete Braumin unverdrossen und warf eine Schriftrolle auf Kalas' Schreibtisch.

Noch immer argwöhnisch blickend, nahm der Herzog die Schriftrolle und streifte das Seidenband ab. Er rollte sie auf und begann zu lesen. Als er fertig war, ließ er das Schriftstück auf den Schreibtisch fallen, straffte die Schultern und schob die Finger ineinander. »Eine Avelyn Desbris gewidmete Kapelle?«, fragte er.

»In Caer Tinella«, sagte Abt Braumin freudestrahlend, »mit Billigung des neuen ehrwürdigen Vaters – und der ist bekanntermaßen ein Freund des Bruders Eures Königs.«

Kalas, der von Prinz Midalis' enger Beziehung zur abellikanischen Kirche in Vanguard wusste, zeigte keine Regung. »Wie gefestigt ist Eure Kirche eigentlich, Abt Braumin?«, fragte er. »Erst erklärt Ihr Avelyn zum Ketzer und nun zum Heiligen. Schwankt Ihr dermaßen zwischen Gut und Böse? Verehrt

Ihr erst Gott und am nächsten Tag einen Dämon? Oder ist es vielleicht ein und dasselbe für Euch?«

»Eure Blasphemie kann mich weder schockieren, Herzog Kalas«, entgegnete Braumin, »noch kann sie mich beeindrucken.«

»Wenn Ihr glaubt, dass ich Euch oder Eure Kirche beeindrucken möchte, kennt Ihr mich wirklich schlecht«, sagte Kalas selbstzufrieden.

Abt Braumin verneigte sich knapp und ging auf diesen – durchaus bestreitbaren – Punkt nicht näher ein, denn er wollte keine weiteren Unstimmigkeiten aufkommen lassen.

»Caer Tinella gehört nicht zu meinem Gerichtsbezirk«, fuhr der Herzog fort. »Ihr solltet Euer Schreiben Herzog Tetrafel aus den Wilderlanden vorlegen.«

»Ich brauche keine Erlaubnis der Krone oder eines ihrer Repräsentanten, um in Caer Tinella mit dem Bau von Avelyns Kapelle zu beginnen«, erwiderte Abt Braumin.

»Warum seid Ihr dann hier?«, fragte Kalas barsch. »Wollt Ihr mich verhöhnen, indem Ihr mir demonstriert, wie sehr Eure Kirche expandiert? Oder wollt Ihr mich vielleicht überzeugen, dass Eure Glaubenslehre – ich glaube, Ihr nennt sie ›das Licht Avelyns‹ – die einzig richtige ist und dass Markwart und all das Böse, das er bewirkte, nur ein Fehltritt Eurer Kirche war, der nun korrigiert wird?«

»Ich unterrichte Euch nur aus reiner Höflichkeit über den Bau der Kapelle in Caer Tinella«, antwortete Abt Braumin. »Ich werde dafür und für die Erweiterung von St. Precious Handwerker aus Palmaris einsetzen.«

Kalas nickte, offenbar gelangweilt. Es dauerte einen Augenblick, bis die Worte vollends zu ihm durchgedrungen waren. Er warf Braumin einen drohenden Blick zu. »Die Erweiterung von St. Precious wurde bereits abgelehnt«, sagte er.

»Nur weil sie einmal abgelehnt wurde, muss es nicht für alle Zeiten so bleiben«, erwiderte Braumin.

Kalas starrte ihn entgeistert an.

»Ich besitze neue Informationen«, sagte der Abt.

»Ihr habt einen Weg gefunden, das Gesetz zu umgehen?«, fragte Herzog Kalas argwöhnisch.

»Darüber sollt Ihr befinden«, entgegnete Braumin gleichmütig. »Bruder Dellman berichtete mir von einer höchst ungewöhnlichen Begegnung oben in Vanguard, von einem Gefecht gegen eine Pauri-Bande.«

»Das ist doch nichts Ugewöhnliches in diesen unruhigen Zeiten«, entgegnete Kalas und warf einen raschen Blick auf die einzige Wache im Raum, einen Allheart-Ritter, der an der Seite des riesigen Schreibtisches stand.

Abt Braumin beobachtete den Herzog aufmerksam, suchte nach verräterischen Hinweisen in Kalas' Verhalten. »Die Pauris hatten offenbar Schwierigkeiten mit ihrem Schiff.«

»Ein Tonnen-Boot?«

Nun war Abt Braumin derjenige, der rasch zu dem Allheart hinüberblickte und danach den Herzog fragend ansah.

Kalas verstand den Wink. »Lass uns allein«, sagte er zu dem Ritter. Der Mann sah ihn erstaunt an, aber dann salutierte er und ging.

»Nein, es war ein Schiff aus Palmaris«, antwortete Braumin, sobald die Tür geschlossen wurde. Dann machte er eine Pause und ließ die beunruhigende Information einen Moment lang unkommentiert im Raum stehen. Kalas rutschte unbehaglich auf seinem Stuhl herum, und Braumin stellte sich den inneren Kampf vor, den der Mann in diesem Moment mit sich austrug. Sollte er so tun, als wüsste er von nichts? Oder sollte er sich schnell irgendeine abstruse Erklärung ausdenken?

Der Herzog faltete die Hände, lehnte sich aber nicht auf seinem Stuhl zurück, was Braumin verriet, dass seine Worte den Mann verunsichert oder ihm sogar Angst eingejagt hatten.

»Eine eigenartige Geschichte«, fuhr Braumin in beiläufigem

Tonfall fort. »Bruder Dellman ist überzeugt, einen oder zwei der Pauris erkannt zu haben.«

»Die sehen doch alle gleich aus«, entgegnete Herzog Kalas mürrisch.

»Aber einige haben besondere Merkmale wie Narben oder auffällige Kleidung«, bemerkte Abt Braumin.

Herzog Kalas saß regungslos da, ins Leere starrend und angestrengt nachdenkend. Braumin wusste jetzt, dass er den Mann bei einer Lüge ertappt hatte und dass Bruder Dellmans Annahme über den Herkunftsort der Pauris in Vanguard richtig gewesen war. Zudem schloss Braumin aus der Reaktion des Herzogs, dass die Pauri-Bande nicht ohne fremde Hilfe aus Palmaris geflohen war. Ja, Kalas hatte ein Geheimnis, ein düsteres Geheimnis.

»Und wo glaubt Euer Bruder Dellman diese Pauris schon einmal gesehen zu haben?«, fragte Kalas in scheinbar unbesorgtem Ton, obwohl sein erneutes Herumrutschen auf dem Stuhl seine Nervosität verriet.

»Noch ist er seiner Sache nicht ganz sicher«, antwortete Abt Braumin, das Wort »noch« betonend. »Er denkt da an einen nebligen, verregneten Morgen ...« Er hielt inne und ließ den Vorwurf unausgesprochen im Raum stehen.

Plötzlich erhob sich der Herzog. »Was für ein Spiel treibt Ihr?«, fragte er und ging zu der Anrichte neben seinem Schreibtisch, über der, wie Braumin sah, ein großes Schwert an der Wand hing. Der Herzog schenkte sich einen Brandy ein und bot auch Braumin ein Glas Van, aber der Abt schüttelte den Kopf.

Der Herzog schwenkte die Flüssigkeit in dem Glas einige Male herum, dann, halb auf der hüfthohen Anrichte sitzend, hob er langsam den Blick. Seine Miene war wieder gelassen.

»Wenn Ihr mir etwas zu sagen habt, dann sprecht es offen aus«, forderte er den Abt auf.

»Ich bezweifle, dass ich Euch noch viel zu sagen haben werde«, erwiderte Braumin. »Ich werde zu beschäftigt sein mit dem Bau von Avelyns Kapelle in Caer Tinella und der Erweiterung von St. Precious.«

Es war heraus, kurz und trocken.

Der Herzog saß eine Weile reglos da und verdaute das Gehörte, hin und wieder an seinem Brandy nippend; dann stürzte er die Flüssigkeit plötzlich in einem Zug hinunter. Er schleuderte das Glas gegen die Wand und sprang so ruckartig auf, dass die massive Anrichte einige Zoll nach hinten rutschte.

»Kennt Ihr das Wort ›Erpressung‹?«, fragte er.

»Kennt Ihr das Wort ›Politik‹?«, konterte Braumin.

Kalas langte hinter sich, nahm das Schwert von der Wand und richtete die Klinge auf Braumin. »Vielleicht wird eine persönliche Begegnung mit Eurem Gott Euch den Unterschied zwischen den beiden Begriffen lehren«, drohte er. Aber dann schaute er plötzlich verblüfft, als Braumin den Arm ausstreckte, die Hand öffnete und ihm den dunklen, vor magischer Kraft leise summenden Graphit zeigte.

»Wollen wir sehen, wen von uns beiden Gott heute zu sich holt, um ihm eine Lektion zu erteilen?«, fragte Braumin mit einem selbstbewussten Lächeln, obwohl er in Wahrheit ein unangenehmes Kribbeln im Bauch spürte. Braumin Herde war nie ein Krieger gewesen und hatte wenig Erfahrung im Gebrauch der magischen Steine. Er konnte mit dem Graphit einen kleinen Blitz werfen, aber er bezweifelte, damit mehr zu bewirken, als den erzürnten Kalas einige Augenblicke aufzuhalten und vielleicht die gelockten Haare des Mannes ein wenig zu glätten.

Trotzdem war Braumin von dieser plötzlichen Wendung keineswegs überrascht. Seine unausgesprochene Anschuldigung gegen Kalas war schließlich keine Lappalie!

Deswegen hatte er sich auf diesen Moment sorgfältig vorbereitet und war nun – trotz seiner Furcht – zu allem bereit.

»Ihr treibt ein gefährliches Spiel, Abt Braumin.«

»Ach was, Herzog Kalas«, entgegnete Braumin. »Wir beide wenden nur jedes Mittel an, um die Sache voranzubringen, an die wir glauben. Und zu diesen Mitteln gehört eben auch die Enthüllung eines düsteren Geheimnisses über eine eigenartige Schlacht an einem nebelverhangenen Morgen.«

»Und welche Sache wollt Ihr voranbringen?«, fragte Kalas hilflos.

»Die Erweiterung von St. Precious«, antwortete der Mönch. Er nahm die Hand mit dem Stein herunter, als Kalas das Schwert senkte.

»Das ist alles?«

»Das ist alles.« Braumin Herde fügte nicht hinzu: »Für den Augenblick«, aber er las von Kalas' sorgenvoller Miene ab, dass der Herzog sich über die fortdauernden Konsequenzen seiner Tat vollauf im Klaren war. Abt Braumin besaß nun ein Henkersschwert, das über Herzog Targon Bree Kalas' Haupt schwebte, und Kalas' Unvermögen, die Anschuldigungen zu entkräften, war für Braumin Beweis genug, dass das, was Dellman vermutete, der Wahrheit entsprach: Herzog Kalas, der vermutlich engste Berater von König Danube Brock Ursal, hatte die Pauris benutzt, um in Palmaris die Macht der Krone zu stärken.

Als Abt Braumin kurz darauf Chasewind Manor verließ, waren – zu seiner Überraschung – seine Schritte längst nicht so beschwingt wie auf dem Hinweg, obwohl er die schriftliche Genehmigung für die Erweiterung von St. Precious unter dem Arm trug. Nein, es war Abt Braumin äußerst unangenehm, den Herzog dermaßen unter Druck gesetzt zu haben, und er betete dafür, dies niemals wiederholen zu müssen.

Aber wenn es sein musste, würde er es wieder tun, sagte sich der Abt. Er hatte in seinem Leben eine Mission zu erfüllen, und er schwor auf Meister Jojonahs Seele – auf die Seele seines Mentors, seines besten Freundes –, dass er seinen Kampf für eine bessere Welt fortsetzen würde.

»Lady Pemblebury betritt das Gebäude«, kündigte der Saaldiener an.

Abt Je'howith verzog das Gesicht, König Danube hingegen lächelte erfreut.

»Ihr habt Euch noch nicht offiziell zu ihrem in Kürze zur Welt kommenden Kind bekannt«, rief Je'howith ihm ins Gedächtnis. »Man munkelt zwar, dass es von Euch sei, aber es wurde noch nicht offiziell bekannt gegeben, und auch der Status des Kindes wurde noch nicht festgelegt.«

»Dass ich mich um diese Dinge kümmern muss, ist mir völlig neu«, entgegnete Danube sarkastisch, denn schließlich war er der König, und sein Wort, wie immer es ausfallen mochte, war Gesetz im Bärenreich.

»Ich frage mich, was Euer Bruder davon halten wird, wenn er von den Gerüchten hört«, sagte Je'howith, und dies stimmte Danube etwas nachdenklich. »Der neue ehrwürdige Vater stammt aus Vanguard und ist mit Midalis befreundet. Vermutlich wird die Region enger an das Königreich angebunden werden, jetzt, wo Agronguerre der Kirche vorsteht.«

»Und die Mitglieder Eurer Kirche zeichnen sich vermutlich nicht gerade durch besondere Diskretion aus«, bemerkte Danube.

»Der einzige Ordensbruder, der vom Äbtekollegium aus nach Vanguard reiste, war der junge Dellman, und mit dem habe ich nichts zu schaffen, das versichere ich Euch«, erwiderte Je'howith. »Falls Bruder Dellman tatsächlich herumposaunt, dass Ihr der Vater von Constances Kind seid, muss er es von jemand anderem erfahren haben.«

»*Der* Dellman aus Palmaris?«, fragte Danube, denn er erinnerte sich noch gut an die Gefangennahme von Braumin Herde und seiner kleinen Gefolgschaft.

Je'howith nickte.

»Derselbe Dellman, der mit Jilseponie befreundet ist?«, fragte König Danube.

Abt Je'howith hob eine Braue, überrascht über die Frage und den Ton, in dem Danube den Namen der Frau aussprach. Offenbar brannte in Danube noch immer das Liebesfeuer, das Je'howith und andere in seinen Augen hatten lodern sehen, als sie in Palmaris gewesen waren. Der im siebten Monat schwangeren Constance würde das bestimmt nicht gefallen.

Constance Pemblebury kam in den Saal, mehr watschelnd als laufend, eine Hand im schmerzenden Rücken. Doch ihr Gesichtsausdruck war nicht der einer leidenden Frau, sondern einer, die ihrer nahenden Mutterschaft mit Freuden entgegensah.

König Danube eilte sogleich zu ihr, schob ihren Diener beiseite, nahm sie am Arm und führte sie zur einzigen Sitzgelegenheit im Audienzsaal: zum Thron.

Wie ironisch, dachte der alte Je'howith.

»Euch ist hoffentlich klar, mein König«, sagte Je'howith mit einem schiefen Grinsen, »dass die Kirche die Nase darüber rümpfen wird, dass Ihr ein uneheliches Kind gezeugt habt.«

König Danube wandte sich erbost zu dem alten Abt um, aber Constance lachte nur. »Unerhört. So etwas gab es ja noch nie!«, sagte sie ironisch, dann stöhnte sie plötzlich schmerzerfüllt auf.

Danube wandte sich sofort zu ihr um, tastete ihren dicken Bauch ab und fühlte ihre Stirn. »Geht es dir gut?«, fragte er.

Je'howith beobachtete den Mann, seine Gestik, seinen Tonfall. Danube war ihr gegenüber äußerst zuvorkommend, aber liebevoll war sein Verhalten nicht. Ihm lag etwas an Constance, aber in diesem Moment wurde Abt Je'howith endgültig klar, dass Danube die Frau niemals heiraten würde, zumindest nicht, solange ihm Bilder der schönen Jilseponie im Kopf herumspukten.

Constance versicherte ihm, dass sie sich recht gut fühle, und Je'howith bekräftigte dies, indem er den besorgt dreinblickenden Danube von ihr wegführte. »Es sind noch zwei Monate bis zur Niederkunft«, erinnerte der alte Abt den König.

»Und dann kommt unser gemeinsames Kind zur Welt«, sagte Constance glücklich.

»Mein Sohn«, pflichtete Danube ihr bei, worauf sich ein strahlendes Lächeln auf ihre Züge legte.

Danube so stolzerfüllt über das Kind reden zu hören machte Constance nur noch größere Hoffnungen, fand Je'howith. Und was sollte aus diesen Hoffnungen werden?, fragte sich der Kirchenmann. Welchen Kurs würde König Danube wählen, wenn sein Sohn erst geboren war? Würde er, wie besprochen, den Thronfolge-Ausschluss erlassen, oder würde ihn die Geburt des Kindes so überwältigen, dass er es formell anerkannte?

Prinz Midalis wäre sicherlich begeistert!

Je'howith konnte sich ein leises Kichern nicht verkneifen, aber als Danube und Constance zu ihm hinüberschauten, schüttelte er bloß den Kopf und winkte ab. In Wahrheit war es dem alten Abt relativ gleichgültig, wie der König mit dem Kind verfuhr. Wenn er dem Kind die Geburtsrechte nicht verwehrte, würde es im Königreich zu einer schwierigen und mit viel Unruhe verbundenen Übergangsphase kommen, aber damit würde der bis dahin vermutlich verstorbene Je'howith nichts mehr zu tun haben. Und falls König Danube das Kind tatsächlich formell anerkannte und Constance an seiner Seite behielt, wäre es zumindest äußerst unwahrscheinlich, dass Jilseponie jemals einen Platz an Ursals Hof bekommen würde.

So oder so, richtig interessant würde die Situation erst in zwei Monaten werden.

Abt Je'howith musste sich Mühe geben, nicht von neuem loszukichern.

Abt Braumin freute sich über den Besucher in St. Precious. Er war ein Mann in Braumins Alter, von schlankem, aber robustem Körperbau, und hatte wachsame dunkle Augen, die jedes Detail in dem Raum aufzusaugen schienen. Es war offenkundig, dass er ein zu ständiger Wachsamkeit erzogener Soldat war.

Es hatte weitere schwere Schneefälle gegeben, aber Abt Braumin hatte gehört, dass Herzog Kalas Palmaris dennoch verlassen hatte, um einen Abstecher nach Ursal zu unternehmen. Und nun das, die Rückkehr eines alten Freundes, mit dem Braumin Herde einige der gefahrvollsten Momente seines Lebens verbracht hatte. Ja, das Jahr würde einen guten Anfang haben.

»Shamus Kilronney«, begrüßte der Abt ihn warmherzig. »Ich hörte, Ihr hättet Euren Posten bei den Kingsmen aufgegeben und wärt in den Süden gegangen.«

»Nicht weit in den Süden, mein Freund, Bruder – ich meine, Abt – Braumin«, erwiderte Shamus Kilronney. Er sah sich bewundernd in Braumins Arbeitszimmer um. »Ihr seid sehr mutig gewesen und habt Euren neuen Titel wahrlich verdient.«

Braumin nickte und lächelte dankbar. Shamus hatte ihn bei seiner Reise in den Barbakan begleitet, wo sie von Goblins angegriffen und eingekesselt worden waren. Shamus Kilronney hatte sich als stolzer und tapferer Soldat erwiesen und unerschrocken seinem nahenden Tod ins Auge gesehen, bis auf wundersame Weise Avelyns versteinerter Arm mit magischen Schwingungen die Goblin-Horde vernichtet hatte.

Und Shamus war auch an Braumins Seite gewesen, als König Danubes und Vater Markwarts Streitkräfte aufgetaucht waren und die kleine Schar gefangen genommen hatten.

Eigentlich kannten sich die beiden Männer kaum, und doch hatten sie aufgrund der gemeinsam durchgestandenen Prüfungen eine tiefe Freundschaft geknüpft.

»Die Region versinkt im Schnee«, sagte Abt Braumin. »Warum besucht Shamus Kilronney uns zu einem so ungünstigen Zeitpunkt?«

»Herzog Kalas setzte für die Zeit, die er am Hof in Ursal ist, einen Allheart namens Mowin Satyr als seinen Stellvertreter ein«, erklärte Shamus. »Satyr ist ein alter Freund von mir, und er wusste, dass ich Familie in Palmaris habe. Deswegen bat er mich zu kommen und ihm ein wenig zur Hand zu gehen.«

»Und wo steckt Colleen?«

»Sie ist im Norden, in Caer Tinella«, antwortete Shamus.

»Nun, ich freue mich über Eure Rückkehr«, sagte Abt Braumin. »Ihr solltet wissen, dass seit den Ereignissen in Chasewind Manor die Beziehung zwischen Kirche und Krone in Palmaris nicht die beste ist.«

»Herzog Kalas war nie ein großer Freund der Kirche«, erwiderte Shamus, »zumindest nicht seit Königin Vivian erkrankte und starb, weil die Ordensbrüder in Ursal ihr nicht helfen konnten. Ich glaube, Ihr werdet Mowin Satyr wesentlich angenehmer finden.«

»Leider bleibt er nicht lange im Amt.«

»Es könnte schon eine Weile dauern«, erklärte Shamus. »Deswegen wollte ich Euch aufsuchen. Herzog Kalas behauptete, er sei nach Ursal gerufen worden, aber in Chasewind Manor weiß niemand davon. Und laut Mowin Satyr kündigte Kalas nicht an, in näherer Zukunft zurückzukehren. Vielleicht bleibt er ja in Ursal.«

Abt Braumin konnte nicht anders, als zu lächeln und den Kopf zu schütteln. Er konnte nicht glauben, wie effektiv sein kleines Manöver gewesen war, eine weitere Bestätigung, dass Kalas mit den Pauris tatsächlich unter einer Decke gesteckt hatte. Er schenkte zwei Gläser Wein ein und reichte Shamus eines.

»Auf bessere Beziehungen zwischen Kirche und Krone«, sagte Braumin mit erhobenem Glas und stieß mit Shamus an.

»Ich frage mich«, sagte Braumin gleich darauf, »ob Ihr mir vielleicht einen kleinen Gefallen tun könntet?«

»Sicher, warum nicht«, erwiderte Shamus.

»Fragt Euren Freund, Mowin Satyr, nach einer Schlacht, die auf dem westlichen Feld ausgetragen wurde, kurz bevor König Danube Palmaris verließ.«

Shamus musterte den Abt neugierig.

»Er wird sich an die Schlacht erinnern«, versicherte ihm Braumin. »Es war ein schneller, leicht errungener Sieg über eine Pauris-Bande.«

»Ich werde ihn fragen«, willigte Shamus ein. »Aber eines sage ich Euch gleich, Abt Braumin, ich werde nicht für St. Precious spionieren. Ich bin nach Palmaris gekommen, weil ein alter Freund meine Hilfe braucht, und ich werde alles dafür tun, um das Verhältnis zwischen Euch und den Machthabern in Chasewind Manor zu verbessern. Aber mit den ständigen Intrigen zwischen St. Precious und Chasewind Manor möchte ich nichts zu tun haben.«

»Das klingt vernünftig«, erwiderte Abt Braumin. Er hob sein Glas und stieß erneut mit Shamus Kilronney an.

Ja, das Jahr des Herrn 828 würde in der Tat gut beginnen.

2. Doc'alfar

Ach, wie viele wundersame Dinge ich doch gesehen habe!, schrieb der Mann auf einen der zahllosen Pergamentbogen, die vor ihm auf dem Tisch lagen. *Oh, dass die Augen eines Menschen diese überbordende Pracht einer unberührten Welt erblicken durften! Welch ein Geschenk Gott mir, dem bescheidenen Tetrafel, doch machte, indem er mich diese grandiosen Anblicke genießen ließ. Die Welt wird sich meiner bestimmt lange erinnern, dessen bin ich gewiss, denn wenn das Bärenreich erst einmal die westlichen Regionen der Wilderlande einschließt, werden die Naturwunder, die die Menschen vorfinden werden – die gigantischen Wasserfälle, die majestätischen Berggipfel, die Wälder, die so dicht sind, dass unter ihrem Blätterdach ewige Dämmerung herrscht –, vor dem Hintergrund meiner schriftlichen Aufzeichnungen noch wundersamer erscheinen.*

Der Herzog der Wilderlande sah von dem Pergament auf

und schaute dem Treiben in seinem Lager zu, den unzähligen Dienern und Soldaten, die ihren typischen nachmittäglichen Pflichten nachgingen, Zelte aufbauten, Mahlzeiten zubereiteten, die Nachtwachen einteilten. Und diese Wachen hatten sich als äußerst notwendig erwiesen in den drei Jahren, in denen Tetrafel und sein Expeditionstrupp tief im Westen das ungezähmte, unkartographierte Land erkundeten und zwischen den hoch aufragenden Bergen des Großen Gürtels einen Pass suchten, der auf direktem Wege in die To-gai-Steppen im westlichen Behren führte. König Danube wünschte eine direkte Handelsroute zu den To-gai-Clans, um die kostspieligen Zölle der behrenesischen Handelsgilde zu umgehen.

Das anfängliche Widerstreben Tetrafels – eines Mannes von fast fünfzig Jahren, der mehr Zeit in seinem bequemen Bett als auf dem Rücken eines Pferdes zugebracht hatte –, die ihm angebotene Mission anzunehmen, war von einer großartigen Vision hinfortgespült worden, die ihm plötzlich gekommen war. Er würde der Entdecker sein, der den Weg in die westlichen Wilderlande geebnet hatte, eine Region, die bekanntermaßen reich an Bodenschätzen, gigantischen Baumriesen und dem allseits begehrten Torf war. Als Danube schließlich eingewilligt hatte, ihm eine Hundertschaft Soldaten mitzuschicken – und mehrere Dutzend Diener, darunter auch Frauen, die für alle erdenklichen Gefälligkeiten zur Verfügung standen –, hatte Tetrafel die Gelegenheit erkannt, ein gewisses Maß an Unsterblichkeit zu erlangen, zumindest was seinen Namen anbelangte.

Nun, nach drei Jahren, bereute der Mann seine damalige Entscheidung nicht, zumindest nicht an diesem speziellen Tag, an dem er und seine Gefährten zwanzig Meilen einem Flusslauf gefolgt waren – der Herzog würde ihn den »Tetrafel« nennen – und sie den riesigsten und beeindruckendsten Wasserfall entdeckt hatten, von dem ihnen je berichtet worden war: den Tetrafel-Wasserfall natürlich.

In den drei Jahren hatte es zahllose Unbilden gegeben, meistens in Gestalt von riesigen Bären und Raubkatzen und anderen wilden Tieren. Einmal waren sie mit einer Goblin-Horde aneinander geraten, aber mit ihren überlegenen Waffen hatten sie die hässlichen Biester ohne größere Probleme vernichten können; des Weiteren waren sie einige Male von verschiedenen Lustseuchen heimgesucht worden, aber auch das hatten sie überstanden, und nachdem die drei Jahre nun vorüber waren, hatten sie insgesamt weniger als eine Hand voll Leute verloren, darunter nur zwei Soldaten.

Das Einzige, was sie jetzt noch tun mussten, war, nach Einsetzen der Frühlingsschmelze einen Pass durch die Berge zu finden und anschließend nach Ursal zurückzukehren, wo man sie als die größten Entdecker ihrer Zeit feiern würde. Und diesen Pass zu finden sollte nun nicht mehr allzu lange dauern, überlegte Timian Tetrafel, denn sie waren mittlerweile so tief im Westen, dass die To-gai-Steppen jenseits der Gebirgskette zum Greifen nahe waren. Die Gipfel waren hier längst nicht mehr so hoch. Sie waren zwar noch schneebedeckt, aber in tieferen Lagen war der Winter nicht schlimmer als in Ursal, mit den gelegentlichen ein bis zwei Zoll Schnee, die jedoch jedes Mal über Nacht wieder schmolzen.

Im Moment konnten sie den Fluss Tetrafel nicht sehen, aber sie konnten das Donnern des Wasserfalls hören. Als Lagerplatz hatten sie eine kleine Lichtung gewählt, die von einem Ring turmhoher Kiefern umgeben war, die so dicht beieinander standen, dass sie Sheilas Licht komplett blockierten, als im Osten die Mondin aufzusteigen begann. Sie wussten, dass sie den Mondschein erst sehen würden, wenn Sheila direkt über ihren Köpfen stand.

Es ging gemächlich zu im Lager; gelegentlich erschallte in einem der Zelte ein herzhaftes Lachen, oder etwas anzüglichere Laute drangen aus dem Unterholz, wenn ein Soldat und eine Bedienstete einander näher kamen. Das tägliche Abendessen in Tetrafels Lager war kein straff organisiertes Ereignis; jedem stand es frei, sich aus den riesigen Suppenkesseln zu bedienen oder ein Stück Fleisch von einem der vielen Bratspieße zu schneiden und sich mit seinem Teller in eine ruhige Ecke zurückzuziehen.

Zufrieden mit seinem heutigen Tagebucheintrag, begab sich Herzog Tetrafel zu den Kochfeuern. Er ging auf einen der Suppenkessel zu, doch dann überlegte er es sich anders und schnitt sich Fleisch von einem der Bratspieße ab, wobei mindestens so viel zu Boden fiel wie auf seinen Teller gelangte.

Sein Unachtsamkeit blieb nicht unbemerkt.

Auf einem nicht weit entfernten Baum saßen zwei feingliedrige menschenartige Wesen mit blauen Augen und rabenschwarzem Haar und beobachteten die sich ihnen bietende Szenerie.

Sie haben keinen Respekt vor den von ihnen erlegten Tieren, bedeutete einer der beiden dem anderen mit einer kunstvollen Mischung aus Handbewegungen, Blicken und Körpersprache.

Und auch nicht vor der Spiritualität der fleischlichen Begegnung, sagte der andere gleichermaßen angewidert, als unter ihnen erneut das lustvolle Stöhnen eines kopulierenden Paares erklang. *Sie sind tumbe Mordbestien, nichts weiter.*

Der andere nickte zustimmend. »*Twick'a pwess fin*«, flüsterte er in der Sprache der Doc'alfar, die der der Touel'alfar ähnelte, den fernen, unbekannten Verwandten der flügellosen, weißhäutigen Elfen.

»*Twick'a pwess fin*«, echote der andere zustimmend, was so viel hieß wie »Kann man wohl sagen«.

Dann schlüpften sie an den unter ihnen patrouillierenden Wachen vorbei und verschwanden mit der Lautstärke eines vorbeihuschenden Schattens.

»Verdammter Mist«, murmelte einer der Wachposten, als sich später in der Nacht die Windrichtung änderte und plötzlich ein feiner, vom Wasserfall herangewehter Sprühregen auf das Lager fiel.

»Halb so schlimm«, erwiderte sein Gefährte, der einige Meter entfernt stand. »Halte dich einfach bei den Bäumen, dann wirst du nicht nass.«

»In einem warmen Bett in Ursal würde ich auch nicht nass werden«, erwiderte der Mann. »Ob wir wohl jemals heimkehren werden?«

»Der Herzog sieht die Gelegenheit, sich einen Namen zu machen«, erklärte der andere. »Aber wir werden alle davon profitieren. Wenn wir den Pass finden, hat Tetrafel uns so viel Gold versprochen, dass sich jeder von uns ein großes Landgut kaufen kann.«

Der andere nickte. Die Erinnerung an das Versprechen schien seine frierenden Knochen zu wärmen. Aber es fiel weiterhin ein feiner Sprühregen, der selbst zwischen den dicht beieinander stehenden Bäumen hindurchwehte und ihnen permanent ins Gesicht schlug. Dann stieg den Männern plötzlich ein übler Fäulnisgeruch in die Nase.

»Wo kommt denn auf einmal der Gestank her?«, fragte der erste Wachposten naserümpfend.

»Riecht wie ein Tierkadaver«, sagte der andere. »Könnte eine Raubkatze sein, die mit ihrer Beute von der Jagd zurückkehrt. Lass uns nachschauen.«

Sie legten Pfeile an ihre Bogensehnen und starrten angestrengt in das trübe graue Mondlicht.

Der Gestank wurde immer stärker, bis er so schlimm war, dass ihre Augen zu tränen begannen; und dann sahen sie eine Gestalt, nicht die einer Raubkatze, sondern scheinbar die eines Menschen, der steifbeinig durch das Unterholz auf sie zulief.

»Stehen bleiben!«, rief der erste Wachposten. »Wir haben Euch mit zwei Bogen im Visier!«

Jetzt erkannten sie die näher kommende Gestalt – sie war

kaum noch ein Dutzend Schritte entfernt – als die eines mageren Mannes mit langen Haaren und einem langen, struppigen Bart. Sie wussten, dass er ihre Warnung gehört haben musste, aber er lief weiter steifbeinig auf sie zu, die Arme waagrecht von sich gestreckt.

Wie verdreckt er war! Er war von Kopf bis Fuß mit Schlamm besudelt und stank tatsächlich wie ein verwesender Tierkadaver.

»Stehen bleiben! Ich warne Euch!«, rief der Wachposten.

Der Mann kam ihnen weiter entgegen, und der Wachposten, ein erfahrener, gut ausgebildeter Soldat, befolgte seine Order und schoss seinen Pfeil ab. Er traf den näher kommenden Mann mitten in die Brust, aber der Fremde zuckte nicht einmal zusammen, sondern kam weiter ungerührt auf sie zu!

»Ich habe ihn doch getroffen! Mitten in die Brust!«, rief der verwirrte Wachposten. Jetzt schoss auch der andere Mann seinen Pfeil ab und traf den Eindringling unterhalb der Rippen in die Seite. Der Treffer hatte eine solche Wucht, dass der Pfeil in voller Länge im Körper des Mannes verschwand und die Spitze auf der anderen Seite wieder austrat.

Der Mann zuckte kurz zusammen, aber er kam weiter auf sie zu, die Arme ausgestreckt, seine Miene völlig ausdruckslos.

»Aufwachen! Aufwachen!«, rief der zweite Wachposten, während er zwischen den Bäumen hindurch zum Lager zurückrannte. Sein Gefährte hingegen ergriff nicht die Flucht, sondern zückte sein riesiges Schwert und trat dem Eindringling entgegen.

Der seltsame Fremde versuchte nicht, dem Soldaten auszuweichen, sondern kam direkt auf ihn zu, als der Soldat sein Schwert hob und dem Mann mit einem wuchtigen Hieb den Unterarm abschlug.

Aus der Wunde lief etwas Blut, aber das meiste war stinkender, grünweißer Eiter.

Da erkannte der Soldat die schreckliche Wahrheit und wusste, dass er eine Mischung aus Verwesung und fauligem Treibsand roch – der Geruch des Todes. Er wusste, dass er nicht gegen einen Menschen kämpfte, sondern gegen eine Leiche! Entsetzt wandte er sich um und wollte wegrennen, aber der Untote hielt mit eisernem Griff die Schwertklinge fest und wollte einfach nicht loslassen.

Der Wachposten schrie auf und zerrte immer wieder an seinem Schwert, bis er es schließlich losließ und fortzurennen versuchte. Doch als er herumwirbelte, erblickte er Aberdutzende der lebenden Toten, die durch den Sprühregen steifbeinig auf ihn zuschritten. Überwältigt von dem grausigen Anblick, geriet er ins Straucheln und stürzte.

Er schrie erneut auf, als der einarmige Untote sich auf ihn warf, seinen Ellbogen packte und das Gelenk zerquetschte, als wäre es ein rohes Ei. Der Soldat schrie wie am Spieß und schlug wild um sich, aber es nutzte nichts.

Doch dann war sein Gefährte plötzlich wieder bei ihm und schlug dem Untoten mit einem mächtigen Hieb den Kopf ab.

Trotzdem hielt der Untote ungerührt den Ellbogen des Wachpostens umschlossen. Der andere Soldat, der die näher kommenden Mitstreiter des Eindringlings bemerkte, hackte wie von Sinnen auf die Hand des Untoten ein, bis er auch sie abgeschlagen hatte. Dann zog er seinen Freund auf die Beine und zerrte ihn in Richtung Lager, aber der Wachposten schrie in einem fort weiter, denn die abgeschlagene Hand umklammerte noch immer seinen Ellbogen!

Herzog Tetrafel rieb sich die Augen und spähte verschlafen aus seinem Zelt. Als er sah, welche Panik im Lager herrschte, war er mit einem Mal hellwach und stürmte hinaus.

»Wir werden angegriffen! Mein Herzog, wir werden angegriffen!«, rief ihm ein in der Nähe stehender Soldat zu und brachte Tetrafels Schwertgürtel.

Tetrafel legte ihn sich hastig um und versuchte unterdessen, das allseits herrschende Durcheinander im Auge zu behalten.

»Es sind Tote!«, rief ein Wachposten, der aus dem Wald gerannt kam. »Die Toten haben sich gegen uns erhoben!«

»Sie kommen aus dem Wald! Aus dem Wald!«, rief ein anderer. Der Boden begann zu erbeben, als zwischen den Kiefern plötzlich die Untoten herausströmten, steifbeinig und mit waagrecht ausgestreckten Armen. Auf der anderen Seite des Lagers erklang ein entsetzter Schrei, der Herzog Tetrafel herumfahren ließ. Zwei Soldaten versuchten aus dem Wald zu flüchten, wurden aber mit solcher Vehemenz zurückgerissen, dass einer der beiden seine Stiefel verlor.

Die darauf folgenden Schreie waren die schrecklichsten Laute, die Herzog Tetrafel jemals gehört hatte.

»Bildet eine Verteidigungsformation!«, brüllte Tetrafels Hauptmann, worauf seine Männer zu den Feuerstellen hasteten und einen schützenden Ring um ihren Herzog und die Dienerschaft bildeten.

Die Untoten kamen ungerührt näher.

»Zielt auf ihre Köpfe!«, rief einer der beiden Wachposten, die die Untoten entdeckt hatten.

Aber dann erhob sich über dem lautstarken Durcheinander ein melodisches Lied, ein hauchzarter Gesang wunderschöner sanfter Stimmen, die in einer fremden Sprache eine uralte Waldode anstimmten. Die Untoten blieben wie auf Kommando stehen und senkten die Arme.

»Was ist das für ein Gesang?«, fragten mehrere Männer ängstlich.

»Seid still«, rief Tetrafel seinen Leuten zu. »Vielleicht sind es Verbündete.«

Zwischen den Menschen und den Untoten begann der Boden zu erzittern und auseinander zu brechen und dann …

Blumen sprossen aus der Erde, riesige Blumen, deren Blüten im Mondschein silbern schimmerten, Blumen, die die Menschen aus dem Bärenreich noch nie gesehen hatten.

Und wie sie dufteten! Es war ein überwältigender Duft, der sogar den Gestank der Untoten überdeckte.

Es roch wahrhaft berauschend, dachte Herzog Tetrafel. Er wollte sich nur noch hinlegen und ausruhen, die Augen schließen und einschlafen. Ja, wurde Tetrafel klar, in diesem Moment wünschte er nichts sehnlicher, als sich hinzulegen und einzuschlafen. Er sah, dass mehrere seiner Gefährten zu Boden sanken. Bevor es ihm richtig bewusst wurde, fand sich auch der Herzog auf allen vieren auf dem Boden wieder und hatte Mühe, den Kopf erhoben zu halten.

»Steht auf!«, vernahm er die ferne Stimme des Hauptmanns. »Steht auf! Sie greifen wieder an! Oh, steht schon auf, ihr Narren!«

Dann hörte er Rufe und Schreie, das Zischen durch die Luft sausender Schwertklingen, das Schwirren der Bogensehnen.

Und dann hörte er … nichts mehr, empfand nur noch die warme Behaglichkeit tiefen Schlafes.

Als Herzog Tetrafel erwachte, glaubte er sich in einem Albtraum. Um ihn herum waberten dichte Nebelschwaden über dem Boden – nicht der feine Regendunst vom Wasserfall, sondern eine trübe, suppige Brühe. Er saß auf dem Boden, und seine Hände waren im Rücken an einen kleinen Pfahl gefesselt. Er war in einem Wald, aber soweit er erkennen konnte, war es nicht derselbe Wald wie zuvor; statt kräftiger, in voller Blüte stehender Kiefern waren die ihn umgebenden Bäume bloße Skelette, schwarz, verdorrt und blattlos.

Ein müdes Gähnen neben ihm ließ seinen Kopf herumfahren. Er erblickte viele aus seiner Schar, die gefesselt in derselben Körperhaltung dasaßen wie er, hübsch aufgereiht an zahllosen kleinen Pfählen, was ihm verriet, dass ihre Häscher nicht das erste Mal Gefangene gemacht hatten.

»Wo sind die Übrigen?«, fragte er den Soldaten neben sich.

»Sie haben sie mitgenommen!«, kam die nervöse, völlig aufgelöste Antwort. Herzog Tetrafel folgte dem Blick des Mannes zu zwei kleinen, feingliedrigen Geschöpfen, die von mehreren Untoten flankiert wurden.

Tetrafel versuchte, nicht auf die schrecklichen Begleiter zu achten, sondern musterte die beiden Wesen, bemerkte ihre auffällig helle Haut und den stechenden Blick ihrer blauen Augen, in denen ein inneres Glühen zu liegen schien. Sie trugen dunkle Roben, hatten die Kapuzen zurückgeschlagen, und manchmal schienen sie mit der Umgebung regelrecht zu verschmelzen, sodass nur ihre Köpfe zu sehen waren. Tetrafel überlegte, wer oder was diese Wesen sein mochten. Sie waren nicht bloß besonders kleinwüchsige Menschen, so viel war ihm klar, und es bestätigte sich, als sie näher kamen und er ihre spitzen Ohren und eckigen Gesichtszüge sah.

»Touel'alfar?«, fragte er, denn er hatte einige Geschichten über die Elfen gehört, die meisten wohl Märchen, die den Kindern am Lagerfeuer erzählt wurden.

Als sie die Bezeichnung hörten, erstarrten die beiden in Roben gewandeten Wesen und wechselten erzürnte Blicke.

»Doc'alfar!«, korrigierte ihn einer der beiden scharf. Er trat heran und schlug Tetrafel mit dem Handrücken so hart ins Gesicht, dass der Herzog beinahe das Bewusstsein verloren hätte. Er konnte kaum glauben, dass ein so kleines zierliches Geschöpf so hart zuschlagen konnte!

Als Tetrafel sich von dem Schlag halbwegs erholt hatte, hatten die beiden Doc'alfar bereits ihr nächstes Opfer auserkoren, eine Frau, die einige Plätze rechts neben dem Herzog saß. Sie deuteten auf sie und wandten sich ab. Ihre seelenlosen toten Diener gingen zu der Frau, banden sie los und zerrten sie auf die Beine. Die Frau wimmerte vor Angst, aber den Untoten war dies völlig egal. Sie führten sie fort, und als die Knie der Frau einknickten, schleiften sie sie einfach mit.

»Was habt ihr mit ihr vor?«, wollte Herzog Tetrafel wissen. Als die beiden Doc'alfar nicht einmal zu ihm zurückschauten, wandte er sich an den Soldaten neben ihm. »Was werden sie mit ihr anstellen?«

»Sie werden sie in den Treibsand werfen«, antwortete der Mann verdrossen. »Es sieht nicht gut aus, mein Herzog.«

Herzog Tetrafel starrte den im Nebel verschwindenden Gestalten nach, die jetzt wie Geister aussahen.

Er konnte erkennen, dass die Doc'alfar stehen blieben und verschiedene Flüssigkeiten über die schluchzende Frau gossen. Dann beobachtete er, wie die Untoten die Frau zur Seite auf eine kleine Plattform zogen, die ihm bisher nicht aufgefallen war, weil sie im Nebel nur wie ein weiterer knorriger Baum ausgesehen hatte.

Die Untoten führten die Frau an den Rand der Plattform und hielten sie dort fest; ihr Geschrei und Gejammer halfen ihr nicht.

Die beiden Doc'alfar begannen zu singen. Ihre melodischen, sich perfekt ergänzenden Stimmen schwollen an und verschmolzen miteinander, bis sie wie der Gesang eines Einzelnen klangen. Nach einer Weile merkte Tetrafel, dass andere Doc'alfar, die im Nebel zwischen den Bäumen nicht auszumachen waren, in das Lied mit einstimmten, bis schließlich der ganze Wald zu singen schien.

Was für ein eigenartiges Ritual war das? fragte sich Tetrafel. War es religiöser Natur?

Und dann erstarben mit einem Mal alle Geräusche, selbst das Schluchzen der Frau, als einer der Doc'alfar seine schlanken weißen Arme in die Nachtluft emporhob und beschwörend zum Himmel aufblickte. Die ganze Welt schien stillzustehen, als hätte das zierliche Geschöpf die Zeit angehalten.

Dann stießen die Untoten die Frau nach vorn. Sie stürzte mit einem Schrei von der Plattform, die eigenartige Stille durchbrechend.

Tetrafel konnte sie in den wabernden Nebelschwaden kaum erkennen, aber er sah, dass sie bereits bis zu den Hüften im Treibsand versunken war; ihr heftiges Armrudern ließ sie nur umso schneller untergehen.

»Helft mir! So helft mir doch!«, schrie sie, während sie immer tiefer sank. »Helft mir! Ich will nicht sterben! Ich will nicht so werden wie diese Untoten!«

Und so ging es mehrere schreckliche Minuten lang weiter. Die Frau konnte sich nicht befreien und versank immer tiefer im Treibsand. Die Doc'alfar stimmten wieder ihr Lied an, offenbar eine Art gesungenes Opfergebet, das die entsetzten Schreie der Frau übertönte. Bald darauf war das Lied das einzig vernehmbare Geräusch im Wald.

Als es vorüber war, kamen die Doc'alfar, mit den Untoten im Schlepptau, zurück und wählten, allen Protesten zum Trotz, das nächste Opfer, dieses Mal einen Soldaten; trotz der erbitterten Gegenwehr des Mannes zerrten die Untoten ihn mühelos fort.

Herzog Tetrafel raubte es fast die Besinnung! Auf was für ein entsetzliches Volk war er hier draußen, jenseits jeglicher Zivilisation, gestoßen? Ihm war klar, dass ihnen allen dasselbe Schicksal bevorstand wie der Frau, dass er und sein gesamter Trupp bei dieser magischen Zeremonie im Treibsand ertränkt werden und als seelenlose, untote Diener zu den Doc'alfar zurückkehren würden!

Er dachte an all seine Anstrengungen, an sein Streben nach Ruhm und Unsterblichkeit. Nun würde er tatsächlich unsterblich werden, allerdings auf eine Weise, die er sich nie hätte träumen lassen!

»Nach dem zweiten werden sie für eine Weile verschwinden«, flüsterte der Soldat neben ihm. »Immer zwei nacheinander, dann ziehen sie sich für eine Weile zurück.«

Instinktiv begann Tetrafel, an seinen Fesseln zu zerren. »Zu fest«, sagte er zu dem Mann und versuchte, seine Stimme gefasst klingen zu lassen und nicht vor Angst in Tränen auszubrechen.

»Aber ich konnte meinen Pfahl lockern«, erwiderte der Mann.

In dem Moment wurde der auserwählte Soldat von der Plattform gestoßen. Anfangs hörten sie nichts, da sich der Mann offenbar tapfer seinem Schicksal fügte, aber als der dicke schlammige Treibsand ihm bis zum Hals reichte, begann er doch zu schreien und schließlich zu weinen. Dann kehrte wieder Stille ein.

Wie der Soldat neben dem Herzog es vorausgesagt hatte, verschwanden die Doc'alfar und ihre Untoten gleich darauf im Nebel.

Der Mann stöhnte angestrengt auf, machte eine ruckartige Bewegung und warf sich auf die Seite, mit dem Kopf direkt hinter den sitzenden Herzog. Tetrafel verrenkte den Hals und schaute hinter sich, um zu sehen, was der Soldat vorhatte.

Der Mann öffnete den Mund und schob seine Zunge heraus – eine Zunge, in der eine mit einem kleinen grauen Stein besetzte Metallniete saß.

»Steinmagie«, erklärte der Mann, »ein Geschenk eines Freundes, um den Frauen noch mehr Vergnügen zu bereiten, wenn Ihr versteht, was ich meine.«

»Was faselst du da?«, fragte Herzog Tetrafel mit lauter Stimme und sah sich sogleich ängstlich um, als erwartete er jeden Augenblick die Untoten zurück.

»Vermutlich werdet Ihr ein Stechen fühlen«, erklärte der Soldat. Bevor der Herzog fragen konnte, wovon der Soldat sprach, fühlte er tatsächlich einen scharfen Stich im Handgelenk. Er protestierte jedoch nicht, denn er merkte, dass seine Fesseln plötzlich lockerer saßen, weil der magische Stein den Strick angesengt hatte.

Tetrafel zog seine Hände aus der Schlinge und machte sich sogleich daran, dem Soldaten neben ihm die Fesseln abzunehmen. Als der Mann befreit war, kümmerte sich der Herzog um den Nächsten in der Reihe, eine Dienerin, die unentwegt weinte. Als er auch ihre Fesseln gelöst hatte und sich um die daneben sitzende Frau kümmern wollte, vernahm er plötzlich wieder das Waldlied der Doc'alfar. Er wandte sich erschrocken um und sah die geisterhaften Gestalten aus dem Nebel kommen.

Mit einem Schrei des Entsetzens ließ Herzog Tetrafel die Frau im Stich und rannte in die Nacht hinein.

Hinter sich hörte er die Schreie derjenigen, die noch gefesselt waren, oder derjenigen, die zwar fliehen konnten, aber gleich wieder gefangen und zurückgeschleift wurden.

Ein Teil von Tetrafel forderte ihn auf, umzukehren und gemeinsam mit den Männern und Frauen zu sterben, die ihm in den vergangenen drei Jahren so treu gedient hatten. Der ehrenvolle Teil in ihm schrie, dass er sich tapfer in sein Schicksal fügen sollte.

Aber dann dachte er an die Untoten, diese schrecklichen, schlammbesudelten Monster, und rannte weiter. Er wollte umkehren, aber er konnte es nicht. Seine Beine liefen immer weiter. Er stürzte und schlug sich das Gesicht auf, aber er kämpfte sich gleich wieder hoch und hetzte weiter, immer weiter.

Er wusste, dass mehrere seiner Gefährten in den nebelverhangenen Wald geflohen waren, wo es überall von Verfolgern wimmelte. Er hörte die schweren Schritte der Untoten und – was noch gefährlicher war – spürte die Nähe der flinken Doc'alfar in den Bäumen hinter sich.

Herzog Tetrafel rannte, bis seine Beine schmerzten und er keine Luft, mehr bekam, aber getrieben von blankem Entsetzen raste er dennoch weiter durch die Finsternis. Er rannte um sein Leben und um das Heil seiner unsterblichen Seele.

Irgendwann ging die Sonne auf, und er rannte immer noch, und einen Moment lang glaubte er, alles sei nur ein schrecklicher Albtraum gewesen.

Aber er wusste es besser, wusste um die schreckliche Wahrheit. Dann sank Timian Tetrafel, der Herzog der Wilderlande, ein Adliger vom Hofe König Danube Brock Ursals, ein Mann, der seinen Namen in den Geschichtsbüchern hatte unsterblich werden lassen wollen, erschöpft ins Gras und begann hemmungslos zu weinen.

Später am selben Tag stieß Tetrafel auf zwei Soldaten seines Trupps; die Männer standen ebenso unter Schock wie er. Keiner sprach davon, umzukehren und die Übrigen zu retten; sie wechselten ohnehin kaum ein Wort.

Sie rannten einfach immer weiter nach Osten, zurück in das Land, wo sich keine Toten aus Schlammgruben erhoben.

Mehr als drei Wochen später erreichten die drei Männer die ersten zivilisierten Regionen in den westlichen Ausläufern des Bärenreiches, und nach einer weiteren Woche traf Herzog Tetrafel auf dem Schlitten eines Bauern in Ursal ein. Am nächsten Tag kehrte Herzog Kalas in die Stadt zurück und schwor, niemals wieder nach Palmaris zu gehen.

Eine Woche später brachte Constance Pemblebury König Danubes Sohn zur Welt.

3. Die Bruderschaft der Büßer

»Ihr hasst alles und jeden!«, schimpfte Ordensschwester Treisa und zeigte mit dem Finger vorwurfsvoll auf De'Unnero. Der Frühling war gekommen, und vor den Toren der Abtei hatte sich die Zahl der bedauernswerten Pestkranken weiter erhöht, was erheblich zum Missmut der Frau beitrug. Sie war die einzig verbliebene Oberschwester in der Abtei und fungierte daher als Sprecherin der fünfzehn noch lebenden weiblichen Ordensmitglieder in St. Gwendolyn.

Der selbst ernannte Abt der geschundenen Abtei lächelte

kühl, was Treisa daran erinnerte, dass sie hier, in seinem Arbeitszimmer, nicht unter Freunden war. Mehrere der Brüder St. Gwendolyns, die sich auf ihrer verzweifelten Suche nach Antworten De'Unneros Auslegung des abellikanischen Glaubens zu Eigen gemacht hatten, waren in dem Raum versammelt und warfen ihr drohende Blicke zu.

Treisa wich einen Schritt zurück und starrte fassungslos in die Gesichter der Männer, die sie einst als ihre Brüder betrachtet hatte. Was für eine veränderte Abtei sie vorgefunden hatte, als sie nach der Kunde von Äbtissin Delenias Tod umgehend nach St. Gwendolyn zurückgekehrt war! Wie sehr sich die Dinge unter dem selbst ernannten Abt geändert hatten! Eine der ersten Maßnahmen De'Unneros war gewesen, die verbliebenen Brüder und Schwestern voneinander zu trennen und eine patriarchalische, von Männern dominierte Ordnung durchzusetzen, und das in einer Abtei, die eigens dafür errichtet worden war, den religiösen Ambitionen der wenigen Frauen zu dienen, die sich durch das Geld ihrer Väter oder durch ihren unumstößlichen Gottesglauben einen Platz in der Kirche erstritten hatten.

»Ihr behauptet, Avelyns Anhänger hätten die Pest über uns gebracht«, sagte sie leise, aber bestimmt.

»Das wäre plausibel«, entgegnete der Abt gleichmütig.

»Dafür gibt es keinen Beweis«, erwiderte Oberschwester Treisa.

»Aber es wäre plausibel«, wiederholte De'Unnero. »Und wenn wir glauben, dass die Pest eine Strafe Gottes ist – und das müssen wir wohl –, dann ist der Beweis ja wohl offenkundig.«

Treisa musterte ihn fragend; sie konnte seinem plötzlichen Gedankensprung nicht folgen.

»Nach Vater Markwarts Ermordung änderte die abellikanische Kirche ihre Ansichten und ihre Richtung«, erklärte De'Unnero, doch Treisa sah, dass er mehr zu seinen Anhängern predigte, als ihr seine Auffassung zu erklären. »Gerüchte, die beim Äbtekollegium kursierten, lassen darauf schließen, dass der Prozess der Heiligsprechung Avelyns in diesem Jahr begonnen werden soll. Avelyn heilig sprechen? Der Mann hat in St. Mere-Abelle Meister Siherton ermordet – ich war dort und erinnere mich gut daran! Der Mann stahl einen riesigen Vorrat magischer Steine und zog als Betrüger durch das Land, trotz aller Aufforderungen, damit aufzuhören und nach St. Mere-Abelle zurückzukehren. Heiligsprechung? Der heilige Avelyn?«

»Wird bei einem solchen Untersuchungsprozess nicht das *gesamte* Wirken des Kandidaten bewertet?«, fragte Treisa, aber De'Unnero warf ihr einen abfälligen Blick zu, noch bevor sie zu Ende gesprochen hatte.

»Das Ganze ist bloß Politik«, sagte er. »Mit seiner Heiligsprechung soll das verunsicherte Volk besänftigt werden. Avelyns Anhänger erschaffen einen Helden und hoffen, dass etwas von seinem Glanz auf sie abfällt.« Er machte eine Pause und musterte Treisa verächtlich. »Es ist dasselbe wie mit Gwendolyns Heiligsprechung.«

Die Frau zuckte zusammen und schluckte beklommen. In den letzten Jahrhunderten hatte es immer wieder Ordensmitglieder gegeben, die Gwendolyns Heiligsprechung insgeheim in Frage stellten. Hinter vorgehaltener Hand hatten einige behauptet, sie sei unkeusch gewesen, andere hatten argumentiert, dass die Frau, eine Heilerin und Kriegerin des dritten Jahrhunderts, sich ihrer Stellung als Angehörige des schwachen Geschlechts hätte bewusst sein müssen und von vornherein niemals in die Kirche hätte eintreten dürfen. Aber niemals hatte sich ein Ordensmitglied so offen gegen Gwendolyn ausgesprochen, wie es De'Unnero soeben getan hatte!

Treisa sah hilfesuchend zu den anderen Brüdern im Raum, Männer, an deren Seite sie jahrelang aufopferungsvoll ihrem Gott gedient hatte, aber sie musste erkennen, dass alle zu dem Monster aus St. Mere-Abelle hielten.

»Wie könnt Ihr behaupten, eine Gläubige zu sein, und dennoch am Wirken Gottes zweifeln?«, fragte De'Unnero dramatisch und wanderte mit erhobenen Armen durch den Raum. »Seht Euch die Heimsuchungen an, die über die Welt gekommen sind, das Leid und die Toten! Wir sind die Hüter der Worte Gottes, die Wegbereiter ins Reich der Heiligkeit. Wenn die Welt dem Ruin anheim fällt, dürfen wir, die Mitglieder der abellikanischen Kirche, unsere Schuld daran nicht leugnen. Im Gegenteil, wir müssen diese Schuld auf uns nehmen und versuchen, unsere Kirche wieder auf den rechten Weg zu führen.«

»Hat der neue Abt von St. Precious nicht genau dasselbe vor?«, wandte Treisa ein.

De'Unnero lachte. »Versteht Ihr nicht, Schwester?«, fragte er. »Es waren Avelyns Missetaten, die alles auslösten. Der Diebstahl und der Mord, und wer weiß, was sonst noch.«

Einige der anwesenden Ordensbrüder ballten die Fäuste und raunten ihre Zustimmung. Langsam wurde es gefährlich in St. Gwendolyn, wurde Treisa klar, und das nicht nur wegen der Pest!

De'Unnero redete sich in Rage, hetzte gegen Avelyn und Jojonah, gegen Braumin Herde und den Verräter Francis und gegen alle anderen, die nicht seine Auffassung teilten. Als er fertig war, baute er sich vor der entsetzten Treisa auf und starrte sie aus funkelnden Augen an; sie wich vor ihm zurück, denn sie fürchtete, dass er sie schlagen würde.

»Geht in Euer Zimmer, Schwester«, sagte er leise, »oder wohin auch immer es Euch beliebt. Jetzt bin ich der Abt von St. Gwendolyn. Ich gebe Euch kurze Zeit zur Orientierung, damit Ihr Euch an die neuen Tatsachen gewöhnen könnt. Aber ich warne Euch, wenn Ihr mir in die Quere kommt, werde ich Euch Eures Ranges entheben. Dann könnt Ihr wieder mit den Novizen das Kirchenschiff auskehren. Nur mit bedingungsloser Disziplin werden wir diese dunklen Zeiten durchstehen, und ich werde nicht zulassen, dass Oberschwester Treisa diese Disziplin untergräbt.«

Er wandte sich um und bedeutete ihr mit einer abfälligen Handbewegung, dass sie gehen konnte.

Sie ließ ihren Blick ein letztes Mal über die Gesichter der anwesenden Brüder schweifen – anscheinend alles Anhänger De'Unneros –, dann wandte sie sich ab und ging zur Tür.

Wie von De'Unnero erwartet, machte Treisa ihm in den nächsten zwei Wochen keine Schwierigkeiten. Der Abt verbrachte die Tage damit, seine Stellung bei den andächtig lauschenden jungen Brüdern zu festigen, die angesichts einer aus den Fugen geratenen Welt verzweifelt nach Antworten suchten. Er setzte seine Hetztiraden gegen seine Feinde fort, und seine fanatischen Ansprachen wurden mit tosendem Applaus bejubelt.

Aber De'Unnero war klar, dass es nicht ewig so weitergehen konnte. Er wusste, dass er in seinem Amt als Abt nicht bestätigt worden war und nicht bestätigt werden würde. Deswegen war er auch nicht überrascht, als eines Morgens einer der jungen Mönche in sein Arbeitszimmer stürmte und ihm mitteilte, dass Meister Glendenhook und Meister Machuso und mit ihnen eine Abordnung von zwanzig Brüdern, darunter mehrere Immakulaten, in St. Gwendolyn eingetroffen seien.

»Soll ich sie hereinführen?«, fragte der Mönch.

De'Unnero war im Begriff zu nicken, aber dann änderte er seine Meinung. »Nein«, sagte er, »ich werde sie auf dem Hof empfangen.«

»Und, Bruder«, fügte er hinzu, als der junge Mönch sich abwandte und gehen wollte, »unterrichte alle anderen, dass sie dem Ereignis persönlich beiwohnen sollen.«

»Ja, mein Abt«, sagte der Mönch und eilte aus dem Zimmer.

De'Unnero wartete noch eine Weile. Er wollte seinen Anhängern genug Zeit geben, sich vollzählig im Hof zu versammeln und mitzuerleben, wie Glendenhook und die übrigen aus St. Mere-Abelle versuchten, der Bruderschaft von St. Gwendolyn ihren Willen aufzuzwingen. Ja, es würde ein kritischer Moment für ihn werden, wusste De'Unnero; es war der Moment, der ihm zeigen würde, wie verlässlich seine Anhänger waren.

Er ging in den Hof hinaus, jedoch nicht in der schillernden Robe eines Abtes, sondern in seiner schlichten braunen Mönchskutte. Dort standen sie, Glendenhook und Machuso, flankiert von den übrigen Brüdern ihrer Abtei. Sie trugen ernste Mienen zur Schau und versuchten, einschüchternd zu wirken.

Marcalo De'Unnero ließ sich nur äußerst selten einschüchtern. Mit einem knappen Nicken zu seinen vielen Anhängern schritt er über den Hof und trat den beiden Meistern entgegen.

»Hättet Ihr Euren Besuch angekündigt, hätte ich die Abtei netter herrichten können«, bemerkte De'Unnero beiläufig, beinahe spöttisch.

»Vielleicht sollten wir uns lieber in Eurem Arbeitszimmer unterhalten«, sagte Meister Machuso leise.

»Warum denn?«, fragte De'Unnero mit lauter Stimme.

»Wir kommen in einer offiziellen Angelegenheit der abellikanischen Kirche«, sagte Meister Glendenhook. »Vater Agronguerre schickt uns.«

»Ah, ja«, erwiderte De'Unnero und blickte rasch zu seinen an der Hofmauer stehenden Freunden und Anhängern hinüber. »Wie macht sich der neue ehrwürdige Vater? Ich hoffe, dass meine *in absentia* gegebene Stimme zählte.«

»Ja, das tat sie«, versicherte ihm Meister Machuso.

»Und trotzdem bekam Abt Agronguerre mehr Stimmen als Abt Olin?«, fragte De'Unnero, abermals in unüberhörbarer Lautstärke. Glendenhook blickte sich argwöhnisch um, denn er wusste, dass De'Unneros Bekenntnis, für Olin gestimmt zu haben, sein Ansehen bei St. Gwendolyns Brüdern weiter steigern würde, da sie zahlreiche freundschaftliche Bande nach St. Bondabruce unterhielten.

»In der Tat«, antwortete Meister Glendenhook trocken. »Agronguerre aus St. Belfour wurde von vielen verschiedenen Fraktionen innerhalb der Kirche unterstützt. Damit ist er der rechtmäßige ehrwürdige Vater, dessen Wort wir Folge zu leisten haben. Können wir uns nun in Euer Arbeitszimmer begeben und unser Gespräch dort fortsetzen?«

»Ich wüsste nicht, was wir miteinander zu besprechen hätten«, antwortete De'Unnero.

»Das Gespräch betrifft Euch«, erklärte Glendenhook.

»Dann sprecht offen aus, was Ihr zu sagen habt!«, forderte De'Unnero verärgert.

Glendenhook sah ihn eindringlich an.

»Ihr seid gekommen, um mir mitzuteilen, dass ich nach St. Mere-Abelle zurückgerufen werde«, stellte De'Unnero mit lauter Stimme fest, worauf ein missmutiges Raunen durch die Reihen der Brüder aus St. Gwendolyn ging.

Glendenhook starrte ihn weiter ungerührt an.

»Und was ist mit meiner Ernennung zum Abt?«, fuhr De'Unnero fort. »Wurde sie bestätigt oder nicht? Vermutlich nicht, denn wieso sollte man mich sonst zurückrufen?«

»Ihr wurdet *nie* zum Abt von St. Gwendolyn ernannt!«, platzte es aus Meister Glendenhook heraus.

»Was sagt ihr dazu, meine Brüder?«, rief De'Unnero, bevor Glendenhook weiterreden konnte.

»Abt De'Unnero!«, rief ein junger Mönch; dann stimmten andere mit ein und brachten lautstark ihre Unterstützung für den Mann zum Ausdruck, den sie als ihren Anführer akzeptierten.

Meister Machuso trat auf De'Unnero zu und packte ihn am Ellbogen – oder er versuchte es zumindest, denn der erzürnte Meister riss sich augenblicklich los.

»Tut das nicht«, warnte ihn Machuso. »Wir haben strikte

Anweisungen, die von höchster Stelle in St. Mere-Abelle erteilt wurden.«

De'Unnero lachte nur.

»Meister De'Unnero ist nicht euer Abt!«, rief Meister Glendenhook den versammelten Mönchen zu. »Er wird in St. Mere-Abelle gebraucht, in der Abtei des neuen ehrwürdigen Vaters, *eures* ehrwürdigen Vaters!«

»Und wir stehen ohne Anführer da!«, rief ein junger Bruder.

»Ihr werdet einen anderen Abt bekommen«, versicherte Glendenhook dem Mann, während sich überall ärgerliches Gemurmel erhob. »Man hat euch nicht vergessen, ganz im Gegenteil. Wir haben uns viele Gedanken über eure Lage gemacht.«

»Wie aufmerksam von Euch«, bemerkte De'Unnero sarkastisch.

Glendenhook sah ihn an und seufzte bloß.

Dann begannen die ersten Tumulte; einige Brüder stürmten von der Brustwehr und bauten sich drohend vor den Mönchen aus St. Mere-Abelle auf, andere hielten sich im Hintergrund, reckten aber die geballten Fäuste in die Luft. Glendenhook sah, dass seine Gefährten langsam unruhig wurden. Er nickte ihnen zu und holte einen magischen Stein heraus; die übrigen Brüder taten es ihm gleich, bis auf Machuso, der zu beten anfing.

»Wenn Ihr dieses Spiel weitertreibt, seid Ihr ein noch größerer Narr, als ich annahm«, sagte Glendenhook zu De'Unnero. »Glaubt Ihr, Vater Agronguerre hätte diese Reaktion von Euch nicht erwartet?«

»Ihr meint, Fio Bou-raiy hat ihn beeinflusst«, sagte De'Unnero kühl. Er hob die Hand, und die herantretenden Brüder blieben augenblicklich stehen, während Glendenhook und De'Unnero sich ungerührt in die Augen starrten.

»Tut das nicht, ich flehe Euch an«, erklang Machusos beruhigende alte Stimme.

De'Unnero lachte schallend. Es war ein überlegenes, bösartiges und bedrohliches Lachen, das Glendenhook erschrocken zusammenfahren ließ. »Ihr seid gekommen, weil Ihr St. Gwendolyn wollt«, sagte De'Unnero. »Schön, die Abtei gehört Euch. Und Ihr seid gekommen, weil Ihr Marcalo De'Unnero wollt, aber ich fürchte, den bekommt Ihr nicht. Nein, Meister Glendenhook. Ich kenne den vor mir liegenden Weg. Ich werde in die Welt hinausziehen und das wahre Wort Gottes verkünden statt das armselige Gefasel, das aus St. Mere-Abelle kommt. Mein Weg«, sagte er laut, sodass alle seine Anhänger ihn hören konnten, »unser Weg«, korrigierte er sich, »führt uns hinaus aus dieser entlegenen Abtei, hinaus in die Welt, wo die bedürftigen Menschen unseren Worten lauschen werden und wir ihnen helfen können, wieder auf den Pfad der Tugend zurückzugelangen!«

In jedem Winkel des Hofes brachen Jubelstürme los. Glendenhook und die Übrigen aus St. Mere-Abelle konnten es nur fassungslos mit ansehen. Glendenhook versuchte, auf die Brüder aus St. Gwendolyn einzureden, aber niemand schenkte ihm Beachtung.

Schließlich wandte Glendenhook sich wieder zu De'Unnero um und starrte ihn wutentbrannt an.

»Ihr seid gekommen, um die Abtei zu übernehmen. Bitte, St. Gwendolyn gehört Euch«, sagte De'Unnero unschuldig.

»Tut das nicht«, sagte Glendenhook, aber sein Ton war nicht flehend wie der Meister Machusos, sondern klang drohend. »Ihr wendet Euch gegen die Doktrin der abellikanischen Kirche. Das könnte gefährlich für Euch werden.«

»Wer will denn etwas gegen mich unternehmen?«, fragte De'Unnero. »Gegen uns? Euer Freund Fio Bou-raiy, der Lakai des schwachen Agronguerre? Der König? Nein, Bruder, wir haben die Wahrheit erkannt. Wir haben begriffen, dass die Kirche sich vom rechten Glauben abgewandt hat. Wir dagegen werden den Pfad der Tugend niemals verlassen.«

»Meister De'Unnero!«, rief der entsetzte Machuso.

»Schließt Euch uns an!«, forderte De'Unnero die Brüder aus St. Mere-Abelle plötzlich auf, »bevor die ganze Welt in Finsternis versinkt. Helft uns, die Kirche zu heilen und damit das Elend der Pest auszumerzen.«

Glendenhook starrte ihn fassungslos an.

»Die Zeit für Taten ist gekommen«, erklärte De'Unnero unbeirrt.

»Ihr haltet die Pest für eine Strafe Gottes?«, fragte Glendenhook scharf.

»Ja, und die Bevölkerung verdient diese Strafe«, fauchte De'Unnero. »Zumindest diejenigen, die vom rechten Weg abgekommen sind.«

»Das ist absurd.«

»Im Gegenteil, es ist offensichtlich«, widersprach De'Unnero. »Ich sehe es, und sie sehen es auch.« Er breitete die Arme aus, als wollte er die gesamte Bruderschaft von St. Gwendolyn mit einschließen. »Wir kennen die Wahrheit und ihren Ursprung – und kein Erlass des ehrwürdigen Vaters kann uns von unserem Weg abbringen.«

»Ihr könnt doch nicht –«, begann Meister Machuso einzuwenden, aber Glendenhook bedeutete ihm zu schweigen.

»Ihr werdet den Zorn Vater Agronguerres und aller übrigen Meister aus St. Mere-Abelle auf Euch ziehen«, warnte ihn Glendenhook.

»Und Ihr, Bruder Glendenhook, zieht den Zorn Marcalo De'Unneros auf Euch«, sagte De'Unnero gleichmütig. »Wer von uns beiden steckt wohl in größeren Schwierigkeiten? Ihr oder ich?«

Glendenhook, der De'Unneros Ruf als bester und unerschrockenster Kämpfer der abellikanischen Kirche kannte, war von der Frage sichtlich beunruhigt. Er hielt zwar einen Graphit in der Hand, aber er würde niemals dessen Magie beschwören, war De'Unnero sich sicher, denn Glendenhook wusste, dass De'Unnero ihn mit einem einzigen wohl platzierten Schlag töten konnte. Nein, Glendenhook würde niemals ein solches Risiko eingehen.

»Nehmt Eure Abtei und seid froh, dass ich es vorziehe, St. Gwendolyn zu verlassen«, sagte De'Unnero mit eisigem Blick. »Wir gehören nicht länger zu Euch. Wir werden den wahren Kurs des Abellikaner-Ordens verfolgen, und vielleicht werden wir andere – vielleicht sogar Meister Glendenhook – dazu inspirieren, sich uns anzuschließen.«

»Ihr seid verrückt«, sagte Glendenhook.

»Das wurde von vielen Propheten behauptet«, entgegnete De'Unnero. Er hob die Hand, und alle um ihn herum verstummten. »Zur Straße!«, rief De'Unnero, und die Brüder aus St. Gwendolyn stießen einen ohrenbetäubenden Jubelschrei aus und wandten sich zum Abtei-Tor um.

»Wenn Ihr versucht uns aufzuhalten, hättet Ihr womöglich Erfolg«, sagte De'Unnero leise. »Aber ich warne Euch, Glendenhook, als Allererstes gehe ich Euch an die Gurgel, ganz gleich, was passiert.« Er hob den Arm und zeigte dem Mönch aus St. Mere-Abelle, dass seine Hand nicht mehr menschlich, sondern eine Tigerpranke war.

Meister Glendenhook sah zu, wie De'Unnero und mit ihm fast alle der siebenundzwanzig verbliebenen Brüder aus St. Gwendolyn das Abteigelände und damit die abellikanische Kirche verließen.

Und so entstand am fünften Sommertag im Jahre des Herrn 828 die Bruderschaft der Büßer, angeführt von Marcalo De'Unnero, dem ehemaligen Abt von St. Precious, Bischof von Palmaris und selbsternannten Abt von St. Gwendolyn, dem herausragendsten Krieger, den die abellikanische Kirche jemals hervorgebracht hatte.

4. In sommerlicher Hitze

»Gibt es Neuigkeiten aus Palmaris?«, fragte Herzog Kalas, der sein klein gewachsenes, muskelstrotzendes To-gai-ru-Pony ritt.

König Danube, auf seinem großen schneeweißen Wallach thronend, wandte den Kopf, aber Constance Pemblebury, die auf ihrem Braunen zwischen den beiden Männern ritt, ergriff als Erste das Wort.

»Ist schon Mitte der Woche?«, fragte sie sarkastisch, denn sie wusste natürlich, dass die Woche gerade erst angefangen hatte. »Sind Fragen wie diese nicht für die offiziellen Audienzen reserviert?«

Herzog Kalas warf der Frau einen verärgerten Blick zu, aber Constance lachte nur und ließ ihren Braunen über die weite, frisch geschnittene Wiese hinter Schloss Ursal vorausgaloppieren.

»Ich habe in letzter Zeit nichts aus Palmaris gehört«, beantwortete König Danube Kalas' Frage, »und ehrlich gesagt kümmert es mich nicht besonders.«

»Das muss es auch nicht, mein König«, sagte Kalas. »Die Einwohner von Palmaris sind ein schwieriges Volk, und die Ereignisse während des Krieges haben sie nur noch sturköpfiger gemacht. Solltet Ihr mich jemals wieder dorthin versetzen, würde ich meinen Titel als Herzog zurückgeben!«

König Danube hob die Brauen, aber er nickte und sagte nichts. Denn schon im Winter, am ersten Tag nach seiner Rückkehr an den Hof, hatte Kalas in aller Deutlichkeit klargestellt, dass er sich nie wieder auch nur in die Nähe von Palmaris begeben würde.

»Trotzdem frage ich mich«, bemerkte Danube, »was man in der Stadt über mich denkt.«

»Was man über Euch denkt?«, fragte Kalas und ließ seine

Stimme absichtlich überrascht klingen. »Ihr habt den geflügelten Dämon und den Schurken Markwart vernichtet. Ihr …«

»Lasst uns nicht übertreiben, was meine Rolle bei den damaligen Ereignissen anbelangt, mein Freund«, sagte Danube. »Natürlich weiß ich, dass mich künftige Generationen lobpreisen werden, aber nun liegen neue Aufgaben vor mir. Vielleicht kommen die Unruhen in Palmaris und die Verdrossenheit, die sich neuerdings auch bei Ursals Bevölkerung bemerkbar macht, nur daher, dass zu viele meiner Untertanen auf zu engem Raum leben. Ihr wisst doch, wie die Menschen sind.«

Er lachte, also stimmte Kalas mit ein.

»Vielleicht ist es an der Zeit, über die Expansion des Bärenreichs nachzudenken, und diesbezüglich ist Palmaris ein überaus wichtiger Standort«, erklärte König Danube.

»Ihr denkt an die Waldlande?«, fragte Herzog Kalas skeptisch.

»Unmöglich, wegen der Verträge. Und ich möchte nicht als der König in die Geschichte eingehen, der sein Wort brach«, entgegnete König Danube. »Aber es gibt viele Orte zwischen Palmaris und den Waldlanden. Die Kirche richtet neuerdings ihr Augenmerk auf ein Städtchen namens Caer Tinella, und vielleicht sollten wir ebenfalls in diese Richtung blicken.«

»Bitte, handelt nicht überhastet«, sagte Kalas. »Seit dem Krieg gilt der Norden fast als Paradies, aber letztlich ist und bleibt es eine raue, unzivilisierte Region mit rauen, unzivilisierten Menschen.«

»Ich verstehe Eure Bedenken«, sagte König Danube, »aber dieses Mal werde ich in Palmaris einen fähigen Baron einsetzen, der den Posten dauerhaft hält.«

Herzog Kalas' Gesicht verfinsterte sich.

»Oh, doch nicht Ihr, mein Freund«, sagte König Danube. »Nein, ich schätze Euren Rat zu sehr, um Euch noch einmal fortzuschicken. Aber vor einiger Zeit ist ein weiterer Herzog an den Hof zurückgekehrt, ein Herzog, dessen Provinz sich jenseits von Palmaris weit nach Nordwesten erstreckt.«

»Tetrafel«, sagte Kalas. »Hat der sich denn schon wieder erholt?«

»Halbwegs, würde ich sagen«, antwortete Danube. »Er hat sogar damit begonnen, seine verlorenen Reiseaufzeichnungen neu zu verfassen, obwohl ich bezweifle, dass seine aus der Erinnerung gezeichneten Landkarten bei künftigen Expeditionen von großem Nutzen sein werden. Aber wenn unser Herzog sich so eifrig ans Werk macht, warum sollte er dann nicht auch nach Palmaris gehen wollen? Ich werde ihn zur Erholung den Sommer in Ursal verbringen lassen, dann stelle ich ihm ein starkes Kontingent von Beratern und Dienstboten zur Seite und schicke ihn nach Palmaris. Ich glaube nicht, dass er mit Abt Braumin große Probleme haben wird.«

Herzog Kalas nickte und brachte sogar ein Lächeln zustande, aber aufgrund seiner Erfahrungen in Palmaris hatte er seine Zweifel an Danubes Einschätzung.

Das Dörfchen Juniper im grünen Hügelland des südlichen Bärenreichs war eine ruhige, bescheidene Gemeinde. Juniper war keine alte Ortschaft, hatte keine weit zurückreichende Geschichte, sondern war eine verhältnismäßig junge Siedlung, in der jeder Neuankömmling ohne Argwohn aufgenommen wurde und frei von Vorurteilen ein neues Leben beginnen konnte.

Und so zogen viele der weniger akzeptablen Wandervögel im südlichen Bärenreich früher oder später nach Juniper, an einen Ort, den selbst sie, die Ungewollten, die Ausgestoßenen, ihr Zuhause nennen konnten.

Das machte Juniper zu einer stetig wachsenden Gemeinde, und als die Brüder aus St. Gwendolyn De'Unnero von dem Ort berichteten, erkor die Bruderschaft der Büßer das Dorf zu ihrem Ziel aus.

Sie trafen an einem drückend heißen Nachmittag ein. Gewandet in ihre wollenen abellikanischen Mönchskutten, trotteten die abtrünnigen Brüder nacheinander mit gesenkten Häuptern ins Dorf, Gebete murmelnd, in denen sie um Vergebung für ihre und die Sünden aller Menschen auf der Welt baten.

De'Unnero führte die Prozession zum Dorfplatz, wo die Brüder hinter ihm einen Halbkreis bildeten, während er seine Kapuze zurückschlug und zu den Einwohnern zu sprechen begann. »Ich bin Bruder Redlich!«, erklärte er. »Hört mir gut zu, wenn euch euer Leben und eure unsterblichen Seelen etwas wert sind!« Wie in allen Dörfern im Bärenreich gab es im Jahre des Herrn 828 auch in Juniper kaum Abwechslung, und ein charismatischer Redner war in der Tat eine Seltenheit. Bald waren alle Dorfbewohner zusammengekommen, um dem Spektakel beizuwohnen.

Und es war tatsächlich ein Spektakel, was De'Unnero und seine fanatischen Anhänger in Juniper inszenierten! Der selbst ernannte Bruder Redlich sprach von den Sünden eines beliebigen, namenlosen Mannes an einem beliebigen, namenlosen Ort, worauf einer der Brüder aus dem Halbkreis trat, sich die Kutte vom Leib riss und sich, nur mit seiner weißen, knielangen Unterhose bekleidet, vor De'Unnero in den Staub warf.

Ein anderer Bruder eilte mit einer Peitsche herbei und versetzte dem Mann auf De'Unneros Befehl zwanzig mörderische Peitschenhiebe, die auf dem Rücken des »Sünders« blutige Striemen hinterließen.

In dieser Art fuhren De'Unneros Anhänger fort, ihr eigenes Fleisch und Blut zu malträtieren, um die Sünden der Welt auf sich zu nehmen und mit schmerzhaften Peitschenhieben dafür zu büßen.

Als nach mehr als drei Stunden De'Unneros Stimme allmählich heiser wurde und jeder der bußfertigen Brüder Blut und Tränen vergossen hatte, war das Spektakel endlich vorüber.

Aber dies sollte für die Zuschauer noch nicht alles gewesen sein; auf De'Unneros Geheiß waren nämlich nun sie an der Reihe, öffentlich ihre und die Sünden ihrer Nachbarn zu beichten.

Und so machten sich die abtrünnigen Ordensbrüder daran, den Bauern mit unnachgiebiger Härte die Sünden aus dem Leib zu peitschen.

Als zwei Männer einer »unnatürlichen Freundschaft« bezichtigt wurden, wurden sie bewusstlos geschlagen und auf der Stelle öffentlich kastriert. Als ein Junge beschuldigt wurde, seinem Nachbarn ein Huhn gestohlen zu haben, befahl De'Unnero der Mutter des Jungen, ihrem Sohn die Hand abzuschlagen. Und sie tat es! Denn die Einwohner von Juniper wussten von der Rotflecken-Pest und hegten keine Zweifel an den Worten des unversöhnlichen Abellikaners, der gekommen war, um ihnen zu erklären, warum die Pest ihr hässliches Haupt erhoben hatte und wie die Seuche zum Stillstand gebracht werden konnte.

Es war lange nach Sonnenuntergang, als in Juniper die letzte Buße vollzogen wurde. Die abtrünnigen Brüder waren noch auf dem Markplatz zugange und beendeten das Ritual mit einer ausschweifenden Selbstgeißelung, als De'Unnero unter den Zuschauern einen dunkelhäutigen Behreneser erblickte. Der Heide wurde zu dem erzürnten Meister gezerrt.

»Wer ist dein Gott?«, wollte De'Unnero von ihm wissen.

Der Mann gab keine Antwort.

»Chezru?«, fragte der Meister ihn nach der Gottheit der behrenesischen Yatol-Priester. »Kniest du nieder, um Chezru anzubeten?«

Der Mann gab noch immer keine Antwort, aber er begann am ganzen Leib zu zittern, während De'Unnero ihn langsam umkreiste und drohend musterte.

»Entsage ihm«, befahl De'Unnero dem Mann, als er ihm wieder gegenüberstand. »Sage dich öffentlich von Chezru los, auf der Stelle.«

Der Mann gab keine Antwort.

»Wenn du es nicht tust, hast du meine erste Frage bereits beantwortet«, sagte De'Unnero listig. »Sage dich von Chezru los! Mach schon! Erkläre ihn zum Verräter der Seelen.«

Einer der abtrünnigen Brüder stürmte heran, als wollte er den Behreneser umstoßen, aber De'Unnero hielt ihn zurück.

»Wir haben die Pest im Land«, erklärte der Meister dem verängstigten dunkelhäutigen Mann. »Wir kennen die Ursache dafür: ein fehlgeleiteter Glaube. Sage dich von Chezru los, sonst entlarvst du dich als Ketzer und damit als Wegbereiter der Pest.«

Die letzte Bemerkung schien dem armen Behreneser ein wenig Mut zu machen. Er atmete tief durch und sah De'Unnero in die Augen. »Ihr verlangt von mir, meinen Glauben zu verraten, um mein leibliches Wohl zu retten«, sagte er mit starkem behrenesischem Akzent. »Das kann ich nicht tun.«

»Hängt ihn auf!«, brüllte jemand, aber De'Unnero ignorierte den Zwischenruf.

»Wo sind seine Angehörigen?«, fragte der Meister laut. Er bekam seine Antwort und erfuhr mit Genugtuung, dass auf einem alten Bauernhof außerhalb Junipers ein gutes Dutzend Behreneser lebten.

»Nehmt ihn mit«, befahl er den Brüdern, und der Behreneser wurde weggezerrt. Mit Fackeln zog die Prozession durch die Nacht. Sie umstellten das große Haus und sahen die erschrockenen Gesichter der Menschen – darunter auch Alte und Kinder –, die ihnen durch die Fenster entgegenblickten.

De'Unnero befahl den Behrenesern, herauszukommen, aber sie weigerten sich.

»Wer ist euer Gott?«, rief er ihnen zu. »Seid ihr Anhänger der abellikanischen Kirche oder folgt ihr Chezru?«

Keine Antwort.

De'Unnero bedeutete den beiden neben ihm stehenden Brüdern, mit ihren lodernden Fackeln auf das Haus zuzugehen.

»Ihr werdet mir antworten, oder wir werden euer Haus niederbrennen!«, brüllte De'Unnero. »Also, an welchen Gott glaubt ihr?«

Die Tür schwang auf, und ein alter dunkelhäutiger Mann trat heraus und kam langsam auf De'Unnero zu. Er sah zu den Ordensbrüdern, die den anderen Behreneser festhielten. »Lasst ihn gehen«, forderte er die Mönche auf.

Sie ignorierten ihn, und der alte Mann fasste wieder ihren Anführer ins Auge.

»Lasst uns in Frieden«, sagte der alte Mann zu De'Unnero. »Dies ist unser Zuhause. Der Hof ist unser rechtmäßiges Eigentum, und wir sind Euch keinerlei Erklärung schuldig.«

»Du bist ein Yatol«, warf De'Unnero ihm vor, denn dies war die Religion des südlichen Landes, und wegen des starken Akzents des Mannes wusste De'Unnero, dass der Alte noch nicht lange im Bärenreich lebte.

Der Mann zuckte mit den Schultern.

»Erkläre, dass du der Glaubenslehre der abellikanischen Kirche folgst«, forderte De'Unnero ihn auf. »Erkenne den heiligen St. Abelle als deinen Erlöser an und unseren Gott als den deinen!«

»Wir werden nicht von unserem Glauben abrücken«, sagte der alte Mann voller Stolz und hob den Blick, um alle Zuschauer anzusprechen. Aber dann lag er auch schon am Boden, niedergestreckt von Marcalo De'Unneros blitzschnell hervorgeschossener Faust. Die Mönche schubsten den anderen Behreneser zu dem alten Mann und begannen, die beiden brutal auszupeitschen, bis sie gezwungen waren, sich in das Haus zu retten.

»Brennt das Haus nieder«, befahl De'Unnero, und sofort stürmten die abtrünnigen Brüder mit ihren Fackeln los und setzten auf allen Seiten das Haus in Flammen, darauf bedacht, jeden potenziellen Ausgang in Brand zu stecken.

Kurz darauf ertönten die ersten flehenden Hilferufe, aber

die Brüder verschlossen ihre Ohren vor den Schreien und vergossen nicht eine Träne für die Zuwanderer, denn für sie waren die Behreneser, zusammen mit den Anhängern Avelyns, schuld daran, dass die Pest ausgebrochen war. Nein, die Behreneser mit ihren gotteslästerlichen Ritualen – zu denen laut De'Unnero auch die Opferung entführter hellhäutiger Babys gehörte – waren nicht unschuldig. De'Unnero schrie seine Hetztiraden heraus und bläute es den umstehenden Dorfbewohnern ein für alle Mal ein: Die Behreneser wären gleichzusetzen mit den Horden des geflügelten Dämons, und deswegen müssten sie vernichtet werden.

Kurz darauf kam der Moment seines größten Triumphs: Das Haus brannte lichterloh, als eine Behreneserin irgendwie dem Flammenmeer entkam, in den Wald rannte und die von De'Unnero aufgehetzten Dorfbewohner ihr sogleich nachjagten. Sie fingen sie, schlugen und traten sie, zerrten sie zurück und warfen sie ins Feuer.

Am nächsten Tag verließ die Bruderschaft der Büßer ein geschundenes Juniper und begab sich wieder auf Wanderschaft durch das südliche Bärenreich. Die Mönche hinterließen fünfzehn Tote und mehrere Dutzend teilweise schwer Verletzte. Und doch verließen sie das Dorf, zumindest für einige, als Helden, als die heiligen Brüder, die die Rotflecken-Pest ausmerzen würden. Genau genommen wuchs an diesem Tag die Bruderschaft der Büßer um vier junge, kräftige Männer aus Juniper an, die sich dem Feldzug gegen die Sünde und gegen die Rotflecken-Pest anschlossen. Es waren Männer, die gewillt waren, die Sünden der Menschheit auf sich zu nehmen.

Männer, die bereit waren zu leiden.

Und zu töten.

»Constance ist wieder in anderen Umständen«, verkündete Abt Je'howith König Danube und Herzog Kalas am ersten Tag nach Herbstanfang. »Es wird wieder ein Junge.«

König Danube lächelte; Herzog Kalas lachte laut auf. »Euer Erbe und sein Ersatzmann«, sagte der Herzog.

Danube sah ihn verärgert an. Sein erster Impuls war, seinem etwas zu freimütigen Freund ordentlich den Kopf zu waschen, aber er behielt seine Worte für sich. Denn der König sah ein, dass es Herzog Kalas durchaus zustand, die ungeklärte Statusfrage der Kinder zu erwähnen, denn er, Danube, hatte nach sieben Monaten noch immer nicht die Thronfolge-Verfügung für Merwick, seinen ersten Sohn mit Constance, erlassen.

»Ich werde abwarten und überlegen, wie ich verfahre«, entgegnete der König gleichmütig.

Kalas wählte seine nächsten Worte mit Bedacht. »Ihr habt Euch mehrere Male geweigert, ein Kind von Euch formell anzuerkennen«, sagte er, »aber keine der Frauen stand Euch so nahe wie Constance. Gedenkt Ihr, sie zu ehelichen?«

Nun war Abt Je'howith an der Reihe zu lachen. »In der Tat, mein König, gedenkt Ihr, Lady Pemblebury zu ehelichen? Als Euer Berater in religiösen Fragen muss ich Euch darüber informieren, dass Eure unehelichen Kinder nicht gerade das beste Beispiel abgeben für den Pöbel.«

Die drei Männer lachten schallend, und Danube war froh über den kleinen Scherz. Er wusste, dass er bald eine schwierige Entscheidung würde treffen müssen, doch er war hin und her gerissen und wusste nicht, was er tun sollte. Ihm lag viel an Constance, und er wollte ihr keinesfalls wehtun. Andererseits geisterte ihm noch immer das Bild einer anderen wunderschönen Frau durch den Kopf.

Sie ließen es damit vorerst auf sich beruhen. Je'howith fuhr in seine Abtei zurück, während Kalas den König bei seinem täglichen Ausritt über die Felder und Wiesen begleitete und die Annehmlichkeiten seines Daseins als schwerreicher Adliger genoss.

Aber diese Annehmlichkeiten waren nicht von Dauer.

Die Nachrichten von den Unruhen in einem Dörfchen namens Juniper und ähnlichen Vorkommnissen in der Region zwischen Ursal und Entel erreichten Schloss Ursal eine Woche später, ironischerweise genau an dem Tag, als in der Stadt das erste Opfer der Rotflecken-Pest zu beklagen war.

Die Stimmung in Danubes Audienzsaal – wo Danube, Herzog Kalas, Constance und das Baby, Merwick, auf Herzog Tetrafel und Abt Je'howith warteten – war gedrückt, ganz anders als noch vor wenigen Wochen, als die Adligen am Hof einen sorgenfreien Sommer genossen hatten. Mit einem Mal schien sich die Welt verfinstert zu haben, und die Ruhepause, die den Adligen an Danubes Hof nach dem Fall des Geflügelten und seiner Horden und dem Durcheinander in der abellikanischen Kirche vergönnt gewesen war, schien sich unumkehrbar ihrem Ende zu nähern. Natürlich hatte keiner von ihnen jemals einen Pestausbruch erlebt, aber sie kannten die Geschichten darüber, welche Verwüstungen die Seuche in vergangenen Jahrhunderten über das Königreich gebracht hatte.

»Es ist die Pest!«, erklang eine gehetzte Stimme, dann stürmte Herzog Tetrafel in den Raum, noch völlig außer Atem von seinem Lauf durch Schloss Ursal. »Es wurde bestätigt, mein König. Es ist die Rotflecken-Pest!«

König Danube bedeutete dem Mann, sich zu beruhigen und auf einem der Stühle Platz zu nehmen, die vor dem Thron aufgestellt worden waren. Nach einem kurzen Blick auf den kleinen Merwick wählte Tetrafel den Stuhl direkt vor Danube.

»Ich erfuhr es soeben von einem der Abtei-Brüder«, begann Tetrafel zu erklären, aber Danube unterbrach den Mann mit einem ungeduldigen Wink.

»Wir wissen Bescheid«, sagte der König. »Ich sprach heute Morgen mit Abt Je'howith.«

»Die Rotflecken-Pest!«, sagte Tetrafel kopfschüttelnd. »Was sollen wir nur tun?«

»Was können wir tun?«, antwortete Herzog Kalas. »Am besten verriegeln wir alle Türen und Fenster.«

»Und fahren mit unseren Regierungsgeschäften fort«, fügte König Danube hinzu. »Für Euch, Herzog Tetrafel, bedeutet das, Eure verlorenen Tagebucheinträge aufzuschreiben. Was Ihr und Eure Leute im Westen gesehen und erlebt habt, darf auf keinen Fall verloren gehen.«

Herzog Tetrafel zuckte zusammen, offensichtlich von schmerzhaften Erinnerungen gepeinigt. »Gilt das auch für die Begegnung mit den Doc'alfar?«, fragte er leise.

»Natürlich, dafür ganz besonders«, antwortete König Danube. »Die Doc'alfar sind potenzielle Feinde, über die ich jede verfügbare Information erhalten möchte.«

Herzog Tetrafel nickte beklommen.

»Aber Ihr werdet Eure Arbeit nicht hier fortsetzen«, sprach der König weiter. »Ich brauche Euch als meinen Repräsentanten in Palmaris.«

Tetrafel zuckte erneut zusammen. »Aber die Pest, mein König«, wandte er ein.

»In Chasewind Manor seid Ihr sicher«, beruhigte ihn Herzog Kalas. »Ihr habt dort alles, was Ihr benötigt, und seid dort genauso sicher vor der Pest wie hier.«

»Herzog Tetrafel«, sagte König Danube in formellem Tonfall, denn er sah, dass der Mann noch immer beunruhigt war, »ich habe große Pläne im Norden, in der gesamten Region nördlich von Palmaris, von der ein Großteil zu Eurem Herrschaftsgebiet gehören wird. Mit der Umsetzung meiner Pläne müssen wir natürlich warten, bis die Pest ausgestanden ist, aber wenn es erst einmal so weit ist, gedenke ich, mein Einflussgebiet auf Caer Tinella und schließlich bis ganz nach oben auf die Waldlande auszuweiten.

Es wird die größte Expansion des Bärenreiches seit der Eroberung Vanguards sein, und ich brauche Euch, den größten Entdecker unserer Tage, als Leiter dieses Unternehmens. Begebt Euch also umgehend nach Palmaris. Herzog Kalas wird Euch seine Aufzeichnungen über seine Zeit dort geben. Regiert weise und denkt immer an die ruhmreiche Zukunft, die Euch erwartet.«

Die Überredungskünste des Königs erwiesen sich als erfolgreich. Herzog Tetrafel rutschte von seinem Stuhl und sank vor Danube auf ein Knie. »Ich werde Euch nicht enttäuschen, mein König«, sagte er und verneigte sich. Dann stand er auf, salutierte und verließ eilig den Raum, wobei er beinahe Abt Je'howith umgerannt hätte.

»Ein Mann seines Alters sollte sich nicht derart erregen lassen«, bemerkte Je'howith, als er hereinkam. Danube, Kalas und Constance fiel auf, dass der Abt heute stärker hinkte als üblich.

Je'howith setzte sich auf Tetrafels frei gewordenen Platz und lehnte sich zurück, obwohl der Stuhl ihm nicht besonders bequem zu sein schien. Die düstere Miene des alten Abtes war Antwort genug auf die erste Frage, die Danube ihm hatte stellen wollen.

»Dann stimmt es also«, stellte der König fest. »Die Rotflecken-Pest ist nach Ursal gelangt.«

»In östlicher Richtung wird es schlimmer«, erwiderte Je'howith.

»Ist es vielleicht nur ein begrenzter Ausbruch?«, fragte Constance hoffnungsvoll, ihr Blick auf ihrem Sohn ruhend, als sie die Frage stellte.

»Das lässt sich schwer abschätzen«, sagte Je'howith. »Es ist vorgekommen, dass die Pest nach wenigen Wochen verschwand, dann wiederum gab es Ausbrüche, die ...« Er sprach den Satz nicht zu Ende, sondern schüttelte nur den Kopf.

»So oder so, was kann Eure Kirche schon dagegen tun, Abt Je'howith?«, ließ Herzog Kalas sogleich die Feindschaft zwischen ihnen aufflackern, so wie es bei jeder dieser Zusammenkünfte geschah. »Werden Eure Äbte wieder die Abteitore verriegeln, damit sie das Flehen der Sterbenden nicht hören müssen? Werden sie ihre winzigen Fensterluken schließen, damit sie das Leid der Menschen nicht mit ansehen müssen, die sie in Gottes Reich zu führen vorgeben?«

Abt Je'howith beugte sich vor und kniff verärgert die Augen zusammen. »Wir werden uns in der Tat von der Bevölkerung abschotten«, gestand er. »Und das solltet Ihr ebenfalls tun, Herzog Kalas, und Ihr auch, König Danube. Wir können die Pest nicht besiegen, deswegen müssen wir uns so gut es geht vor ihr verstecken.«

»Und was soll aus den Menschen dort draußen werden?«, fragte Herzog Kalas dramatisch, obwohl deutlich war, dass er bei dieser Debatte keine Unterstützung finden würde, denn Danube hatte bei Je'howiths Ausführungen bereits zustimmend genickt.

»Sie werden sich ebenfalls so gut es geht von den Kranken fern halten müssen«, antwortete Je'howith. »Viele werden dennoch erkranken und einen schrecklichen Tod sterben, denn dies ist nun mal Gottes Wille.«

Aus Verärgerung über den Gedanken, dass Gott etwas mit der Rotflecken-Pest zu tun haben sollte, erhob Herzog Kalas sich so ruckartig von seinem Platz, dass der Stuhl hinter ihm umkippte.

»Alles was Ihr nicht versteht und kontrollieren könnt, stellt Ihr als Willen Gottes dar«, warf er dem alten Abt vor.

»Alles auf der Welt ist Gottes Wille«, erwiderte Je'howith.

»So wie das Erscheinen des geflügelten Dämons?«, fragte Kalas sarkastisch.

Je'howith zuckte nur mit den Schultern und wandte sich zum König, ohne den Herzog eines weiteren Blickes zu würdigen. Das überraschte Kalas – und Danube und Constance ebenso –, denn normalerweise schien der alte Abt den verbalen Schlagabtausch mit dem Herzog zu genießen.

»Es gibt noch ein anderes Kirchen-Thema, das erörtert werden muss«, sagte Danube ernst. »Habt Ihr schon einmal von der so genannten ›Bruderschaft der Büßer‹ gehört?«

»Nur so viel wie Ihr, mein König«, antwortete Je'howith. »Es ist eine Gruppe abtrünniger Ordensbrüder, deren Verhalten von Vater Agronguerre nicht gebilligt wird.«

»Und was ist mit ihrem Anführer?«, fragte Danube. »Dieser Bruder Redlich?«

Kalas zog eine spöttische Miene wegen des lächerlichen Namens.

»Ich weiß nichts über ihn«, antwortete Je'howith.

»Sie ziehen von Dorf zu Dorf«, sagte Herzog Kalas erbost und stellte sich neben Danubes Thron. »Sie geben vor, die Sünden der Menschen auf sich zu nehmen, und schlagen sich dabei regelmäßig besinnungslos. Welch Wunder bei so fanatischen Abellikanern.«

»Erspart mir Eure dummen Kommentare«, sagte Je'howith kühl.

»Hört auf mit dem Unsinn«, gebot Danube den beiden Männern Einhalt. »Diese Brüder scheinen nach Feinden der Kirche Ausschau zu halten, zumindest nach Feinden ihrer Version der Kirche. Zwei Mal haben sie bereits Behreneser umgebracht.«

»Das habe ich auch gehört.«

»Und alarmiert Euch das?«, versuchte Danube den Abt aus der Reserve zu locken, denn er wusste, dass Je'howith, wie die meisten Abellikaner, nicht viel für die heidnischen Südländer übrig hatte.

»Was wollt Ihr von mir hören?«, erwiderte der alte Mönch.

»Wisst Ihr nicht, dass wir enge Handelsbeziehungen mit Behren unterhalten?«, sagte König Danube. Er erhob sich von seinem Thron und bedeutete Kalas, zur Seite zu treten. »Habt Ihr so schnell vergessen, welche Schwierigkeiten Bischof De'Unnero heraufbeschwor, als er eine ähnliche Jagd auf die

Behreneser in Palmaris begann? Botschafter Rahib Daibe hätte beinahe die Handelsbeziehungen abgebrochen und drohte uns mit Krieg. Vielleicht sind Eurer Kirche unsere Handelsbeziehungen gleichgültig, mir aber nicht! Ich werde nicht zulassen, dass mein Reich in einen weiteren Krieg hineingezogen wird!«

Seine Stimme schien vor Zorn zu explodieren. Alle im Raum – Constance, Kalas, Je'howith und selbst Danubes kleiner Sohn – sahen ihn ungläubig an. Sie hatten König Danube Brock Ursal, der normalerweise ruhig und besonnen war, nur selten so erregt und aufbrausend erlebt.

»Meine Kirche ist nicht verantwortlich für die Pest«, sagte Je'howith leise.

»Aber wenn Eure Kirche die Probleme weiter verschlimmert –«, setzte Kalas an, aber Danube gebot ihm mit einer scharfen Handbewegung, still zu sein.

»Ich habe Euch und die übrigen Mönche in Palmaris ermahnt, Ordnung in Eure Kirche zu bringen«, sagte Danube.

»Das haben wir auch!«, protestierte Je'howith. Nun erhob auch er sich, allerdings deutlich schwerfälliger, von seinem Stuhl, um den beiden Männern auf gleicher Höhe gegenüberzustehen. »Vater Agronguerre ist ein hervorragender Mann; und trotz anders lautender Äußerungen von Herzog Kalas könnt Ihr nicht leugnen, dass Abt Braumin Herde im geschundenen Palmaris für Ruhe und Ordnung gesorgt hat.«

»Geschunden von den Wirren innerhalb Eurer Kirche«, bemerkte Kalas spitz. Aber Danube brachte ihn abermals zum Schweigen, dieses Mal mit einer scharfen Handbewegung und einem drohenden Blick.

Der König stieß einen tiefen Seufzer aus und sank auf seinen Thron zurück. Wie schnell sich die Finsternis über ihn und sein Reich gesenkt hatte! Noch vor wenigen Tagen hatte er ausgelassen den herrlichen Sommer und die bevorstehende Geburt seines zweiten Sohnes gefeiert, und nun schien es mit einem Mal so, als befänden er und sein Königreich sich abermals in ernsten Schwierigkeiten.

»Ihr billigt die Taten der Bruderschaft der Büßer nicht?«, fragte er leise.

Je'howith schüttelte den Kopf. »Wir wissen nichts über sie, und wir betrachten ihre Taten mit Abscheu.«

»So etwas hat es immer wieder gegeben«, meldete sich Constance Pemblebury unerwartet zu Wort, und die drei Männer richteten ihre Blicke auf sie. »In Zeiten großer Verzweiflung entstehen oft solche Kulte. Nach einem früheren Pestausbruch entstand die so genannte Bruderschaft der Geißelung –«

»Ja, richtig«, stimmte Je'howith ihr zu. »In verzweifelten Zeiten klammern sich die Menschen an jeden Strohhalm.«

Danube rieb sich die Augen und seufzte erneut. »Gebt Acht, dass Eure Kirche diese Bruderschaft niemals offiziell anerkennt«, warnte er Je'howith, »sonst riskiert Ihr einen Krieg zwischen Kirche und Krone.«

Je'howith nickte ergeben. Er war nicht allzu besorgt, denn er kannte Vater Agronguerre gut genug, um zu wissen, dass der Mann die Schandtaten, die dieser marodierenden Bande zugeschrieben wurden, niemals gutheißen würde.

»Gibt es nichts, was wir gegen die Pest tun können?«, fragte Danube leise.

Je'howith schüttelte den Kopf. »Wir können uns verstecken«, antwortete er.

Mit dieser betrüblichen Feststellung endete die Zusammenkunft. Je'howith begab sich umgehend in seine Abtei und instruierte die Brüder, sich nicht mehr unter das gemeine Volk zu mischen und die schweren Eichentore der Abtei zu verriegeln und Tag und Nacht zu bewachen. Außerdem wurde allen nicht-kirchlichen Arbeitern in der Abtei aufgetragen, nach Hause zu gehen und dem Gelände für eine unbestimmte Dauer fernzubleiben.

Binnen einer Woche hatten die Abellikaner vor ihrer Abtei

und vor den verschlossenen Toren von Schloss Ursal zwei riesige Blumenbeete angelegt. In der Stadt gab es täglich Berichte über neue Kranke, wie von Je'howith erwartet, denn auch bei früheren Ausbrüchen der Seuche waren die dicht bevölkerten Gegenden am stärksten betroffen gewesen.

Am Ende der folgenden Woche scharten sich zahllose Pestkranke vor den Abtei- und Schlossmauern. In jeder Nacht erklangen ihre flehenden Rufe, meistens von Müttern, die an den Armen ihrer Kinder die ersten verräterischen roten Flecken entdeckt hatten.

Abt Je'howith beobachtete alles durch das schmale Fenster seines hoch im Hauptturm der Abtei gelegenen Privatgemachs. Wie alt und zermürbt er sich fühlte! Zermürbt von allem, von seinen Auseinandersetzungen mit Herzog Kalas, der in letzter Zeit immer mehr Unterstützung von König Danube erfuhr. Zermürbt von dem Glaubenskrieg, den er innerhalb seiner Kirche hatte ausfechten müssen. Zermürbt von den jungen Emporkömmlingen in seinem Orden – wer war eigentlich dieser Bruder Redlich? –, die glaubten, alles besser zu wissen!

Nach Markwarts Ende in Palmaris hatte für Abt Je'howith der Sinn seines Daseins darin bestanden, seine geliebte Kirche am Leben zu erhalten und das Andenken an den früheren ehrwürdigen Vater zu schützen. Wie bedeutungslos das jetzt schien, wo sich überall im Land die Rotflecken-Pest ausbreitete, ein Schrecken, der selbst die entsetzlichen Erinnerungen an den geflügelten Dämon verdrängte.

Je'howith betrachtete die ihn umgebenden uralten Gemäuer, sich der sehr realen Möglichkeit bewusst, dass er die Welt außerhalb dieses heiligen Zufluchtsortes, dieses Gefängnisses, womöglich niemals wiedersehen würde. Bei früheren Ausbrüchen im Bärenreich hatte die Pest bis zu zehn Jahre gewütet, bevor sie endlich zum Erliegen gekommen war. Die Mitglieder der abellikanischen Kirche würden in dieser Zeit innere Einkehr halten, würden langwierige Debatten über das

Universum beginnen, über den Sinn des Lebens, über das Wesen Gottes, über die Realität des Todes.

Je'howith, der zu alt war und zu erschöpft und zu sicher, dass er auf diese Fragen keine Antworten wusste, wollte mit alldem nichts mehr zu tun haben.

Draußen hörte er die Männer, die im abendlichen Zwielicht mit ihren Karren durch Ursals Straßen zogen und die Menschen aufforderten, ihre Toten herauszubringen.

Je'howith wusste, dass diese Männer bald Sonderschichten würden einlegen müssen und dass ihre Karren bald hoffnungslos überladen sein würden.

»Bringt eure Toten raus!«

Die Worte trafen den alten Je'howith mitten ins Herz, eine schmerzhafte Erinnerung an ihre Ohnmacht und die Vergeblichkeit ihrer Bemühungen.

»Bringt eure Toten raus!«

Er schlurfte zu seinem Bett und legte sich, zutiefst erschöpft, hin.

Es begann mit einem tauben Gefühl in seinem Arm, ein Kribbeln, das sich allmählich in seiner Schulter und im Brustkorb ausbreitete. Er nahm an, dass das schwere Abendessen seinem alten Magen nicht bekam.

Aber das taube Gefühl wurde zu einem schmerzhaften Brennen. Anfangs war es schwer zu lokalisieren, doch dann konzentrierte es sich eindeutig in seiner Herzgegend, und der alte Mann begriff.

Er lag da, erschrocken und hilflos, und wusste nicht, ob er überhaupt die Kraft finden würde, sein Zimmer zu verlassen. Er wandte den Kopf und starrte auf seinen Nachttisch, denn er wusste, dass dort ein Hämatit lag. Vielleicht konnte er damit einen der Brüder herbeirufen …

Dann erinnerte sich der alte Je'howith an seine jüngste Untersuchung von Constance Pemblebury, und ihm kam ein ganz anderer Gedanke. Er hatte den Seelenstein benutzt, um in Constances Mutterleib einzudringen. Er hatte das ungeborene Kind gesehen, hatte seine Wärme und seinen Geist gespürt. Er wusste, dass er diesen Geist verdrängen konnte, dass er mit dem Seelenstein in Constances Mutterleib eindringen und den Körper des ungeborenen Kindes übernehmen konnte.

Er würde als Sohn des Königs wiedergeboren werden!

Je'howith griff sich ans Herz, als ihn eine weitere Schmerzwelle durchfuhr.

Als der Schmerz abebbte, griff seine Hand nach dem Stein.

Aber dann hielt er inne und führte sich vor Augen, was er vorhatte. Er erkannte, wie falsch und unmoralisch es war! Wie konnte er nur daran denken, etwas so Entsetzliches zu tun? Er hatte sein ganzes Leben als Diener Gottes verbracht, und obwohl ihm viele Fehler unterlaufen waren, hatte er niemals wissentlich etwas Unmoralisches getan! Und es wäre ihm nie in den Sinn gekommen, etwas so Sündhaftes zu tun, wie er jetzt vorhatte!

Mit einem schmerzerfüllten Stöhnen griff Je'howith nach dem Hämatit und legte ihn auf sein brennendes Herz. Er versank in dem magischen Strudel des Seelensteins, aber nicht, um den Geist von Constances ungeborenem Kind anzugreifen, und auch nicht, um Hilfe herbeizurufen.

Nein, es war vorbei, begriff Je'howith. Seine Erschöpfung war, so glaubte er, eine Botschaft Gottes, dass es an der Zeit sei, in sein Reich heimzukehren.

In seinen letzten Minuten ließ der alte Abt sein Leben Revue passieren, vor allem die letzten Jahre, als Markwart vom rechten Weg abgekommen und Je'howith ihm aus Furcht – und wegen anderer, finsterer Motive – bereitwillig gefolgt war. Er fragte sich, ob ihm am Ende seines Weges tatsächlich Erlösung beschieden sein würde.

Beunruhigt fragte er sich, was Erlösung eigentlich war. Dann schloss Abt Je'howith zum letzten Mal die Augen.

5. Vertraute Mienen auf fremden Gesichtern

»Einwände, Einwände, nichts als Einwände«, schalt Roger Pony. »Du wirst Colleen wiedersehen, und du weißt ganz genau, dass du das möchtest! Morgen ziehen wir los.«

Pony, die mit Greystone auf den Hang nördlich von Dundalis geritten war, winkte ihn nur spöttisch fort. Und Roger zog tatsächlich von dannen, halb laufend, halb den Hang hinunterrutschend, begeistert, dass er Pony endlich überredet hatte, ihn nach Caer Tinella zu begleiten.

Pony konnte ihr Lächeln nicht verbergen, als sie ihrem Freund nachsah. Roger hatte den ganzen Sommer auf sie eingeredet, aber sie hatte sich hartnäckig geweigert. Er wollte, dass sie mit ihm nach Palmaris ging, und nun hatte sie endlich eingewilligt, ihn wenigstens bis nach Caer Tinella zu begleiten, wo sie ihre gemeinsame Freundin Colleen besuchen würden.

Pony blickte auf das Dorf hinunter, das ihr ein so guter Zufluchtsort gewesen war. Sie lebte hier nun seit gut einem Jahr und hatte endlich ein gewisses Maß an innerem Frieden gefunden. Sie verbrachte ihre Tage mit der Arbeit in der Geselligen Runde, während Belster O'Comely, der Schankwirt, meistens mit den Dorfbewohnern schwatzte und kaum etwas erledigt bekam. Pony hingegen reichte es, für sich zu bleiben, ihre täglichen Pflichten zu erledigen und Trost zu finden in der Gleichförmigkeit ihrer ereignislosen Tage.

Und nun wollte Roger alles durcheinander bringen, wollte sie wieder in den Süden locken, wo, wie sie fürchtete, die traurigen Erinnerungen sie einholen würden. Er hatte so lange auf sie eingeredet, bis sie irgendwann nachgegeben hatte; nun aber erstarb ihr Lächeln, denn sie fragte sich, ob sie ihr Versprechen wirklich halten konnte.

Sie wandte sich seufzend ab, denn sie hatte an diesem Tag noch eine Verabredung. Sie trabte auf Greystone die andere Seite des Hanges hinunter, durchquerte die Talsenke und ritt in das Wäldchen mit dem flauschigen Teppich aus weißen Rentierflechten. Auch dies war ein Ort der Erinnerungen, aber es waren hauptsächlich schöne Erinnerungen an ihre unbeschwerte Jugend mit Elbryan, bevor die Goblins gekommen waren.

Dieser Wald war ihr Zufluchtsort, an dem sie all die Wirrnisse der Zivilisation weit hinter sich lassen konnte. Sie hatte keine Angst vor Raubtieren und fürchtete sich auch nicht vor marodierenden Pauris oder Goblins, die nach dem Ende des Geflügelten in versprengten Gruppen noch immer das Land unsicher machten. Nein, Ponys Ängste waren anderer Natur: Sie fürchtete ihre Erinnerungen an die Torheit der Menschen, fürchtete, sich bewusst zu machen, wie wenig sie erreicht hatte, wie sinnlos der Tod ihres geliebten Elbryan gewesen war.

Sie hielt an der verabredeten Stelle, einem Teich unweit des Waldstücks, in dem Elbryans Grab lag. Bradwarden war noch nicht da, daher stieg sie von Greystone ab, zog die Schuhe aus und tauchte die Füße in das angenehm kühle Wasser.

Die Zeit verstrich, aber Pony machte es nichts aus, dass Bradwarden sich verspätete. Sie sank ins vom Herbstlaub bedeckte Gras zurück, ließ die Füße im Wasser baumeln und dachte an die gute alte Zeit.

»Ich würde dich ja nur so zum Spaß reinwerfen, wenn ich nicht Angst hätte, dass das kalte Wasser dich umbringen würde«, schreckte die Stimme des Zentauren sie einige Zeit später aus einem erholsamen Nickerchen.

Sie blickte erstaunt zum Himmel hoch. »Haben wir schon Mittag?«, fragte sie ironisch, denn sie waren am Mittag verabredet gewesen, und inzwischen stand die Sonne tief am westlichen Horizont.

»Ich meinte in der Mitte des Tages«, verbesserte der Zentaur. »Und da ich erst im Morgengrauen ins Bett kam und dementsprechend lange schlief, ist für mich jetzt die Mitte meines Tages!«

Pony klaubte ein paar Blätter auf und warf sie nach Bradwarden, aber die Blätter verfingen sich im Wind und flogen in alle Himmelsrichtungen davon.

»Du musst die Welt um dich herum besser beobachten, Mädchen«, lachte der Zentaur.

»Bald habe ich dazu wieder Gelegenheit«, antwortete Pony.

»Ich weiß. Ich habe Roger getroffen, und er erzählte mir alles«, sagte Bradwarden. »Er hat dich endlich rumgekriegt, was? Nun, du weißt ja, wie ich darüber denke.«

»Ja, das tue ich«, murmelte Pony, denn Bradwarden hatte fast genauso vehement wie Roger auf sie eingeredet, wieder in den Süden zu gehen.

»Du kannst dich schließlich nicht für immer verstecken, oder?«

»Verstecken?«, schnaubte Pony. »Kannst du nicht verstehen, dass ich es hier einfach schöner finde?«

»Mag sein, Mädchen, mag sein. Aber selbst wenn dem so wäre, solltest du die Waldlande hin und wieder verlassen und den Duft der großen weiten Welt schnuppern.«

»Wenn es nach Roger ginge, würde ich den ganzen Winter in Palmaris verbringen«, sagte Pony.

»Was wäre so schlimm daran?«, fragte Bradwarden.

Pony schaute verdrossen. »Das Leben hier draußen ist einfach und schön«, sagte sie nach einer Weile. »Ich beabsichtige nicht, von hier fortzugehen, und begleite bloß einen Freund, der wenigstens bis Caer Tinella nicht alleine reisen möchte. Ich verstehe Rogers Ruhelosigkeit nicht – hier hat er alles, was er braucht.«

Der Zentaur lachte schallend. »Alles, was er braucht?«, wiederholte er ungläubig. »Die Sonne scheint, Mädchen. Spürst du es nicht in deinem Herzen und in den Knochen?«

Pony starrte ihn verständnislos an, dann sagte sie: »Vielleicht in den Knochen.«

Bradwarden lachte erneut. »Ah, in den Knochen also! Siehst du, genau das ist Teil von Rogers Problem!«

Pony sah ihn verblüfft an.

»Er ist ein lebenslustiger junger Mann voll unerfüllter Bedürfnisse«, rieb der Zentaur Pony das auf der Hand Liegende unter die Nase. »In den drei Dörfern der Waldlande gibt es insgesamt zwei allein stehende Frauen, und eine von ihnen ist noch ein halbes Kind und hat noch kein Interesse an der Liebe.«

»Und die andere bin ich«, sagte Pony. »Du glaubst doch nicht, dass Roger ...«, fragte sie mit einem alarmierten Klang in der Stimme.

»Ich glaube, dass er dich aus ganzem Herzen lieben würde, wenn du es wolltest«, sagte Bradwarden. »Aber keine Sorge, Mädchen, Roger hegt keine diesbezüglichen Absichten. Er ist dir und war Elbryan ein zu guter Freund.«

Pony stützte sich auf die Ellbogen und dachte über Bradwardens Worte nach. »Roger geht nach Palmaris, um eine Frau zu finden«, sagte sie. Es war mehr eine Feststellung als eine Frage.

»Zumindest eine Frau für ein paar Nächte, würde ich meinen«, entgegnete der Zentaur lachend. »Kann man ihm das verübeln?«

Die letzte, in einem recht scharfen Ton gestellte Frage ließ Pony erstaunt zu Bradwarden aufblicken.

»Hast du vergessen, wie es sich anfühlt, wenn man verliebt ist?«, fragte der Zentaur leise und voller Sanftmut.

»Komische Frage aus deinem Mund«, sagte Pony mit unverhohlenem Sarkasmus in der Stimme, denn soweit sie wusste, hatte Bradwarden sich nie in einen anderen Zentaur verliebt; soweit sie wusste, gab es auf der Welt keine anderen Zentauren!

»Bei mir und meinen Artgenossen liegt die Sache natürlich

anders«, erklärte der Zentaur. »Wir haben andere Möglichkeiten ...« Er hielt inne, offenbar peinlich berührt, und räusperte sich, ein lautes, grollendes Geräusch, das an eine Felsbrocken-Lawine erinnerte. »Wir ziehen nur alle fünf Jahre los, um eine Partnerin zu finden, öfter nicht. Und es ist jedes Mal eine andere. Und wenn die Stute trächtig geworden ist, müssen wir sie verlassen und sie den Kleinen alleine aufziehen lassen.«

»Dann hast du also deinen Vater nie kennen gelernt«, sagte Pony.

»Hab von ihm gehört, das reicht«, sagte Bradwarden. Falls in seiner Stimme ein trauriger Unterton mitschwang, hatte Pony es nicht bemerkt.

»Aber mit den Menschen ist es eine andere Geschichte«, fuhr der Zentaur fort. »Ich beobachte deine Artgenossen schon zu lange, um zu glauben, dass ihr auf Dauer alleine glücklich werden könntet.«

Pony sah ihn sprachlos an, denn sie wusste, dass die Bemerkung in erster Linie ihr galt.

»Vielleicht wirst auch du wieder Begehren empfinden, vielleicht auch nicht«, beantwortete der Zentaur ihren fassungslosen Blick. »Aber du hast die Liebe kennen gelernt, Mädchen, die größte Liebe, die meine Augen je erlebten. Du hast sie kennen gelernt und spürst sie noch immer als Wärme in deinem Herzen.«

»Ich spüre eine große Leere in meinem Herzen«, sagte Pony.

»Mag sein«, erwiderte der Zentaur mit einem spöttischen Grinsen, und der bloße Umstand, dass Bradwarden eine solche Miene aufsetzte, während er von Elbryan sprach, verriet Pony, dass in seinen Worten tatsächlich ein gewisses Maß an Wahrheit lag. »Aber die Wärme füllt diese Leere allmählich wieder aus, würde ich meinen.

Wie auch immer, du hast die wahre Liebe kennen gelernt, und Belster auch, und deswegen habt ihr beide eure Erinnerungen, und das ist mehr, als Roger hat.«

Pony wollte etwas erwidern, aber dann ging ihr auf, dass es stimmte, was Bradwarden sagte. Roger war einsam, und er war in einem Alter, in dem er mehr brauchte als bloß Freunde. Der Zentaur hatte Recht: Hier oben in den Waldlanden hatte ein junger Mann keine große Auswahl an Frauen.

Pony legte sich wieder ins Gras, die Hände hinter dem Kopf verschränkt, und schaute zum strahlend blauen Nachmittagshimmel und den vorüberziehenden Wolken hinauf. Sie erinnerte sich noch gut an das Gefühl, verliebt zu sein. Sie spürte noch immer die Nähe und Wärme, obwohl Elbryan längst von ihr gegangen war. Und plötzlich fragte sie sich, vermutlich zum ersten Mal seit der Tragödie in Chasewind Manor, ob sie sich wohl jemals wieder verlieben würde. Nein, mehr als das, sie fragte sich, ob sie sich jemals wieder verlieben *wollte*.

Sie blieb bis spätabends bei Bradwarden und lauschte seinen zauberhaften Pfeifen-Melodien. Auf dem Heimweg nach Dundalis machte sie in der kleinen Waldlichtung mit den beiden Hügelgräbern Halt, setzte sich ins Gras und schwelgte in ihren Erinnerungen.

Am nächsten Morgen – sie war noch müde, weil sie erst spät ins Bett gekommen war – machten sich Pony auf Greystone und Roger auf einer älteren Stute aus Symphonys Herde auf den Weg in den Süden. Nach einer Woche unermüdlichen Reitens trafen die beiden in Caer Tinella ein.

Sie begaben sich sogleich zu Colleen. Die Frau sah noch erschöpfter und verhärmter aus als zu dem Zeitpunkt, als Pony und Belster auf ihrem Weg nach Dundalis hier Halt gemacht hatten. Trotzdem fand Colleen die Kraft, Pony und Roger in die Arme zu schließen.

»Ich überlege schon seit einer Weile, nach Dundalis zu gehen«, erklärte sie, »sobald es mir besser geht, meine ich.«

»Nun, wir haben dir den Weg erspart«, sagte Pony und versuchte fröhlich zu klingen.

Plötzlich blitzten Colleens Augen verschmitzt auf. »Du hast es ihm richtig heimgezahlt, was? Ich meine, Seano Bellick.«

Roger warf Pony einen fragenden Blick zu. »Er tauchte mitten in der Nacht in unserem Lager auf«, erklärte Pony. »Ich versuchte ihn zu überzeugen, dass er verschwinden soll.«

»Oh, du hast ihn überzeugt, glaube ich«, sagte Colleen schmunzelnd und wandte sich zu Roger und erzählte ihm die Geschichte. »Sie schlägt ihm die Hand ab und jagt seinem Spießgesellen einen Pfeil ins Auge! Seano kam am nächsten Tag hier durch. Du hättest sein Gejammer hören sollen! Er ist sofort nach Palmaris weitergezogen, aber wie ich hörte, wurde er unterwegs umgebracht.«

»Kein großer Verlust für die Welt«, sagte Pony.

»Finde ich auch«, erwiderte Colleen; dann hielt sie inne und musste husten. Es dauerte eine Weile, bis sie weitersprechen konnte. »In letzter Zeit haben wir kaum Neuigkeiten aus dem Süden gehört – außer dass die Bauern ihre Ernte einholen und solche Dinge.«

»Weißt du, ob Braumin Herde noch Abt von St. Precious ist?«, fragte Pony.

»Ja, und er konnte seine Position festigen, seit Herzog Kalas im letzten Winter nach Ursal flüchtete«, antwortete Colleen. »Mein Cousin Shamus hat es mir berichtet. Er lebt wieder in Palmaris und hilft dem Mann, der momentan Kalas vertritt. Abt Braumin ist sehr beliebt in der Stadt.«

»Ich freue mich darauf, ihn wiederzusehen«, erklärte Roger.

»Dann seid ihr also auf der Durchreise?«, fragte Colleen.

»Roger ist auf der Durchreise. Ich habe ihn begleitet, um dich zu besuchen«, antwortete Pony.

»Du kommst zur richtigen Zeit«, sagte Colleen zu Roger. »Morgen zieht eine Karawane nach Palmaris los.«

»Ein bisschen länger wollte ich eigentlich schon bleiben«, erklärte Roger.

»Aber es heißt, dass schlimme Unwetter aufziehen werden«, sagte Colleen. »Du solltest dich der Karawane anschließen, wenn du sicher nach Palmaris gelangen möchtest.«

Roger sah Pony an, aber sie zuckte nur mit den Schultern. Sie hatten von Anfang an gewusst, dass der Moment kommen würde, wo sich ihre Wege trennen und sie sich – laut Roger – vielleicht für lange Zeit nicht wiedersehen würden.

»Wende dich an Janine vom See«, sagte Colleen zu Roger. »Sie wird dir einen Platz in der Karawane besorgen.«

Sie saßen noch eine Weile zusammen, unterhielten sich und aßen Colleens leckeren Eintopf. Dann machte Roger sich auf den Weg zu Janine vom See.

»Warum bist du noch immer krank?«, fragte Pony unverblümt, sobald Colleen die Tür hinter Roger geschlossen hatte.

Colleen sah sie an, als hätte Pony sie geohrfeigt. »Eine wirklich schöne Art, jemandem ›Hallo‹ zu sagen«, erwiderte sie.

»Ich bin wenigstens ehrlich«, entgegnete Pony. »Als ich dich das letzte Mal sah, ging es dir nicht besonders, aber das ließ sich mit dem Kampf gegen Seano Bellick und den Strapazen der letzte Jahre erklären. Jetzt aber … Colleen, das ist ein Jahr her. Warst du die ganze Zeit krank?«

Colleens Verärgerung verebbte, als sie sah, dass Pony sich tatsächlich ernste Sorgen um sie machte. »Im Sommer ging es mir prima«, versicherte sie Pony. »Ich weiß nicht, was in letzter Zeit mit mir los ist, aber es ist nichts, worüber man sich groß aufregen müsste.«

»Ich wäre eine Lügnerin und eine schlechte Freundin, wenn ich dir erzählte, wie kräftig und gesund du aussiehst«, sagte Pony.

»Und ich wäre eine Lügnerin, wenn ich dir weiszumachen versuchte, dass es mir gut geht«, stimmte Colleen ihr zu. »Aber das wird schon vorübergehen«, meinte sie unbeirrt.

Pony nickte und versuchte, zuversichtlich zu wirken, aber insgeheim überlegte sie, dass sie vermutlich ihren Seelenstein zum Einsatz bringen musste, bevor sie Caer Tinella verließ.

Am nächsten Tag zog Roger mit der Karawane los. Es war die letzte planmäßige Karawane vor dem Winter, und viele der Bauern sagten frühe, heftige Schneefälle voraus. Der junge Mann versuchte ein letztes Mal, Pony zum Mitkommen zu überreden, aber sie wollte nicht, woraufhin er argumentierte, dass sie doch sowieso in Caer Tinella festsitzen würde, wenn der Winter tatsächlich so früh über das Land kam.

Aber Pony entgegnete, dass sie sich deswegen keine Sorgen mache und dass sie und Greystone es bis nach Hause schaffen würden, wann immer es ihnen beliebte. Und dann, sich an Bradwardens Worte erinnernd, forderte Pony ihn auf, sich endlich auf den Weg zu machen, und nahm ihm das Versprechen ab, ihren Freunden in Palmaris liebe Grüße von ihr zu bestellen.

In Wahrheit hatte Pony ohnehin nicht vor, in nächster Zeit heimzukehren. Eigentlich hatte sie Roger hierher begleiten und einige Tage bleiben wollen, um anschließend wieder nach Dundalis zurückzukehren. Aber da es Colleen so schlecht ging – schlechter als vor einem Jahr –, konnte sie ihre Freundin nicht einfach im Stich lassen.

Wie vorausgesagt, brach der Winter früh über die Felder nördlich von Palmaris herein, aber da waren Roger und die Karawane zum Glück schon in der Hafenstadt am Masurischen Fluss eingetroffen.

Obwohl es schon spät war, als er in die Stadt ritt, machte er sich umgehend auf den Weg nach St. Precious. Es tat gut, wieder mit Braumin, Viscenti und Castinagis zusammenzusitzen. Sie lachten und erzählten sich Geschichten aus der guten alten Zeit. Dann brachten sie einander auf den neuesten Stand der Dinge und berichteten mit leisen Stimmen, was sie sich für die Zukunft erhofften.

»Pony hätte mitkommen sollen«, sagte Roger. »Es würde ihr gut tun zu sehen, wie sehr sich die abellikanische Kirche verändert hat und dass Avelyn nicht länger als Ketzer gilt, sondern heilig gesprochen wird.«

»Dessen können wir uns noch nicht sicher sein«, erwiderte Meister Viscenti.

»In Kürze werden die Inquisitoren eintreffen und uns zu Avelyn und dem Wunder am Berg Aida befragen«, erklärte Abt Braumin. »Das Ergebnis ihrer Untersuchung wird über Avelyns Vermächtnis innerhalb der Kirche entscheiden.«

»Kann es denn irgendeinen Zweifel an alledem geben?«, fragte Roger. »Ich war mit euch am Aida. Es war das größte Wunder, das die Welt je sah!«

»Merkt Euch diese Worte«, warf Bruder Castinagis ein. »Ich bin sicher, dass die Inquisitoren auch Euch befragen werden.«

Sie redeten bis spät in die Nacht und verbrachten auch den Großteil des nächsten Tages damit, sich alte Geschichten zu erzählen und Zukunftspläne zu schmieden, bis Abt Braumin sich entschuldigte und zu einer abendlichen Zusammenkunft mit Bruder Talumus und einigen anderen ging.

Roger machte eine Runde durchs nächtliche Palmaris.

Zu seiner Freude entdeckte er, dass ein neues Schankhaus auf der Ruine der alten Geselligen Runde errichtet worden war, der Gaststätte von Graevis und Pettibwa Chilichunk, Ponys verblichenen Pflegeeltern.

Das Schankhaus hieß jetzt Zum Knochen des Riesen, und als er eintrat, sah er warum, denn entlang der Wände verliefen Reihen von Trägerbalken aus den bleichen Knochen mehrerer Riesen. Voluminöse Schädel schmückten die Wände, und der größte von allen stand auf einem Wandbrett direkt hinter dem Tresen. Auch die Beleuchtung passte zum Namen des Schankhauses: Der Kronleuchter war ein gigantischer Brustkorb eines Riesen.

Roger ging umher und betrachtete die einfallsreiche Dekoration und die fremden Gesichter mit den vertrauten Mienen. Das Schankhaus Zum Knochen des Riesen unterschied sich sehr von der Geselligen Runde, fand er, und doch war vieles gleich geblieben. Roger lauschte einigen Gesprächen, während er zum Tresen ging, Worten, die er schon einmal zu einer anderen Zeit vernommen hatte.

Die Leute schienen zufrieden, obwohl Roger die typischen Klagen über schlechte Ernten und zu hohe Steuerabgaben vernahm und an einem Tisch sogar Gemurmel über einen angeblichen Ausbruch der Pest hörte.

Aber je länger er sich umsah und den Gesprächen lauschte, desto behaglicher fühlte sich Roger in dem Schankhaus, desto mehr fühlte er sich zu Hause.

»Was trinkt Ihr, Freund?«, erklang hinter ihm eine raue Stimme.

»Honigmet«, antwortete Roger, ohne sich umzudrehen.

Er vernahm das Klirren einer Flasche und eines Glases, dann grollte dieselbe Stimme: »Starr nicht so in die Gegend, Mädchen, sondern tu was für dein Geld.«

Da drehte Roger sich um und erblickte den bärtigen Schankwirt, der dabei war, sein Glas zu füllen; außerdem, und dies war das Entscheidende, erblickte er hinter dem Tresen ein bekanntes Gesicht, das ihn unverwandt anstarrte.

»Roger Flinkfinger«, sagte Dainsey Aucomb erfreut. »Ich fragte mich schon, ob ich dich jemals wiedersehen würde.«

»Dainsey!«, rief Roger und beugte sich über den Tresen, um die Frau zu umarmen und ihr einen Kuss zu geben.

»Wenn Ihr Euren Met verschüttet, müsst Ihr ihn trotzdem bezahlen«, sagte der Schankwirt schroff, und Roger lehnte sich sogleich wieder zurück.

»Oh, du bist so ein ungehobelter Kerl, Bigelow Brown!«, sagte Dainsey lachend und schlug mit ihrem Putzlappen nach dem Mann. »Wenn du wüsstest, wen du da anblökst, würdest du dich besser benehmen!«

Bigelow Brown sah Roger genauer an, aber bevor er ihn ansprechen konnte, war Dainsey schon um den Tresen geeilt, nahm den schlanken Mann am Arm und führte ihn durch den Raum. Sie verscheuchte zwei Gäste von einem Tisch und gebot Roger, sich zu setzen, dann eilte sie zum Tresen und holte seinen Met-Becher.

»Ich will alles über Pony, Belster und Dundalis hören«, sagte Dainsey. »Ich komme so oft es geht an deinen Tisch, dann kannst du mir alles berichten.«

Roger nickte und lächelte sie an. Es stimmte ihn jetzt schon glücklich, nach Palmaris gekommen zu sein.

Dainsey Aucomb hielt Wort und kam so oft es ging an seinen Tisch, meistens mit einem neuen Becher Met, den ihm angeblich Bigelow Brown spendierte, obwohl Roger bezweifelte, dass der Schankwirt von seiner Großzügigkeit überhaupt wusste. Sie redeten und lachten, und bevor ihm bewusst wurde, wie spät es war, sah er, dass die meisten Gäste bereits gegangen waren.

»Ich habe bald Feierabend«, sagte Dainsey, als sie ihm einen letzten Metbecher brachte.

»Ein kleiner Spaziergang?«, fragte Roger und deutete auf sie und sich selbst.

»Gerne, Roger Flinkfinger«, antwortete Dainsey lächelnd und ging zum Tresen, um ihre Arbeit zu beenden.

Es war eine schöne Nacht für einen späten Spaziergang. Ein bisschen kühl vielleicht, aber die Schneefälle nördlich von Palmaris hatten die Stadt nicht erreicht, und jetzt war der Himmel über ihnen sternenklar.

Sie liefen um das Schankhaus herum und gingen in eine Gasse, wo sie zu Rogers Überraschung eine in die Außenmauer des Schankhauses eingelassene Leiter vorfanden, die zu dem abgeflachten Teil des spitz zulaufenden Daches hinaufführte.

»Ich bestand darauf, dass sie es so bauen«, erklärte Dainsey, ergriff eine der Sprossen und begann hochzuklettern. »Ich wollte, dass es genauso ist wie damals, als Pony hier arbeitete.«

Roger folgte ihr auf das kleine Flachdach. Als er über die Dachkante stieg, saß Dainsey bereits mit dem Rücken am warmen Kaminschacht des Gebäudes.

»Das hier war Ponys Lieblingsplatz«, erklärte Dainsey. Roger nickte, denn Pony hatte ihm von ihren Nächten auf dem Dach der Geselligen Runde erzählt. »Hier saß sie immer, um sich von dem Trubel zu erholen und einen Blick auf die große weite Welt zu werfen.«

Roger ließ seinen Blick über das nächtliche Palmaris schweifen, sah hinauf zu den glitzernden Sternen und zu den Lichtern am Hafen, wo trotz der vorgerückten Stunde noch reges Treiben herrschte. Er konnte Dainseys Worte – »einen Blick auf die große weite Welt zu werfen« – gut nachempfinden, denn ihm schien, als ob er von hier oben die ganze Stadt beobachten könnte, als wäre er ein Spion aus einer fremden Welt, der sich – von einem entlegenen Ausguck – die Ruhestunden der Bevölkerung von Palmaris ansah.

Unter ihnen auf der Straße hörte er ein flüsterndes und kicherndes Pärchen und lächelte verlegen, als er Teile ihres Gesprächs verstand, Worte, die eigentlich nicht für fremde Ohren bestimmt waren.

Er verstand, warum Pony diesen Ort so geliebt hatte.

»Geht es ihr gut?«, riss Dainsey ihn aus seinen Gedanken.

Roger sah sie an. »Pony?«, fragte er.

»Wen sollte ich denn sonst meinen?«, fragte die junge Frau schmunzelnd.

»Es geht ihr langsam besser«, berichtete Roger. »Ich ließ sie in Caer Tinella zurück. Sie besucht dort Colleen.«

»Oh, Colleen. Ihr Cousin ist nach Palmaris gekommen und hilft dem Stellvertreter des Barons«, sagte Dainsey.

Roger trat zu ihr heran und setzte sich direkt neben sie, um etwas von der Wärme des Kaminschachts abzubekommen.

»Sie hätte hier bleiben sollen«, sagte Dainsey, »oder ich hätte sie begleiten sollen.«

»Dort oben ist nicht viel los«, sagte Roger wahrheitsgemäß. »Genau das braucht Pony jetzt, aber für dich wäre das Leben dort oben zu langweilig, glaube ich.«

»Aber ich vermisse sie«, sagte Dainsey. Sie sah Roger von der Seite an, und er bemerkte den Tränenglanz in ihren Augen. »Wenn sie hier geblieben wäre, hätte ihr die ganze Welt zu Füßen gelegen. Gott, sie ist so schön.«

Roger wandte den Kopf und schaute ihr auf eine Weise in die Augen, wie er noch nie einer Frau in die Augen geschaut hatte. »Aber nicht schöner als Dainsey Aucomb«, sagte er, bevor er nachdenken konnte, denn hätte er sich seine Worte vorher überlegt, hätte er niemals den Mut gehabt, sie auszusprechen!

Dainsey errötete und schlug verlegen die Augen nieder, aber Roger, dem seine Tollkühnheit Mut gemacht hatte, hob ihr Kinn und zwang sie, ihn anzusehen. »Das meine ich ernst«, sagte er.

Dainsey blickte zweifelnd. »Ich habe dir wohl zu viel Met gebracht«, sagte sie kichernd.

»Das hat nichts damit zu tun«, erklärte Roger mit fester Stimme.

Dainsey versuchte den Blick abzuwenden und begann zu lachen, aber Roger hielt ihr Kinn fest und sah sie durchdringend an.

»Das hast du noch nie zu mir gesagt«, flüsterte sie.

Roger schüttelte den Kopf. »Ich habe einfach nicht gut genug hingesehen«, sagte er. »Aber es ist wahr, Dainsey Aucomb. Du bist wunderschön.«

Sie wollte etwas sagen, dann lachte sie wieder verlegen, aber Roger beugte sich vor und gab ihr einen zärtlichen Kuss.

Dainsey schob ihn auf Armeslänge von sich weg. »Was ist nur in dich gefahren?«, fragte sie.

Jetzt war Roger derjenige, der rot wurde. »Ich-ich-ich weiß nicht«, stammelte er, ihrem Blick ausweichend.

Aber Dainsey Aucomb lachte laut auf, zog ihn sanft zu sich und gab ihm einen drängenderen, leidenschaftlicheren Kuss.

Der erste Schnee blieb nicht lange liegen, und schon bald war der Weg nach Dundalis wieder passierbar. Pony konnte sich dennoch nicht auf den Heimweg machen, denn es ging Colleen kein bisschen besser. Im Gegenteil, die Frau wirkte mit jedem Tag matter und entkräfteter. Pony hatte mehrere Male angeboten, ihr mit dem Seelenstein zu helfen, aber Colleen hatte abgelehnt und gemeint, es wäre bloß eine hartnäckige Verkühlung, von der sie sich bald erholen würde.

Aber als sie eines Morgens nach Colleen sah – was ungewöhnlich war, weil die Frau trotz ihrer Erkrankung immer vor Pony aufstand, um das Frühstück zuzubereiten –, fand Pony sie schweißgebadet im Bett, zu schwach, um aus eigener Kraft aufzustehen.

Pony schlug die dicke Wolldecke zurück, um die Frau ein wenig abzukühlen.

Und dann sah sie es auf Colleens Arm, runde rote Flecken, groß wie Goldbären-Münzen, umgeben von weißen Ringen.

»Was ist das?«, fragte Pony und hob Colleens Arm, um den eigenartigen Ausschlag genauer zu betrachten.

Colleen war nicht imstande zu antworten. Pony fragte sich, ob ihre Freundin die Frage überhaupt verstanden hatte.

Die Rotfleckenpest war in den Norden gelangt.

6. Tausende, Abertausende winzige Dämonen

»Sie hat die Rotfleckenpest!«, rief die alte Frau. Sie untersuchte Colleen aus sicherer Entfernung und wich, als sie die verräterischen Flecken sah, bei jedem ihrer Worte weiter von Ponys

Freundin zurück. Sie erreichte die Tür, einen stummen Entsetzensschrei auf den Lippen, und schlüpfte hinaus ins helle Tageslicht.

Pony eilte ihr nach. »Die Rotfleckenpest?«, wiederholte sie, denn sie hatte keine Ahnung, was das sein mochte. Pony war hoch oben in den Waldlanden aufgewachsen. Ihre Mutter hatte ihr zwar das Lesen beigebracht, sie aber nie in eine richtige Schule geschickt, und deswegen hatte sie noch nie von der Rotfleckenpest gehört.

»Ja, und das bedeutet unser aller Tod!«, jammerte die alte Frau.

»Was wird aus meiner Freundin?«

»Sie wird sterben. Keiner kann ihr noch helfen«, antwortete die alte Frau kühl.

»Ich habe einen magischen Stein«, sagte Pony und holte den Hämatit heraus. »Ich bin ausgebildet im Gebrauch der Steine –«

»Das wird Euch nichts nützen gegen die Rotfleckenpest!«, zeterte die Alte. »Ihr werdet Euch bloß selbst umbringen!«

Pony sah sie düster an, aber die faltengefurchte alte Frau warf die Hände in die Luft, fuhr herum und rannte schreiend davon: »Der beringte rote Fleck! Der beringte rote Fleck!«

Pony ging zurück ins Haus und schalt sich, dass sie die Heilerin überhaupt gerufen hatte, statt die Krankheit einfach mit ihrem Seelenstein zu behandeln. Sie trat zu Colleen ans Bett und nahm die Hand der Frau. Sie spürte die von Colleen ausgehende Hitze und sah den feinen Schweißfilm auf ihrem zerbrechlich wirkenden Arm. Wie sehr die Frau sich von der Kriegerin unterschied, die Pony bei ihren schweren Prüfungen zur Seite gestanden hatte! Colleen war stark gewesen, stärker als Pony, hatte kräftige Arme und breite Schultern gehabt. Nun aber wirkte sie so schwach, als könnte der leiseste Windhauch sie umblasen. Ihr trauriger Zustand machte Pony ein schlechtes Gewissen, denn Colleens Unglück hatte begonnen, als sie die als Gesetzlose geltende Pony auf ihrer Flucht aus Palmaris begleitet hatte. Unterwegs hatte ihnen der zur Hälfte in einen Tiger verwandelte De'Unnero aufgelauert. Zuerst hatte er Pony niedergeschlagen und danach Colleen schwer verletzt. Sie hatte zwar entkommen können, weil De'Unnero es nur auf Pony abgesehen hatte, aber von der Verletzung hatte Colleen sich nie richtig erholt.

Und nun dämmerte sie in ihrem Bett völlig entkräftet vor sich hin.

Pony verdrängte ihre Schuldgefühle und konzentrierte sich auf den Hämatit, den Seelenstein, den Stein des Heilens. Sie ließ sich immer tiefer in den magischen grauen Strudel fallen, bis ihr Geist aus ihrem Körper trat. Von allen dinglichen Fesseln befreit, schwebte Pony über dem Bett und schaute auf Colleen und ihren eigenen Körper hinab, der noch immer die Hand der Frau hielt. Sie konzentrierte ihre Gedanken auf Colleen und konnte die Krankheit so deutlich spüren, als wäre sie ein greifbarer Gegenstand; sie konnte die Hitze spüren, die aus Colleens geschundenem Leib aufstieg, und bemerkte den üblen Fäulnisgeruch in der Luft.

Anfangs hätte der Gestank sie beinahe wieder in ihren Körper zurückgetrieben. In diesem Augenblick konnte sie gut verstehen, warum die alte Frau schreiend fortgerannt war. Einen Moment lang hätte sie am liebsten genau dasselbe getan. Aber dann fasste sie sich ein Herz und fand ihre Stärke wieder, als sie sich vergegenwärtigte, dass sie Markwart, die Personifizierung Bestesbulzibars, in genau diesem körperlosen Zustand entgegengetreten war. Wenn sie Colleen jetzt im Stich ließ, würde ihre Freundin mit Sicherheit sterben.

Das durfte sie nicht zulassen.

Colleen war ihre Freundin, die ihr gegen den geflügelten Dämon zur Seite gestanden hatte.

Sie durfte sie nicht sterben lassen. Auf keinen Fall.

Mit neuer Zuversicht und der ihr eigenen Entschlossenheit

schickte Pony ihren Geist in Colleens Körper, um der Krankheit unmittelbar gegenüberzutreten. Sie entdeckte sie sofort, überall in Colleens geschundenem Fleisch; es war eine Art grünlicher Eiter, der alle Organe und Knochen durchdrang. Pony ließ in ihren gestaltlosen Händen das Heilfeuer auflodern und griff mitten hinein in die Ekel erregende Brühe, die die Pest verursachte.

Und tatsächlich begann sich unter ihrer Berührung der Eiter in abscheulich stinkende Dunstschwaden aufzulösen! Pony machte fieberhaft weiter, schob ihre Hände immer tiefer hinein. Sie hatte den Geist des Geflügelten besiegt; also konnte sie auch die Pest besiegen.

Dachte sie jedenfalls.

Es war, als schöbe sie ihre Hände in einen tiefen, randvoll mit Erbsensuppe gefüllten Bottich. An den beiden Stellen, auf die sie ihre Heilversuche konzentrierte, floss die Pestbrühe sogleich an ihren Armen hoch, und tausende, abertausende winzige Dämonen versuchten sie zu packen, in ihren gestaltlosen Leib einzudringen und einen Übergang in ihre körperliche Hülle zu finden. Pony machte unbeirrt weiter, aber die krankheitserregende Flüssigkeit glitt ihr durch die Finger, strömte über ihre glühenden Hände und griff sie in einem fort an. Pony hatte gegen den wohl schlimmsten Feind auf der ganzen Welt gekämpft, aber das hier war etwas anderes. Dieses Mal waren ihre Feinde, die winzigen Pest-Dämonen, die Colleens Körper befallen hatten, zu zahlreich, zu hungrig und zu teuflisch.

Sie griffen nicht einzeln an, sondern alle gleichzeitig, attackierten ohne Unterlass die geistige Hämatit-Verbindung. Sie wusste, dass ihre heilenden Hände die winzigen Biester töteten – dutzende, hunderte von ihnen –, aber erst jetzt erkannte sie voller Entsetzen die schreckliche Wahrheit: Die Pest-Dämonen vermehrten sich schneller, als sie sie vernichten konnte! Sie machte fieberhaft weiter, voll verzweifelter Konzentration, denn sie durfte sich keinen unaufmerksamen Moment erlauben. Ein einziger unkonzentrierter Moment hieße, die Rotflecken-Pest in ihren eigenen Körper eindringen zu lassen. Wenn nur ein einziger dieser winzigen Pest-Dämonen in sie gelangte, würde er in dem neuen Wirt seinen rasenden Vermehrungsprozess sogleich fortsetzen.

Sie war sich dessen bewusst und legte ihre gesamte Kraft in den Seelenstein. Ihre Hände glühten immer heller, ein sengendes, heilendes Licht aussendend.

Aber die Pest-Dämonen waren zu zahlreich und ausgehungert, und wenig später merkte Pony, dass sie auf ihre Arme einschlug, um sich die teuflischen Winzlinge vom Leib zu halten. Bevor sie merkte, was geschah, war die Verbindung mit Colleen getrennt, und einen Augenblick später fand Pony sich auf dem Boden neben dem Bett sitzend wieder, sich instinktiv auf die Arme schlagend.

Sie sank erschöpft gegen die Wand und starrte benommen ins Leere, unsicher, ob eine der teuflischen kleinen Kreaturen in ihren Körper gelangt war.

Sie kroch zu Colleens Bett und zog sich daran hoch.

Ein Blick auf ihre Freundin verriet ihr, dass ihre Anstrengungen das Leid der Frau nicht einmal ansatzweise gelindert hatten.

»Sie geben uns Flaggenzeichen, aber kommen nicht näher«, berichtete der Wachmann Festungskommandant Presso. Die beiden Männer standen auf der Brustwehr von Pireth Vanguard und beobachteten das Schiff, das vor wenigen Minuten aus dem Golf von Korona in den Hafen gesegelt war. Es war dicht an den langgezogenen Landungssteg herangefahren, aber als einige Soldaten hinuntergeeilt waren, um den Seeleuten beim Anlegen zu helfen, hatte es plötzlich fünfzig Meter zurückgesetzt.

Dann hatte ein Mitglied der Mannschaft etwas von einer

Botschaft gerufen, die sie dem neuen Abt von St. Belfour übermitteln sollten, aber als die Soldaten die Botschaft hören wollten, hatte der Seemann darauf bestanden, dass der Kommandant der Festung herunterkommen sollte.

»Es trägt keine Standarte des Bärenreichs«, sagte Presso mit einem Blick auf den Schoner, der offenbar ein Handelsschiff war. »Aber ich sehe das Fähnchen mit dem Lebensbaum-Wappen«, fügte er hinzu und deutete auf den achtern am Kreuzmast hängenden Wimpel mit dem Symbol der abellikanischen Kirche. »Wahrscheinlich schickt Agronguerre eine Nachricht für Abt Haney.«

»Aber warum rufen sie uns die Nachricht nicht einfach zu?«, fragte der Soldat sichtlich nervös. »Und warum wollen sie nicht anlegen?«

Presso, der in politischen Dingen bewanderter war als der junge Mann, schmunzelte bloß über die naive Bemerkung. Wissen war Macht, für Kirche wie Krone gleichermaßen, und deswegen waren Botschaften eben oft geheim. Trotzdem war dieser Besuch in Vanguard zu diesem späten Zeitpunkt, wo bereits die eisigen Winterwinde aus Alpinador herüberwehten, äußerst seltsam. Dass die Mannschaft des Schiffes offenbar sofort die Rückfahrt antreten wollte, schien verantwortungslos, ja sogar gefährlich. Selbst wenn sie den Golf nur zur Hälfte überqueren und in Dancard festmachen wollten, würde die Fahrt mehrere Tage dauern, und einer der zahlreichen Winterstürme über dem Golf konnte den Schoner leicht zum Kentern bringen.

So seltsam es auch schien, Presso konnte nicht leugnen, dass das Schiff da war. Er eilte die gewundene, in den Fels geschlagene Steintreppe hinunter und lief zu seinen Männern am Landungssteg.

»Sie wollen die Botschaft an einem Pfeil rüberschießen«, erklärte ihm einer der Soldaten.

Presso schaute sich um und entdeckte nicht weit entfernt

eine Stelle mit sandigem Untergrund. »Ruf ihnen zu, wer ich bin«, befahl er dem Soldaten. »Sie sollen ihren Pfeil auf die Stelle dort schießen. Sag ihnen, dass sie mein Wort als Kommandant der Küstenwache haben, dass ihre Botschaft ungelesen dem neuen Abt von St. Belfour überbracht werden wird.«

»Sie sollten einfach anlegen und die Botschaft selbst hinbringen«, grummelte der Soldat, aber er salutierte seinem Kommandanten, rannte den Landungssteg hinunter und rief dem Schiff Pressos Anweisung zu.

Kurz darauf flog ein Pfeil durch die Luft und landete an der verabredeten Stelle. Einer der Soldaten holte ihn, während die Männer an Bord des Schiffes zum Abschied winkten und Kurs nach Süden nahmen.

Constantine Presso überraschte seine Untergebenen mit der Ankündigung, die Botschaft persönlich überbringen zu wollen. Eine Stunde später traf er in St. Belfour ein und wurde ins Arbeitszimmer des neuen Abtes geführt, der an seinem Schreibtisch saß und mit Bruder Dellman sprach.

»Ich schätze, die Botschaft stammt von Vater Agronguerre«, erklärte Presso nach der formellen Begrüßung. »Ich glaube, das ist sein Siegel.« Er legte das zusammengerollte Schriftstück auf Haneys Schreibtisch.

»Ist es ungeöffnet?«, fragte Haney.

»Ja, so wie die Männer auf dem Schiff es verlangten«, sagte Presso. »Sie haben es an einem Pfeil herübergeschossen, muss ich hinzufügen, denn sie wollten nicht anlegen.«

Haney warf einen beunruhigten Blick zu Bruder Dellman.

»Vielen Dank, dass Ihr mir die Botschaft überbracht habt, Kommandant«, sagte er. »Und dass sie ungeöffnet ist.«

»Selbstverständlich. Aber nun bitte ich Euch, sie in meiner Gegenwart zu öffnen«, überraschte Presso den Abt.

Wieder sah Haney zu Dellman hinüber; dann schauten die beiden den Kommandanten befremdet an.

»Die Art, wie uns die Botschaft übermittelt wurde, beunruhigt mich genauso wie Euch, meine Freunde«, sagte Presso. »Bitte, öffnet sie. Ich werde einige Schritte zurücktreten, aber wenn die Nachrichten schlimm sind und wenn sie Pireth Vanguard oder Prinz Midalis betreffen, müsst Ihr mich augenblicklich einweihen.«

Dies schien nur gerecht zu sein, und so brach Abt Haney, nachdem Bruder Dellman um den Schreibtisch gekommen war und sich neben ihn gestellt hatte, das Siegel. »Eure Ernennung zum Meister?«, fragte Haney schmunzelnd und lächelte seinen Freund und Vertrauten an.

Dellman lächelte ebenfalls, aber die Mundwinkel der beiden Männer sanken, nachdem Haney das Schriftstück aufgerollt und sie zu lesen begonnen hatten.

»Schlechte Neuigkeiten«, erkannte Presso an den Mienen der beiden Abellikaner-Mönche.

Abt Haneys Hand zitterte, als er Presso das Schriftstück reichte. Der Kommandant nahm es, in der Annahme, ihr guter Freund Agronguerre wäre gestorben.

Als er die Worte las, eine Warnung vor der Rotfleckenpest, wünschte sich der Kommandant – der ein guter Freund Agronguerres war und den Mann sehr bewunderte –, dass seine erste Annahme sich bewahrheitet hätte.

»Ich gehe davon aus, dass Ihr die Information für Euch behaltet«, erklärte Bruder Dellman. Der Blick, den Dellman Haney zuwarf, verriet Presso, dass es Dellman nicht gefiel, dass sein Abt das Schriftstück so bedenkenlos aus der Hand gegeben hatte. »Wenn wir die Nachricht vorschnell verkünden, könnte es eine Panik auslösen.«

»Und natürlich sollen als Erste nur Männer des Königs und Mitglieder der Kirche davon erfahren«, sagte Festungskommandant Presso zynisch.

»Das habe ich nicht gesagt.«

»Aber habt Ihr es nicht so gemeint?«

»Genug damit«, rief Haney die beiden Männer zur Ordnung. »Berichtet Prinz Midalis von der Warnung«, wies er Presso an. »Wenn er mit uns besprechen möchte, wie wir die traurige Kunde am besten verbreiten, stehe ich – ich meine, stehen wir – selbstverständlich zur Verfügung«, sagte er mit einem raschen Blick zu Dellman.

Presso nickte, verneigte sich knapp und wollte sich abwenden, aber er hielt inne und richtete den Blick auf Dellman. »Verzeiht mir, Bruder«, sagte er aufrichtig. »Ich war nur so unwirsch, weil mich die tragische Nachricht so bestürzt.«

»Und mir tut es Leid, dass ich so schroff reagiert habe«, sagte Dellman und verneigte sich respektvoll.

Prinz Midalis traf noch am selben Abend zu einer Unterredung mit Abt Haney ein, aber erst, nachdem er eine allgemeine Zugangssperre zur Küstenfestung Pireth Vanguard erlassen hatte. Schiffen war es nicht länger erlaubt, in den Hafen einzulaufen und ihre Fracht zu löschen, selbst nicht am längsten Landungssteg.

Abt Haney billigte den Erlass, und am nächsten Morgen ließen die beiden Männer die niederschmetternde Nachricht in Vanguard verbreiten. Außerdem schickte Prinz Midalis noch am selben Tag einen Boten nach Norden, um die Alpinadoraner vor der heraufziehenden Katastrophe zu warnen. Damit war das nordöstliche Viertel des Bärenreiches praktisch abgeriegelt.

Besucher waren nicht länger willkommen in dem Land, das sich vor allem seiner Kameradschaft und Gastfreundschaft rühmte.

Der Karren rumpelte über Wege, die entweder in Matsch versanken oder vereist waren, je nach Einfall der Sonnenstrahlen. Greystone zog die Last ohne zu murren, eifrig darum bemüht, Pony zufrieden zu stellen.

Und Pony trieb das Pferd ohne Unterlass an, obwohl sie versuchte, dass der Karren nicht allzu sehr hin und her wackelte.

Hinter ihr auf der Ladefläche, in dicke Wolldecken gehüllt, aber nichtsdestotrotz am ganzen Leib zitternd, lag Colleen Kilronney, hustend und vor Schmerzen stöhnend.

Pony versuchte, diese bemitleidenswerten Laute zu überhören und sich auf den vor ihnen liegenden Weg zu konzentrieren, die Straße nach Palmaris, wo Pony jemanden zu finden hoffte, der ihrer todkranken Freundin helfen konnte.

Sie schaute nach Westen zu den dunklen Sturmwolken, die im Laufe des Nachmittags aufgezogen waren. Sie fragte sich, ob es richtig gewesen war, Caer Tinella zu verlassen. Ginge es nur um sie und Greystone, würde sie sich wegen des Wetters keine Sorgen machen, aber wie sollte sie Colleen warm halten, wenn Schneefälle sie zu einer längeren Pause zwangen? Eine feuchte, bitterkalte Nacht würde ihre Freundin bestimmt nicht überleben.

Deshalb fuhr sie auch nach Sonnenuntergang weiter und wünschte sich, dass sie einen magischen Diamanten bei sich hätte, um den Weg vor ihnen anzustrahlen!

Später begann Schnee zu fallen, und ein eisiger Wind kam auf, und wieder wünschte sich Pony einen magischen Diamanten, mit dem sie ihre arme Freundin hätte wärmen können.

Sie zündete eine Fackel an und fuhr weiter. Sie versuchte, den Schneefällen davonzufahren und so schnell wie möglich tiefer in den Süden zu gelangen, wo es statt zu schneien vielleicht nur regnete.

Aber der Schnee fiel unablässig auf den Karren nieder und machte Greystones Last immer schwerer und den in Dunkelheit liegenden, ohnehin vereisten Weg noch glatter und tückischer.

Pony wusste, dass sie nicht anhalten durften. Es waren noch siebzig Meilen bis Palmaris, und rechtzeitig dort einzutreffen war Colleens einzige Chance. Sanft, aber bestimmt trieb sie Greystone an, und das tapfere Pferd trabte unermüdlich durch die Nacht.

Es wurde immer später, und der Weg vor ihnen begann im Schnee zu versinken. Greystone hatte immer größere Mühe, vorwärts zu kommen. Das Pferd musste sich so anstrengen, dass ein glänzender Schweißfilm sein helles Fell überzog. Pony wusste, dass sie nicht Halt machen durften, aber ebenso wusste sie, dass Greystone irgendwann vor Erschöpfung umfallen und sterben würde, wenn sie weiterfuhren.

Sie hielt am Wegesrand und vergewisserte sich, dass Colleen so warm wie möglich eingepackt war. Dann rannte sie zu Greystone, nahm ihm das Geschirr ab und lief mit ihm im Kreis, um ihn langsam und möglichst schonend abzukühlen.

Währenddessen fragte sie sich, was sie als Nächstes tun sollte. Wie konnte sie Colleen retten?

Ihr Seelenstein schien die einzige Lösung zu sein. Vielleicht konnte sie ihren Geist losschicken und irgendwo in der Nähe Hilfe finden. Natürlich würden Bauern oder Waldarbeiter sie nicht in ihre Nähe lassen, wenn sie ihnen die Wahrheit sagte. Vielleicht konnte sie bei ihnen ihr Pferd tauschen, überlegte sie, obwohl es ihr wehtäte, sich von dem wundervollen Greystone zu trennen.

Sie ging zum Karren zurück und beschloss, dass der Seelenstein ihre einzige Hoffnung war. Sie holte den Hämatit aus der Tasche, ließ sich augenblicklich in den magischen Stein fallen und verließ kurz darauf ihre leibliche Hülle. Einen Moment lang überlegte sie, noch einmal die winzigen Pest-Dämonen in Colleens Körper anzugreifen, aber die Erinnerung an ihre erste Begegnung mit den Kreaturen nahm ihr jeden Mut. Daher schickte sie ihren Geist auf die Suche nach Hilfe.

Und Augenblicke später fand sie tatsächlich Hilfe, als sie irgendwo in der Umgebung einem anderen Geist begegnete, dem Geist des prächtigen Symphony, der ganz in der Nähe war und ihr entgegeneilte. Ja, Pony spürte es ganz deutlich: Es war Symphony, und der Hengst wollte ihr tatsächlich zu Hilfe kommen. Sie nahm an, dass sie mit ihrem Geist irgendwie in den Türkis eingedrungen war, den Avelyn und Elbryan dem Hengst in die Brust eingepflanzt hatten, um die Bande zwischen Ross und Reiter zu stärken. Was für eine wundersame Begegnung!

Sie schwebte in ihren Körper zurück, eilte zu Colleen, küsste sie auf die Stirn und sagte ihr, dass alles gut werden würde.

Wenig später traf Symphony ein, schnaubend und freudig mit den Hufen scharrend. Pony fragte sich, ob sie das Zuggeschirr so aufteilen konnte, dass beide Pferde den Karren zogen, aber sie gab den Gedanken gleich wieder auf, als sie Symphonys Ungeduld sah. Es war, als würde der Hengst ihr versichern, dass er die Aufgabe alleine bewältigen konnte.

Sie legte ihm das Geschirr an und band Greystone ans Karrenende. Obwohl es noch immer schneite, kamen sie, mit Symphony an der Spitze, nun wieder zügig voran.

Im trüben Morgengrauen wurde der gefrorene Untergrund allmählich weicher, und aus dem Schnee wurde kühler Regen, und sie waren noch immer unterwegs.

Den ganzen Vormittag bis in den Nachmittag hinein zog Symphony unermüdlich den Karren durch den Matsch. Irgendwann sah Pony, dass die Bauernhäuser links und rechts des Weges immer zahlreicher wurden, und sie wusste, dass sie hinter dem nächsten Hügel Palmaris erblicken würde.

Sie rollten bergab und wurden immer schneller, ihr Ziel direkt vor Augen. Die Wachen am Nordtor bedeuteten ihr, den Karren anzuhalten. Pony rief ihnen zu, sie durchzulassen. »Sofort!«, sagte sie. »Ich bin Jilseponie Wyndon – ihr kennt mich –, und ihr kennt auch die Frau, die ich nach St. Precious bringen muss. Es ist Colleen Kilronney! Jeder Soldat in Palmaris weiß, was für eine tapfere Kriegerin sie ist!«

Die Soldaten schienen sich nicht sicher zu sein, was sie tun sollten, bis einer von ihnen einen prüfenden Blick auf den prächtigen Hengst warf, der den Karren zog. »Symphony!«, rief der Mann freudig. Da wussten sie, dass es tatsächlich

Pony war, die zu ihnen zurückkehrte, und rissen eilig die Tore auf. Einige der Männer stiegen auf ihre Pferde und geleiteten Ponys Karren durch die gewundenen Gassen von Palmaris, machten ihr bis vor die Tore von St. Precious den Weg frei.

Die Brüder am Eingang riefen sogleich Abt Braumin, Viscenti, Talumus und Castinagis heraus.

Vor der Abtei sah Pony das riesige, zur Hälfte mit Schnee bedeckte Blumenbeet; die meisten Blumen waren erfroren. Kopfschüttelnd stieg sie von ihrem Karren und fiel Abt Braumin in die Arme. »Helft ihr«, flehte sie. Dann brach Pony erschöpft zusammen.

Sie erwachte, mit einem langen weißen Nachthemd bekleidet, in einem einfachen, aber bequemen Bett. An den schmalen Fensterluken und den grauen Steinwänden erkannte sie, dass sie in der Abtei war.

Pony stieg aus dem Bett, ging zum Fenster und blickte hinaus auf den Masurischen Fluss und die aufgehende Sonne. Ihr wurde bewusst, dass sie praktisch einen vollen Tag geschlafen hatte, und erst da fiel ihr wieder ihre rastlose Hatz durch die Nacht und den Schnee ein.

Sie suchte ihre Kleider, konnte sie aber nicht finden, und stürmte, nur in eine Wolldecke gehüllt, aus dem Raum. Aus ihrer Zeit nach dem Kampf in Chasewind Manor kannte sie sich noch gut aus in St. Precious und eilte auf schnellstem Wege zu Abt Braumins Arbeitszimmer.

Der Abt saß mit Viscenti und Talumus zusammen und diskutierte mit ihnen irgendwelche philosophischen Fragen über den Ursprung des Menschen.

Das Gespräch kam abrupt zum Erliegen, als Pony in den Raum stürmte.

»Jilseponie«, sagte Abt Braumin. »Wie schön, Euch wieder bei Kräften zu sehen. Ah, ja, Eure Kleider –«

»Wo ist sie?«, fragte Pony.

Einen Moment lang sah Abt Braumin sie fragend an, dann

verdüsterte sich seine Miene. Mit einem Kopfnicken bedeutete er seinen beiden Gefährten, den Raum zu verlassen.

Die beiden Männer taten wie geheißen. Viscenti blieb nur kurz stehen, um Pony tröstend auf die Schulter zu klopfen.

Sobald sich die Tür hinter den Mönchen schloss, fragte Pony abermals: »Wo ist sie?«

»Sie ist sehr krank«, sagte Abt Braumin, erhob sich und kam um seinen Schreibtisch herum. Er trat auf Pony zu, doch als er sah, wie angespannt sie reagierte, setzte er sich stattdessen auf die Tischkante.

»Ist?«, wiederholte Pony. »Dann ist sie also noch am Leben.«

Abt Braumin nickte. »Aber nicht mehr lange, fürchte ich.«

Pony wollte etwas erwidern, aber als ihr die Bedeutung von Braumins Bemerkung bewusst wurde, blieben ihr die Worte im Hals stecken.

»Sie hat die Rotflecken-Pest«, sagte Braumin leise. »Der Ausschlag, das Fieber ... Es besteht kein Zweifel.«

Bei jedem seiner Worte nickte Pony hilflos. »Das wurde mir bereits gesagt.«

»Aber ich fürchte, Ihr wisst nicht, was es bedeutet«, erwiderte Braumin, »sonst hättet Ihr Euch nicht die Mühe gemacht, sie herzubringen.«

Pony starrte ihn fassungslos an. »Wohin hätte ich sie denn sonst bringen sollen?«, fragte sie. »An wen hätte ich mich wenden sollen, wenn nicht an meinen guten Freund, Abt Braumin Herde?«

Braumin hob resigniert die Hände; es schmerzte ihn, Pony enttäuschen zu müssen. »Colleen hat die Rotflecken-Pest«, wiederholte er. »Kennt Ihr nicht den alten Kinderreim?«

Pony sah ihn erstaunt an, und Braumin begann, ihr das Gedicht vorzutragen.

Der beringte rote Fleck
Der leuchtet ach so keck

Und flugs da sind es viele
Verbrennt die Kleider
Grabt die Gruben
Und sammelt Blumenstiele

Von zwanzig hilft es einem
Den Steinen zu vertrau'n
Der dumme Mönch
sich dran versucht
und morgen ist auch er verflucht

Die Gläubigen sie wandern
Ins Grab mit all den andern
So nehmt hinfort die Steine
Verscharrt auch sie im Schmutz
Denn Neunzehn hat es nichts genutzt

Pony starrte ihn verständnislos an, aber dann begannen die Worte einen Sinn zu ergeben, und allmählich verstand sie die traurige Wahrheit über ihre todgeweihte Freundin. »Wo ist sie?«, fragte sie schwach.

Braumin trat zu ihr heran und nahm sie in die Arme. »Wir haben es ihr so bequem wie möglich gemacht und ihr Lebewohl gesagt«, flüsterte er. Nach einer Weile schob sie Braumin so weit von sich weg, dass sie ihm ins Gesicht sehen konnte. »Wo ist sie?«

»Nicht weit von hier gibt es ein Haus, in dem die Pest schon zu Gast war«, begann Braumin zu erklären.

»Sie ist nicht in St. Precious?«, fragte Pony mit vor Überraschung erhobener Stimme.

»Es ging nicht anders«, antwortete Braumin. »Eigentlich hätte ich auch Euch nicht in die Abtei hereinlassen dürfen, nachdem Ihr so viel Zeit mit Colleen verbracht habt.«

Ponys Augen weiteten sich.

»Aber ich konnte Euch nicht fortschicken«, fuhr Braumin fort. »Unmöglich! Ihr versteht sicher, dass ich Euch von mehreren Brüdern mit Seelensteinen untersuchen lassen musste, um herauszufinden, ob auch Ihr bereits die Pest in Euch tragt. Trotzdem, laut abellikanischem Kanon hätte ich Euch keinen Einlass gewähren dürfen.«

Pony starrte ihn überrascht und mit wachsendem Zorn an.

»Versteht Ihr nicht, was der Kinderreim bedeutet?«, fragte Braumin und wandte sich mit verärgertem Blick von ihr ab. Er ging hinter seinen Schreibtisch. »Einem von zwanzig könnten wir vielleicht helfen, aber jeder siebte Kranke würde den behandelnden Mönch infizieren. Die Worte sind wahr. Selbst mit dem göttlichen Geschenk der Himmelsjuwelen kommen wir nicht gegen die Rotfleckenpest an.«

»Einem von zwanzig kann geholfen werden«, erwiderte Pony mit unüberhörbarer Härte in der Stimme. »Warum versucht Ihr es nicht? Für Colleen? Für mich?«

»Ich kann nicht. Keiner meiner Ordensbrüder kann es. Und Ihr solltet es auch nicht tun.«

»Ist sie nicht länger Eure Freundin?«

»Ich kann es nicht.«

»Hielt sie nicht bedingungslos zu uns, als wir gegen Markwart kämpften?«

»Ich kann es nicht.«

»Ist sie nicht De'Unnero entkommen, um die Kunde meiner Gefangennahme zu verbreiten?

Selbst als sie in Gefangenschaft geriet, verriet sie weder uns noch Avelyn, noch eines unserer hohen Prinzipien, für die wir kämpften, Abt Braumin«, redete Pony weiter auf ihn ein, bei jedem ihrer Punkte einen Schritt näher kommend, bis sie sich über seinen Schreibtisch beugte und Braumin aus weniger als einem Schritt Entfernung in die Augen starrte.

»Ich kann es nicht!«, sagte Braumin mit neuem Nachdruck. »So lautet nun einmal unsere Regel. Es gibt keine Ausnahme.«

»Es ist eine schreckliche Regel«, sagte Pony vorwurfsvoll.

»Möglicherweise«, erwiderte Braumin, »aber eine, in der keine Ausnahmen gelten. Wenn der König des Bärenreiches an der Pest erkranken sollte, wären Gebete das Einzige, was die abellikanische Kirche ihm anzubieten hätte. Selbst wenn Vater Agronguerre die Pest bekäme, würde man ihn aus St. Mere-Abelle verweisen.« Er lehnte sich auf seinem Stuhl zurück, und seine Stimme nahm einen tiefen, düsteren Klang an. »Eine Ausnahme würde ich allerdings machen. Falls Ihr, Jilseponie, die Pest bekommen solltet, würde ich mein Amt niederlegen und mit Leibeskräften versuchen, Euch zu heilen.«

Pony starrte ihn fassungslos an, zu verblüfft über diese unglaubliche Äußerung, um etwas darauf zu antworten.

»Aber selbst wenn ich Erfolg hätte, selbst wenn Ihr die eine von zwanzig wärt, würde man mich für meine Tat verbannen und mich frühestens nach dem Ende der Pest wieder in eine Abtei aufnehmen«, erklärte Braumin, »in einer Dekade vielleicht. Zu dem Zeitpunkt hätte mich vermutlich längst die Pest dahingerafft. Und wenn nicht, bestünde immer die Gefahr für mich, dass man mich zum Ketzer erklärt, weil ich dem Volk falsche Hoffnungen gemacht hätte. Diese Sache ist bedeutsamer als Ihr oder ich, Jilseponie. Hier geht es um nichts Geringeres als das Überleben der Kirche.«

»Ich gehe zu Colleen«, sagte Pony unbeirrt.

»Tut das nicht.«

»Mit welchem Stein könnte ich meinen Hämatit kombinieren, um mich bei der Behandlung zu schützen?«

»Es gibt keinen«, entgegnete Braumin. »Ein Hämatit wird Euch zu der Krankheit führen, und wenn Ihr Glück habt und sie noch nicht zu weit fortgeschritten ist, werdet Ihr sie zum Stillstand bringen; wenn sie im fortgeschrittenen Stadium ist, werdet Ihr versagen, und wenn sie sich schon überall ausgebreitet hat, werdet Ihr Euch anstecken und kurz darauf sterben.«

Pony dachte an ihre erste Begegnung mit der Krankheit in Colleens Körper. Konnte die Pest sich bei einem lebenden Menschen noch weiter ausbreiten als bei Colleen?, fragte sie sich, und ein eisiger Schauer kroch ihr über den Rücken.

»Ich kann sie nicht hierher bringen«, sagte Pony gefasst.

Abt Braumins Miene war schmerzerfüllt.

»Und Ihr könnt mich nicht zu ihr begleiten.«

Wieder schüttelte Braumin den Kopf.

»Und was wollt Ihr in den Jahren tun, in denen die Pest wütet?«, fragte Pony scharf. »Wollt Ihr Euch die ganze Zeit in Eurer Abtei verstecken und über den Ursprung des Menschen philosophieren?«

»Es gibt noch andere philosophische Fragen, mit denen man sich beschäftigen kann«, sagte der Abt. »Es ist eine alte Kirchentradition, dass in Zeiten der Pest die Mönche innere Einkehr halten, um über die großen, ungelösten Fragen des Lebens nachzudenken.«

»Während die Menschen sterben wie die Fliegen.«

Abt Braumin schien gekränkt. Er seufzte resigniert. »Was soll ich denn tun?«, fragte er.

»Nun, ich weiß, was ich zu tun habe«, entgegnete Pony.

»Ja, und ich bitte Euch noch einmal, tut es nicht«, erwiderte Braumin. »Es ist weitaus wahrscheinlicher, dass Ihr Euch ansteckt und sterben werdet, als dass Ihr sie heilt.«

»Ich versuchte es schon mit meinem Seelenstein«, gestand Pony, »und hatte keinen Erfolg.«

»Warum wollt Ihr dann zu ihr?«

Pony starrte ihn ungläubig an, zum ersten Mal, seit sie ihn kannte, enttäuscht von Braumin. *Warum wollt Ihr dann zu ihr*, wiederholte sie im Geiste. Um sie in die Arme zu nehmen, um sie zu trösten und ihr Lebewohl zu sagen! Wieso konnte der sonst so selbstlose Braumin das nicht verstehen? Wie konnte er Traditionen einen größeren Wert beimessen als dem Mitgefühl für eine geliebte Freundin?

»Ich ziehe mich an und gehe«, sagte Pony.

Braumin nickte und öffnete dann ein Schubfach seines Schreibtisches. Er holte einen kleinen Lederbeutel heraus. »Hier sind Exemplare aller magischen Steine, die wir in St. Precious haben, einschließlich des Stirnbands mit dem Katzenauge, das Ihr früher getragen habt«, erklärte er. »In Zeiten der Pest gerät das Volk leicht außer Kontrolle. Vielleicht braucht Ihr die Steine, um Euch zu schützen.«

Pony nahm den Beutel, sah Braumin aber misstrauisch an.

»Nun, da ich Euch kenne und um Euer großes Geschick im Gebrauch der Steine weiß, hege ich natürlich die Hoffnung, dass Ihr Euch abermals als unsere Retterin erweisen werdet. Vielleicht entdeckt Ihr ja eine Stein-Kombination, die gegen die Rotflecken-Pest hilft. Gott sei mit Euch, Jilseponie.« Er umarmte sie und gab ihr einen Kuss auf die Wange, dann führte er sie hinaus und ließ ihre Kleider holen.

Am Eingangstor von St. Precious sagten sie einander Lebewohl.

Colleen lag im Bett, von schlimmen Fieberträumen geschüttelt, und rief unentwegt nach ihrem Cousin, Shamus. Die Frau, die sich um sie kümmerte, ebenfalls eine Pestkranke, schüttelte fassungslos den Kopf und meinte, dass sie auf der Stelle verschwinden solle, als Pony den Raum betrat.

»Ihr werdet Euch anstecken und ebenfalls sterben«, sagte sie.

Pony ging seufzend an der Frau vorbei und trat ans Bett ihrer Freundin. Sie strich Colleen über die Stirn und flüsterte ihr beruhigende Worte ins Ohr.

Aber es waren keine Worte über die ewige Ruhe im Himmelreich, keine Worte des Abschiednehmens. Pony war noch nicht bereit, sich geschlagen zu geben.

Sie hatten jedoch kaum Privatheit, denn in dem Raum lagen noch drei andere Kranke, alle dem Tode nahe, und in den übrigen Räumen des Hauses siechten viele weitere Infizierte in verschiedenen Stadien der Krankheit vor sich hin.

Pony öffnete den Beutel, legte die Steine vor sich auf den Boden und begann sie zu sortieren. Als Erstes nahm sie den Serpentin, wegen des Schutzes vor Feuer, den der Stein bot. Konnte sein Feuerschild möglicherweise auch die Pest-Dämonen abwehren? Denn Pony war fest davon überzeugt, einen Heilerfolg erzielen zu können, wenn es ihr gelänge, die winzigen Biester in Schach zu halten und sich allein auf Colleens eigentliche Behandlung zu konzentrieren.

Sie hielt den Serpentin und den Seelenstein in der Hand. Es schien nicht die Lösung zu sein, denn sie wusste um die Eigenschaften des Serpentins und glaubte nicht, dass er etwas anderes als Feuer aufhalten konnte, so wie ein Sonnenstein nichts anderes als Magie blockierte. Trotzdem, als sie Colleens schweißüberströmte Stirn, ihre halb geöffneten, blutunterlaufenen Augen und ihre geschwollene Zunge betrachtete, wusste sie, dass sie es versuchen musste.

Sie schickte ihren Geist erst in den Serpentin und anschließend in den Hämatit, dann schwebte sie aus ihrem – hoffentlich geschützten – Körper und glitt mitten hinein in den grünen Pest-Eiter, der in der armen Colleen schwamm.

Fünf Minuten später lag Pony erschöpft auf dem Boden, schlug sich voller Entsetzen auf die Arme und hoffte, dass keiner der Pest-Dämonen in ihren Körper gelangt war.

Der Serpentin hatte nichts genützt.

Pony betete um Beistand. Sie benutzte den Hämatit, nicht um erneut in Colleens Körper einzutreten, sondern um auf eine tiefere Konzentrationsebene zu gelangen und Avelyns Geist um Hilfe zu ersuchen.

Vor ihren Augen blitzte ein Bild des versteinerten Arms am Aida auf, und einen Moment lang glaubte sie, Avelyns Geist wäre ihr erschienen und würde sie leiten und ihr die richtige Stein-Kombination zeigen, mit der sich die Pest besiegen ließ.

Gleich darauf sank jedoch ihr Mut, denn da war nichts – keine Antworten, keine Hoffnung.

Sie spielte weiter mit den Steinen herum, legte sie in verschiedenen Gruppen zusammen und versuchte, sich eine Kombination magischer Eigenschaften auszudenken, die der Pest Einhalt gebieten würde. Sie versuchte es noch einmal mit dem Serpentin, dem Hämatit und dazu einem Rubin, dem Feuerstein, in der Hoffnung, ein magisches Feuer zu entfachen, das den grünen Eiter aus Colleen herausbrannte.

Wieder fand sie sich auf dem Boden wieder, verzweifelt und noch erschöpfter als nach dem ersten Versuch.

Und auf dem Bett wurde Colleen von Minute zu Minute schwächer.

Eine Stunde später versuchte Pony es erneut, dieses Mal mit dem Hämatit und einem glitzernden Diamanten.

Nichts.

Colleen Kilronney starb noch am selben Abend in Ponys Armen, ohne mitzubekommen, dass Pony sie hielt. Als sie das letzte, leidvolle Aufbäumen und danach den friedlichen Gesichtsausdruck ihrer Freundin sah, wusste Pony tief in ihrem Herzen, dass es keine magische Stein-Kombination gegen die Pest gab.

Aber sie wusste auch, dass sie sich niemals in einer Abtei vor der Welt verstecken würde, so wie Braumin Herde und die übrigen Mitglieder der abellikanischen Kirche es taten.

Sie blieb bis zum Morgengrauen bei Colleen, bis der Karren-Mann an dem Pesthaus vorbeikam, seine Glocke läutete und nach den Toten rief.

Sie musste feststellen, dass ihr in St. Precious niemand aufmachte. Nach einer Weile kam Abt Braumin zum Eingang herunter, denn er konnte es nicht ertragen, sie dort unten stehen zu sehen, und erlaubte ihr hereinzukommen.

Aber Pony wollte nicht, denn sie wusste, dass sie ihn in Schwierigkeiten bringen würde. Sie wollte ihre Freundschaft nicht dazu missbrauchen, ihn gegen die offizielle Verordnung handeln zu lassen, ganz gleich, wie sehr sie das Verhalten der Kirche enttäuschte.

»Lebt wohl, Braumin Herde«, sagte sie zu dem Abt. »Vielleicht begegnen wir uns noch einmal in diesem Leben, hoffentlich in glücklicheren Zeiten. Dann können wir uns weiter streiten über den Kurs, den Eure Kirche momentan verfolgt.«

Angesichts ihrer großzügigen Worte brachte Braumin ein Lächeln zustande, denn die Enttäuschung stand ihr förmlich ins Gesicht geschrieben. »Wir werden uns wiedersehen, wenn nicht hier, dann im Himmel, mit Avelyn und Jojonah und Elbryan. Ihr habt meinen Segen, Jilseponie, und Ihr könnt Euch meiner ewigen Freundschaft sicher sein.«

Pony nickte und ging, ohne zu wissen, wohin sie sich als Nächstes wenden sollte. Sie wollte am liebsten nach Dundalis zurückkehren, fürchtete aber, dass die Reise zu dieser Jahreszeit selbst mit dem kraftstrotzenden Symphony unmöglich wäre.

Sie wanderte ziellos durch die Gassen, die ihr noch aus ihrer Jugend und ihrer ersten Rückkehr nach Palmaris vertraut waren. Alles kam ihr seltsam still vor, als würden sich alle Menschen aus Angst vor der Pest in ihren Häusern verstecken. Ein Ort weckte ihre besondere Aufmerksamkeit: das Schankhaus Zum Knochen des Riesen, das auf der Ruine ihres früheren Zuhauses erbaut worden war. Sie hatte zwar Angst vor ihren Erinnerungen, konnte aber nicht widerstehen und ging hinein. Drinnen war es wie auf der Straße, fast menschenleer – bis auf zwei vertraute Gesichter, die ihr mit großen Augen entgegenblickten.

Roger und Dainsey hätten sie vor Freude fast umgerannt. Dainsey rief immer wieder ihren Namen und umarmte sie so fest, dass Pony kaum Luft bekam.

»Also bist du mir doch gefolgt«, sagte Roger mit einem diebischen Grinsen im Gesicht. »Und da der Winter vor der Tür steht, wirst du mehrere Monate bleiben müssen!«

Roger und Dainsey lächelten glücklich, aber Ponys Antwort ließ ihr Lächeln erlöschen.

»Ich brachte Colleen in die Stadt, weil ich ihr nicht helfen konnte«, erklärte Pony. »Sie starb gestern Abend.«

»Die Pest«, schlussfolgerte Dainsey.

»Überall in der Stadt geht der Tod um«, fügte Roger kopfschüttelnd hinzu. Er trat Pony entgegen und wollte sie tröstend in die Arme nehmen, aber Pony wies ihn zurück.

»Komm mit in den Norden«, forderte sie Roger auf, »in unsere Heimat, wo wir hingehören. Ich habe Symphony und Greystone dabei.« Sie hielt inne, als sie Rogers raschen Blick zu Dainsey sah, und dann ging ihr ein Licht auf. Ihr wurde klar, dass Roger und Dainsey mehr waren als bloß gute Freunde.

»Seit wann seid ihr zusammen?«, fragte sie. »Wie habt ihr ...« Aber dann hielt sie inne, trat an Roger heran und ließ sich doch von ihm in die Arme nehmen, beglückt darüber, dass ihr Freund eine so wundervolle Gefährtin wie Dainsey gefunden hatte.

Aber ihre Freude für Roger währte nur wenige Sekunden; dann fiel ihr wieder die Tragödie ein, die sie auf die menschenleeren Straßen von Palmaris verschlagen hatte.

7. Welch arme Würmer wir Sterblichen doch sind

Es war Frühling im Königreich des Bären, aber es schien kaum eine Zeit des freudigen Erwachens zu sein.

Francis lehnte niedergeschlagen am steinernen Gemäuer von St. Mere-Abelle. Jenseits der Fensterluke – die kaum mehr als ein rechteckiger Schlitz in der Wand war – sah er sie.

Aberdutzende, ja ganze Hundertschaften von geisterhaften

Gestalten zogen im trüben Morgendunst auf dem Feld vor der Westmauer umher, in zerlumpte Decken gehüllt, um sich vor der Kälte zu schützen, die sich in den Frühlingsnächten noch immer über das Land senkte. Die Menschen waren so entkräftet und ausgezehrt, dass sie wie Skelette aussahen, diese Schar bemitleidenswerter Seelen, diese Schar der Todgeweihten.

Die Ordensbrüder von St. Mere-Abelle konnten nichts für die Menschen tun. Natürlich warfen die Mönche ihnen regelmäßig ein paar Münzen, Kleider, Decken und Nahrungsmittel hinunter, gewissermaßen als Entgelt für die Arbeit, die die Pestkranken verrichteten. Auf Meister Bou-raiys Vorschlag hin hatte Meister Machuso die Kranken angeworben, um nach dem Winter ein neues, riesiges Blumenbeet anzulegen, das bald das gesamte, etwa eine Meile breite Gelände vor der Westmauer bedecken würde.

Francis sah einigen von ihnen zu, die noch kräftig genug waren, um entlang der Abteimauer mit bloßen Händen die Erde umzupflügen. Der Mönch stieß seinen Kopf gegen das kalte Gestein, nicht hart, aber unentwegt, als ob er sich die Frustration aus dem Schädel hämmern wollte.

»Welch arme Würmer wir Sterblichen doch sind«, zitierte er die erste Zeile eines alten Gedichts, das im fünften Jahrhundert von einem als Ketzer geltenden Poeten verfasst worden war.

»Calvin Bri'Onnaire«, erklang hinter ihm Fio Bou-raiys Stimme. Francis wandte sich erschrocken um. »Gewagte Worte, Bruder.«

Francis sah, dass der einarmige Meister von Vater Agronguerre begleitet wurde. »Treffende Worte«, korrigierte er missmutig, den Blick auf Bou-raiy gerichtet, »denn wer denkt in diesen Zeiten nicht an seine eigene Sterblichkeit?«

»Beruhigt Euch, Bruder«, forderte der ehrwürdige Vater ihn auf.

»Wer an Gott glaubt, fürchtet den Tod nicht«, erwiderte

Bou-raiy prompt. »Calvin Bri'Onnaire verfasste diese Zeilen aus Furcht, nicht als Resultat seiner Beobachtungen. Er wusste, dass er ein Sünder war, dem wegen der von ihm verbreiteten Lügen die Exkommunikation aus der Ordensgemeinschaft bevorstand. Deswegen seine große Angst vor dem Tod und seine Verbitterung über die Abellikaner. Das alles wurde genauestens dokumentiert.«

Meister Francis schüttelte schmunzelnd den Kopf, dann schloss er die Augen und begann, Calvins »Mortalis« vorzutragen, das Gedicht, das den Poeten auf den Scheiterhaufen gebracht hatte.

Welch arme Würmer wir Sterblichen doch sind
Vom Kind zum Greis geht's so geschwind
Die Hoffnung leuchtet hell und klar
Im Tod ergeht's uns wunderbar

Welch arme Würmer wir doch sind
Erlösung für ein jedes Kind?
Ein Licht so hell, so rein und pur
Errettet uns auf weiter Flur?
Die Wahrheit ihr uns vorenthaltet
Das Licht erlöscht, der Leib erkaltet
Die Maden laben sich am Fleisch
Gibt's Maden auch im Himmelreich?

Wie groß die Hoffnung, die wir hegen
Von Schlössern und von güldenen Wegen
Von Engeln, Liedern, stillem Frieden
Für den, der Sünden hat vermieden
Welch falsche Hoffnung wird verkündet
Schaut euch um, dann ihr verstündet
Was wahr ist, nein, das darf nicht sein
Denn Recht hat nur der Mönch allein

Unsterblich soll die Seele sein?
Entfleucht ins Reich der Engelein?
Nein, alles was von mir verbleibt
Ein Flüstern in der Ewigkeit

»Ich kenne Calvins Geschichte, Bruder«, sagte Francis zum Abschluss, öffnete die Augen und sah Bou-raiy feierlich an, »und ich weiß, dass ›Mortalis‹ als geistreiche Betrachtung galt, als Calvin es zu Zeiten der Pest den Brüdern in St. Mere-Abelle vortrug.«

»Es war eine Zeit der inneren Einkehr«, erklärte Meister Bou-raiy.

»Aber die Kirche nahm erst Anstoß daran, als Calvin begann, seine düsteren Verse der Bevölkerung vorzutragen.«

»Weil nicht alle Dinge offen ausgesprochen werden sollten«, sagte Bou-raiy.

Francis seufzte hilflos.

»Bruder, Ihr müsst zugeben, dass wir die Seelen Koronas vor Unheil zu bewahren suchen«, warf Vater Agronguerre ein.

»Während wir die zu den Seelen gehörenden Menschen dahinsiechen lassen«, entgegnete Francis sarkastisch.

Meister Bou-raiy wollte etwas einwenden, aber Vater Agronguerre hob beschwichtigend die Hand. »Wir tun, was wir können«, sagte Agronguerrre. Es war offenkundig für Francis, dass dem alten Mann die dunklen Geschehnisse um ihn herum schwer zu schaffen machten. »Calvin Bri'Onnaire wurde nicht wegen seiner Gedichte geächtet, sondern weil er die Menschen gegen die Kirche aufwiegelte, weil er sich ihre Furcht vor dem Tod zunutze machte. Und genau darin liegt unsere große Herausforderung: den Glauben der Menschen zu erhalten.«

Ein Lächeln huschte über Meister Francis' Gesicht, als er sich Agronguerres Worte – und die ihnen innewohnende Ironie – bewusst machte. »Draußen auf dem Feld gibt es eine

Frau«, sagte er, »eine Einäugige, deren Gesicht und Hals von schrecklichen Narben entstellt sind. Es heißt, sie kümmere sich selbstlos Tag und Nacht um die Kranken. Mir wurde berichtet, dass viele der Opfer auf dem Sterbebett ihre Heiligsprechung forderten.«

»Ich habe von der Frau gehört und denke, dass ihre Taten eine Untersuchung der Inquisitoren wert sind, wenn die Zeit für diese Dinge gekommen ist«, antwortete Vater Agronguerre.

»Selbst die von Euch angeordnete Heiligsprechung Bruder Avelyns musste aufgeschoben werden«, unterstützte Meister Bou-raiy den ehrwürdigen Vater.

Francis machte sich nicht die Mühe zu entgegnen, dass er sich kaum als Anhänger eines Avelyn Desbris bezeichnen, geschweige denn die Heiligsprechung des eigensinnigen Mönchs befürworten würde!

»Man erzählt auch, dass diese Bäuerin keine Anhängerin der abellikanischen Kirche sei«, sagte Francis stattdessen. »Ihren Worten zufolge lassen wir die Menschen kaltherzig im Stich. Außerdem soll sie behaupten, dass es ein abellikanischer Mönch gewesen sei, der ihr auf dem Feld vor St. Gwendolyn die Verletzungen im Gesicht zufügte, ein Bruder, dessen Hand einer Tigerpranke glich. Wer, glaubt Ihr, könnte das wohl gewesen sein?«

Francis' Sarkasmus war unüberhörbar, aber bei den beiden Männern unangebracht, denn weder der eine noch der andere hegte freundschaftliche Gefühle für Marcalo De'Unnero. Den jüngsten Meldungen zufolge richteten De'Unnero und seine Bruderschaft der Büßer im Süden des Bärenreiches großes Unheil an; sie wiegelten die Menschen auf, machten sich ihre Angst zunutze, und des Öfteren brachten sie sogar einen Unglücklichen um, der nicht ihren Vorstellungen von einem aufrechten Abellikaner entsprach. Noch beunruhigender aber war, dass, als Agronguerre einen Boten nach Entel entsandt hatte, um Abt Olin vor der Bruderschaft der Büßer zu warnen, der ehrwürdige Vater eine Antwort erhalten hatte, die Bruder Redlichs Treiben eher zu würdigen denn zu ächten schien. Die andere Abtei in Entel, das viel kleinere St. Rontlemore, hatte Agronguerres Warnung dankbar aufgenommen, Olin in St. Bondabruce dagegen schien bestenfalls unschlüssig zu sein, auf wessen Seite er tatsächlich stand.

»Wir können das Leid der Menschen nicht beenden«, stellte Bou-raiy kühl fest und trat näher, bis er direkt vor Francis stand, »und das Einzige, was wir erreichen würden, wenn wir es dennoch versuchten, wäre, die letzten sicheren Bastionen vor der Pest zu zerstören. In Zeiten wie diesen bestimmt Gott allein, wer am Leben bleibt und wer stirbt. Unsere Pflicht ist es zu gewährleisten, dass diejenigen, die sterben, es nicht ohne Hoffnung tun. Wir müssen gewährleisten, dass diese Menschen die Wahrheit dessen verstehen, was sie nach diesem Leben erwartet. Denn mit dieser Hoffnung können sie ihren Tod akzeptieren.«

»Und deswegen erzählen wir ihnen von Schlössern und von güldenen Wegen und von Engeln und Liedern und ewigem Frieden«, erwiderte Francis.

»Meister Francis«, sagte Agronguerre, der endgültig genug hatte vom Zynismus des jungen Mönchs. »Ich warne Euch als Euer ehrwürdiger Vater und Euer Freund: Gebt Acht, was Ihr sagt. Meister Bou-raiy hat Recht, was unsere Rolle bezüglich der Pest betrifft. Wir sind da, um über die Seelen der Menschen zu wachen, nicht über ihr leibliches Wohl.«

»Und auch um ihre Hoffnung auf ein ewiges Leben zu nähren?«, fragte Francis.

»Ja.«

»Und wenn wir einfach aufhören, uns um den Glauben der Bevölkerung zu sorgen, und uns die Frage zu stellen beginnen, was *wir* wirklich glauben?«

Die beiden älteren Mönche sahen ihn entgeistert an.

»Ich weiß, wann wir das tun werden, und Ihr wisst es auch«, fuhr Francis fort. »Es wird jedem von uns passieren, und zwar in dem Augenblick, wenn wir erfahren, dass wir aus irgendeinem Grund dem Tode nahe sind. Erst dann wird ein jeder von uns sich aufrichtig mit dem größten aller Mysterien auseinander setzen. Und dann werden uns die Worte eines Calvin Bri'Onnaire einfallen.«

»Nun, Ihr scheint Euch ja bereits jetzt mit ihnen zu beschäftigen«, bemerkte Meister Bou-raiy süffisant.

»Weil ich die Menschen dort draußen sehe«, sagte Francis und wandte sich wieder zu dem kleinen Fensterschlitz hinter ihm um, »und weil ich mich frage, welche Rolle mir in dem Ganzen zukommt. Ich denke darüber nach, dass dort draußen der Tod umgeht, während ich mich hinter Mauern und Blumenbeeten verstecke. Und doch sind wir im Besitz der magischen Steine – heilender Seelensteine. Für mich ist das eine Ungereimtheit, Bruder, etwas, das keinen Sinn ergibt.«

Vater Agronguerre klopfte Francis verständnisvoll auf die Schulter, Fio Bou-raiy dagegen zog eine verächtliche Miene und wandte sich schnaubend ab.

Als Pony, Roger und Dainsey in Caer Tinella eintrafen, hatte der Frühling seine ganze, herrlich duftende Blütenpracht entfaltet. Was für ein Gegensatz das war, dachte Pony, denn in Palmaris und den übrigen Städten im Süden wütete die Pest mit jedem Tag schlimmer und überdeckte den Frühlingsduft mit dem Verwesungsgestank der Toten.

Abt Braumin hatte den dreien angeboten, in St. Precious zu bleiben, und besonders Pony war bewusst, wie großzügig das Angebot war. St. Precious glich jetzt einer Festung, und selbst dem neuen Baron von Palmaris, einem arroganten Herzog namens Tetrafel, war der Einlass verwehrt worden, als er Abt Braumin hatte sprechen wollen. Seine alten Freunde hingegen vergaß Braumin nicht.

Pony hatte geglaubt, dass Roger und Dainsey das Angebot annehmen würden – besonders Dainsey hatte sich überaus interessiert gezeigt, als Braumin es ihnen durch das unlängst erbaute Fallgatter zugerufen hatte, das das Haupttor von St. Precious verstärkte. Und ehrlich gesagt hatte Pony gehofft, dass ihre Freunde einwilligen würden, damit wenigstens sie Schutz vor der Pest fanden. Für Pony hingegen stellte sich die Frage nicht; sie konnte nicht fortrennen und in einer Abtei Zuflucht suchen, während draußen die Menschen litten und starben.

Und doch konnte sie nichts tun, um diesen armen Seelen zu helfen; dies war ihr in den wenigen Monaten klar geworden, die sie in Palmaris verbracht hatte. Erst war Colleen gestorben und danach zahllose weitere Menschen, die sie tröstend in den Armen gehalten hatte; und Pony war klar, welch großes Glück sie gehabt hatte, bei ihren unzähligen Begegnungen mit den Pest-Dämonen mit heiler Haut davongekommen zu sein. Nach all den vernichtenden Niederlagen wollte sie nur noch nach Hause, nach Dundalis.

Sie empfand eine Mischung aus angenehmer Überraschung und Bestürzung, als Roger und Dainsey sich entschieden, Braumins Angebot abzulehnen und nach Norden zu gehen, wenngleich nur bis Caer Tinella.

Sie erfuhren, dass die Pest bislang kaum Schaden angerichtet hatte in Caer Tinella. Ein Mann hatte sich angesteckt und war zum Sterben in die Wälder gegangen, um seine Nachbarn nicht zu gefährden. Mehr war seither nicht passiert.

Colleens Haus war verlassen, daher erklärten Roger und Dainsey es – mit dem Segen Janines und der übrigen Stadtoberen – zu ihrem rechtmäßigen Eigentum.

»Seid ihr sicher, dass ihr nicht nach Dundalis mitkommen wollt?«, fragte Pony, kurz nachdem die beiden in das Haus eingezogen waren.

»Dainsey hat Freunde hier und ich auch«, antwortete Roger und schloss Pony zum Abschied in die Arme. »Dies ist meine ursprüngliche Heimat, und ich spüre, dass ich hier bleiben möchte, genau wie du zu Hause in Dundalis sein möchtest.«

Sie schob ihn auf Armeslänge von sich weg und musterte ihn ernst. »Aber du versprichst, dass du mich und Bradwarden besuchen kommst?«, fragte sie.

Roger lächelte. »Natürlich. Wir kommen beide«, antwortete er, »spätestens im Herbst sind wir in Dundalis!«

Sie umarmten sich ein letztes Mal, und Pony gab ihm einen Kuss auf die Wange.

Fünf Tage später traf sie, nur mit Greystone, in Dundalis ein, denn Symphony hatte sich in die Wälder abgesetzt, um sich wieder seiner Herde anzuschließen. Sein plötzliches Verschwinden erinnerte Pony an sein ebenso plötzliches Auftauchen, als sie unterwegs nach Palmaris gewesen waren. Warum war er ihr nachgeeilt? Wie konnte ein Pferd spüren, wenn ein Mensch Hilfe benötigte?

Vielleicht hatte es etwas mit dem Türkis in seiner Brust zu tun, überlegte Pony. Vielleicht war Symphony aber auch nur ein wahrhaft wundersames Pferd, ob mit Türkis oder ohne. Wie auch immer, Pony wusste, dass sie, Colleen und Greystone auf dem Weg von Caer Tinella nach Palmaris ohne die Hilfe des eigentümlichen Hengstes im Schneesturm gestorben wären.

Sobald sie in Dundalis einritt, merkte Pony, dass die Kunde von der Pest nach Dundalis gelangt war, denn von allen Seiten eilten die Dorfbewohner auf sie zu und bestürmten sie mit aufgeregten Fragen.

»Ja«, sagte sie zu den Leuten, »es stimmt, in Palmaris wütet die Pest.«

Als sie ihre Antwort hörten, wichen die Leute erschrocken vor ihr zurück, aber Pony zuckte nur mit den Achseln und ritt zur Geselligen Runde weiter. Bis auf die wachsende Furcht vor der Pest hatte sich in Dundalis nicht viel verändert, stellte sie fest. Sie traf Belster O'Comely beim Tresenputzen an; der

Schankwirt blickte auf und begrüßte sie mit einem freudigen Lächeln.

Er eilte um den Tresen, schloss sie in die Arme und forderte sie auf, ihm von ihren Erlebnissen zu berichten.

Sein Lächeln erlosch, als er von Colleen erfuhr, aber als er von Roger und Dainsey hörte, konnte Belster wieder lachen, denn er hatte die beiden sehr gern.

»Als du nach Einbruch des Winters immer noch nicht zurück warst, dachte ich, du seist tot, Mädchen«, gestand der Schankwirt. Er schüttelte hilflos den Kopf, seine Augen feucht glänzend. »Ich dachte, vielleicht ein Sturm oder die Pest.«

»Die Pest ist wirklich schlimm«, sagte Pony. »Selbst hier oben in den Waldlanden ist niemand vor ihr sicher. Wenn es dich einmal erwischt hat …« Nun war Pony diejenige, die hilflos den Kopf schüttelte. »Ich konnte nichts für Colleen tun, außer sie halten, als sie starb.«

Belster langte über den Tresen, griff nach einer Flasche des stärksten Likörs und schenkte Pony ein Glas ein. Normalerweise trank sie niemals etwas Stärkeres als Wein, aber sie nahm das Glas und leerte es in einem Zug.

Ihnen standen schwere, schwere Zeiten bevor.

Pony ritt in das Wäldchen mit den Hügelgräbern, um bei Elbryan zu sein; sie fragte sich, ob er da sein würde, wenn der Tod sie holte. Nach ihren Erfahrungen mit der Rotflecken-Pest fühlte sich Pony sehr verletzlich, und sie hegte ernste Zweifel, ob sie den Pestausbruch überleben würde.

Diese düsteren Gedanken beschäftigten sie fast den ganzen Abend, bis die sanfte Brise eine vertraute Melodie herantrug.

»Bradwarden?«, rief sie, denn sie wusste, dass der Zentaur ganz in der Nähe war.

Pony wartete einen Moment, bekam aber keine Antwort. Sie griff in ihren Lederbeutel und suchte in den Steinen herum, die Braumin ihr gegeben hatte, bis sie den glitzernden, perfekt geschliffenen Diamanten fand. Sie rief wieder den Namen des

Zentauren und tauchte die gesamte Umgebung in einen gleißenden Lichtschein.

»Au!«, erklang ein Ruf aus dem Unterholz. »Das tut meinen Augen gar nicht gut!«

Ponys Blick folgte der Stimme, bis sie vor dem im Schatten liegenden Laubwerk die Umrisse des Zentauren erkannte.

Pony lächelte, verringerte die Helligkeit und ging auf Bradwarden zu. Aber der Zentaur tat dasselbe, trat bei jedem ihrer Schritte seinerseits einen Schritt zurück, und sie spürte sofort, dass etwas nicht so war, wie es sein sollte.

»Was ist los?«, fragte sie und blieb stehen.

»Du musst zwanzig Schritte entfernt bleiben, so lautet die Regel«, sagte Bradwarden, »Zentauren-Schritte, nicht die Kinder-Schritte der Menschen.«

Pony überlegte, was die seltsame Äußerung bedeuten mochte, und dann fiel es ihr ein. »Die Pest«, sagte sie ruhig.

»Ich höre, der ganze Süden sei betroffen«, meinte Bradwarden.

Pony nickte. »In Palmaris ist es besonders schlimm«, erklärte sie. »In Ursal auch.«

»Düstere Zeiten«, sagte der Zentaur. »Dieses Mal können wir nicht einfach zum Aida ziehen und den Feind in die Luft sprengen.«

Pony ließ den Diamanten wieder ein wenig heller strahlen, um einen besseren Blick auf Bradwarden zu bekommen, denn plötzlich fürchtete sie, dass es ihrem Freund möglicherweise nicht gut ging.

»Keine Sorge, ich habe nichts«, erriet Bradwarden ihren Gedanken.

»Ich bin mir nicht mal sicher, ob sich ein Zentaur überhaupt anstecken kann«, sagte Pony.

»O doch, das können wir!«, erwiderte Bradwarden. »Beim letzten Mal löschte die Pest beinahe mein ganzes Volk aus, deswegen die Regel: zwanzig Schritte und keinen Deut näher.«

»Wenn jemand die Pest hat«, beendete Pony den Satz.

»Nein, das gilt für alle«, verbesserte der Zentaur bestimmt. »Außer für Pferde natürlich. Pferde kriegen die Pest nicht.«

»Aber wenn man gesund ist –«, wollte Pony einwenden.

»Woher willst du das wissen?«, fragte der Zentaur unnachgiebig. »Keiner weiß, ob er sich angesteckt hat oder nicht. Die Wahrheit kommt erst dann ans Licht, wenn die Krankheit ausgebrochen ist.«

Pony dachte einen Moment darüber nach. »Dann heißt das also, dass du niemanden näher als zwanzig Schritte an dich heranlässt?«, fragte sie. »Nicht mal mich?«

»So lautet die Regel«, antwortete der Zentaur. Pony bemerkte das leichte Zittern in seiner Stimme, aber es änderte nichts an seiner Entschlossenheit.

»Dann bist du also der abellikanischen Kirche beigetreten?«, fragte Pony ironisch. »Sie verriegeln ihre Tore und verstecken sich in ihren Abteien, während draußen die Welt zugrunde geht.«

»Und wenn einer von ihnen sich trotzdem ansteckt, werfen sie ihn raus«, fügte der Zentaur hinzu.

»Genau«, sagte Pony. »Alles Feiglinge!«

»Nein!«

Bradwardens Tonfall überraschte sie; so energisch hatte sie ihn selten reden gehört.

»Du nennst sie Feiglinge, ich dagegen halte sie für weise«, sagte Bradwarden nach einer kurzen Stille. »Was sollen sie denn tun? Rauskommen und sterben? Sich im Elend suhlen, bis das Elend sich in ihnen suhlt?«

»Sie könnten wenigstens versuchen, etwas zu tun!«, beharrte Pony. »Irgendetwas! Wieso nehmen sie sich das Recht heraus, sich vor allem zu verstecken?«

»Es geht nicht um Recht, sondern um Verantwortung, würde ich meinen«, sagte der Zentaur. »Du kannst nicht wissen, was auf euch zukommt, denn die Erinnerung der Menschen reicht nicht sehr weit zurück. Zumindest nicht weit genug. Bist du dir bewusst, was die Pest anrichten wird? Weißt du von den zukünftigen Aufständen, den Kämpfen und den Toten?«

Pony straffte die Schultern und starrte ihn unverdrossen an, hatte aber keine Antwort darauf.

»Wenn deine Freunde ihre Abteien öffnen, wird die Hälfte von ihnen an der Pest sterben. Erreichen werden sie nichts«, fuhr Bradwarden fort. »Und die andere Hälfte wird bei den Aufständen umkommen, denn früher oder später wird das Volk den Mönchen die Schuld an der Seuche geben! Ist alles schon passiert, und es wird wieder passieren! Sie werden ihnen die Schuld geben und ihre Abteien niederbrennen und die Mönche auf den Scheiterhaufen bringen. Sie wissen, dass Gott sie verlassen hat, und deswegen werden sie denjenigen die Schuld geben, die glauben, zu Gott zu sprechen.«

Dies ließ Pony verstummen, denn ihr wurde bewusst, dass sie sich bisher nicht klargemacht hatte, was nach einer Öffnung der Abteien geschehen würde. Ihr gefiel Braumins Erlass nicht, der Erlass der abellikanischen Kirche, aber war ihre scheinbare Feigheit vielleicht doch wohl begründet und notwendig?

Plötzlich kam Pony sich sehr allein vor in einer großen gefährlichen Welt, in der sie nichts mehr bewirken, nichts mehr ausrichten konnte. Mit trauriger Miene schaute sie zu dem Zentaur hinüber. »Spiel mir ein Lied«, bat sie ihn, ihre Stimme kaum mehr als ein Flüstern.

»Gerne«, erwiderte der Zentaur leise, hob seine Pfeifen an die Lippen und begann, eine wunderschöne Melodie zu spielen, ein ruhiges, melancholisches Lied, das, wie Pony fand, wie ein trauriges Weinen zu klingen schien.

Braumin hörte den rollenden Donner und fand es merkwürdig, denn der Himmel hinter seinem winzigen Fensterschlitz schien klar und sonnendurchflutet. Als ihm zu dämmern begann, was geschehen war, vernahm er die aufgeregten Rufe eines herbeieilenden Bruders.

Braumin stürmte in den Gang hinaus und stieß beinahe mit dem Mann zusammen.

»Kämpfe in den Straßen!«, rief der junge Mönch. »Bauern gegen Ordensbrüder! Wir müssen ihnen helfen! Wir müssen ihnen helfen!«

Braumin eilte an dem verängstigten Bruder vorbei, stürmte durch die Gänge von St. Precious und rannte über den Innenhof zur vorderen Abteimauer, wo er Talumus und Castinagis mit magischen Steinen in den Händen auf der Brustwehr stehen sah. Flankiert wurden die beiden von mehreren Brüdern mit Armbrüsten im Anschlag.

Braumin Herde stieg die Leiter hoch und eilte zu seinen Freunden, während unterdessen ein weiterer Donnerschlag ertönte.

»Dort!«, rief Bruder Talumus und deutete auf die Straße, wo eine Bauernhorde eine Gruppe von etwa zwanzig Abellikaner-Brüdern verfolgte. Die Mönche rannten auf St. Precious zu.

»Aus St. Mere-Abelle?«, fragte Bruder Castinagis, denn niemand aus St. Precious hatte das Abteigelände verlassen.

»Haltet eure Armbrüste bereit!«, rief Talumus, während die flüchtenden Brüder und ihre Verfolger immer näher kamen.

»Nein!«, rief Braumin, und alle Blicke richteten sich auf ihn. »Wir werden auf die Einwohner von Palmaris nicht schießen.«

»Sie werden die Brüder überrennen!«, wandte Talumus ein.

Aber Braumin blieb hart. Er sah, dass Talumus einen Graphit in der Hand hielt, nahm dem Mann den Stein ab und überlegte, was zu tun war. »Lasst das Fallgatter hochziehen und die Tore öffnen«, befahl er Talumus.

In dem Moment kam Meister Viscenti herbeigeeilt, eine Auswahl verschiedener Steine bei sich, darunter einige Graphite.

»Wir müssen die Flanken sichern«, erklärte Braumin und deutete auf den Vorplatz der Abtei, wo die breite Straße und zwei enge Gassen aufeinander trafen. »Tötet niemanden, aber schleudert ihnen ein paar Blitzschläge vor die Füße, damit sie sich nicht an die Brüder herantrauen.«

»Rennt, Brüder!«, rief Castinagis den flüchtenden Mönchen zu, während Braumin und Viscenti die magischen Kräfte ihrer Steine beschworen. Drei verschiedene Gruppen rannten auf die Abtei zu: die zentrale, die aus den flüchtenden Brüdern und ihren Häschern bestand, dazu zwei weitere Verfolgergruppen, die von rechts und links durch die beiden Gassen stürmten, um die Brüder auf dem Vorplatz der Abtei abzufangen.

Abt Braumin warf einen Blitzschlag auf die rechte Gruppe, Viscenti einen auf die linke. Braumins Blitz traf ein Gebäude, das Geschäft eines Hufschmieds, und ließ dessen Fenster erzittern. Viscentis Blitz schlug in einem Pflasterstein ein, prallte von ihm ab und traf die Ersten der heranstürmenden Bauern mitten ins Gesicht und holte sie von den Beinen. Viscenti konnte nur hoffen, dass er die Männer nicht allzu schwer verletzt hatte.

»Die Tore! Die Tore!«, rief Castinagis kurz darauf. St. Precious' Eingangstore wurden aufgezogen, und Bruder Talumus und ein Dutzend weiterer Brüder eilten hinaus, um die flüchtenden Mönche in die Abtei zu eskortieren.

Es war kein leichtes Unterfangen – Talumus und die Übrigen mussten sich eine Gruppe widerspenstiger Bauern vom Leib halten, Tritte und Schläge austeilend, bis sie die Männer endlich verjagt hatten. Schließlich war alles vorüber; als St. Precious' Tore sich wieder schlossen, lagen mehrere Bauern verletzt im Staub, und zwei Ordensbrüder bluteten aus verschiedenen Wunden.

Auf der Brustwehr konnte Abt Braumin nur betroffen den Kopf schütteln. Dann fiel ihm in der rechten Gasse eine Gruppe von Soldaten auf, die ohne einzugreifen dem gewalttätigen Spektakel zugeschaut hatten.

Es überraschte ihn nicht.

Braumin stieg in den Hof hinunter, um die unerwarteten Besucher zu begrüßen. Als er unten ankam, hatten die Mönche ihre Kapuzen zurückgeschlagen. Einige wurden wegen geringfügiger Verletzungen behandelt, andere standen einfach vornübergebeugt da und versuchten, wieder zu Atem zu kommen.

Braumin betrachtete die Brüder neugierig, denn obwohl die meisten keine jungen Männer mehr waren, kannte er keinen von ihnen – bis auf einen.

»Meister Glendenhook?«, fragte er und ging auf den Mann zu.

»Seid gegrüßt, Abt Braumin«, antwortete Glendenhook.

»Warum habt Ihr St. Mere-Abelle verlassen?«, fragte Braumin ungläubig. »Wieso seid Ihr hergekommen?«

»Wir sind Inquisitoren«, antwortete ein anderer Mönch im rollenden Dialekt des Südens – vermutlich stammte er aus Entel. »Wir sind hier, um die Berichte über das von Avelyn Desbris vollbrachte Wunder am Berg Aida zu untersuchen.«

Abt Braumin wankte hin und her, als könnte ihn der leiseste Windhauch umwerfen. »Ich dachte, Vater Agronguerrre hätte den Bau von Avelyns Kapelle aufgeschoben«, entgegnete er.

»Wir sind nicht hier, um über den Bau der Kapelle zu befinden«, erwiderte Meister Glendenhook. »Zunächst geht es einzig um Bruder Avelyns Heiligsprechung, und deshalb muss die Untersuchung vorangetrieben werden.«

Abt Braumin hörte die freudigen Ausrufe von Talumus, Viscenti und einigen anderen, er selbst hingegen starrte Glendenhook argwöhnisch an.

»In diesen düsteren Zeiten brauchen die Menschen einen Helden, meint Ihr nicht auch, Abt Braumin?«, sagte Glendenhook. »Vielleicht wird Avelyn Desbris nach der Untersuchung ja tatsächlich als solcher gelten.«

Irgendwie kam es Braumin seltsam vor. Er wusste, dass Glendenhook eng mit Meister Bou-raiy verbandelt war, und der war mitnichten ein Anhänger des verstorbenen Avelyn Desbris. Als Markwart beim vorletzten Äbtekollegium Meister Jojonah dafür verurteilt hatte, Avelyn gefolgt zu sein, war Bou-raiy einer derjenigen gewesen, die Jojonahs Hinrichtung gebilligt hatten.

»Lasst uns Avelyns Namen Geltung verschaffen und der Welt etwas geben, an dem sie sich aufrichten kann«, fügte Glendenhook hinzu, und er schien es aufrichtig zu meinen.

Aber als er Glendenhooks Lächeln sah, konnte Braumin nicht anders, als diese Aufrichtigkeit zu bezweifeln.

Irgendetwas stimmte hier nicht.

8. Die zweite Gabe

»Abt Hingas wünscht eine Audienz, Euer Majestät«, teilte die Schlosswache König Danube mit.

Herzog Kalas, der an der Seite des Raumes saß, schnaubte verächtlich. Er hatte für Hingas, der vorübergehend Abt von Ursal war, nichts übrig, sondern hielt ihn für einen kompletten Tölpel. Kalas mochte – bekanntermaßen – keines der Mitglieder der abellikanischen Kirche, aber in Abt Hingas' Fall waren die meisten Adligen an König Danubes Hof seiner Meinung, darunter auch Constance Pemblebury.

»Er will sich bestimmt wieder über die eingeschlagenen Fensterscheiben beschweren«, sagte Constance, die den anderen sittsam den Rücken zuwandte, während sie Torrence, ihrem zweiten, inzwischen sechs Monate alten Sohn, die Brust gab. Merwick kroch um ihren Stuhl herum und türmte kleine Holzklötze auf, nur um sie gleich wieder umzustürzen.

»Oder er will über das Gewicht der Seele sprechen«, höhnte Kalas, »darüber, dass sie leichter als Luft ist und deswegen in den Himmel entschwebt.« Seine Stimme hob sich um eine Oktave, während er die vor Sarkasmus triefende Äußerung ausspie.

»Euer Majestät?«, fragte die arme Schlosswache.

König Danube verdrehte die Augen.

»Nein!«, brüllte Kalas den Wachhabenden an. »Raus mit dem Kerl! Raus! Schick ihn in seine Abtei zurück und sag ihm, dass er mit den eingeschlagenen Scheiben alleine zurechtkommen muss. Lass der Abtei ausrichten, dass sie zum Wohle der Welt leiden müssen und dass sie, sobald sie einen richtigen Abt gewählt haben, den Mann ruhig herschicken können, wenn er eine Audienz mit dem König wünscht.«

Kalas' aufgebrachter Ton überraschte die Übrigen nicht, aber trotzdem ließ die Vehemenz seiner Worte Danube und Constance viel sagende Blicke wechseln.

»Was für ein Segen für Je'howith«, bemerkte Constance trocken, und selbst der sonst so diplomatische Danube konnte sich ein Schmunzeln nicht verkneifen.

»Im Grab ist er wenigstens sicher vor Herzog Kalas«, sagte Danube lachend.

»Wolltet Ihr Hingas etwa empfangen?«, fragte Kalas und griff sich an die Brust, als hätte Danubes Bemerkung ihn verletzt.

»Vermutlich habt Ihr mir einen Gefallen getan«, antwortete König Danube, erhob sich von seinem Thron und ging ans Fenster.

Vor ihm lag Ursal, still auf den Winter wartend. Es hieß, dass inzwischen jede Familie mindestens ein Pestopfer zu beklagen hatte; und viele Häuser lagen dunkel und völlig ausgestorben da, voller Toter, und es gab niemanden, der sich hineinwagte, um die Leichen abzutransportieren.

Dies war König Danubes geliebte Hauptstadt im Spätherbst im Jahre des Herrn 829. Eigentlich hätte es eine der glücklichsten Zeiten in Danubes Leben sein müssen. Der Dämon und seine Verbündeten waren besiegt; die Kirche, seit je in Rivalität zur Krone stehend, war in Aufruhr und hatte genug mit sich selbst zu tun; und seine liebe Constance hatte ihm zwei Söhne geschenkt, die er immer mehr als seine möglichen Thronfolger betrachtete – obwohl er über diese Frage natürlich noch mit seinem Bruder würde sprechen müssen.

Und doch saß er tatenlos in dem Gefängnis herum, zu dem Schloss Ursal geworden war, einer Festung vor der Rotflecken-Pest, obwohl dieser heimtückischste aller Feinde selbst hinter diese abgeschotteten Gemäuer gelangt war und ihn gezwungen hatte, zwei Diener und eine Wache zu entlassen.

Bisher hatte sich jedoch keiner seiner engeren Freunde angesteckt, und dafür murmelte König Danube ein leises Dankgebet, während er erhaben vor dem hohen Fenster stand und auf sein geschundenes Königreich blickte.

Der Schnee ließ den Norden bis nach dem offiziellen Winteranfang warten, aber als er schließlich nach Dundalis gelangte, tat er es mit aller Vehemenz: Er türmte sich bis an den Dachrand der Häuser auf und begrub die Umzäunungen der Viehgehege unter sich.

Bald darauf, noch vor Beginn des Jahres 830, verbesserte sich das Wetter so weit, dass Pony einen Ausritt unternehmen konnte. Denn sie brauchte Zeit für sich allein, an Elbryans Grab, ihrem Zufluchtsort vor den Wirren der Welt.

Sie sattelte Greystone, verließ das Dorf und ritt auf den Hang nördlich von Dundalis, wo sie dem Verlauf der Talsenke folgte, denn hier oben hatte der Wind den Schnee weggeweht, während es dort unten noch völlig verschneit war. Im Wald merkte sie, dass sie besser als erwartet vorankam, obwohl der Schnee auch hier fast knietief lag und Pony an mehreren Stellen absteigen und das Pferd zu Fuß führen musste.

Sie war am frühen Morgen aufgebrochen, und das war auch

nötig gewesen, denn als sie den Rand des abgelegenen Wäldchens mit den Hügelgräbern erreichte, war es fast Mittag.

Zwei unterschiedliche Hufspuren, die über das letzte Feldstück in das Wäldchen hineinführten, verrieten ihr, dass sie nicht allein war. Anfangs dachte sie, dass es Bradwarden und Symphony waren – wer sonst wäre an einem solchen Tag hier draußen? –, aber dann entdeckte sie neben den Hufspuren die Stiefelabdrücke eines Reiters.

Pony hielt sich am schattigen Waldrand und umrundete den gesamten Hain. In einiger Entfernung erblickte sie einen in dicke Pelze gehüllten Mann auf einem Pferd.

Sie ließ sich in den magischen Strudel ihres Hämatits fallen und trat aus ihrem Körper. Als Erstes schickte sie ihren Geist zu dem Reiter. Auf dem Weg dorthin befand sie, dass er einen Begleiter haben musste, der in dem Wäldchen war – ihrem Wäldchen! –, und bereits die bloße Vorstellung machte sie wütend.

Der Reiter war etwa in Ponys Alter, hatte ein etwas abgezehrtes, aber gut geschnittenes Gesicht mit einem dunklen Zwei-Wochen-Bart und funkelnden, wachsamen Augen. Etwas an ihm kam Pony vertraut vor, aber sie wusste nicht, was.

Da sie sich aus Angst, seine Aufmerksamkeit zu erregen, nicht lange aufhalten wollte, schickte sie ihren Geist in den Wald und schwebte gestaltlos zwischen den Bäumen hindurch.

Den anderen Mann entdeckte sie vor den beiden Hügelgräbern, die anscheinend kürzlich vom Schnee gesäubert worden waren. Er war ein Riese von einem Mann, hatte lange, flachsblonde Haare und Augen von der Farbe eines strahlend blauen Nordhimmels. Quer über dem Rücken trug er ein Schwert.

Und was für ein Schwert das war – es war das größte, das Pony je gesehen hatte! Ein Schwert, das jeden Schutzschild, jeden Baumstamm spalten und den dahinter stehenden Gegner entzwei schlagen konnte!

Plötzlich schrak der Mann zusammen und schaute argwöhnisch über die Schulter. Pony wusste, dass er irgendwie ihre Gegenwart gespürt hatte. Schnell huschte sie in ihren Körper zurück und fand blinzelnd ihre Orientierung wieder.

Sie wartete eine Weile, und als kein Ruf aus dem Wäldchen drang und der riesige Mann nicht herauskam, wählte sie einen Weg, auf dem der wartende Reiter sie nicht sehen konnte, und eilte über das Feld, eine Hand an ihrem Schwert, die andere im Lederbeutel, wo sie den Graphit und den Magnetit zwischen den Fingern rollte.

Lautlos huschte sie von Schatten zu Schatten, so wie Elbryan es ihr beigebracht hatte. Trotzdem, als sie noch zehn Schritte von dem riesigen Mann entfernt war, rief er ihr zu: »Du solltest dich nicht von hinten an mich heranschleichen, gute Frau. Das macht mich nervös.«

Er wandte sich langsam um, ein listiges Lächeln in seinem bärtigen Gesicht. Seine Arme hingen an den Seiten herunter, machten keine Anstalten, nach dem unglaublichen Schwert zu greifen.

»Für diese Jahreszeit bist du ziemlich weit weg von deinem Dorf, findest du nicht?«, fragte der Mann.

»Was weißt du über das Dorf?«

»Ich weiß, dass es Dundalis heißt und einen schweren Morgenmarsch entfernt liegt«, antwortete der Mann. »Und ich weiß, dass Weedy Meadow noch mal zwanzig Meilen weiter entfernt ist.«

Pony neigte den Kopf zur Seite und sah den Mann neugierig an. Wie konnte er so viel über die Gegend wissen, ohne dass sie von einem solchen Mann jemals gehört hatte? Und wieso hatte Bradwarden ihr nichts gesagt? Der Zentaur behauptete, über alles Bescheid zu wissen, was in den Wäldern vor sich ging. Und doch hatte Pony seit vielen Tagen nichts von Bradwarden gehört, und das Letzte, was ihr von ihm zu Ohren gekommen war, war nicht mehr als eine kleine liebliche Melodie gewesen, die eine Abendbrise zu ihr getragen hatte.

»Was tut Ihr hier?«, fragte Pony und beobachtete ihn genau. Falls er nach seinem Schwert greifen sollte, gedachte Pony, ihn mit einem Blitzschlag niederzustrecken.

Der große Mann zuckte mit den Schultern. »Ich mache meine Aufwartung«, sagte er.

»Wem?« Ponys Stimme klang scharf. Wer war dieser Mann, dass er glaubte, einfach so zu Elbryans Grab spazieren zu können?

»Zwei Gefährten«, antwortete der Alpinadoraner, und Ponys Kinnlade klappte herunter.

»Nachtvogel und seinem Vorgänger Mather«, fuhr der Hüter fort. »Ich hörte von seinem Tod, und deswegen schuldete ich ihm diesen Besuch, obwohl es ein langer, schwieriger Weg war.«

»Wer seid Ihr?«

»Dasselbe wollte ich Euch gerade fragen.«

»Wer seid Ihr, dass Ihr Euch anmaßt, ungebeten und unangekündigt das Grab meines Mannes zu besuchen?«, fragte Pony und gab damit einiges preis.

Der große Mann nickte und lächelte. »Dann seid Ihr also Jilseponie Wyndon«, sagte er. »Von ihren Freunden Pony genannt. Bis zum Ende Nachtvogels treue Gefährtin.« Er verneigte sich respektvoll. »Ich bin Andacanavar aus Alpinador. Ich wurde von den Elfen ausgebildet, wie Euer Mann. Die Kunde von der Tragödie in Palmaris habe ich übrigens von dem Abellikaner-Bruder Holan Dellman, der nun in St. Belfour in Vanguard dient.«

Pony schüttelte fassungslos den Kopf. Sie konnte kaum glauben, was der Mann sagte, aber Bruder Dellmans Namen zu hören beruhigte sie ein wenig. Zu sehr, wie sie einen Moment später merkte, als sie hinter sich eine Stimme vernahm.

»Und ich bin Liam O'Blythe«, sagte die Stimme, und Pony wirbelte herum und erblickte den Mann, der am Waldrand auf seinem Pferd gewartet hatte. Er war so dicht an sie herangeritten, dass er sie mühelos hätte anspringen können, bevor sie die Steine oder das Schwert zur Hand gehabt hätte, und deswegen kam sie sich in diesem Moment äußerst töricht vor.

Aber auch dieser Mann verneigte sich vor ihr und schien keine unlauteren Absichten zu hegen.

»Wir wussten nicht, dass Ihr in die Waldlande zurückgekehrt seid«, sagte Andacanavar, »sonst hätten wir Euch aufgesucht.«

»Obwohl wir versuchen, möglichst wenig Kontakt mit der Bevölkerung der Waldlande zu haben«, fügte Liam hinzu.

Pony sah erst ihn und dann seinen Gefährten befremdet an. »Wenn Ihr es probieren würdet, würdet Ihr feststellen, dass die Menschen in den Waldlanden keine Vorbehalte gegenüber Fremden hegen.«

»Das ist es nicht«, erklärte Andacanavar. »Wir haben von der Rotflecken-Pest gehört.«

»Ja, es ist schlimm«, entgegnete sie.

»Und deswegen müssen wir aufpassen, um die Pest nicht nach Vanguard oder Alpinador einzuschleppen«, sagte Liam. »Aber ich habe genug gestört«, fügte er hinzu, und Pony wurde klar, dass der Hüter ihm ein Zeichen gegeben haben musste, dass er verschwinden solle. Liam verneigte sich erneut und verschwand zwischen den Bäumen.

Pony und Andacanavar unterhielten sich mehr als zwei Stunden lang wie alte Freunde. In erster Linie redete Pony, seine zahlreichen Fragen nach Elbryan beantwortend. Der Hüter wollte alle Einzelheiten jeder Geschichte hören, die es über den Nachtvogel zu erzählen gab, wollte hören, wie Pony Elbryans Lachen nachmachte, wollte jede Nuance von Elbryans schelmischem Grinsen beschrieben bekommen. Andacanavar lauschte ihr gespannt, und immer wieder musste er herzhaft lachen.

Der Nachmittag war im Nu vorüber, und Pony wurde bewusst, dass sie aufbrechen musste, wenn sie vor Einbruch der Dunkelheit in Dundalis sein wollte.

»Es sieht so aus, als würde morgen ein ebenso schöner Tag werden wie heute«, sagte der Hüter zu ihr. »Werdet Ihr morgen zurückkehren und Euch wieder mit mir unterhalten?«

Pony sah ihn unschlüssig an.

»Ich werde Euch mehr über die Elfen erzählen und mehr über das, was Euren Nachtvogel formte und zu dem Mann machte, den Ihr geliebt habt«, versprach Andacanavar.

»Dann komme ich zurück«, sagte Pony lächelnd.

In der Nacht, in ihrem Bett in einem kleinen Zimmer über der Geselligen Runde, hatte Pony so lebhafte Träume von Elbryan wie noch nie nach seinem Tod. Anders als die früheren Träume von ihm – meistens Wiederholungen des letzten Kampfes oder andere schreckliche Dinge – waren sie angenehme, wohlige Erinnerungen, die Pony mit einem Lächeln auf den Lippen aufwachen ließen.

Sie stand früh auf und erledigte rasch ihre Pflichten im Schankhaus; dann versprach sie Belster, bei Einbruch der Dunkelheit zurück zu sein, und eilte hinaus. Sie traf Andacanavar und seinen Freund abermals bei den Hügelgräbern an; und wieder ließ der kleinere Mann sie allein. Andacanavar brach allerdings sein Versprechen und überließ Pony wieder die Rolle der Rednerin, um mehr über den Nachtvogel zu erfahren.

Sie kam seinem Wunsch eifrig nach, schüttete ihr Herz aus, erzählte von ihrer unfreiwilligen, jahrelangen Trennung von Elbryan, als er bei den Elfen und sie in Palmaris war und später Angehörige der königlichen Armee wurde. Sie erzählte von ihrer Expedition in den Barbakan, um den geflügelten Dämon zu vernichten – diesen Teil mochte Andacanavar am meisten! –, und von den Gefechten gegen Pauris und Goblins während ihrer Rückkehr in den Süden. Sie erzählte von ihrem Eindringen in St. Mere-Abelle, um Bradwarden zu retten, und am Ende berichtete sie mit tränenerstickter Stimme vom letzten, alles entscheidenden Kampf gegen Markwart, in dem Elbryan sein Leben gab, um die Welt von Bestesbulzibar zu befreien.

Als die Sonne dicht über dem Horizont stand, fiel Pony ein, dass sie gehen musste.

»Morgen?«, fragte Andacanavar sie.

»Damit Ihr mir wieder von den Elfen erzählen könnt?«, fragte Pony ironisch, denn der Hüter hatte den ganzen Tag nichts anderes getan, als eine Frage nach der anderen zu stellen.

»Das nächste Mal bin ich an der Reihe«, versprach der Hüter. »Ich werde Euch von den vielen Prüfungen erzählen, die ein Hüter bei seiner Ausbildung bestehen muss. Eine außergewöhnliche Rasse, die Touel'alfar. Anpassungsfähig und ...«

Pony lachte auf. »So würde ich sie nicht unbedingt beschreiben«, sagte sie.

»Aber sie sind anpassungsfähig! Sehr sogar!«, meinte Andacanavar unbeirrt. »Sie mussten eigens für mich einen völlig neuen Kampfstil erfinden, der meiner Größe und Kraft angemessen ist.«

»Etwas anderes als den *Bi'nelle dasada*?«, fragte Pony, und dies ließ den großen Mann ungläubig stutzen.

»Was wisst Ihr darüber?«, fragte er.

Pony blickte zur Seite und sah, dass der Gefährte des Hüters zurückkehrte.

»Ich beherrsche den Schwerttanz«, flüsterte Pony. »Gut sogar.«

Andacanavar schaute sie an, gleichzeitig überrascht und beunruhigt.

»Woher habt Ihr dieses Wissen?«, fragte er.

»Vom Nachtvogel. Elbryan hat es mir beigebracht«, erklärte sie. »Den gesamten Schwerttanz. Wenn wir kämpften, ergänzten sich unsere Bewegungen in perfekter Harmonie.«

Andacanavar hob die Augenbrauen, nickte und brummte vor sich hin.

»Lady Dasslerond sah es nicht gern«, gestand Pony und lachte. »Ganz und gar nicht.«

»Ich sage das nicht im Scherz, Jilseponie, aber ich glaube,

dass Lady Dasslerond überlegte, Euch auf die extremste aller Möglichkeiten zum Schweigen zu bringen«, entgegnete der Hüter.

»Das kann gut sein«, erwiderte Pony ernst. »Ich nehme an, dass Belli'mar Juraviel ein gutes Wort für mich einlegte und seine Herrin deswegen darauf vertraut, dass ich das Elfen-Geheimnis bewahre.«

»Sie setzt großes Vertrauen in Euch!«, sagte Andacanavar. »Seid Ihr der neue Hüter der Waldlande?«, fragte er lachend.

Aber Ponys Miene blieb ernst. »Belli'mar Juraviel sagte, dass dies nicht gehe, weil ich zu alt sei für die Ausbildung bei den Elfen«, erklärte sie.

»Aber sie lassen Euch am Leben und eines ihrer wichtigsten Geheimnisse bewahren, das ist doch auch etwas!«, sagte Andacanavar laut lachend, und Pony stimmte mit ein.

»Dann tragt Ihr das Schwert an Eurer Hüfte also nicht bloß zur Schau?«, fragte der Hüter kurz darauf, einen listigen Ausdruck im Gesicht. »Liam hält sich für einen guten Schwertkämpfer«, sagte er. »Glaubt Ihr, Ihr könntet mir Eure Künste vorführen?«

Pony überlegte einen Moment, ob sie die Herausforderung annehmen sollte. Sie fand, dass es besser wäre abzulehnen, denn sie hatte Belli'mar Juraviel versprochen, den Schwerttanz für sich zu behalten. Aber der Mann, der die Herausforderung ausgesprochen hatte, war ein Hüter, und er kannte den Kampfstil ohnehin.

»Was ist los?«, fragte Andacanavars Gefährte, als er im Näherkommen die nachdenklichen Mienen der beiden sah. Er legte einen von ihm geschossenen Truthahn neben sich auf den Boden.

»Gleich hier?«, fragte Pony Andacanavar. »Hier sind zu viele Bäume.«

»Lässt sich der Tanz nicht auf jedem Schlachtfeld ausführen?«, fragte der Hüter.

»Welches Schlachtfeld?«, fragte der kleinere Mann.

»Euer Schlachtfeld«, sagte Andacanavar, stand auf und klopfte den Schnee von seinen Wildleder-Kniehosen. »Eures und Ihres. Unsere neue Freundin erzählte mir einige interessante Dinge über sich, und ich würde sie gerne hier an Ort und Stelle einer Prüfung unterziehen.«

»Dann solltet Ihr selbst sie prüfen«, protestierte der andere Mann.

Andacanavar lachte. »Mein Kampfstil unterscheidet sich zu sehr von dem, den sie zu beherrschen vorgibt, deshalb ließen sich daraus keine Rückschlüsse ziehen. Kommt schon, Liam, zückt Euer Schwert und lasst der Frau ihren Spaß.«

Der Mann beobachtete Pony neugierig, während sie sich den Schnee von den Hosen klopfte und dann ihr wunderschönes schlankes Schwert zog.

Andacanavar nickte ihr zu. »Geht behutsam mit ihm um«, sagte er zu Pony.

»Nie im Leben«, antwortete sie, dann drehte sie sich seitwärts, in Kampfstellung, den linken Fuß zurückgesetzt, den rechten nach vorne. Sie wippte über dem Knie, ihr Gleichgewicht findend.

»Falls ich sie versehentlich verletze, werdet Ihr mich dann in den Boden stampfen, Andacanavar?«, fragte der kleinere Mann.

Der Hüter schmunzelte, denn allein an Ponys Haltung konnte Andacanavar erkennen, dass sich die Befürchtungen seines Gefährten nicht bewahrheiten würden.

»Ich werde versuchen, Euch nicht zu verletzen, und erwarte dasselbe von Euch. Wer den erstmöglichen Treffer landet, hat gewonnen.«

Pony sagte nichts, sondern wippte nur vor und zurück, konzentrierte sich auf ihre Haltung, entsann sich der ungezählten Übungsstunden mit Elbryan, entsann sich der vielen Kämpfe, die sie an Elbryans Seite gewonnen hatte, entsann sich der perfekten Harmonie ihrer Bewegungen, der kein Feind gewachsen gewesen war.

Sie spürte, wie zum ersten Mal seit jenem schrecklichen Kampf in Chasewind Manor der *Bi'nelle dasada* sie zu durchströmen begann, aber statt all die schlimmen Erinnerungen, den Schmerz und die Ängste heraufzubeschwören, hatte Pony das Gefühl, sie wäre wieder vereint mit ihrem geliebten Mann. Es war wundervoll!

»Seid Ihr bereit?«, hörte sie ihren Gegner fragen. Sein Tonfall verriet ihr, dass er die Frage schon oft gestellt hatte.

Sie lächelte und nickte, und Liam griff unvermittelt mit einem von der Seite kommenden Schwerthieb an, dem ein ruckartiger Dolchstoß folgte.

Pony hob ihr Schwert und parierte den Hieb, dann riss sie es herunter und wehrte auch den Dolchstoß ab.

Der Mann lächelte, offenbar beeindruckt von ihren Fähigkeiten. Plötzlich griff Pony an; sie sprang vor und schnippte ihm mit einer Drehbewegung ihrer Klinge das Schwert aus der Hand. Dann machte sie einen weiteren Schritt auf ihn zu und parierte seinen neuerlichen Dolchstoß, ehe er ihn richtig durchgeführt hatte.

Aber der Mann war schnell; er hatte sein Schwert gleich wieder aufgehoben und griff sie von neuem an.

Aber der Schwerttanz durchströmte Pony mit pulsierender Kraft und erfüllte sie mit einer Freude, die sie für alle Zeiten verloren geglaubt hatte. Liam schlug mit dem Schwert und dem Dolch auf sie ein, doch Pony glitt mit blitzschnellen Beinbewegungen zurück, ohne dass ihr Oberkörper seine perfekt ausbalancierte Haltung verlor.

Liam stürmte weiter auf sie zu, denn er sah, dass sie wegen der dicht beieinander stehenden Birken hinter ihr kaum noch Ausweichmöglichkeiten hatte.

Pony wich bis zu den Bäumen zurück, und als ihr Gegner sie fast erreicht hatte, sprang sie mit einem Schwertstoß vor –

mit einem wohl kalkulierten Stoß, denn sie brach ihn unvermittelt ab, packte mit der linken Hand den Birkenstamm neben ihr und ließ sich vom Schwung ihrer Bewegung um den Baum herumtragen.

»Gut gemacht«, gratulierte ihr Gegner und entspannte sich einen Augenblick. Aber bevor er sich versah, musste er seine Waffe hochreißen, denn Pony sprang hinter den Bäumen hervor und griff ihn abermals mit einer schnellen Folge von Schwertstößen an.

Er parierte den Angriff nur mit größter Mühe und war nun derjenige, der zurückwich, allerdings in einer weit weniger eleganten Haltung als Pony.

Sie nutzte ihren Vorteil aus, stürmte weiter auf ihn zu, zielte auf seinen Bauch, seine Brust, sein Gesicht und wieder auf seinen Bauch. Er musste fieberhaft seine beiden Waffen gebrauchen, um ihre Stöße abzuwehren.

Scheinbar war ihr Angriff verpufft, und eigentlich hätte sie sich wieder zurückziehen sollen, aber sie tat es nicht, sondern attackierte ihn noch aggressiver.

Es sah aus, als hätte sie einen Fehler begangen, und ihr Gegner, der alles andere als ein Anfänger war, ergriff wieder die Initiative. Er parierte einen scheinbar unbedachten Stoß, nahm eine neue Haltung ein und stürmte mit einem vernichtenden Schwerthieb auf sie los. Er traf …

Ins Leere.

Liam blieb verblüfft stehen, denn seine Gegnerin hatte sich scheinbar in Luft aufgelöst und war nirgends zu entdecken!

Dann spürte er ihre Schwertspitze im Nacken und erstarrte.

»Wenn das kein möglicher Treffer war!«, röhrte Andacanavar. Liam ließ sein Schwert und den Dolch fallen und zuckte mit den Schultern.

Pony nahm ihr Schwert herunter, schob es in die Scheide und wandte sich zum Hüter um.

Er nickte bewundernd.

»Nachtvogel hat Euch ein wunderbares Geschenk gemacht«, bemerkte er.

Pony nickte zustimmend, denn sie spürte noch immer das Kribbeln des Schwerttanzes in sich und wusste in diesem Moment Elbryans Geschenk mehr denn je zu schätzen.

»Brachte er Euch noch mehr bei?«, fragte Andacanavar.

Pony sah ihn befremdet an. Wo sollte sie beginnen, wenn sie ihm all die Dinge aufzählen wollte, die sie und Elbryan einander beigebracht oder voneinander gelernt hatten?

»Euer Zögern beantwortet meine Frage bereits«, sagte der Hüter. »Er brachte Euch nichts weiter bei, und deswegen werde ich es tun. Morgen.«

Pony sah ihn argwöhnisch an.

»Vertraut mir, gute Frau«, bat der Hüter sie. »Ich werde Euch Dinge beibringen, die Ihr nicht erwartet, das verspreche ich Euch.« Er verstummte und erwiderte Ponys starrenden Blick, der anfangs argwöhnisch, dann verunsichert und schließlich erwartungsvoll war.

»Morgen?«, fragte er erneut.

»Ich werde in aller Frühe hier sein«, versprach Pony, sammelte ihre Sachen ein, griff Greystones Zügel und machte sich auf den Heimweg.

»Eine bemerkenswerte Frau«, sagte Andacanavars Gefährte, als Pony und Greystone im Wald verschwanden. In Wahrheit hieß er nicht Liam O'Blythe.

»Sie ist überaus geschickt und entschlossen und für jeden Mann ein Augenschmaus«, erwiderte der Hüter und sah auf seinen Freund hinunter. »Ich sagte doch, dass sie Euch mit Leichtigkeit besiegen würde.«

»Bruder Dellman beschrieb sie als wunderschön«, sagte der Gefährte des Hüters, »und ich glaube nicht, dass unser Freund Dellman oft so von Frauen spricht.«

»Seine Worte können gar nicht ausdrücken, wie gut sie aussieht«, entgegnete Andacanavar und sah seinen Gefährten viel sagend an. »Sie kann einen Mann glatt um den Schlaf bringen.«

»Und, seid Ihr ein solcher Mann?«, kam die nächste Frage.

»Ich bin zu alt für sie, aber zu Euch könnte sie durchaus passen.«

Der Mann, der im Schwertkampf so leicht geschlagen worden war, zuckte mit den Schultern und lächelte.

»War das gut genug für Euch?«, rief Andacanavar ihrem neuesten Gefährten zu, als Bradwarden zwischen den Bäumen hervortrat, aber zwanzig Schritte von den Menschen entfernt stehen blieb, so wie das Zentauren-Gesetz es in Zeiten der Pest forderte.

»Sie ging mit einem Lächeln auf den Lippen«, räumte der Zentaur ein, »einem so verträumten Lächeln, wie ich es in ihrem schönen Gesicht seit langem nicht sah.«

»Hüter haben eben einen Schlag bei schönen Frauen«, sagte Andacanavar augenzwinkernd.

»Ihr Schmerz ist groß«, sagte der Zentaur ernst.

»Und morgen könnte er sogar noch größer werden«, entgegnete Andacanavar, »denn sie wird ihrem geliebten Mann begegnen. Es wird ihr wehtun, aber sie braucht diesen Schmerz.«

»Ich hätte Euch nicht um Hilfe gebeten, wenn ich nicht wüsste, dass Ihr helfen könnt«, sagte Bradwarden.

»Und wir sind froh, dass Ihr es getan habt«, sagte der Freund des Hüters. Als sie den sehnsüchtigen Klang in seiner Stimme hörten, sahen Andacanavar und Bradwarden sich an und zwinkerten einander wissend zu.

In der Nacht merkte Pony erneut, dass ihre Träume voll schöner Erinnerungen an ihren Mann waren. Sie träumte von den zärtlichen Stunden mit ihm, von den Schwertkämpfen, von langen Spaziergängen im Wald und davon, wie sie einfach nur

Arm in Arm dasaßen und Bradwardens zarten Melodien lauschten.

Als sie erwachte, war sie bester Laune, erledigte wieder schnell ihre Pflichten und begab sich mit Greystone umgehend in das Wäldchen nördlich von Dundalis.

Als sie bei den Hügelgräbern ankam, traf sie Andacanavar allein an, aber sie stellte fest, dass Bradwarden in der Nähe war, denn sein Pfeifenspiel erfüllte die bitterkalte Winterluft mit erwärmenden Melodien.

»Wenn ich die Musik des Zentauren höre, fühle ich mich immer so, als wäre Elbryan noch bei mir«, sagte Pony gedankenverloren. »Er und ich lauschten diesen Melodien schon als kleine Kinder in Dundalis.«

»Elbryan ist immer noch bei Euch!«, sagte Andacanavar. »Natürlich ist er das!« Er schaute sich um, als erwarte er, dass sich irgendwo in der Nähe der Geist des Nachtvogels materialisierte; dann legte sich ein eigenartiger Ausdruck über seine Züge. »Die andere Gabe hat er Euch nicht beigebracht?«, fragte er. »Die noch größere Gabe der Touel'alfar?«

Pony sah ihn fragend an.

»Das Orakel«, sagte Andacanavar.

Pony nickte; sie hätte es wissen sollen. »Er versuchte es einmal«, sagte sie, »damit ich den Geist eines verlorenen Freundes rufen konnte. Aber ich brauchte es nicht, denn damals war Avelyn ohnehin ständig bei mir. Ich habe es ganz deutlich gespürt.«

»Aber jetzt braucht Ihr es.«

Pony sah ihn erneut fragend an.

»Ihr glaubt nicht, dass der Nachtvogel, Euer Elbryan, noch bei Euch ist«, sagte Andacanavar. »Ihr seid Euch nicht einmal sicher, ob er die nächste Daseinsstufe erreicht hat oder ob eine solche Ebene überhaupt existiert. Sicher, Ihr sagt, Avelyn wäre bei Euch gewesen, aber war es wirklich sein Geist oder bloß Eure Erinnerung an ihn?«

Pony sah ihn mit düsterer Miene an, sich plötzlich beklommen fühlend. Sie fand, dass er sich ein wenig zu weit in ihre Privatangelegenheiten vorwagte.

»Das ist die große Frage, die Euch so viel Angst macht«, stellte der Hüter fest. »Und wegen Eurer Angst könnt Ihr Eure Trauer nicht überwinden.«

»Ihr glaubt eine Menge zu wissen.«

»Ich bin ein guter Beobachter«, verbesserte Andacanavar sie. »Und es steht Euch klar ins Gesicht geschrieben, wann immer Ihr von Elbryan sprecht.« Er klopfte den Schnee von den Hosenbeinen. »Lasst mich Euch die andere Gabe der Touel'alfar beibringen, die Gabe, die Euch befreien wird.«

»Lady Dasslerond –«

»Seht Ihr sie irgendwo?«, entgegnete Andacanavar. »Und wenn sie Euch mit dem Geheimnis des *Bi'nelle dasada* am Leben lässt, hat sie bereits ihr Urteil über Euch gefällt, und es ist ein wohlwollendes Urteil. Also, kommt schon. Das Wetter wird sich nicht viel länger halten, und ich habe einen weiten Heimweg vor mir.«

Noch immer skeptisch, nahm Pony die ihr dargebotene Hand und ließ sich von Andacanavar aufhelfen.

Er hatte die Höhle vorbereitet, eine Baumhöhle im Stamm einer wuchtigen Ulme, denn er hatte in ihr schon einige Male Elbryans Geist gerufen. Er erklärte Pony die Einzelheiten, dann half er ihr durch die Öffnung.

Sie sah, dass Andacanavar ihr einen Holzscheit zum Draufsetzen hingelegt hatte. An der gegenüberliegenden Wand lehnte ein Spiegel. Der Hüter ließ ihr kaum Zeit zum Orientieren, denn er zog sofort eine Decke vor die Öffnung, sodass Pony so gut wie nichts mehr erkennen konnte.

Aber das Orakel wollte es so. Wie Andacanavar ihr aufgetragen hatte, setzte sie sich auf den Holzscheit und begann, in den Spiegel zu starren und an Elbryan zu denken. Allmählich sanken ihre Gedanken immer weiter hinab, bis sie in tiefer Meditation versunken war.

Und dann sah sie ihn, ihren geliebten Mann, ein Schatten im Spiegel.

»Elbryan«, flüsterte sie, und sofort schossen ihr Tränen in die Augen. »Kannst du mich hören?«

Sie erhielt keine vernehmbare Antwort, der Schatten bewegte sich nicht, aber plötzlich spürte sie eine behagliche Wärme in sich aufsteigen und wusste, dass Elbryan bei ihr war.

Aber für ihren Geschmack war er noch immer zu weit weg, deshalb beugte sie sich vor, erhob sich sogar von ihrem Holzscheit. Aber die Bewegung störte ihre Konzentration, und das Bild verblasste – vielleicht hatte es auch nie existiert. Vielleicht hatte ihr Herz ihr einen Streich gespielt und sie halluzinieren lassen.

Nein, so war es nicht, wurde Pony klar. Er war bei ihr gewesen, sein Geist. Unleugbar.

Sie setzte sich wieder und wollte sich erneut in Trance fallen lassen, aber dann merkte sie, wie viel Zeit schon verstrichen war. Sie musste vor Anbruch der Dunkelheit in Dundalis sein.

Sie kroch zur Höhlenöffnung, schlug die Decke beiseite und blinzelte ins noch recht helle Nachmittagslicht.

»Seid Ihr ihm begegnet?«, fragte der Hüter, der ganz in der Nähe neben seinem dunkelhaarigen Gefährten auf einem Baumstamm saß.

Pony nickte. »Ich denke …«

»Denkt nicht zu viel, Mädchen«, sagte Andacanavar. »Fühlt.«

Er kam zu ihr herüber und half ihr aus der Höhle.

»Ihr müsst heim nach Dundalis«, sagte der Hüter, »und zwar schnell, denn heute Abend wird ein mächtiger Sturm aufkommen.«

»Und wohin führt Euch Euer Weg?«

»Nach Osten«, antwortete der Hüter.

»Und der Sturm?«

»Der ist nichts für jemanden aus Alpinador«, erwiderte der Hüter lachend.

Pony stand da und starrte den hünenhaften Mann an. Sie merkte, dass sie ihn vermissen würde, obwohl sie ihn erst seit wenigen Tagen kannte. »Ihr sagtet, Ihr würdet mir etwas beibringen«, versuchte sie ihn zum Bleiben zu überreden.

»Das habe ich auch«, erwiderte der Hüter. »Ihr sagt, Ihr glaubt, Elbryan gesehen zu haben. Das ist mehr, als man beim ersten Versuch mit dem Orakel erhoffen kann. Ihr werdet viele weitere Versuche haben, denn ich lasse den Spiegel in der Höhle zurück. Es wird immer einfacher werden – Ihr könnt es Euch selbst beibringen –, und dann werdet Ihr es wissen. Ihr werdet wissen, dass Ihr nicht allein seid und dass es einen Ort des Friedens gibt, der uns nach dem Tod erwartet. Und wenn Ihr das wisst, es wirklich wisst und es nicht nur hofft, dann werdet Ihr frei sein.«

Pony sah ihn sprachlos an und wusste nicht, was sie von ihm und seinem Versprechen halten sollte.

Die Zynikerin in ihr bezweifelte, dass das Orakel ihr wirklichen Frieden zu schenken vermochte, aber ein anderer Teil von ihr hoffte, dass es stimmte, was der Hüter sagte.

»Ihr solltet die Fensterluke geschlossen halten«, sagte Meister Fio Bou-raiy, als er in Francis' Kammer kam und sah, dass der Mönch aus dem Fenster auf das Westfeld starrte.

Francis wandte sich zu dem Meister um, sein Gesicht eine Maske seelischen Leids. »Um die Kälte fern zu halten?«, fragte er. »Oder die Klänge des Elends?«

»Beides«, antwortete Bou-raiy mit mürrischer Miene. Er schaute aber versöhnlich und stieß ein Seufzen aus. »Wollt Ihr nicht in die Messe kommen und unserer Neujahrszeremonie beiwohnen?«

»Wofür werden wir beten?«, fragte Francis unverblümt. »Dass die Pest außerhalb unserer Mauern bleibt?«

»Ich habe keine Zeit für Euren ständigen Sarkasmus, Bruder«, antwortete Bou-raiy. »Vater Agronguerre schickt mich, um Euch mitzuteilen, dass wir in Kürze beginnen werden. Werdet Ihr mich begleiten?«

Francis wandte sich um und schaute wieder aus der Fensterluke. Auf dem Feld konnte er die Lagerfeuer sehen – kleine Lagerfeuer, denn die Menschen hatten kaum Brennholz. Er sah die dunklen, gebückten Gestalten der Todgeweihten, die zwischen den Zelten durch den Schnee schlurften.

»Nein«, antwortete er.

»Der Besuch der Neujahrsmesse ist Pflicht«, rief Meister Bou-raiy ihm ins Gedächtnis. »Ich frage Euch noch einmal: Werdet Ihr mich begleiten?«

»Nein«, wiederholte Francis, ohne sich umzudrehen.

»Dann werdet Ihr Euch morgen früh gegenüber Vater Agronguerre verantworten müssen«, sagte Bou-raiy und ging.

»Nein«, sagte Francis erneut. Er dachte an die bevorstehende Nacht, die letzte im Jahre des Herrn 829. Er wusste, dass der Jahreswechsel vor allem eine symbolische Sache war, ein von den Menschen ausgedachter Kalender auf dem universellen Zeitmaß Gottes. Aber ihm war auch klar, dass solche Symbole gebraucht wurden, denn aus ihnen konnten die Menschen neue Kraft ziehen, neue Stärke und Entschlossenheit.

In dieser Nacht verließ der abellikanische Meister Francis Dellacourt St. Mere-Abelle, während der Rest der Bruderschaft die Neujahrszeremonie beging. Er zog einen Esel hinter sich her, der mit Vorräten und dutzenden Decken beladen war.

Er lief über das gefrorene Blumenbeet auf das verschneite Feld, hinein in den eisigen Wind, der von der Allerheiligen-Bucht wehte.

Zahllose verblüffte Blicke folgten ihm, dann trat aus der Dunkelheit eine Frau auf ihn zu. Ihr zur Hälfte weggerissenes

Gesicht war eine einzige Narbenmaske. Sie neigte den Kopf zur Seite und musterte Francis aus dem Auge, das ihr geblieben war.

»Hast dir wohl die Pest eingefangen, was?«, fragte Merry Cowsenfed.

Bruder Francis trat einen Schritt vor, fiel vor der Frau auf die Knie, nahm ihre Hand und drückte sie an seine Lippen.

Er hatte seine Kirche gefunden.

Sie konnte mühelos mit ihm reden, ihm ihre Gedanken und Ängste offenbaren. Obwohl er nie antwortete, stand es für Pony außer Zweifel, dass er bei ihr war, dass es Elbryans bewusster Geist war, der ihr bereitwillig half, mit ihren Gefühlen und Ängsten zurechtzukommen.

Sie wusste, dass es kein magischer Trick war, keine Ausgeburt ihrer Fantasie und kein Wecken falscher Hoffnungen. In dem Spiegel war Elbryan, ihr Elbryan, der sie anschaute, der sie kannte, genauso, wie sie ihn kannte.

Daraus zog sie ihre Kraft, obwohl die Welt um sie herum in immer tieferer Finsternis versank. Dort, in der Baumhöhle im Stamm der Ulme, hatte Jilseponie Wyndon ihre Kirche gefunden.

Teil Zwei

Der lange Marsch

Wie leicht ein Mensch sich doch verlieren kann, wenn er nur das große Bild vor Augen hat. Ich war viele Monate tief verzweifelt wegen meiner Unfähigkeit, das rechte Maß zwischen dem Gemeinwohl und der Durchsetzung meiner eigenen Bedürfnisse zu finden. Ich fürchtete, in Selbstsucht zu verfallen und mich von einer Welt paralysieren zu lassen, die zunehmend meiner, nein, jeglicher Kontrolle entglitt.

Welchen Sinn macht es, einen Kampf zu kämpfen, den man nicht gewinnen kann?

Und in diesem Zustand größter, von tiefer Trauer verstärkter Verwirrung verlor ich mich, wurde ein ziellos vor sich hin lebender Mensch, der nichts wollte als seinen Frieden. Ich fand ihn bei Belster in der Geselligen Runde, in Bradwardens Liedern und im klaren Sternenhimmel des Nordens, der mich in meinen Nächten zu beruhigen vermag.

Aber mir ist bewusst geworden, dass dies nur isolierte Momente sind, kleine Inseln des Friedens auf einer chaotisch stürmenden See. Die Welt kommt wegen der Sterne am Himmel nicht zum Stillstand; die Menschen fahren fort, ihre Missetaten zu begehen, und die Gefahren der Natur bleiben allgegenwärtig. Die Konflikte und Tragödien nehmen kein Ende, aber anstatt sie als etwas Schlimmes zu betrachten, gelangte ich zu der Erkenntnis, dass es diese Konflikte und Tragödien sind – diese Veränderungen –, die dem Dasein erst Bedeutung verleihen.

Ich beklagte, dass eine perfekte Welt nicht möglich sei, und dieser Meinung bin ich immer noch: Für so komplexe Wesen wie uns Menschen gibt es in diesem Dasein kein Paradies. Es gibt keine perfekte Welt ohne Zwistigkeiten und Auseinandersetzungen in der einen oder anderen Form. Eine andere Wahrheit wollte sich mir nicht erschließen. Ich habe kein magisches Heilmittel entdeckt, nichts, was uns in diesem chaotischen Strudel eine wirkliche Hoffnung auf das Paradies schenken könnte.

Oder vielleicht habe ich doch etwas entdeckt.

Indem ich nur an das gewünschte Ziel dachte, verschloss ich meinen Blick vor dem dorthin führenden Weg. Und hierin liegt die entscheidende Wahrheit. Da das Ziel unerreichbar schien, hielt ich die Bemühungen, es zu erreichen, für sinnlos, und dies war der Punkt, in dem ich mich täuschte.

Niemand kann eine perfekte Welt erschaffen. Weder Nachtvogel noch König Danube. Weder Vater Agronguerre noch Vater Markwart – und ich glaube, dass Vater Markwart auf seine fehlgeleitete Art genau das versuchte. Niemand kann es, kein Einzelner und keine Vereinigung, sei es die Kirche oder der Königshof. Ein perfekter König könnte vielleicht paradiesische Zustände im Land schaffen – aber nur für kurze Wimpernschläge im endlosen Strom der Zeit. Selbst die Erinnerungen an die allergrößten Heroen wie Terranen Dinoniel, Avelyn Desbris und meinen geliebten Nachtvogel werden im Dunstschleier heraufziehender Epochen allmählich verblassen, oder ihr Andenken wird den Erfordernissen der dann lebenden Historiker angepasst und verfälscht werden.

Im historischen Kontext werden ihre Botschaften und ihr Wirken nur für eine kurze Zeitspanne von Bedeutung sein, denn wir sind äußerst vergessliche Wesen, fehlbare Wesen, die immer wieder schweren Täuschungen unterliegen.

Und doch hat alles seinen Sinn. Es gibt eine tiefere Bedeutung, es gibt Glück und Hoffnung. Denn eine perfekte Welt zu erschaffen ist zwar unmöglich, aber auf der großen Reise des Lebens lassen sich dennoch Glück und Zufriedenheit erfahren.

Und nun weiß ich – und das bedeutet möglicherweise das Ende meiner Trauer –, dass es sich lohnt, sich auf diese Reise zu begeben. Wenn am Ende dieser Reise meine einzige Errungenschaft wäre, nur einen einzigen Tag im Leben eines Menschen verschönert zu haben, dann soll dies genügen. Was zählt, ist der Versuch, das Richtige zu tun – der Versuch, mich und meine Mitmenschen zu einem besseren Leben zu führen –, und dieser Versuch ist jedes Opfer wert, ganz gleich, wie groß es ist.

Ja, ich habe meine Naivität verloren. Ich habe viele geliebte Freunde verloren. Ich besuche jeden Tag Elbryans Grab. Er war ein Hüter. Er beschritt den Weg zum Paradies mit offenen Augen, mit Freude und Hoffnung im Herzen. Er gab alles, was er zu geben hatte, sogar sein Leben, um seinen Mitmenschen ein besseres Dasein zu ermöglichen.

Waren seine Bemühungen vergebens?

Nicht für die Menschen, die er rettete. Nicht für die Mütter und Väter, deren Kinder dank seiner Heldentaten noch am Leben sind. Nicht für die Menschen in Caer Tinella, die in den Wäldern von Goblins und Pauris umgebracht worden wären, wäre ihnen der Nachtvogel nicht zu Hilfe geeilt. Und hätte Avelyn nicht sein Leben gegeben, um die leibliche Manifestation Bestesbulzibars zu vernichten, wäre die Welt in der Tat ein Ort der ewigen Finsternis geworden.

Möglicherweise ist dies das Ende meiner Trauer, denn wenn ich nun auf Elbryans Grab schaue, empfinde ich nur tiefen Frieden. Er ist immer bei mir, begleitet mich auf meinem Weg durchs Leben.

Und dieser Weg führt mich fort aus Dundalis, hinaus aus meinem Versteck namens Gesellige Runde. Ich werde dorthin gehen, wo ich am meisten gebraucht werde, ganz gleich, wie hoch der Preis dafür sein wird.

Ja, ich betrachte die Welt mit klarem Blick, erkenne all ihre Unzulänglichkeiten und sehe die Gräber ihrer verblichenen Helden.

Es gibt noch viel zu tun.

Jilseponie Wyndon

9. Auf in den Kampf

»Dort gibt es nichts als Elend und Tote«, sagte Belster O'Comely unwirsch und warf die Hände und sein Wischtuch in die Luft. Er hatte allerdings nicht viele Zuschauer, denn zu dieser frühen Stunde waren er und Pony die einzigen Anwesenden in der Geselligen Runde. »Was fällt dir bloß ein, Mädchen?«

Pony sah ihn an, ihre Miene eine Maske völliger Gelassenheit. »Ich muss dorthin«, antwortete sie.

»Du musst dorthin?«, wiederholte Belster. »Wieso bist du dann erst mit Sack und Pack hierher gezogen?«

»Ich brauchte die Zeit hier oben«, versuchte Pony zu erklären, »und wir haben uns ein gutes Auskommen in Dundalis geschaffen.«

»Warum willst du dann fortgehen?«, fragte Belster.

»Ich werde im Süden gebraucht«, sagte Pony ungefähr zum zehnten Mal an diesem Morgen.

Belster zog eine Grimasse. »Also – nur damit ich es richtig verstehe –, du wolltest in den Norden, als im Süden alles bestens war, und jetzt, wo dort die Pest wütet, willst du wieder zurück?« Der beleibte Schankwirt schüttelte verständnislos den Kopf. »Du jagst dem Unheil ja regelrecht nach, Mädchen.«

Pony wollte widersprechen, hielt aber inne, als ihr bewusst wurde, dass er mit seinen Worten gar nicht so Unrecht hatte. Aus Belsters Sicht und aus Sicht eines jeden, der nichts von ihrer unlängst gemachten spirituellen Erfahrung wusste, musste es tatsächlich so aussehen, als jage sie dem Unheil und Elend hinterher.

»Du wirst dir nur die Pest holen und sterben«, schimpfte Belster und fuhr verärgert mit dem Wischtuch über den Tresen.

Pony packte ihn am Arm und starrte zu Belster auf, zwang ihn, ihr in die Augen zu schauen. »Kann sein, dass mir das passiert«, sagte sie ernst. »Und vielleicht gehe ich in den Süden und kann nichts gegen die Pest ausrichten. Aber ich muss es versuchen. Kannst du das nicht verstehen? Ich besitze diese Gabe mit den magischen Steinen, eine Gabe, die den Abellikanern zufolge ein direkter Ruf Gottes ist. Soll ich mich dem verschließen? Soll ich dasitzen und meine Edelsteine bewundern, während draußen die Welt zugrunde geht?«

»Das tun jedenfalls die Mönche«, rief Belster ihr ins Gedächtnis.

»Sie begehen einen Fehler«, erwiderte Pony.

»Die Steine können niemanden von der Pest heilen«, sagte Belster. »Du hast es bei Colleen und vielen anderen versucht, als du in Palmaris warst. Hast du das vergessen?«

»Das werde ich nie vergessen«, entgegnete Pony.

»Warum tust du dann so, als wüsstest du es nicht?«, fragte Belster. »Du hast gegen die Pest gekämpft und wurdest besiegt. Du hast weitergekämpft und wurdest jedes Mal von neuem besiegt. Außerdem bist du nicht die Erste, die es versucht hat. Die Mönche kennen die Wahrheit, und deswegen verstecken sie sich hinter ihren Mauern.«

»Nein!«, widersprach Pony. »Sie verstecken sich, weil sie Angst haben!«

»Weil sie klug sind.«

»Nein, weil sie Angst haben«, beharrte Pony. »Sie verstecken sich, weil sie keine Antwort fanden und die Konsequenzen fürchten, wenn sie ihre vergeblichen Bemühungen fortsetzen. Wenn Avelyn so gedacht hätte, wäre er dann jemals zum Aida gegangen, um den geflügelten Dämon zu vernichten? Wenn der Nachtvogel so gedacht hätte, wäre er mir dann bei meinem Kampf gegen Markwart zu Hilfe geeilt?«

Belster wollte etwas erwidern, aber Pony wusste, was kommen würde, und kam ihm zuvor. »Ja, die beiden sind tot«, sagte sie. »Aber überleg mal, was geschehen wäre, wenn sie es nicht getan hätten, wenn sie nicht ihre Ängste überwunden und einen Sieg errungen hätten, den niemand für möglich hielt?«

Belster seufzte resigniert.

Zum ersten Mal an diesem Morgen flog die Tür des Schankhauses auf, und ein junger Mann stürmte herein, Harley Oleman.

»Es ist passiert! Es ist passiert!«, rief er aufgeregt. »Die Pest hat uns gefunden!«

Pony sah Belster an.

»Jonno der Trinker«, sagte Harley Oleman. »Jonno hat die Pest!«

»Du wolltest eine Herausforderung«, sagte Belster leise zu Pony. »Hier ist sie.«

Pony griff in den Lederbeutel an ihrem Gürtel, holte den tiefgrauen Hämatit heraus und hielt ihn Belster vor die Augen. »Du glaubst ja nicht, wie bereit ich bin«, sagte sie entschlossen. Sie ging zur Tür und bedeutete Harley Oleman, ihr zu folgen.

»Man sollte ihn sofort aus dem Dorf verweisen«, sagte Harley an Belster gewandt, denn es war offenkundig, dass Pony die Dinge anders sah.

Pony kannte Jonno den Trinker, und selbst wenn sie ihn nicht gekannt hätte, hätte sie sofort gesehen, in welchem Haus er lebte. Eine kleine Menschenmenge hatte sich vor der armseligen Hütte versammelt. Sie forderten lautstark, dass der Mann herauskommen und das Dorf verlassen solle.

Als Pony erschien, verstummten sie und wechselten bedeutungsvolle Blicke. »Nächstenliebe bringt Erlösung«, erinnerte Pony die Leute. »Wehe euch, wenn auch ihr die Pest bekommt und sterbt, nachdem ihr euch gegenüber euren Mitmenschen so grausam verhalten habt.«

Nachdem die Frau, die sie als Heldin verehrten, sie zurechtgewiesen hatte, verblüffte Pony die Dorfbewohner sogar noch mehr, indem sie an ihnen vorbeiging und Jonnos bescheidenes Heim betrat.

Bevor sie die Tür hinter sich schloss, hörte Pony das Geflüster, dass man auch sie aus dem Dorf würde jagen müssen.

Pony ignorierte die Leute. Sie kämpfte gegen die Rotflecken-Pest, nicht gegen verängstigte Dorfbewohner.

Jonno der Trinker lag mit hohem Fieber im Bett und hatte denselben matten Blick wie die Pestkranken in Palmaris. Es überraschte sie, dass die Krankheit bei ihm schon so weit fortgeschritten war, und sie fragte sich, ob er sie schon seit einer Weile heimlich mit sich herumtrug. Falls das der Fall war, hätte dies schlimme Folgen für die Bevölkerung von Dundalis.

»Eins nach dem anderen«, ermahnte sie sich, umschloss den Seelenstein und beschwor seine Magie herauf, um sich ihrer dinglichen Fesseln zu entledigen und ihren Geist in den Körper des Mannes zu schicken.

Eine Stunde später hockte Pony erschöpft auf dem Boden neben Jonnos Bett und schlug sich fieberhaft auf die Arme, als würden die winzigen Pest-Dämonen sie immer noch attackieren. Trotz aller Entschlossenheit hatte sie Jonnos Erkrankung nicht zurücktreiben können und hätte sich erneut beinahe selbst angesteckt.

Am schlimmsten war, dass sie anfangs geglaubt hatte, sie würde beim Zerglühen des Pest-Eiters tatsächlich Erfolg haben, aber dann hatten die winzigen Dämonen sie mit geballter Kraft angegriffen, und nur ihr großes Geschick mit dem Hämatit hatte ihr die Krankheitserreger vom Leib gehalten. Ein weniger geübter Stein-Benutzer hätte sich mit Sicherheit angesteckt.

Sie glaubte, die neuerliche Begegnung mit den Pest-Dämonen unbeschadet überstanden zu haben, aber für Pony konnte das kaum als Sieg gelten.

Sie schlief neben Jonnos Bett ein.

Sie erwachte Stunden später, als die Sonne bereits tief im Westen stand. Sie fühlte sich ausgeruht und wandte sich, den Seelenstein in der Hand, wieder Jonno zu. Sie wollte es noch ein letztes Mal versuchen.

Aber sie sah, dass Jonno fest schlief, und entschied sich dagegen. Sie würde ihn schlafen und neue Kräfte sammeln lassen, bevor sie sich abermals in den Kampf begab. Sie musste sich besser darauf vorbereiten, wurde ihr klar; sie sollte versuchen, ein paar Antworten zu erhalten.

Pony schüttelte den Lederbeutel aus und legte die zahllosen Steine in verschiedenen Kombinationen zusammen, immer wieder von neuem nach Antworten suchend, die sie nicht erhielt.

Dann fielen ihr Elbryan und Avelyn ein, und sie glaubte zu wissen, wo sie möglicherweise Hilfe bekommen würde.

Kurz darauf trat sie aus dem Haus, denn sie wollte vor Einbruch der Dunkelheit bei dem Orakel sein. Die Menschenmenge war angewachsen – fast das ganze Dorf hatte sich versammelt – und wartete darauf, dass der Tod sein Geschäft erledigte.

»Ist es vorbei?«, fragte ein Mann.

Pony schüttelte den Kopf. »Nein, wir kämpfen weiter«, antwortete sie und sah, dass die Leute zurückwichen, als sie näher kam.

»Er muss raus aus dem Dorf«, sagte ein anderer, weiter hinten stehender Mann.

Pony blieb stehen und blickte in seine Richtung. »Hör mir gut zu«, sagte sie, ihr Tonfall war eisig. »Wenn du oder irgendwer sonst Jonno etwas antut oder wenn ihr ihn aus dem Dorf vertreibt, werdet ihr dafür büßen, das verspreche ich euch.«

»Immer mit der Ruhe, Mädchen«, sagte Belster, trat durch die Menge nach vorne und griff nach Ponys Arm.

Aber sie riss sich von ihm los. »Ich meine es ernst«, warnte sie die Leute. »Lasst ihn in Frieden. Legt ein Blumenbeet um sein Haus, wenn es euch beruhigt, aber lasst ihn in Frieden.« Ihr energischer Tonfall, zusammen mit dem deutlich sichtbaren Lederbeutel an ihrem Gürtel und dem prächtigen Schwert an ihrer Hüfte, ließ die meisten Gesichter erbleichen. Die Leute kannten Jilseponie; sie kannten sie gut genug, um nicht ihren Zorn provozieren zu wollen.

Um den Effekt noch zu verstärken, kam in diesem Moment Symphony mit donnernden Hufen die Dorfstraße entlanggaloppiert.

Pony starrte das Pferd fassungslos an – es war, als hätte es ihre Gedanken gelesen und wäre ihr sogleich zu Hilfe geeilt. Sie fragte sich, wie stark die Verbindung zwischen ihr und Symphony geworden war, wie mächtig der magische Türkis in der Brust des Hengstes tatsächlich war.

Nun, mit dieser Frage konnte sie sich später beschäftigen. Sie packte Symphonys Mähne und schwang sich auf seinen Rücken.

Sie preschten los. Pony musste dem Pferd nicht einmal den Weg weisen, denn es schien ihr Ziel zu kennen. Bevor die Sonne untergegangen war, saß sie in der Baumhöhle im Stamm der Ulme und machte sich daran, mit den Geistern zu reden.

Sie rief Elbryan und Avelyn. Aber was sie stattdessen sah, sei es in ihrer Vorstellung oder in dieser anderen Dimension, die sich ihrer Meinung nach hinter dem Spiegel verbarg, war ein Blick auf die Welt, bevor die Königreiche der Menschen existierten. Sie blickte auf eine urwüchsige Welt voll riesenhafter Bestien und exotischer Pflanzen, eine Urwelt, bevölkert von zotteligen Clans, die in Hütten aus Zweigen oder in Felshöhlen hausten: Es war die Welt, wie sie vor der Schaffung der abellikanischen Kirche gewesen war, vor Beginn der Zivilisation.

Vor Beginn der menschlichen Zivilisation, denn es gab Rassen, die weitaus älter waren als die Menschen.

Und da war noch etwas anderes, wurde Pony bewusst,

während sie im Geiste auf die lange zurückliegenden Zeitalter blickte: die Rotflecken-Pest. Die Seuche war älter als alle Königreiche, älter als die Kirche, älter als die Menschheit.

Vielleicht lag die Antwort in der Vergangenheit, in einer Zeit, die viel weiter zurückreichte als die Aufzeichnungen der Menschen.

Dann erschien ein neues Bild vor Ponys Augen, eine relativ kurz zurückliegende Erinnerung: Sie und Elbryan hatten an einer Bergflanke ihr Lager aufgeschlagen und betrachteten einen dichten Nebelschleier, unter dem sich Andur'Blough Inninness verbarg, das Tal der Touel'alfar.

Als sie am Abend wieder in Dundalis in ihrem Zimmer über der Geselligen Runde war, schickte Pony ihren Geist abermals auf Reisen – jedoch nicht, um in Jonnos geschundenem Leib die Pest zu attackieren, sondern um sich tief in den Westen zu begeben, zu den Elfen.

Innerhalb weniger Minuten erreichte sie die Bergpässe, auf denen sie einst mit Elbryan gewandelt war. Wäre sie jetzt zu Fuß unterwegs, hätte sie niemals den Weg in das verborgene Elfen-Tal gefunden, wurde ihr bewusst, aber in Geistesgestalt konnte sie zwischen den majestätischen Berggipfeln hindurchfliegen und von oben nach ihrem Ziel Ausschau halten. Trotzdem dauerte es eine Weile, bis Pony sich zwischen der Vielzahl der Berge orientiert hatte und über einem weiten Tal den vertrauten Nebelschleier entdeckte.

Sie schwebte zu dem ins Tal führenden Berghang und hielt inne. Sie wusste, dass die Elfen einen Zauber über den Ort gelegt hatten, um unwillkommene Besucher abzuhalten – und alle *n'Touel'alfar* galten als unwillkommen! –, aber sie wusste nicht, ob der magische Schutz auch Geisteswesen fern halten konnte. Sie beobachtete den Nebelschleier eine Weile und spürte tatsächlich die von ihm ausgehende Gefahr, selbst für sie in ihrer körperlosen Gestalt.

Vielleicht konnte sie durch den Berg hindurchschweben,

durch Risse im Gestein, und in das Elfen-Tal gelangen, ohne den giftigen Nebelschleier durchdringen zu müssen. Sie betrachtete die Felswand unter ihr und wählte eine Stelle. Aber dann hielt sie abrupt inne, denn aus dem Nebelschleier trat das schönste Geschöpf, das sie jemals gesehen hatte, eine Elfenfrau mit goldenen Augen und goldenem Haar, eckigen, aber dennoch weichen, völlig symmetrischen Gesichtszügen. Sie war in ein fließendes, hellgrünes Gewand gehüllt, das mit goldener Spitze besetzt war, und trug eine Dornenkrone auf dem Kopf. Pony musste nicht lange überlegen, um zu wissen, dass es Lady Dasslerond war, die ihr erschienen war.

Die Elfe hob die Hand, und Pony sah darin den funkelnden grünen Edelstein, dann spürte sie, wie magische Schwingungen ihren Körper und Geist durchströmten, als würde die Entfernung zusammenschrumpfen, um Pony vollständig an diesen Ort zu bringen.

Pony wusste, dass sie der Magie widerstehen konnte, dass sie dagegen ankämpfen konnte, und beinahe hätte sie genau das getan. Aber sie tat es nicht und beschloss, der Elfen-Herrscherin zu vertrauen.

Ein eigenartiges Gefühl durchströmte Pony, und mit einem Mal kam es ihr so vor, als befände sie sich wieder in ihrem Körper – und stünde in Fleisch und Blut, hunderte Meilen von Dundalis entfernt, auf dem Berghang oberhalb des Elfen-Tals.

»Ich wäre enttäuscht von dir gewesen, wenn du nicht gekommen wärst«, sagte Lady Dasslerond. »Und einmal hast du mich bereits enttäuscht, Jilseponie Wyndon.«

Pony sah die Elfen-Herrscherin fragend an.

»Deine Taten in Palmaris blieben mir nicht verborgen«, erklärte Lady Dasslerond. »Ich kann einen heimtückischen Mordanschlag nicht gutheißen.«

Da wusste Pony, dass die Elfe von dem Versuch sprach, Markwart von einem fernen Dach aus mit einem Magnetit umzubringen.

»Es wäre zum Wohle der Welt gewesen, wenn ich damals Erfolg gehabt hätte«, entgegnete Pony kühl.

»Auch zum Wohle Jilseponies?«

»Zum Wohle Elbryans, des Nachtvogels!«, erwiderte Pony.

Die Elfe schwieg, dann nickte sie. »Ich erwarte viel von jemandem, der den *Bi'nelle dasada* beherrscht«, sagte sie schließlich.

»Ich bin mir meiner Verantwortung bewusst«, entgegnete Pony. »Ich werde den Schwerttanz niemandem beibringen.«

»Das hat Belli'mar Juraviel auch gesagt, und ich vertraue ihm«, erwiderte Lady Dasslerond.

»Aber ich bin nicht gekommen, um über den Schwerttanz zu sprechen«, fuhr Pony fort. »Im Land der Menschen ist die Pest ausgebrochen.«

»Ich weiß.«

»Ihr und Eure Artgenossen habt schon des öfteren gegen die Seuche gekämpft«, sagte Pony, »oder zumindest habt Ihr mit angesehen, wie die Menschen dagegen kämpften.«

Lady Dasslerond nickte.

»Dann offenbart mir, was wir gegen die Pest tun können«, bat Pony hoffnungsvoll. »Offenbart mir die Weisheit früherer Zeitalter, damit ich der Welt wieder Hoffnung schenken kann.«

Lady Dassleronds Miene wurde ausdruckslos, und Ponys Hoffnungen sanken. »Die Abellikaner und dein König kennen diese Weisheit bereits«, erklärte sie.

»Verstecken?«

»Ja.«

»So wie Ihr und Eure Artgenossen euch versteckt?«

»Ja«, sagte die Herrscherin von Caer'alfar. »Die Pest ist Sache der Menschen, und so soll es auch bleiben. Es gibt nicht viele von uns«, erklärte sie, »und wir vermehren uns nur langsam. Sollte die Rotflecken-Pest hierher gelangen, könnte sie alles zerstören, was den Touel'alfar noch geblieben ist. Dieses

Risiko darf ich nicht eingehen, ganz gleich, was es für die Menschen bedeuten mag.«

Pony biss sich auf die Lippe – und spürte es, als befände sie sich tatsächlich in ihrem Körper.

»Eine Hilfe werde ich dir geben«, fuhr Lady Dasslerond fort und holte unter ihrem Gewand einen Pergamentbogen hervor. Sie ließ ihn los, gab ihm einen leichten Stoß und schickte ihn, auf magischen Winden schwebend, in Ponys wartende Hände.

»Heilsalbe und ein Kräutertrunk«, erklärte Lady Dasslerond. »Es wird niemanden von der Pest kurieren – soweit ich weiß, gibt es nichts auf der Welt, was das vermag –, aber es verschafft Linderung und kann das Leben eines Kranken um einige Zeit verlängern.«

Pony schaute auf den Pergamentbogen und erkannte einige Namen von Kräutern und Heilpflanzen. »Wieso kennt niemand diese Kräutermischungen?«, fragte sie.

»Früher kannte man sie«, antwortete Lady Dasslerond, »als zum letzten Mal die Pest wütete. Das Erinnerungsvermögen der Menschen ist nicht besonders gut ausgeprägt, fürchte ich.«

Pony schaute erneut auf den Pergamentbogen. Sie wusste nicht, ob er mit ihr nach Dundalis gelangen würde, deshalb wollte sie sich die Rezepturen so gut wie möglich einprägen.

»Mehr kann ich nicht tun«, sagte Lady Dasslerond unvermittelt. »Du musst diesen Ort jetzt verlassen. Vielleicht werden wir überleben, und falls das der Fall sein sollte, werden wir uns vielleicht wiedersehen. Leb wohl, Jilseponie Wyndon.« Dann hob sie die Hand mit dem funkelnden Smaragd.

Pony spürte, wie die magischen Schwingungen des Steins sie durchströmten. Dann flog sie plötzlich schneller als der Wind aus den Bergen fort, fort von Lady Dasslerond und dem verborgenen Tal der Elfen, und war wenig später wieder in ihrem Zimmer über der Geselligen Runde in Dundalis.

Belli'mar Juraviel wartete unterhalb des Nebelschleiers auf Lady Dasslerond. Er nickte ihr dankbar zu, denn er hatte nicht gewusst, wie seine Herrin auf die ungebetene Besucherin reagieren würde.

»Ihr wolltet es ihr verraten«, sagte er.

Lady Dasslerond sah ihn verwirrt an.

»Dass sie ein Kind hat«, sagte Juraviel mit einem hoffnungsvollen Lächeln.

Doch das Lächeln hielt Lady Dassleronds funkelndem Blick nicht stand. »Ganz und gar nicht«, sagte seine Herrin bestimmt, und Juraviel wusste, dass seine Hoffnungen vergebens gewesen waren.

»Sie hat kein Kind«, fügte Lady Dasslerond hinzu, wandte sich um und begab sich hinunter in das Tal der Elfen.

Belli'mar Juraviel blieb noch lange auf dem Berghang stehen, gekränkt von der unverminderten Kälte seiner Herrin. Er hatte geglaubt, einen Riss in ihrer Rüstung entdeckt zu haben, eine Schwachstelle im Panzer ihres unerschütterlichen Pflichtbewusstseins. Aber nun wusste er, dass er sich getäuscht hatte.

Er dachte an den kleinen Aydrian und fragte sich, ob der künftige Hüter jemals erfahren würde, wer seine Mutter war.

»Aydrian«, sprach Juraviel den Namen des Jungen laut aus. Es war ein Elfen-Wort, das »Herr des Himmels« oder kurz »Adler« hieß. Immerhin hatte Lady Dasslerond Juraviel erlaubt, sich für den Jungen einen Namen auszudenken, und sie hatte sich über Juraviels Wahl höchst erfreut gezeigt – für Juraviel ein weiteres Indiz, welch große Hoffnungen seine Herrin in den Jungen setzte. In der Geschichte der Elfen-Ausbildung hatte außer dem Kleinen nur ein einziger Hüter den Namen Aydrian erhalten, der erste Mensch, der in Andur'Blough Inninness ausgebildet worden war.

Diesem Hüter war ein langes, aber vergleichsweise ereignisloses Leben beschieden gewesen; und seitdem hatte niemand es gewagt, einem jungen Auserwählten diesen Namen zu geben.

Aber dieses Mal lagen die Dinge anders. Es ging um einen besonderen Jungen, einen sehr besonderen.

Juraviel wünschte nur, dass seine Herrin Jilseponie mit dem Jungen zusammenbringen würde, um ihretwillen, vor allem aber um seinetwillen.

Als Pony erwachte, merkte sie erleichtert, dass es nicht bloß ein Traum gewesen war, denn sie hielt den Pergamentbogen in der Hand, den Lady Dasslerond ihr gegeben hatte. Sie verstand nicht, wie die Magie der Elfen-Herrscherin funktionierte, aber sie hielt das Pergament unleugbar in der Hand! Wie war das möglich?

Über diese Frage konnte sie nachdenken, wenn die Pest überstanden war. Sie hatte noch immer keine Lösung, kein Heilmittel, aber wenigstens besaß sie nun eine Waffe. Sie überflog den Bogen und stellte erleichtert fest, dass weder die Heilsalbe noch der Kräutertrunk Zutaten erforderten, die es in der Gegend nicht gab. Auch fiel ihr auf, dass es sich bei den Zutaten überwiegend um Blumen handelte, die sich in den Blumenbeeten fanden, die die Abteien zum Schutz vor der Pest angelegt hatten. Vielleicht war an den alten Geschichten über die Schutzkraft des Blumenduftes ja doch etwas dran.

Pony eilte mit dem Pergamentbogen in der Hand nach unten und sah, dass es später Vormittag war.

»Ich dachte schon, du würdest den ganzen Tag verschlafen«, sagte Belster, aber der scharfe Unterton in seiner Stimme verriet ihr seine wahren Befürchtungen: dass sie sich nach Jonnos Behandlung nun doch die Pest geholt hatte.

»Ruf deine Freunde zusammen«, sagte Pony, eilte zum Tresen und legte dem überraschten Schankwirt den Pergamentbogen vor die Nase. »Wir müssen umgehend diese Blumen und Kräuter sammeln.«

»Woher hast du das?«, fragte Belster.

»Von einem Freund«, antwortete Pony. »Er besuchte mich in der Nacht, und ich kann ihm voll vertrauen.«

Belster schaute auf die wunderschön verschnörkelten Buchstaben auf dem Pergament, und obwohl er kaum lesen konnte, glaubte er zu ahnen, wer dieser nächtliche Besucher gewesen sein mochte.

»Wird es funktionieren?«, fragte er.

»Es wird helfen«, sagte Pony. »Jetzt geh los und beeil dich. Und finde jemanden, der Kopien anfertigen kann, die wir in den Süden schicken können!«

Am Nachmittag kniete Pony wieder neben Jonnos Bett. Sie hatten seinen ausgemergelten Körper mit der Salbe eingerieben und ihm mehrere Löffel von dem Kräutertrunk eingeflößt. Und nun hielt sie ihren Seelenstein in der Hand und war im Begriff, ihren Geist in seinen Körper zu schicken und mit ihren neuesten Verbündeten abermals die Pest-Dämonen zu attackieren.

Die Dämonen erwarteten sie bereits. Die Heilkräuter der Elfen hatten ihnen zugesetzt, aber das schien die winzigen Biester nur umso energischer zum Gegenangriff übergehen zu lassen. Wenig später fand Pony sich völlig erschöpft auf dem Boden neben Jonnos Bett wieder.

Es schien Jonno etwas besser zu gehen, aber Pony wusste, dass sie die in ihm wütende Pest nicht besiegt hatte, dass sie und die Elfen-Medizin ihm allenfalls Linderung und ein wenig zusätzliche Zeit verschafft hatten, aber nicht mehr.

Trotzdem versuchte sie es am nächsten Tag von neuem und am übernächsten wieder. Sie versuchte es mit aller Kraft und allen nur erdenklichen Stein-Kombinationen.

Am Ende der Woche war Jonno der Trinker tot. Pony saß an seinem Bett und wusste nicht mehr weiter.

10. Rettung einer potenziellen Heiligen

Abt Braumin machte große Augen, als die Tür seines Arbeitszimmers aufflog und Herzog Tetrafel, der neue Baron von Palmaris, hereinstürmte. Ihm folgte ein sichtlich erregter Bruder Talumus.

»Ich versuchte, ihn abzuweisen!«, platzte es aus Talumus heraus.

»Mich abweisen! Wenn Ihr mir noch einmal den Zutritt verwehren wollt, lasse ich Eure Mauern niederreißen!«, blaffte Tetrafel Abt Braumin an.

»Die Abtei ist geschlossen«, sagte Braumin und gab sich Mühe, gelassen und souverän zu klingen.

»Und auf den Straßen sterben die Menschen wie die Fliegen!«, schrie Tetrafel ihn an.

»Deswegen ist die Abtei geschlossen«, erwiderte Braumin. »Und in Chasewind Manor solltet Ihr ebenso verfahren – niemanden hinein- oder hinauslassen.«

»Ich muss mit ansehen, wie meine Stadt stirbt«, schnaubte Tetrafel. »In den letzten drei Wochen musste ich bereits mehrere Diener und Soldaten entlassen! Die Pest wird uns alle ins Grab bringen!«

»Kein Wunder, wenn Ihr die Leute bei Euch ein und aus gehen lasst«, sagte Abt Braumin.

»Versteht Ihr nicht?«, brüllte der Herzog. »In meiner Residenz geht die Pest um!«

Abt Braumin starrte den Mann resigniert an. »Ihr hättet nicht herkommen dürfen«, sagte er. »Und Ihr, Bruder Talumus, hättet Ihn nicht hereinlassen dürfen.«

»Er hat seine Soldaten mitgebracht«, erklärte Talumus. »Sie drohten damit –«

»Die Abteimauern niederzureißen«, beendete Tetrafel den

Satz. »Und das hätten wir auch getan.« Er trat ans einzige Fenster des Raumes. »Seht Ihr nicht die Menschen dort draußen, Abt Braumin?«, fragte er. »Hört Ihr nicht ihre flehenden Rufe?«

»Jeden einzelnen«, antwortete Braumin ernst, ohne jeden Sarkasmus in der Stimme.

»Sie haben Angst«, sagte Tetrafel und beruhigte sich ein wenig. »Diejenigen, die noch gesund sind, haben Angst, sich anzustecken, und die Übrigen ... haben nichts mehr zu verlieren.«

Braumin nickte.

»Überall in der Stadt brechen Unruhen aus«, fuhr der Herzog fort. »Die wenigen Schiffe, die noch einlaufen, finden niemanden, der ihre Fracht löscht. Die Bauern, die mit ihren Erzeugnissen in die Stadt kommen, werden überfallen und ausgeraubt, weil die Kranken keine Nahrungsmittel kaufen können.«

Abt Braumin hörte sich die Ausführungen an und verstand allmählich die Ängste, die Tetrafel nach St. Precious geführt hatten. Die Pest wurde immer bedrohlicher, und Tetrafel befürchtete, dass Palmaris im Chaos versinken würde. Braumin hatte Gerüchte gehört, nach denen die Stadtwachen ihren neuen Befehlshaber nicht sonderlich schätzten und Tetrafels Befehlen nur widerwillig Folge leisteten. Dass Herzog Tetrafel so aufgebracht nach St. Precious gekommen war, war nur Ausdruck seiner wachsenden Verzweiflung. In der Stadt musste für Ruhe und Ordnung gesorgt werden, oder sie würde untergehen, und Tetrafel fürchtete, sich nicht mehr darauf verlassen zu können, dass seine Befehle ausgeführt wurden.

»Alles, was Ihr sagt, ist mir bereits bekannt«, sagte Braumin, nachdem Tetrafel seine Klagen aufgezählt hatte.

»Schön. Und was gedenkt Ihr dagegen zu tun?«, fragte der Herzog.

Braumin schaute überrascht. »Ich?«, fragte er.

»Ihr seid schließlich der Abt von St. Precious.«

»In der Tat, und deswegen habe ich keine Befehlsgewalt über die Stadt«, erwiderte Braumin. »Dafür seid Ihr zuständig, Herzog Tetrafel. Deswegen würde ich vorschlagen, dass Ihr Eure Soldaten schleunigst an die Arbeit schickt. Ich und meine Bruderschaft werden fortfahren, von den Mauern aus Messen zu halten.«

»Und Euch hinter den Mauern zu verstecken«, murmelte Tetrafel.

Braumin überging die Bemerkung. »Wir wachen über die Seelen der Menschen, nicht über ihr leibliches Wohlergehen«, fuhr der Abt fort. »Wir können gegen die Pest nichts tun. Wir können nur aus sicherer Entfernung Trost spenden.«

Tetrafel setzte mehrmals zu verschiedenen Antworten an, warf aber schließlich nur erzürnt die Hände in die Luft. »Männer Gottes!«, brüllte er und stürmte aus dem Raum.

Braumin bedeutete Talumus, die Tür hinter Tetrafel zu schließen. »Es tut mir Leid, Abt Braumin«, sagte Talumus. »Ich hätte ihn nicht hereingelassen, aber ich fürchtete, dass seine Soldaten die Tore stürmen würden.«

Braumin nickte verständnisvoll. »Setzt Euch mit Viscenti und Castinagis zusammen«, wies er ihn an. »Arbeitet einen Plan aus, wie sich die Wachen an den Eingangstoren verdreifachen lassen. Falls Herzog Tetrafel zurückkehren sollte, weist ihn ab.«

»Und was ist mit seinen Soldaten?«

»Haltet sie uns vom Leib«, sagte Braumin grimmig, »mit welchen Mitteln auch immer. Mit Blitzschlägen und Feuerbällen, mit Armbrüsten und heißem Öl. Haltet sie uns vom Leib. Niemand darf St. Precious betreten.«

Talumus stand da wie vom Donner gerührt und starrte Braumin mit weit aufgerissenen Augen an – Braumin wusste, dass es vor allem sein Tonfall war, der den jungen Mann so erschreckte. Aber dies war nicht die Zeit für Empfindsamkeiten, wusste Braumin, nicht der Zeitpunkt, um von seinen Überzeugungen abzurücken. In Zeiten der Pest war es ihre Pflicht zu überleben und die Geheimnisse und Lehren ihres Glaubens für die Welt zu bewahren, bis sich die Finsternis vom Land hob.

Und doch sah er sie hinter seinem Fenster: die Todgeweihten, die zitternd durch die Straßen schlichen, obwohl es ein warmer Tag war.

Dem sanftmütigen Abt Braumin Herde brach der Anblick fast das Herz.

Der junge Mönch verließ St. Mere-Abelle mit einem großen Bündel voller Lebensmittel und verschiedener Gebrauchsgegenstände, aber die Abschiedsgeschenke der abellikanischen Brüder für den armen, verängstigten, an der Pest erkrankten jungen Mann würden vermutlich nicht lange vorhalten.

Wie man es ihm befohlen hatte, begab er sich hinter das riesige Blumenbeet, und als er die andere Seite erreichte, wussten die übrigen Pestkranken, dass er einer der ihren geworden war. Sie liefen ihm entgegen und versammelten sich um ihn, zum einen, um ihm Trost zu spenden, zum anderen, um zu sehen, was er in seinem Bündel hatte.

Der Anblick der verzweifelten Menschen verstörte den jungen Mann nur noch mehr, und er schob sie fort und brach in Tränen aus.

Dann kam eine Bäuerin mit einem entstellten Gesicht auf ihn zu. Ihr Lächeln war so tröstend und aufrichtig, dass der junge Mönch nicht anders konnte, als ihr zu vertrauen. Sie nahm seine Hand, tätschelte und küsste sie, dann führte sie ihn durch die Menschenmenge.

Plötzlich entdeckte er unter den Leuten ein bekanntes Gesicht, obwohl er Bruder Francis mit seinem Bart und den langen struppigen Haaren kaum erkannte. Francis dagegen erkannte ihn sofort und klopfte ihm mitfühlend auf die Schulter. »Ich komme heute Abend zu dir«, versprach er dem Bruder und zeigte ihm einen Seelenstein. »Vielleicht können wir die Pest aus deinem Körper vertreiben.«

Francis war froh, dass der junge Mann sich ein wenig beruhigte, und klopfte ihm erneut auf die Schulter, dann nickte er Merry Cowsenfed zu, die den Mönch zu einem der vielen Zelte führte.

Francis hatte einige Dinge zu erledigen, aber als er zur Abtei blickte, sah er direkt vor den Eingangstoren einen einarmigen Mönch in einer mit Blumen behängten Kutte stehen und ging ihm entgegen.

»Verschwinde, Bettler«, rief Fio Bou-raiy, der auf der sicheren Seite des Blumenbeets stand.

»Wie tief die Mächtigen doch gesunken sind«, entgegnete Francis. Als Meister Bou-raiy die vertraute Stimme vernahm, trat er näher an das Blumenbeet heran und starrte prüfend auf die gebeugte Gestalt, die noch immer die Kutte eines Abellikaners trug, obwohl der Winter und der Frühling die Kleidung arg zerschlissen hatten.

»Noch am Leben?«, fragte Bou-raiy grinsend.

»Entweder das, oder ich bin ein Gespenst, das Euch vor den Folgen Eurer Feigheit warnt«, antwortete Francis.

»Ich dachte, Euch hätte längst die Pest geholt«, fuhr Bou-raiy fort, offenbar unbeeindruckt von Francis' spitzzüngigem Sarkasmus. »Habt Ihr an Eurem Körper schon die ersten Flecken entdeckt, Meister Francis?«

»Nein«, antwortete Francis trotzig. »Aber, falls mich die Pest holt, werde ich es als den Willen Gottes betrachten.«

»Es wäre eher eine Folge Eurer Dummheit«, sagte Bou- raiy. »Konntet Ihr wenigstens jemanden heilen?«

Francis schwieg einen Moment, dann nickte er. »Ja, einen Mann habe ich gerettet«, entgegnete er. »Und das wäre mir jedes Opfer wert.«

»Das Leben eines Abellikaner-Meisters für das eines einfachen Bauern«, erwiderte Bou-raiy unbeeindruckt.

»Vielleicht werde ich noch mehr Menschen retten«, fuhr Francis fort und hielt den Seelenstein hoch.

»Ihr schwebt in allergrößter Gefahr«, entgegnete Bou- raiy. »Jedem zwanzigsten Kranken kann geholfen werden, aber jeder siebte wird Euch anstecken.«

»Ich habe Dutzende behandelt«, erklärte Francis.

»Und nur einen gerettet?«

»Bei den meisten ist die Pest schon zu weit fortgeschritten, wenn sie hier ankommen«, versuchte Francis zu erklären, obwohl er sich fragte, weshalb er sich überhaupt die Mühe machte, zu diesem sturköpfigen Bruder durchzudringen.

»Und was ist mit Bruder Gellis?«, fragte Meister Bou-raiy und deutete in die Richtung, in die der Neuankömmling verschwunden war. »Bei ihm fängt es gerade erst an. Wird Francis, der Held, ihm helfen können?«

Francis zuckte mit den Schultern.

»Und was wurde aus den drei anderen Mönchen, die St. Mere-Abelle verlassen mussten?«, fragte Bou-raiy scheinheilig, denn er wusste ganz genau, was aus den Männern geworden war.

Francis antwortete nicht. Er hatte versucht, die Männer zu retten, aber trotz aller Bemühungen mit dem Seelenstein waren sie innerhalb einer Woche gestorben.

»Es sieht so aus, als hättet Ihr länger überlebt, als es die alten Kinderreime voraussagen«, sagte Meister Bou-raiy, »aber Ihr habt auch längst nicht so viele Menschen geheilt, wie in den alten Reimen berichtet wird. Vielleicht seid Ihr nicht mit ganzem Herzen bei der Sache, Bruder.«

Francis starrte erzürnt zu ihm hinüber.

»Vater Agronguerre würde Euch gestatten, zu uns zurückzukehren«, sagte Bou-raiy unvermittelt. Francis war völlig überrascht. »Natürlich würden die Brüder Euch erst mit ihren Seelensteinen untersuchen, und danach müsstet Ihr eine Woche allein im Torhaus verbringen. Aber falls Ihr Euch als gesund erweist, könntet Ihr zurückkehren und wieder Euren Rang als Meister einnehmen. Niemand würde Euch Eure Taten vorwerfen.«

Francis sah den Mann ungläubig an und fragte sich, warum Bou-raiy ihm ein solches Angebot machte. Denn am liebsten wäre dem Mann doch, wenn Francis sich die Pest geholt hätte und längst tot wäre!

Aber als er genauer darüber nachdachte, verstand Francis, aus welchem Grund ihm die Rückkehr ermöglicht werden sollte. Vermutlich war es sogar Bou-raiy persönlich gewesen, der Vater Angronguerre den Vorschlag unterbreitet hatte. Denn wenn Francis seine Mission abbrach und reumütig nach St. Mere-Abelle zurückkehrte, würde er das Verhalten der Kirche rechtfertigen und eingestehen, dass gegen die Pest kein Kraut gewachsen war und die Mönche mit ihren Seelensteinen nichts ausrichten konnten.

Hatte Vater Markwart dereinst nicht dieselbe Taktik gegen seine Feinde angewandt? Gegen Jojonah und dessen Anhänger? Und hatte Markwart ihm, Francis, nicht denselben Honig ums Maul geschmiert – ihm Vergebung, ja sogar Erlösung versprochen –, um ihn bei der Stange zu halten, nachdem er unabsichtlich Grady Chilichuncks Tod verursacht hatte?

»Seht Ihr diese Frau dort?«, fragte Francis und deutete quer über das Feld auf eine Frau, die zwei Eimer Wasser durch das Zeltlager schleppte. »Ihr Name ist Merry Cowsenfed«, erklärte Francis. »Sie kam aus einem Städtchen namens Felidan. Zuerst war sie in St. Gwendolyn. Sie hatte die Pest, aber Äbtissin Delenia konnte sie heilen.«

»Und jetzt ist Äbtissin Delenia tot«, rief ihm Bou-raiy ins Gedächtnis. »Und St. Gwendolyn wird von einer Hand voll unbedeutender Schwestern geleitet.«

»Aber Delenia hat es versucht«, sagte Francis. »Und nur deswegen ist Merry Cowsenfed noch am Leben. Ihr werdet natürlich dagegenhalten, dass ihr Leben nicht so viel wert sei wie das eines Abellikaners, geschweige denn das einer Äbtissin, aber schaut Euch Merry Cowsenfed an! Seht, was sie tut! Diese Frau, diese einfache Bäuerin, die Ihr ungerührt hättet sterben lassen, wird durch jede ihrer Taten mehr zu einer Heiligen. In hundert Jahren wird man von ihr vielleicht als der Heiligen Merry sprechen, die unbemerkt gestorben wäre, hätte Äbtissin Delenia ihr nicht das Leben gerettet. Ihr könnt einen Menschen nicht nach Äußerlichkeiten beurteilen, Bruder. Das ist Euer großer Fehler. Es ist diese Arroganz, die Euch dazu verleitet, Euch hinter dicken Steinmauern zu verstecken.«

Meister Fio Bou-raiy starrte zu Merry Cowsenfed hinüber, während sie geschäftig zwischen den Zelten umhereilte. Dann richtete er den Blick wieder auf Francis, und für einen Augenblick, für den Bruchteil einer Sekunde, glaubte Francis, endlich zu dem sturköpfigen Mann durchgedrungen zu sein. Aber dann schnaubte Bou-raiy verächtlich, winkte ab und stapfte in die Abtei zurück.

Francis ging mit gesenktem Haupt zu seinen Leuten. Wie versprochen, suchte er am Abend den Neuankömmling auf, den verbannten Bruder Gellis, und schickte seinen Geist in dessen Körper, um gegen die Pest-Dämonen zu kämpfen.

Zum zweiten Mal während all der Monate seines selbst gewählten Exils glaubte Francis, im Kampf gegen die Seuche einen Erfolg errungen zu haben, aber eines Morgens erwachte Gellis mit hohem Fieber und stammelte zusammenhanglose Worte.

Stunden später war er tot.

Francis stand dabei, als Gellis' ausgemergelter Körper ins Feuer geworfen wurde. Er sah, dass sich auf St. Mere-Abelles Mauer einige Mönche versammelt hatten und ihnen zusahen, darunter auch Fio Bou-raiy in seiner Blumenkutte.

Über die Entfernung hinweg trafen sich für einen Moment Bou-raiys und Francis' Blicke, doch es war kein Austausch freundschaftlichen Einvernehmens.

11. Vorkehrungen für den Fall der Fälle

Es tat gut, wieder den Wind im Gesicht zu spüren – nicht das laue Lüftchen, das durch Schloss Ursals Fenster wehte, sondern den ungebremsten starken Wind, der über die Felder blies, die Äste und Grashalme verbog und den Duft der Sommerblumen mit sich trug.

Trotz Danubes und Kalas' Proteste ließ Constance Pemblebury ihr Pferd noch schneller vorauspreschen. Sie brauchte diesen Augenblick, diese – nur allzu kurze – Flucht vor der hässlichen Realität der Rotflecken-Pest. König Danube hatte alles arrangiert, hatte in dem weitläufigen Garten einen breiten Weg räumen und das gesamte Gelände von Allheart-Rittern bewachen lassen, damit er, Constance und Kalas mal wieder einen Morgen außerhalb der Schlossmauern genießen konnten, ohne das ständige Gejammer der Pestkranken ertragen zu müssen. Danube hatte Merwick und Torrence mitnehmen wollen, aber Constance war dagegen gewesen, ihre beiden Kinder aus dem verhältnismäßig sicheren Schloss herauszulassen.

Constance spürte den Wind in ihren flatternden Haaren und fühlte sich, als hätte sie sich sogar der Fesseln Koronas entledigt. Aber dann musste sie abbremsen, da sie sich bereits der Umzäunung des rechteckig angelegten Gartens näherte. Die Allheart-Ritter winkten sie zurück, und hinter ihr riefen Danube und Kalas.

Sie hörte die beiden herangaloppieren und wandte sich mit einem strahlenden Lächeln zu den Männern um. »Warum haben wir das nicht schon früher gemacht?«, fragte sie.

Aber bevor einer der beiden antworten konnte, erklangen auf der anderen Seite des Gartens aufgeregte Stimmen. Die drei Adligen wandten sich um und sahen eine Meute aufgeregter Bauern, die sich durch die Reihen der Allheart-Wachen schoben und nach ihrem König riefen.

»Ihr müsst uns retten!«, flehte einer der Bauern.

»Wo ist Gott geblieben? Warum erhört er Euch nicht, mein König?« Dann vereinten sich die Stimmen zu einem mächtigen Chor, und aus den anfänglich flehenden Fragen und Rufen wurde zorniges Gebrüll.

»Ihr lasst uns im Stich! Ihr lasst uns elendig zugrunde gehen!«

Die Allhearts umstellten die Bauern, versuchten, sie im Zaum zu halten. Unter normalen Umständen wäre ihnen das auch ohne weiteres gelungen, aber die Umstände waren nicht normal. Die Meute war zu aufgebracht und erregt, denn dies waren Menschen, die nichts mehr zu verlieren hatten, Menschen, die im Grunde lieber von einer Allheart-Lanze aufgespießt werden wollten, als den qualvollen Pest-Tod zu sterben. Außerdem stellten die Allhearts sich ihnen nicht mit letzter Konsequenz in den Weg, denn sie wussten, dass sie es mit Pestkranken zu tun hatten, wandelnden Giftschleudern. Sie anzugreifen hieße, sich mit ihrem Blut zu besudeln, und dann fände sich selbst der treueste Allheart auf der anderen Seite der Trennlinie wieder.

»Wir reiten zurück!«, rief Herzog Kalas Constance zu. Bevor der verblüffte und von den Bauern zutiefst gekränkte Danube reagieren konnte, ergriff Kalas die Zügel von Danubes Pferd und zog es mit seinem herum, dann beugte er sich zurück und versetzte dem Tier einen kräftigen Klaps auf das Hinterteil.

Die drei preschten los und ritten in vollem Galopp der Südseite von Schloss Ursal entgegen. Zu seiner Bestürzung erblickte Danube die vor dem Schloss aufgereihten Bogenschützen, die ihre todbringenden Geschosse an die Sehnen legten.

»Nur stumpfe Pfeile!«, befahl er unter Berufung auf die gängige Praxis, innerhalb der Hofgärten nur Pfeile ohne scharfe Spitze abzuschießen.

»Aber, mein König –«, begann der Hauptmann der Bogenschützen einzuwenden. Danube warf ihm einen drohenden Blick zu und gebot ihm zu schweigen.

Zufrieden, dass sein Befehl befolgt wurde, ritt Danube zum Schloss weiter und saß wenig später im Audienzsaal auf seinem Thron, mit den Fingern nervös auf seine Wange trommelnd.

»Nur eine Hand voll wurde ernsthaft verletzt«, berichtete der neben Danube sitzende Kalas. »Ein Bauer wurde getötet.«

»Unsere Allhearts haben wie üblich großartige Arbeit geleistet«, erklärte Danube, aber diese Erkenntnis schien seine Stimmung nicht zu heben. »Ich fürchte jedoch, dass sich das volle Ausmaß der Katastrophe erst in einigen Wochen zeigen wird«, gab er zu bedenken, dass sich einige der Allhearts bei dem Kampf mit den Bauern womöglich mit der Pest infiziert hatten.

Und beiden Männern war klar, dass das alles nur hatte geschehen können, weil der König einen Tag lang der Gruft hatte entfliehen wollen, zu der Schloss Ursal geworden war.

»Wir sollten uns lieber freuen, welches Glück wir vorhin hatten«, sagte Constance, die einige Meter von den beiden entfernt stand. Hinter ihr auf dem Boden spielten Merwick und Torrence mit ihren Holzklötzen und ahnten nichts von den schrecklichen Ereignissen, mit denen sich ihre Eltern herumschlagen mussten. »Hätten wir nicht so schnell reagiert, hätten wir uns möglicherweise inmitten der pestkranken Bauern wiedergefunden.«

»Sie hätten uns niemals von den Pferden herunterbekommen«, sagte Herzog Kalas mit kämpferischer Miene.

»Wäre das nötig gewesen?«, entgegnete Constance. »Der König hätte sich auch so anstecken können.«

Das stimmte, und niemand wusste etwas darauf zu sagen. Die Pestkranken waren dem König gefährlich nahe gekommen, zu nahe.

»Wir können einen solchen Ausritt nicht noch einmal wagen«, verkündete der König. »Was wir getan haben, war töricht und verantwortungslos.«

»Die Pest hat in Ursal wirklich schlimme Ausmaße angenommen«, gab Herzog Kalas ihm Recht.

»Und ganz gleich, ob wir noch einmal ausreiten oder nicht, es besteht immer die Gefahr, dass die Seuche einen Weg ins Schloss findet«, fügte Constance hinzu. Kalas und Danube sahen sie fragend an, denn ihr Tonfall ließ darauf schließen, dass ihre Bemerkung zu einem anderen Thema führen sollte.

»Es sind gefährliche Zeiten«, sagte sie und kam näher. »Die Pest bedeutet eine weitaus größere Gefahr für die Krone, als es der Geflügelte und seine Verbündeten je waren.«

König Danube nickte, obwohl er sich dessen nicht so sicher war. Er hatte Constance nämlich nichts von Vater Markwarts wüsten Drohungen erzählt, die der ehrwürdige Vater bei seinen geheimen Besuchen in den Privatgemächern des Königs ausgestoßen hatte. Aber bis auf diesen einen Punkt hatte Constance natürlich völlig Recht. Trotz aller Schrecken hatte der Krieg gegen den Geflügelten niemals Ursal erreicht, sondern war vor allem im Norden des Königreiches ausgetragen worden.

Die Pest dagegen wütete direkt vor Schloss Ursals Toren.

»Ich frage mich die ganze Zeit, ob dieser Pest-Ausbruch vielleicht ein Fluch des Geflügelten sein könnte«, erklärte König Danube.

»Was auch immer«, fuhr Constance fort, »wir haben keine Garantie, dass die Pest nicht ins Schloss eindringt, trotz aller Soldaten, trotz der dicken Mauern, trotz aller Sicherheitsmaßnahmen, die wir befolgen müssen. Und falls die Pest uns holt, falls Ihr erkrankt, mein König, werden alle Mönche der Welt nichts dagegen ausrichten können.«

Herzog Kalas schnaubte verächtlich, denn er wusste seit langem, dass die Abellikaner-Mönche nichts gegen die Seuche ausrichten konnten. Schließlich war es eine weit weniger schlimme Krankheit als die Rotflecken-Pest gewesen, die Königin Vivian dahingerafft hatte. Und das direkt unter Abt Je'howiths Augen!

»Vielen Dank für die erbauende Warnung, Constance«, sagte Danube kühl. »Aber ehrlich gesagt wissen wir das doch längst, oder?«

»Und warum habt Ihr für den Fall Eures Ablebens keine Vorkehrungen getroffen, die den Fortbestand des Königreiches sichern?«, fragte die Frau freimütig.

König Danube starrte sie entgeistert an.

»Merwick und Torrence«, sagte Herzog Kalas leise. Er wusste, worauf Constance anspielte, und bevor König Danube etwas darauf erwidern konnte, fuhr er fort! »Die Thronfolge ist bereits geregelt. Habt Ihr Prinz Midalis vergessen?«

»Wir wissen doch nicht einmal, ob er noch am Leben ist«, sagte Danube, bevor Constance antworten konnte. »Wir haben seit Monaten nichts von ihm gehört.«

»Wenn ihm etwas zugestoßen wäre, hätte uns die Kunde sicherlich erreicht«, erwiderte Kalas.

Danube nickte. »Wahrscheinlich«, sagte er, »aber dessen können wir uns nicht sicher sein. Vielleicht hat er die Pest und liegt todkrank im Bett.«

Kalas seufzte resigniert.

»Es wäre durchaus möglich«, fügte Danube hinzu; dann wandte er sich an Constance. »Welche Lösung schlagt Ihr vor?«, fragte er, obwohl er und Kalas genau wussten, was Constance vorschlagen würde.

Constance sah dem König in die Augen, dann wanderte ihr Blick zu ihren beiden Söhnen.

Herzog Kalas lachte auf. »Was für ein glücklicher Zufall«, murmelte er sarkastisch.

Aber König Danube sah die Dinge anders. »In der Tat, was für ein glücklicher Zufall«, wiederholte er, allerdings in völlig anderem Ton. »Und unser heutiges Erlebnis erinnerte mich daran, wie zerbrechlich unser Leben doch ist.« Er erhob sich von seinem Thron und ging zu Constance hinüber. »Ihr seid in dieser Angelegenheit mein Zeuge, Herzog Kalas«, sagte er feierlich.

»Ja, mein König«, kam die ergebene Antwort, denn selbst der vorlaute Kalas wusste, wann er bei seinem Freund seine Grenzen erreicht hatte.

»Für den Fall meines Todes bestimme ich meinen Bruder, Prinz Midalis, zu meinem Nachfolger«, sagte Danube formell. »Für den Fall, dass Prinz Midalis den Thron nicht besteigen kann, soll Constance Pemblebury und König Danube Brock Ursals gemeinsamer Sohn, Merwick, zum König des Bärenreichs ernannt werden. Bis er alt genug ist, um die Verantwortung eines Thronfolgers zu übernehmen, wird einer der Herzöge des Landes als stellvertretender Regent fungieren.

Nach Merwick wird der Titel und der Anspruch auf die Krone auf den jungen Torrence übergehen, ebenfalls unter der Vormundschaft eines zu bestimmenden Stellvertreters. Und dieser Stellvertreter werdet Ihr sein, mein guter Kalas, wenn Ihr nichts dagegen habt.«

Constance strahlte, sagte aber nichts. Auch Kalas schwieg, seine Miene eine Mischung aus Belustigung und Unwillen.

»Geht und holt den Hofschreiber«, wies Danube Constance an, »und den Abt und alle Adligen, die sich im Schloss befinden. Wir werden die formelle Verkündigung vor weiteren Zeugen und in der erforderlichen Angemessenheit wiederholen.«

Constance setzte sich flugs in Bewegung.

»Ich hoffe, sie hat Euch im Augenblick der Empfängnis ebenso glücklich gemacht wie Ihr soeben Constance«, bemerkte Kalas. Danube warf ihm einen drohenden Blick zu, eine Warnung, dass er abermals im Begriff war, die feine Linie zu überschreiten, die die Worte eines Freundes an einen Freund von denen eines Herzogs an seinen König unterschieden.

»Ich bin es leid, tagein, tagaus unterwegs zu sein«, sagte Prinz Midalis zu Andacanavar, als die beiden endlich die vertrauteren Gefilde Vanguards erreichten. »Ich verstehe nicht, wie Ihr ein solches Nomadenleben führen könnt.«

»Das ist nun mal die Lebensweise meines Volkes«, erklärte Andacanavar. »Wir folgen den Rentierherden und den Elchen, um im Winter der Eiseskälte des hohen Nordens und im Sommer der Insektenplage des Südens auszuweichen.«

Midalis nickte und lächelte, offensichtlich noch immer nicht von den Vorzügen eines solchen Daseins überzeugt.

»Es war unterwegs sehr einsam«, fuhr der Hüter fort. »Wir haben kaum Kontakt gesucht, und dann auch nur, wenn es unbedingt nötig war. Glaubt mir, mein Freund, eines Tages werdet Ihr eine solche Reise genießen, wenn die Pest ausgestanden ist und wir bei den Bauern speisen und mit den Holzfällern die Schankhäuser unsicher machen können.«

»Vielleicht werden wir das ja irgendwann einmal tun«, sagte Midalis. »Aber jetzt bin ich erst einmal froh, wieder zu Hause zu sein.«

Bald darauf erblickten die beiden Männer St. Belfour; sie führten ihre Pferde den steilen Waldpfad hinab, der zu dem vor der Abtei liegenden Feld führte.

Dann sahen sie sie, die Flüchtlinge, die auf dem Gelände vor St. Belfour ihre behelfsmäßigen Zelte aufgeschlagen hatten. Pestkranke Menschen in ausgemergelten Körpern, manche schon halb tot.

Die Pest war schneller nach Vanguard gelangt als Prinz Midalis.

»Wäre ich doch nur als Frau geboren«, sagte Herzog Kalas schmunzelnd, als ihm spätabends auf dem von Fackeln erleuchteten Korridor Schloss Ursals Constance Pemblebury entgegenkam.

Constance sah ihn verärgert an, aber er lachte nur freundlich und nahm damit die Spannung aus der Begegnung. »Ich bin Euch nicht böse«, fuhr Kalas fort.

»Trotzdem gefällt mir Euer Sarkasmus nicht«, erwiderte sie kühl. »Wollt Ihr etwa leugnen, dass ich verantwortungsvoll gehandelt habe? Würdet Ihr es lieber sehen, wenn im Falle von Danubes Ableben die Thronfolge nicht geregelt wäre?«

Kalas lachte erneut. »Wie wollt Ihr es nennen? Politische Weitsicht? Oder persönliches Gewinnstreben?«

»Könnte das nicht ein und dasselbe sein?«

»Ich bin Euch wirklich nicht böse, werte Constance«, erklärte der Herzog. »Ein bisschen eifersüchtig vielleicht, aber voller Bewunderung. Ich glaube, Ihr habt Euch von Danube beide Male absichtlich schwängern lassen. Merwicks Empfängnis fand während der Schifffahrt von Palmaris nach Ursal statt, als Ihr wusstet, dass Danube ein Auge auf eine andere Frau geworfen hatte.« Er bemerkte Constances zuckenden Gesichtsmuskel, als er Jilseponie erwähnte. »Also habt Ihr Euren Liebescoup gelandet, ihm einen Sohn geschenkt und seither geduldig auf den Moment gewartet, den Ihr so herbeigesehnt habt.«

Constance starrte ihn mit verkniffener Miene an.

»Ihr habt die Euch zur Verfügung stehenden Waffen eingesetzt, um Euch in den königlichen Stammbaum einzuschmuggeln«, stellte Kalas freimütig fest, verneigte sich respektvoll und breitete bewundernd die Arme aus. Dabei geriet er leicht ins Wanken, und erst da bemerkte Constance, dass der Mann zu viel getrunken hatte.

Sie wollte etwas dazu bemerken, ließ es aber. Warum sollte sie es Kalas vorwerfen, in diesen unruhigen Zeiten einen Schluck getrunken zu haben, besonders nach dem schrecklichen Zwischenfall am Morgen? Genau genommen würde sie sich am liebsten selbst mit einer Flasche guten Weins ins Bett legen!

»Denkt über mich, was Ihr wollt«, sagte sie gleichmütig, »aber ich liebe Danube.«

»Das habt Ihr schon immer getan«, erwiderte Herzog Kalas. »Versteht mich nicht falsch, ich werde nicht versuchen, dem König seinen Beschluss auszureden, und ich glaube auch nicht, dass es sich schlecht auf das Bärenreich auswirken würde.«

»Und doch habt Ihr Euer Urteil über mich gefällt«, warf Constance ihm vor. »Obwohl ich ihn aus ganzem Herzen liebe.«

»Und er?«

Constance sah an ihm vorbei, dann schüttelte sie den Kopf. »Er liebt mich nicht«, gestand sie. »Er teilt nicht einmal mehr das Bett mit mir, aber er sagt, wir würden Freunde bleiben – und er behandelt mich gut.«

»Immerhin bat er Euch heute, mit ihm auszureiten«, pflichtete Herzog Kalas ihr bei, und seine Stimme nahm einen freundschaftlichen Klang an.

»Danube hat mich immer als gute Freundin betrachtet«, sagte Constance. »Aber er liebt mich nicht. Er liebt die Erinnerung an Vivian. Er liebt ...«

»Diese Frau«, beendete Kalas den Satz, seine Stimme ein abfälliges Murren. »Die Heldin des Nordens.«

Seine ablehnende Haltung gegenüber Jilseponie Wyndon überraschte Constance. Natürlich hegte Constance keine freundschaftlichen Gefühle für Jilseponie, aber Herzog Kalas' Tonfall schien zu verraten, dass er es noch viel weniger tat. Verletzter Stolz, nahm Constance an, denn hatte Jilseponie ihn nicht in Palmaris abblitzen lassen?

Aber dann überraschte Kalas sie sogar noch mehr.

»Es wäre traurig für das Königreich, wenn Danube seine Angebetete bekäme«, sagte er.

Constance sah ihn verblüfft an.

»Eine Eheschließung zwischen Kirche und Krone«, sagte Kalas trocken, »würde das Ende der Welt bedeuten.«

»Wenn Ihr dieser Meinung seid, ist es gut, dass Ihr nicht gegen mich opponiert«, sagte Constance nach einer gedankenvollen Pause. Sie lachte kurz auf und ging weiter.

»Schade, dass Ihr keine Verbindungen nach Vanguard habt«, erklang hinter ihr Kalas' Stimme. Sie blieb stehen, fuhr herum und musterte ihn argwöhnisch. »Sonst könntet Ihr das letzte Hindernis auf Eurem Weg zum Ruhm beiseite räumen.«

Herzog Kalas verneigte sich erneut und rannte klugerweise davon.

Constance wusste, dass er seine Bemerkung spöttisch gemeint hatte, aber trotzdem konnte sie nicht anders, als die einzelnen Schritte zu rekapitulieren, die sie an diesen Punkt ihres Lebens geführt hatten. Sie war nicht ganz unschuldig, sicher, aber das war nur ein geringfügiger Makel angesichts der nun eingetretenen Lage. Sie hatte dem Bärenreich einen wichtigen Dienst erwiesen und sich Eintritt in die königliche Blutlinie verschafft. Selbst wenn keiner ihrer beiden Söhne auf den Thron gelangte, würden deren Kinder in der Thronfolge verbleiben, und dies galt auch für die nachfolgenden Generationen.

Eines Tages, ob nah oder fern, würde man sich an Constance Pemblebury als Königsmutter des Bärenreiches erinnern.

12. Die verlassene Herde

Er betrachtete seine Geliebte und machte sich schwere Vorwürfe. Dainsey hatte für einen kurzen Besuch nach Palmaris gehen wollen – mittlerweile wütete die Pest ohnehin auch in Caer Tinella –, aber Roger hatte sich dagegen ausgesprochen.

Aber nicht mit aller Konsequenz, und deswegen waren die beiden trotz seiner Vorbehalte in den Süden gegangen. Nun, weniger als einen Monat später, stand Dainsey auf wackligen Beinen neben ihm, ihre Augen eingesunken, ihre Stirn schweißbedeckt, ihr Körper von zahllosen, weiß umringten roten Flecken überzogen – obwohl Roger versucht hatte, den verräterischen Ausschlag so gut wie möglich zu verbergen, bevor sie nach St. Precious gegangen waren.

Trotzdem, es würde nicht ausreichen, um sie durch das Torhaus zu bekommen, glaubte er. Man hatte sie sofort auf die sichere Seite des Blumenbeets gelassen, denn Abt Braumins Einladung galt noch immer. Im Torhaus führten die Mönche jedoch eine Überprüfung durch, untersuchten mit ihren Seelensteinen jeden, der Einlass in die Abtei verlangte.

Nachdem die unangenehme Prozedur endlich vorüber war, konnten Roger und Dainsey nur abwarten und hoffen.

Die Minuten zogen sich immer länger dahin, und allmählich wurde Roger klar, dass man sie längst hineingelassen hätte, wenn die Mönche nichts entdeckt hätten. Nein, sie hatten die Wahrheit herausgefunden und sich Hilfe suchend an Abt Braumin gewandt.

Roger wusste, was kommen würde, als am Ende des schmalen Torhausgangs ein kleines Holzbrett beiseite gezogen wurde und dahinter das Gesicht eines Ordensbruders auftauchte.

»Ihr dürft hereinkommen, die Frau nicht«, sagte die Stimme – eine Stimme, die Roger erkannte.

»Sie ist mein Ein und Alles, Bruder Castinagis«, erklärte Roger.

»Sie hat die Pest«, antwortete Castinagis mit fester, aber von Mitgefühl erstickter Stimme. »Sie darf St. Precious nicht betreten. Es tut mir Leid, mein Freund.«

»Ich möchte Abt Braumin sprechen.«

»Dann kommt herein.«

Roger sah Dainsey an. »Und was ist mit ihr?«, fragte er.

»Sie darf nicht hereinkommen«, sagte Castinagis erneut. »Sie darf auch nicht im Torhaus bleiben. Schickt sie auf die andere Seite des Blumenbeets.«

Roger überlegte, was er tun sollte. Jenseits des Blumenbeets herrschten schlimme Zustände: Überall lungerten Pestkranke herum, und niemand scherte sich um die Einhaltung der Gesetze, da die Stadtwachen Angst hatten, den Kranken zu nahe zu kommen. Er musste Dainsey in ihr gemietetes Zimmer über dem Knochen des Riesen zurückbringen.

»Bestellt Abt Braumin, dass ich gleich zurück bin«, sagte er zu Castinagis; dann senkte er die Stimme, um seine Verärgerung zu zeigen. »Allein.«

»Wenn Ihr auf die andere Seite des Blumenbeets geht, werden die Mönche Euch erneut untersuchen müssen, bevor Ihr die Abtei betreten dürft«, kam Castinagis' unnachgiebige Antwort.

»Aber ich bin doch nur wenige Minuten fort«, entgegnete Roger.

»Selbst wenige Sekunden wären zu viel, um Euch ohne neuerliche Untersuchung hereinzulassen«, kam die Antwort; dann wurde das Holzbrett vor den Fensterschlitz gezogen.

Das Geräusch ließ Roger beinahe verzweifeln. Er hatte gehofft, dass man bei ihm und Dainsey als Braumins persönlichen Freunden eine Ausnahme machen würde, die anderen Pestkranken nicht vergönnt war. Er hatte gehofft, dass seine Verbindungen zu den Kirchenoberen Dainsey retten würden.

Nun aber, bevor er auch nur ein einziges Wort mit Braumin gewechselt hatte, musste Roger die bittere Wahrheit erkennen: Weder Braumin noch Viscenti würden Dainsey helfen. Sie wurde genauso behandelt wie die übrigen Kranken.

Es dauerte eine Weile, bis Roger die Kraft fand, Dainsey in die Stadt zurückzubringen. Nie in seinem Leben, selbst nicht, als ihn der Pauri Kos-kosio Begul gefangen genommen hatte, hatte er sich so hilflos und elend gefühlt.

»In letzter Zeit setze ich kaum noch Leute in die Stadt über«, sagte der Fährmann zum Anführer der eigenartigen Gruppe, als sie sich dem Hafen von Palmaris näherten. Die Männer trugen dieselben Kutten wie die Abellikaner-Mönche, außer dass ihre schwarz und die Kapuzen rot waren. »Schuld hat nur diese verdammte Seuche!«, sagte der Fährmann hustend.

»Glaubst du, du kommst heil davon?«, fragte ihn der Anführer der Gruppe, Marcalo De'Unnero, seine Stimme ein unheilvolles Flüstern. »Die Rotflecken-Pest ist eine Strafe Gottes, und Gott sieht jeden. Falls du ein Sünder bist, mein Freund, wird die Pest dich finden, ganz gleich, wo du dich vor ihr verbirgst.«

Der Fährmann schüttelte sichtlich erschrocken den Kopf.

»Ich bin kein Sünder!«, rief er. »Und ich will nichts mehr davon hören!«

»Aber du musst mich anhören!«, fauchte De'Unnero und packte den Mann an dessen schmutzigem Wams und hob ihn ein Stück in die Höhe. »Du kannst dich nirgendwo verstecken, mein Freund. Erlösung bringt nur die Buße!«, endete er mit lauter Stimme, worauf die inzwischen auf über einhundert Mitglieder angewachsene Bruderschaft der Büßer in Jubelgeschrei ausbrach.

»Auf die Knie!«, brüllte De'Unnero und drückte den Mann brutal hinunter, sodass dieser sich hinknien musste.

»Ich mache es ja!«, entgegnete der erschrockene Fährmann.

De'Unnero hob die Hand, die nun eine Raubkatzenpranke war, sodass der Mann sie deutlich sehen konnte. »Schwöre der Kirche deine Ergebenheit!«, forderte er. »Der wahren Kirche St. Abelles, der Kirche der Bruderschaft der Büßer.«

Erschrocken auf die tödliche Pranke starrend, begann der arme Fährmann zu weinen und zu zittern und sogar De'Unneros menschliche Hand zu küssen.

Hinter De'Unnero begannen die abtrünnigen Ordensbrüder nach Blut zu lechzen. Sie sprangen so vehement auf und ab, dass der Fährkahn gefährlich ins Schwanken geriet. Dann begannen sie, einander zu schubsen; einige zogen ihre schwarzen Kutten aus und ließen sich von den Übrigen auf den nackten Rücken schlagen, bis die Haut rot anlief.

»Wir sind deine Erlösung«, sagte De'Unnero zu dem zitternden Mann.

»Ja, Herr.«

»Und doch hast du für die Überfahrt unser Geld genommen«, fuhr De'Unnero fort.

»Tötet ihn, Bruder Redlich!«, riefen mehrere Männer.

»Nehmt das Geld zurück!«, flehte der Fährmann, zog unter seinem Gürtel den Geldbeutel hervor und drückte ihn De'Unnero in die Hand. »Ich schwöre, Bruder Redlich, wenn ich gewusst hätte, wer Ihr seid, hätte ich nicht eine Kupfermünze von Euch genommen!«

De'Unnero nahm den Geldbeutel und musterte den Mann noch einen Augenblick. Dann schob er ihn weg. »Bring uns an Land«, sagte er verächtlich und wandte sich ab. Die Stadt kam in Sichtweite; hinter einem Schleier dichten Morgennebels zeichneten sich die ersten Gebäude ab.

Sein Zorn war jedoch nur gestellt, denn in Wahrheit war der ehemalige Bischof von Palmaris an diesem Tag bester Laune. Er und seine grausame Schar hatten den gesamten Süden durchwandert und eine Stadt nach der anderen von Ungläubigen gesäubert. Abellikanischen Abteien waren sie dabei sorgsam aus dem Weg gegangen, mit einer Ausnahme allerdings: Abt Olins St. Bondabruce. Wie De'Unnero angenommen hatte, hatte Olin sich ihrer Sache durchaus zugetan gezeigt. Zwar hatte er sich der Bruderschaft der Büßer nicht offiziell angeschlossen und die Männer auch nicht in seine Abtei gelassen, aber er hatte sich auch nicht gegen sie gewandt und sich sogar heimlich mit De'Unnero getroffen. Soweit es De'Unnero betraf, war die Zusammenkunft hervorragend verlaufen, denn er hatte den Glanz in Olins Augen gesehen, als er, De'Unnero, angedeutet hatte, den Weg nach Pimaninicuit zu kennen, dem entlegenen Eiland, an dessen Stränden tonnenweise magische Himmelsjuwelen lagen.

Aber damit würde er sich später befassen, sagte sich der

Meister. Denn vor ihm lag das begehrteste aller Juwelen, die Stadt seines größten Triumphes und seiner größten Niederlage. Vor ihm lag Palmaris, das mächtige Palmaris, in den Klauen der Pest, und die Stadt war reif für die Lektion der Bruderschaft der Büßer.

Meister De'Unnero hatte nicht vergessen, wie ihn die Einheimischen behandelt hatten, und ihm klangen immer noch Abt Braumins verächtliche Worte in den Ohren, mit denen der Narr ihn aus der Stadt verwiesen hatte.

Nein, De'Unnero hatte Palmaris nicht vergessen, die Stadt, in der das Unheil mit der Pest begonnen hatte. Die Stadt, in der Markwart ermordet und die traditionelle Glaubenslehre über Bord geworfen worden war. Die Stadt, die so angetan war von Braumin, Avelyn und Jojonah und deren wahnwitziger Vorstellung, dass die Kirche für das Wohl des gemeinen Volkes zuständig sei.

De'Unnero spie aus angesichts der Ironie des Ganzen. Wo waren sie denn nun, die Beschützer des gemeinen Volkes? Wo war sie, diese neue mitfühlende Kirche? Verbarrikadiert hinter dicken Mauern und stinkenden Blumenbeeten!

Ihre Feigheit würde ihren Untergang bedeuten, glaubte De'Unnero. Ihre Feigheit würde die verzweifelten, im Stich gelassenen Menschen zu ihm treiben und sie andächtig an seinen Lippen hängen lassen.

Dann würden Abt Braumin und seine Freunde vielleicht einsehen, was ihnen ihr falscher Glaube eingebracht hatte. Ja, dies war in der Tat ein guter Tag.

Roger ließ im Torhaus von St. Precious erneut die demütigende Untersuchung über sich ergehen und stürmte erleichtert heraus, als er endlich die Zutrittserlaubnis erhalten hatte.

»Wo ist Abt Braumin?«, wollte er von Bruder Castinagis wissen, der wieder das Tor bewachte.

Castinagis schüttelte den Kopf. »Beruhigt Euch. Er wird

Euch empfangen«, sagte er und klopfte Roger freundschaftlich auf die Schulter, aber Roger schob ihn verärgert aus dem Weg.

»Der bekommt was zu hören von mir!«, schimpfte Roger. »Und wehe denen, die Dainsey abwiesen!« Roger fuhr herum und marschierte auf das Hauptgebäude zu, in dem sich das Arbeitszimmer seines Freundes befand.

»Abt Braumin weiß bereits, was geschehen ist«, rief Bruder Castinagis ihm leise nach, und Roger blieb verdutzt stehen. »Er weiß, dass Ihr und Eure Freundin untersucht wurdet und dass Eure Freundin abgewiesen wurde. Es war schließlich seine Anordnung, niemandem ohne Untersuchung Einlass zu gewähren. Schaut nicht so überrascht, Roger! Habt Ihr vergessen, dass Colleen Kilronney dasselbe widerfuhr, als Jilseponie sie herbrachte?«

»Aber, aber ...«, stammelte Roger, und seine Gedanken überschlugen sich. »Ich bin Euer Freund.«

»Das stimmt«, sagte Castinagis ohne die leiseste Spur von Sarkasmus in der Stimme, »ein geschätzter Freund. Und es tut mir – und sicherlich auch Braumin – aufrichtig Leid, dass wir Eurer Freundin nicht helfen können. Versteht Ihr nicht? Die Pest geht um, und wir können nichts dagegen tun.«

»Was soll *ich* denn tun?«, fragte Roger. »Soll ich einfach dasitzen und zuschauen, wie Dainsey stirbt?«

»Es wäre klüger, wenn Ihr bei uns bliebet«, erklang eine sanfte Stimme hinter ihm. Roger wandte sich um und erblickte Abt Braumin, der ihm aus dem Gebäude entgegenkam. Der Mann war im Laufe des vergangenen Jahres sichtbar gealtert: Seine dunklen Locken zeigten die ersten Spuren von Grau, und um seine Augen hatten sich zahllose tiefe Falten eingegraben. »Es gibt Pesthäuser, in denen es Eure Dainsey gut haben wird. Ich kann alles arrangieren. Ihr braucht nicht zu ihr zurückzukehren.«

Roger starrte ihn fassungslos an.

»Ihr könnt nichts für sie tun«, fuhr Braumin fort. Er trat näher heran und versuchte, Roger den Arm auf die Schulter zu legen, aber Roger wich ihm aus. »Jeder weitere Kontakt mit ihr wäre eine große Gefahr für Euch.«

»Es muss doch einen Ausweg geben …«, begann Roger kopfschüttelnd einzuwenden.

»Es gibt keinen«, sagte Abt Braumin. »Ihr könnt Euch nur verstecken, und zwar am besten bei uns.«

»Dainsey braucht mich«, sagte Roger.

»Ihr könntet nichts für sie tun, außer ihr beim Sterben zuzusehen«, sagte der von hinten herantretende Castinagis.

Roger wandte sich zu ihm um, seine Miene voll finsterer Entschlossenheit. »Dann sehe ich ihr eben beim Sterben zu«, erklärte er. »Ich muss sie wiedersehen. Ich muss ihre Hand halten und ihr Lebewohl sagen, bevor sie ihre letzte Reise antritt.«

»Das sind die Worte eines Narren!«, rief Castinagis aus.

Roger wollte etwas erwidern, aber ihm fehlte die Kraft dazu Er setzte mehrmals an, aber dann hob er stattdessen hilflos die Hände und begann zu schluchzen. Dann knickten seine Beine unter ihm ein, und er sank, von einem Weinkrampf geschüttelt, auf die Knie. Die Mönche eilten sofort zu ihm.

»Ich werde für Dainsey einen Platz in einem der Häuser finden«, versprach Abt Braumin.

»Und Ihr bleibt bei uns, bei Freunden«, fügte Castinagis hinzu.

Einen Moment lang zog Roger ihr gut gemeintes Angebot in Erwägung, aber dann trat ihm wieder das Bild seiner teuren Dainsey vor Augen, der Frau, die er über alles liebte und die nun im Fieberwahn in einem Bett lag und nach ihm rief.

Roger Flinkfinger konnte diesen Ruf nicht ignorieren, ganz gleich, in welche Gefahr er sich damit begab.

»Nein!«, rief er und kämpfte sich mühsam auf die Beine. »Nein, wenn Ihr Dainsey nicht helfen könnt, finde ich jemand anderen, der es kann.«

»Es gibt niemanden«, sagte Braumin leise. »Niemanden.«

»Dann bleibe ich bis zum Ende bei ihr«, sagte Roger entschlossen.

Castinagis wollte etwas erwidern, aber Braumin bedeutete ihm mit einer knappen Geste, nichts mehr zu sagen. Sie hatten dieses Verhalten schon bei Jilseponie erlebt, daher kam es nicht unerwartet, dass jemand, der nicht der Kirche angehörte, nicht einsehen wollte, dass die Sichtweise der Abellikaner letztlich dem Wohle aller diente.

Roger ging zum Ausgang, blieb aber plötzlich stehen und fuhr herum. »Ich möchte sie heiraten«, sagte er – es war offensichtlich, dass ihm der Gedanke soeben erst gekommen war –, »ganz formell, unter den Augen Gottes.«

»Sie darf nicht herein«, sagte Bruder Castinagis.

»Werdet Ihr wenigstens das für mich tun?«, fragte Roger, an Braumin gewandt. »Vollzieht die Zeremonie über das Blumenbeet hinweg.« Er starrte seinen Freund flehend an. Castinagis schaute ebenfalls auf Braumin.

»Mir wäre es lieber, wenn Ihr nicht zu ihr zurückkehrtet«, sagte der Abt von St. Precious. »Ihr bittet mich, meinen Segen einer Ehe zu geben, die den Sommer nicht überdauern wird.«

»Ich bitte Euch, unsere Liebe unter den Augen Gottes als etwas Heiliges zu segnen, denn unsere Liebe *ist* heilig«, erwiderte Roger. »Könnt Ihr nicht wenigstens das für mich tun?«

Abt Braumin dachte lange über Rogers Ansinnen nach. »Wenn ich eine Möglichkeit sähe, Euch von der Vergeblichkeit Eures Vorhabens zu überzeugen, würde ich es mit aller Kraft versuchen«, sagte er schließlich, »aber da Ihr unbedingt an der Seite dieser armen Frau verweilen wollt, sollte es lieber eine von Gott gebilligte Beziehung sein. Also geht und bringt die Frau ans Blumenbeet. Und beeilt Euch, bevor ich zu dem Schluss gelange, dass ich ein ebenso großer Narr bin wie Ihr.«

Roger war schon auf dem Weg, noch bevor Braumin zu Ende gesprochen hatte.

13. Zornige Schäflein

»Tut das nicht«, warnte Francis den zornigen Mann mit den wild blickenden, blutunterlaufenen Augen und den verräterischen Flecken auf den nackten Armen. Francis versperrte ihm den Weg über das Blumenbeet, denn der Mönch wusste, dass die mit Armbrüsten und magischen Steinen bewaffneten Ordensbrüder auf St. Mere-Abelles Mauer den Mann töten würden, wenn er sich der Abtei zu nähern versuchte.

»Ihr macht Euch falsche Hoffnungen, wenn Ihr glaubt, dass ...«, begann Francis, aber der aufgebrachte Mann, der soeben hatte mit ansehen müssen, wie sein einziger Sohn in das Massengrab geworfen wurde, hörte ihm nicht zu. Er ging wie ein wild gewordener Stier auf ihn los und versuchte, ihm einen Schlag ins Gesicht zu versetzen.

Francis wich dem Fausthieb aus, packte den Arm, drückte ihn herunter und trat mit einem schnellen Ausfallschritt hinter den Angreifer. Bevor der Mann richtig merkte, was mit ihm geschah, hatte Francis ihm den Arm auf den Rücken gedreht und nahm ihn von hinten in den Würgegriff. Trotz seiner Wut war der Mann völlig hilflos.

Er versuchte sich loszureißen, aber Francis stellte ihm ein Bein, und die beiden Männer fielen zu Boden, Francis auf seinem Widersacher liegend.

»Ich bringe euch um!«, brüllte der Mann. »Ich bringe euch alle um! Alle! Alle ...« Seine Stimme verklang, und er begann zu schluchzen. »Alle.«

»Ich verstehe Euch«, flüsterte Francis. »Euer Sohn ... Ich kann Euren Schmerz nachfühlen.«

»Ach ja?«, erklang hinter ihm eine Stimme.

»Was wisst Ihr oder Eure verdammten Mönchsfreunde schon vom Leben?«, fragte eine andere Stimme. Francis spürte einen schmerzhaften Stiefeltritt im Rücken.

Dann, unter den lautstarken Anfeuerungsrufen der Umstehenden, stürzten sich die beiden Männer auf ihn. Sie rissen Francis von dem schluchzenden Vater los und zogen ihn unsanft auf die Beine. Obwohl es ihm gelang, einem der Männer einen Fausthieb und dem anderen zwei Tritte gegen das Schienbein zu versetzen, war ihm klar, dass er ihnen ausgeliefert war – er wusste, dass die anderen ihnen helfen würden, falls er sich losreißen sollte.

»Tötet ihn!«, rief ein Mann.

»Tötet alle verdammten Mönche!«, brüllte ein anderer. Dann stürmte die Meute auf Francis los ... und teilte sich plötzlich, denn Merry Cowsenfed schob sich durch die Menge, laut schimpfend und die Männer mit wüsten Flüchen bedenkend. Als ein Mann einen besonders lauten und drohenden Ausruf an Francis richtete, versetzte ihm Merry eine schallende Ohrfeige.

»Seid ihr alle verrückt geworden?«, rief sie, und ihr für sie ungewöhnlicher Zorn brachte die Meute zum Schweigen.

»Dieser Mann leistet jeden Tag unschätzbare Hilfe, und er ist gesund zu uns gekommen! Wäre einer von euch hier, wenn er nicht schon die Pest hätte? Mit was für Narren habe ich mich nur eingelassen? Den armen Bruder Francis zu schlagen!«

Das Gemurmel der Meute erstarb. Ein jeder wandte sich zum Nächsten um, als warteten sie auf Anweisungen.

Dann ließen die beiden Männer Francis los. »Merry hat Recht«, sagte einer der beiden. »Er hat nichts getan, dass er unsere Prügel verdient.« Er wandte sich mit unheilvollem Blick nach St. Mere-Abelle um. »Aber die dort ...«, schimpfte er, und die Meute hinter ihm brüllte laut auf. Der Vater, den Francis zu Fall gebracht hatte, sprang auf und schrie erneut seinen Hass auf die Abellikaner-Mönche heraus.

Francis eilte an den Rand des Blumenbeets. »Sie haben Armbrüste und magische Steine!«, warnte er. »Sie werden euch töten, bevor ihr überhaupt in die Nähe der Mauer gelangt. Und schaut euch diese Mauer an! Wie wollt ihr sie überwinden? Oder durchbrechen? Selbst eine ganze Herde von Togai-ru-Ponys wäre nicht imstande, einen Rammbock durch die Eingangstore zu treiben, glaubt mir!«

Jedes seiner Argumente war stichhaltig genug, um einen vernünftigen Menschen zur Besinnung zu bringen. Aber dies waren keine vernünftigen Menschen. Nein, sie hatten alles verloren, und in diesem Moment völliger Hoffnungslosigkeit verklangen Francis' Warnungen ungehört.

Die Meute setzte sich in Bewegung, einschließlich Francis – der allerdings in körperloser Gestalt. Der Mönch griff in seinen Lederbeutel, umfasste seinen Seelenstein und ließ sich in dessen Magie fallen, bis sein Geist sich von den Fesseln seines Körpers befreit hatte. Er verfolgte den Anführer der Meute, den Mann, der ihn von dem trauernden Vater losgerissen hatte.

Francis wollte es nicht, aber er schickte seinen Geist in den Mann hinein. Sobald er in dessen Gedanken eingedrungen war, begann der Mönch, Bilder und Geräusche eines schrecklichen Gemetzels heraufzubeschwören, von schreienden Bauern, die von magischen Blitzschlägen in Brand gesetzt wurden und wie lebende Fackeln durch die Gegend torkelten. Er zeigte dem Mann das Bild eines zwanzig Leiber hohen Leichenberges auf dem Blumenbeet. Er zeigte ihm …

Dann war die Verbindung plötzlich getrennt, und Francis fand sich in seinem eigenen Körper wieder. Er orientierte sich einen Augenblick lang, fürchtend, dass das Gemetzel bereits in vollem Gang war.

Aber die Meute war noch da; die Männer waren stehen geblieben und sahen ihren Anführer an, der einfach nur dastand und mit offenem Mund auf die Abteimauer und die dort lauernden Mönche starrte.

Merry Cowsenfed zerrte am Arm des Mannes und flehte ihn an umzukehren.

Der Mann schaute scheinbar unschlüssig zu Francis zurück.

»Sie werden Euch umbringen«, sagte Francis. »Jeden Einzelnen von euch.«

Der Mann schloss die Augen und ballte die Fäuste, aber trotz des in ihm brodelnden Hasses konnte er die simple Tatsache nicht ignorieren, dass sie nicht die geringste Chance hatten, auch nur in die Nähe der Mauer zu gelangen.

Der Mann murmelte etwas Unverständliches und stieß die geballten Fäuste in die Luft, aber dann wandte er sich vom Blumenbeet ab und drängte sich ungestüm durch die Menschenmenge.

Francis seufzte erleichtert, aber Augenblicke später sah er, dass es vielen der Umstehenden nicht gefiel, wie die Sache endete. Einige fluchten, andere streckten ihm geballte Fäuste entgegen, die meisten jedoch wandten sich murrend und kopfschüttelnd von ihm ab.

Nach Francis' Einschätzung waren sie soeben haarscharf einem furchtbaren Massaker entgangen. Er seufzte erneut und nickte Merry zu, dann drehte er sich um und sah eine alte Frau vor sich stehen und ihn finster anstarren.

»Ach, Ihr mit Eurem ewigen Geschwätz«, schimpfte sie. »Hat man Euch deswegen rausgeschickt, Bruder Francis? Um auf uns einzureden und uns ruhig zu halten, bis der Tod uns ereilt?«

Francis fehlten die Worte.

»Ach, was reg ich mich auf über Euch, heiliger Bruder Francis«, sagte sie mit unverhohlener Abneigung. »Ihr werdet Euch ohnehin bald die Pest holen, wenn Ihr sie nicht schon habt, und dann dauert es nicht mehr lange, bis man auch Euch im Dreck verscharrt.«

Ihm war nicht danach, sich mit der Frau zu streiten. Francis stand einfach nur da und akzeptierte ihr Urteil und die neugierigen Blicke der Mönche, die sich auf der Mauer der festungsartigen Abtei versammelt hatten.

Ebenso akzeptierte er die Prophezeiung des alten Weibes,

denn Francis war davon überzeugt, dass er sich bei seinem letzten Heilversuch angesteckt hatte.

Ja, Francis war fest davon überzeugt, dass sich in seinem Körper die Pest auszubreiten begann.

»Vielleicht bewirkt unser geschätzter Bruder Francis ja doch etwas Gutes«, sagte Fio Bou-raiy zu Vater Agronguerre. Die beiden beobachteten das Spektakel von der Mauer aus. »Für die Leute, meine ich«, erklärte Bou-raiy grinsend. »Es wäre traurig für sie ausgegangen, wenn sie uns angegriffen hätten.«

»Ihr klingt, als wäre Euch das am liebsten gewesen«, bemerkte Vater Agronguerre. Fio Bou-raiy trat beklommen von einem Fuß auf den anderen, sich ins Gedächtnis rufend, dass er und dieser ehrwürdige Vater, dem er so beflissen zu dienen versuchte, nicht immer einer Meinung waren.

»Natürlich nicht«, entgegnete er. »Verzeiht mir, Vater. Es ist nur so, dass ich mich so hilflos fühle in dieser verzwickten Situation. Manchmal frage ich mich sogar, ob Gott sich von der Welt abgewandt hat.«

»Tatsächlich«, sagte Agronguerre, von Bou-raiys Erklärung nicht überzeugt. »Gebt Acht, was Ihr sagt, denn Eure Worte klingen zuweilen wie die unseres fehlgeleiteten Bruders De'Unnero.«

»Ich meinte bloß –«

»Ich weiß, was Ihr meintet«, unterbrach ihn Agronguerre.

Es folgte ein längeres, betretenes Schweigen.

»Wie kommen die Brüder mit den Kräutermischungen voran, die wir auf Bruder Francis' Wunsch zusammenstellen sollen?«, fragte Agronguerre nach einer Weile. »Wir glauben, dass Jilseponie Wyndon die Rezepturen aus den Waldlanden geschickt hat, nicht wahr?«

»Ja, und den Brüdern zufolge sind alle Zutaten vorhanden«, antwortete Bou-raiy. »Ich glaube, sie sind bald fertig.«

»Wenn nicht, sollen sich noch mehr Brüder darum kümmern«, wies Vater Agronguerre ihn an, »so viele wie nötig sind, damit wir die Heilmittel endlich den verzweifelten Menschen dort draußen bringen können.«

»Abt Braumin zufolge werden die Mittel niemanden heilen. Das hat ihm Jilseponie ausrichten lassen.«

»Aber sie verschaffen den Menschen Linderung«, entgegnete Agronguerre schroff. »Und sie werden helfen, den Menschen klarzumachen, dass wir alles tun, was uns möglich ist. Dieses Mal konnte Francis einen Aufstand verhindern, aber das nächste Mal, fürchte ich, werden wir zu drastischeren Mitteln greifen müssen, und das möchte ich vermeiden.

Und Eure Bemerkung über Bruder Francis war durchaus treffend«, fuhr Agronguerre fort. »Er spielt in der Tat eine wichtige Rolle – mehr als Euch klar zu sein scheint. Sein Entschluss ist ein Segen für die abellikanische Kirche und für die Bauern, denen er so aufopferungsvoll dient.«

»Aber Ihr könnt seine Entscheidung doch nicht gutheißen«, entgegnete Meister Bou-raiy.

Ohne zu antworten, wandte sich Vater Agronguerre von dem Mann ab und schaute auf das trostlose Feld mit den geschundenen Menschen, sichtlich betroffen von dem traurigen Anblick.

»Ehrwürdiger Vater!«

»Keine Sorge, ich habe nicht vor, St. Mere-Abelle für die Pestkranken zu öffnen«, sagte Agronguerre, »und ich hege auch nicht die Absicht, hinauszugehen und mich Bruder Francis anzuschließen. Aber ebenso wenig kann ich an der Entscheidung des Mannes etwas Verwerfliches finden. Nein, ich bewundere ihn und fürchte, der einzige Grund, weshalb ich nicht dort draußen an seiner Seite bin, ist …« Er machte eine Pause und wandte sich zu Bou-raiy um. »Der Grund dafür ist meine Angst, Bruder. Ich bin alt und habe nicht mehr viele Jahre zu leben. Ich fürchte mich nicht vor dem Tod, nein, das ist es nicht. Aber ich habe Angst vor der Pest.«

Fio Bou-raiy wollte sich über Francis auslassen, wollte ihn einen Narren schimpfen und sein Verhalten als Katastrophe für die Kirche bezeichnen, falls sein Beispiel Schule machte, aber er verkniff es sich. Er glaubte ohnehin nicht, dass Vater Agronguerre andere ermutigen würde, Bruder Francis zu folgen, oder dass Agronguerre sogar selbst auf das Feld hinausgehen würde. Und obwohl ihm nicht gefiel, dass Francis für sein törichtes Verhalten gepriesen wurde, betrachtete er dies als verhältnismäßig geringen Preis, den zu entrichten er bereit war. Denn Bruder Francis würde ohnehin bald tot sein, glaubte Fio Bou-raiy, und dies würde beweisen, wie töricht es war, freiwillig der Pest entgegenzutreten.

»Was Euch hier hält, ist reiner Pragmatismus, ehrwürdiger Vater«, sagte er leise.

»Findet Ihr?«, fragte Agronguerre verächtlich, wandte sich um und ging.

Fio Bou-raiy schaute auf das Feld hinaus. Er erblickte Francis, der mit seinem Seelenstein ein weiteres der jammernden Opfer zu kurieren versuchte. Bou-raiy schüttelte den Kopf. Nein, in diesem Punkt war er völlig anderer Meinung als Agronguerre. Für ihn gab Francis ein schlechtes Beispiel ab, denn er bestärkte die ignoranten Bauern in ihrer Auffassung, dass die Kirche in diesen verzweifelten Zeiten eine aktivere Rolle spielen sollte.

Fio Bou-raiy schlug mit der Hand gegen das Gemäuer. Bald würden sie ihre Kräutermischungen bekommen, aber er hoffte beinahe, dass die Bauern St. Mere-Abelle vorher angreifen würden. Nein, eigentlich wollte er keinen von ihnen umbringen, obwohl er fand, dass es vermutlich ein Segen für die armen Lumpen wäre. Aber falls es dazu kam, würde er, Fio Bou-raiy, mit seinem Schuss nicht auf einen ignoranten Bauern zielen. Nein, er würde einen bestimmten abellikanischen Mönch töten.

»Tut es!«, befahl König Danube in so scharfem Ton, dass Herzog Kalas zusammenzuckte.

»Ihr würdet das dem Thron entgegengebrachte Wohlwollen gefährden, nur um –«, versuchte Kalas einzuwenden.

»Tut es, und zwar sofort!«, unterbrach ihn König Danube. Sein Tonfall ließ keinen Widerspruch zu. »Sofort!«

Kalas sah rasch zu Constance Pemblebury hinüber.

»Ich sagte sofort!«, wiederholte Danube.

Kalas salutierte seinem König, indem er sich auf die Brust schlug, eine formelle Geste zur Bestätigung eines empfangenen Befehls, die zwischen den beiden Freunden nicht oft vorkam. Dann wandte er sich um und stürmte aus dem Raum, seine Stiefel bei jedem Schritt laut klackend.

König Danube sah Constance an und seufzte.

»Es schmerzt Herzog Kalas, etwas zu tun, das der abellikanischen Kirche hilft«, versuchte sie ihn zu beruhigen.

»Schon möglich, aber daran lässt sich momentan nichts ändern«, sagte Danube kopfschüttelnd. Ihm war völlig klar, was seine Pflichten als König von ihm verlangten: Er musste Ursals Abtei genauso gut schützen, wie er Schloss Ursal schützte. Denn obwohl die Ordensbrüder durchaus in der Lage waren, die Bauernhorde vor den Toren der Abtei in Schach zu halten, war es die Pflicht der Krone, der Kirche beizustehen.

Daran gab es nichts zu rütteln.

Er und Constance saßen einige Minuten lang schweigend da und versuchten, trotz der plötzlichen, wenn auch nicht unerwarteten Krise die Ruhe zu bewahren.

Dann vernahmen sie in der Ferne einen wütenden, kollektiven Aufschrei, vermutlich von den Pestkranken, gefolgt von einem ohrenbetäubenden Krachen.

»Sie greifen die Abtei an«, bemerkte Constance.

Dann hörten sie lautes Hufgetrappel, und allmählich wurden aus den wütenden Schreien der Kranken schmerzerfüllte Klagelaute, die selbst im Schloss noch zu vernehmen waren.

Danube und Constance wussten, dass die Allheart-Ritter mit der ihnen eigenen Brutalität und Effizienz ins Geschehen eingegriffen hatten und dass die Bedrohung, der Ursals Abtei ausgesetzt gewesen war, urplötzlich wieder vorüber war.

König Danube blickte zu Constance hinüber und sah ihren schmerzerfüllten Gesichtsausdruck. Dies war für sie alle sehr schwer. Das Verstecken, die Hilflosigkeit, die schmerzvolle, aber notwendige Demonstration der Stärke.

»Ihr solltet Euch ein wenig um Merwick und Torrence kümmern«, sagte Danube.

»Herzog Kalas wird bald zurückkommen, und seine Laune wird noch schlechter sein«, erwiderte Constance.

Danube nickte. »Ich weiß. Trotzdem, geht ruhig mit den Kindern spielen«, meinte er unbeirrt. »Herzog Kalas ist Mitglied des Hofes und der von mir ernannte Befehlshaber der Allheart-Brigade. Er muss meine Anordnungen befolgen, und wenn nicht, enthebe ich ihn seines Amtes.«

Constance hob eine Augenbraue und warf Danube einen skeptischen Blick zu.

Danube wusste, was dieser Blick besagte. In diesen schweren Zeiten Kalas abzuberufen würde den Allheart-Rittern nicht gefallen, denn sie schätzten den Mann. Aber Danube wusste, dass es ohnehin nicht so weit kommen würde. Kalas war sturköpfig, und man durfte seinen Hass auf die abellikanische Kirche nicht unterschätzen, aber letzten Endes war er Danubes Mann, ein wahrer Freund. Er und seine Ritter hatten mit Sicherheit ganze Arbeit geleistet, und bald würde dieser unschöne Zwischenfall wieder vergessen sein.

Constance schien zu demselben Schluss gelangt zu sein, denn sie erhob sich von ihrem Stuhl, ging zu König Danube, gab ihm einen Kuss und verließ den Raum.

Wenige Minuten später kehrte Kalas zurück.

»Fast fünfzig Tote«, erklärte er mürrisch, »auf den Straßen niedergetrampelt.«

»Und Eure Ritter?«, fragte Danube.

Kalas verzog das Gesicht, als wäre allein der Gedanke, dass ein paar armselige Bauern seine Allhearts verwunden könnten, eine Beleidigung.

»Dann lief ja alles wie geplant«, fuhr der König fort. »Wir haben die Abtei verteidigt, so wie unsere Absprache mit der abellikanischen Kirche es verlangt, und wir haben die Bauern daran erinnert, dass selbst in Zeiten der Pest die Gesetze befolgt werden müssen.«

Wenn es doch nur so einfach wäre!, fügte Danube in Gedanken hinzu, denn trotz aller Absprachen mit den Abellikanern machte die Vorstellung, dass seine geschätzten Allhearts soeben fünfzig seiner Untertanen umgebracht hatten, ihm mehr zu schaffen, als er sich anmerken ließ.

Und Kalas empfand offenbar genauso, fiel Danube auf, denn der Herzog setzte sich auf den von Constance frei gemachten Stuhl, legte die Hand ans Kinn und starrte nachdenklich ins Leere.

Das wütende Gebrüll erstarb, als Marcalo De'Unnero, der selbsternannte Bruder Redlich, sich durch die Reihen der abtrünnigen Brüder und der Bauern aus Palmaris schob und in die kleine Gasse lief, in der die Behreneser sich versammelt hatten.

Die lauten Rufe hatten die dunkelhäutigen Südländer auf die Straße gelockt. Es waren Menschen, die nichts weiter wollten, als in Frieden in ihren Häusern im Hafenviertel zu leben. Aber Bruder Redlich hatte das Wort ergriffen und behauptet, die bloße Anwesenheit der Behreneser sei eine der Ursachen für Gottes Zorn, eine der Ursachen für die Pest.

Einer der Behreneser versuchte, sich den heranstürmenden Mönch mit einem Fischhaken vom Leib zu halten, aber De'Unnero trat ihm die Waffe einfach aus den Händen. Mit derselben fließenden Bewegung trat der kampferprobte

Mönch einem daneben stehenden Behreneser die Kniescheibe ein; dann, ohne das Bein abzusetzen, schwenkte er es wieder nach vorne und versetzte seinem ersten Gegner einen mörderischen Tritt in den Unterleib.

De'Unnero spürte, wie der Tiger in ihm erwachte, wie er brüllend danach gierte, die Menschen vor ihm in Stücke zu reißen und zu verschlingen. Beinahe hätte er dem Drang nachgegeben und sich in einen Tiger verwandelt, aber der bewusste Teil in ihm brüllte sogar noch lauter, dass er sich hier, in Palmaris, nicht verraten dürfte, denn das würde seinen sicheren Untergang bedeuten – die Stadt hatte schließlich ihren geliebten Baron Bildeborough an genau so eine Raubkatze verloren! Er kämpfte den Drang mit aller Kraft nieder, versuchte sich zu konzentrieren und musste sogar einige Treffer seiner jämmerlichen Gegner hinnehmen, so abgelenkt war er.

Aber dann hatte er sich wieder im Griff. Er sprang vor und landete direkt vor einem Mann, der glaubte, der Mönch sei seinem Ende nahe. Er hob eine riesige Axt und wollte sie auf De'Unneros Kopf niederfahren lassen, aber De'Unnero traf ihn mit einer blitzartigen Links-Rechts-Links-Rechts-Kombination mitten im Gesicht, und die Axt fiel hinter dem verblüfften Mann zu Boden. Er versuchte sie aufzuheben, aber De'Unnero versetzte ihm einen Tritt in die Magengrube, der den Mann endgültig in den Staub schickte. Dann sprang De'Unnero in die Luft und landete mit voller Wucht auf dem Brustkorb des Mannes.

Er hörte das Knacken des zerbrechenden Rückgrats.

De'Unnero riss die Arme hoch und stieß einen siegestrunkenen Triumphschrei aus. Dann schaute er zurück und sah, dass die etwa einhundert abtrünnigen Ordensbrüder und ungefähr doppelt so viele Einwohner von Palmaris auf die Behreneser zustürmten, sie allein durch ihre große Zahl überwältigten und begannen, einen nach dem anderen totzuschlagen.

Was Bruder Redlich aber noch mehr befriedigte, war der

Umstand, dass am Ende der Gasse die Stadtwachen auf ihren Pferden saßen und dem grausamen Spektakel untätig zusahen, obwohl sie so zahlreich waren, dass sie erfolgreich hätten einschreiten können. Aber sie schritten nicht ein. Sie saßen nur da und sahen zu, wie die Bruderschaft der Büßer die gesamte behrenesische Enklave in Palmaris auslöschte.

14. Getragen von Schwingen der Verzweiflung

»Es ist Roger!«, sagte Pony zu Belster, als sie den Mann auf dem Wagen erkannte, der am Südende von Dundalis in das Dorf einfuhr. Das Lächeln auf ihrem Gesicht erstarb jedoch, als sie die trotz des warmen Tages in dicke Decken gehüllte Gestalt neben Roger erkannte.

Es war Dainsey, und Pony konnte sich nur zu gut vorstellen, was geschehen war.

»Sie hat die Pest«, gelangte Belster zu demselben Schluss. »Wieso bringt der Narr sie her?«

Diese für Belster ungewöhnlich hartherzige Bemerkung ließ Pony eine finstere Miene ziehen, die sie dem Schankwirt auch sogleich zeigte.

Die Bemerkung war ihm sichtlich unangenehm, wie Pony sah, aber er blieb weiter verärgert. Pony konnte ihn durchaus verstehen. Dundalis war von der verheerenden Seuche bislang weitgehend verschont geblieben, aber ein einziger Infizierter konnte das mit einem Schlag ändern. Diejenigen, die die mündlichen Überlieferungen über die Pest kannten, wussten, dass die Seuche binnen kürzester Zeit ganze Landstriche entvölkern konnte.

Aber ohne auch nur ein Wort mit Roger gewechselt zu haben, konnte Pony auch verstehen, warum Roger hergekommen war. Als der Wagen näher rollte, sah sie seinen verzweifelten Gesichtsausdruck, den flehenden Blick in seinen Augen, den stummen Hilfeschrei auf seinen Lippen.

Einige Leute traten auf den Wagen zu und begrüßten Roger, aber er winkte sie fort. »Haltet euch in sicherer Entfernung!«, rief er, und die Mienen der Dörfler erstarrten.

Sie wussten es. Jeder im Königreich wusste es.

Dann sah Roger Jilseponie, die letzte Hoffnung für seine geliebte Dainsey. »Pony!«, rief er mit schwacher Stimme.

Sie eilte zu dem Wagen und ergriff die Zügel des Pferdes, um es anzuhalten.

»Bleib zurück«, warnte Roger sie. »Oh, Pony, es hat Dainsey erwischt. Sie hat die Pest!«

Pony nickte betroffen, ging an dem Pferd vorbei und kletterte auf den Kutschbock. Sie hob den Rand von Dainseys Kapuze und fühlte ihr die Stirn.

Dainseys Zähne klapperten, aber sie hatte kein Fieber.

Pony seufzte. »Du gibst dir ja große Mühe, Roger, aber du hast sie falsch behandelt«, erklärte sie. Sie schlug Dainseys Kapuze zurück und nahm ihr die dickste Decke von den zerbrechlichen Schultern.

»Ich habe alles versucht …«, sagte Roger. »Ich ging nach St. Precious, zu Abt Braumin, aber –«

»Er hat euch abgewiesen«, beendete Pony den Satz. Roger nickte bloß.

»Nun, hier werdet ihr nicht abgewiesen«, versprach ihm Pony und hob Dainsey vom Kutschbock – wie leicht die Frau war! »Folge mir zur Geselligen Runde«, wies sie an.

»Kannst du sie heilen?«, fragte Roger.

Pony hörte den hoffnungsvollen Unterton in seiner Stimme und sah, wie sich seine Miene plötzlich aufhellte. Sie wollte antworten, ja, sie könne sie heilen, aber sie wusste, dass falsche Hoffnung schlimmer war als gar keine Hoffnung, und sie wollte Roger nicht belügen.

»Ich werde es versuchen«, versprach sie und wandte sich ab, um mit Dainsey vom Wagen zu steigen.

Roger packte ihren Arm, und sie wandte sich zu ihm um und sah seinen verzweifelten Blick.

»Es ist die Rotflecken-Pest, Roger«, sagte sie. »Bisher sind alle meine Heilversuche gescheitert. Jeder, den ich behandelte, ist gestorben. Aber ich werde es versuchen.«

Roger sog zischend die Luft ein und stand einen Moment lang schwankend da. Dann sammelte er sich und nickte.

Pony brachte Dainsey in ihr Zimmer über der Geselligen Runde, nahm ihren Hämatit und versank in dessen magischem Strudel. Sobald ihr Geist in Dainseys geschundenen Leib glitt, wusste sie jedoch, dass sie keine Chance hatte. Der ganze Körper der Frau war vom grünen Pesteiter durchdrungen.

Pony versuchte es trotzdem, aber nach wenigen Augenblicken musste sie sich unweigerlich selbst der todbringenden Pest-Dämonen erwehren und konnte Dainsey nicht helfen.

Kurz darauf fand sie sich in ihrem eigenen Körper wieder und rutschte von der Bettkante. Ihre Beine vermochten sie nicht mehr zu tragen, so sehr hatte der Kampf gegen die Dämonen sie erschöpft. Sie kauerte auf dem Boden und hörte Rogers Rufe vor dem Zimmer, dann stand er plötzlich neben ihr.

»Was ist passiert?«, fragte er. »Konntest du sie heilen?«

Ponys Miene sprach Bände. Roger sank neben ihr zu Boden und kämpfte gegen die Tränen.

Pony musste sich zusammenreißen – um Rogers willen – und wandte sich zu ihm und tätschelte seine bebende Schulter.

»Wir geben nicht auf«, versuchte sie ihm Mut zu machen. »Wir werden es mit Heilsalbe und einem Kräutertrunk probieren. Und ich werde wieder meinen Geist in sie hineinschicken, das verspreche ich dir.«

Roger sah ihr in die Augen. »Du wirst sie nicht retten«, sagte er.

Pony wusste nicht, was sie darauf entgegnen sollte.

Sie siechten auf dem Feld vor St. Belfour dahin, so wie sie vor allen Abteien im Bärenreich dahinsiechten, die bemitleidenswerten Kranken, die überall vergebens auf Hilfe hofften. Denn die Rotflecken-Pest war nun mit aller Macht auch in Vanguard eingefallen.

In St. Belfour selbst war die Lage nicht weniger dramatisch. Zwar war die Pest noch nicht hinter die Abteimauern gelangt, aber für die sanftmütigen, von Vater Agronguerre zu bedingungsloser Nächstenliebe erzogenen Ordensbrüder war der Anblick ihrer leidenden Landsleute zutiefst erschütternd. Nachdem die ersten Berichte über die Pest in Vanguard nach St. Belfour gelangt waren, hatten Abt Haney und Bruder Dellman sich in Haneys Arbeitszimmer zusammengesetzt und besprochen, was zu tun war. Eigentlich hatten die beiden dieselbe Auffassung von Nächstenliebe, und trotzdem hatten sie sich nicht einigen können, was zu tun war, ob sie helfen sollten oder nicht. Natürlich war ihnen die Kirchen-Doktrin hinsichtlich der Rotflecken-Pest bekannt, aber sie waren keine Männer, die freiwillig bedürftige Menschen im Stich ließen. Und so diskutierten sie, stritten sich, schrien sich an – und wurden sich immer mehr bewusst, in welch tückischem Dilemma sie steckten.

Und letzten Endes taten sie das, was die Kirche vorschrieb: Sie schlossen ihre Tore. Anfangs versuchten sie, die Leute zu überzeugen, dass es am besten wäre, wieder nach Hause zu gehen, und als dies fehlschlug, erklärten die Mönche sich bereit, sie so gut es ging mit Nahrungsmitteln zu versorgen. Und die Menschen, die ihrer Abtei viel näher standen als die Bevölkerung im Süden den dortigen Abteien, hatten diese Großzügigkeit zu schätzen gewusst und waren Abt Haneys Ansinnen nachgekommen. Sie hatten sich in zwei Gruppen aufgeteilt, deren Lager von einer breiten in den Wald führenden Schneise getrennt waren, damit die Mönche gefahrlos ihre täglichen Arbeiten verrichten konnten, vor allem jagen und Holz sammeln. Den Großteil ihrer Beute bekamen ohnehin die Pestkranken.

Aber trotz allen Verständnisses und der guten Zusammenarbeit auf beiden Seiten blieben Haney und Dellman Gefangene ihrer Furcht und ihrer Hilflosigkeit.

Jeden Tag und jede Nacht Nacht hörten sie das Wimmern der Todgeweihten.

»Ich halte das nicht länger aus«, sagte Dellman eines Morgens zu dem Abt. Er war gerade von der Mauer heruntergekommen und hatte mit angesehen, wie die Opfer der vergangenen Nacht verbrannt worden waren, darunter zwei Kinder.

Abt Haney hob die Hände und zuckte hilflos mit den Schultern.

»Ich werde hinausgehen«, erklärte Bruder Dellman.

»Zu welchem Zweck?«

Jetzt war es Dellman, der mit den Schultern zuckte. »Ich hoffe, Ihr gebt mir einen Seelenstein, damit ich wenigstens versuchen kann, das Leid der Menschen ein wenig zu lindern.«

»Ihr kennt doch die alten Kinderreime, Bruder Dellman«, erwiderte Abt Haney. »Und Ihr wisst, wie die Kirche dazu steht.«

»Natürlich«, sagte Dellman. »Es ist wahrscheinlicher, dass ich mich infiziere, als dass ich jemanden heilen werde. Wir sollen unsere Tore und unsere Ohren verschließen und in unseren Abteien bleiben und über die höheren Aspekte des Lebens und des Glaubens philosophieren.« Er stieß ein hilfloses, zynisches Lachen aus. »Wir sollen lebenswichtige Fragen diskutieren, zum Beispiel ob uns an der Himmelspforte ein Dutzend oder nur ein halbes Dutzend Engel empfangen.«

»Bruder Dellman«, ermahnte ihn Abt Haney, bevor Dellman sich zu sehr in seine Ausführungen hineinsteigern konnte.

Dellman lenkte ein und nickte, denn er wusste, dass sein Freund genauso litt wie er selbst.

Sie standen sich gegenüber und sahen sich wortlos an.

»Ich werde die Abtei verlassen«, verkündete Dellman nach einer Weile. »Ich halte das nicht mehr aus. Werdet Ihr mir einen Seelenstein geben?«

»Bitte, verlasst uns nicht«, sagte Haney leise.

»Ich muss«, sagte Dellman kopfschüttelnd.

»Ihr haltet das nicht mehr aus«, sagte Haney. »Mir geht es genauso. Aber Ihr müsst die Abtei nicht verlassen, denn wir werden unsere Tore öffnen und die Menschen hereinlassen.«

Dellman riss schockiert die Augen auf. Das hatte er nicht erwartet. »Ich … ich muss es einfach tun«, stammelte er. Er wollte seine Bruderschaft nicht mit in den Untergang reißen. »Ich wollte nicht, dass Ihr …«

»Glaubt Ihr, ich würde das Weinen der Menschen nicht hören?«, fragte Haney.

»Aber die Übrigen …«

»Werden die freie Wahl haben«, erklärte Haney. »Ich werde ihnen meine Pläne vortragen und ihnen sagen, dass es nicht verwerflich wäre, wenn sie das Schiff in den Süden nehmen, das ich ihnen bereitstellen werde. Diejenigen, die gehen möchten, können gehen. Abt Agronguerre wird sie in St. Mere-Abelle willkommen heißen. Und aus St. Belfour werden wir eine Heilstätte machen, oder zumindest eine Stätte, an der wir versuchen, den Menschen zu helfen.« Er erhob sich von seinem Stuhl, kam um seinen Schreibtisch herum und trat auf Dellman zu. Dieser fiel ihm dankbar und erleichtert in die Arme. Denn Holan Dellman war in der Tat mit den Nerven am Ende, und Haneys kühner Entschluss hatte ihm soeben neue Kraft gegeben.

»Ihr solltet nicht hier sein, mein Freund«, sagte Prinz Midalis zu Andacanavar, als dieser unerwartet in Pireth Vanguard auftauchte. »Unsere Befürchtungen sind wahr geworden: Im ganzen Land wütet die Pest. Geht nach Norden in Eure Heimat, mein Freund, in die gesunde Luft Alpinadors.«

»Sie ist nicht mehr gesund«, sagte Andacanavar ernst, und Midalis verstand.

»Ich weiß nicht, wie ich Euch helfen soll«, erwiderte er. »Wir haben Rezepturen für eine Salbe und einen Kräutertrunk, die die Schmerzen lindern sollen, aber das wird niemanden von der Pest heilen.«

»Vielleicht schafft es der Winter«, sagte Andacanavar. »Vielleicht wird die eisige Winterkälte die Pest aus dem Land treiben.«

Prinz Midalis nickte, scheinbar hoffnungsvoll, aber er kannte die bittere Wahrheit über die Rotflecken-Pest und wusste, dass die Infizierten im rauen Klima Alpinadors nur umso schlimmer leiden würden.

Sie griff erneut die Pest an und wurde abermals von ihr zurückgeschlagen. Sie versuchte es mit neuen Stein-Kombinationen – und ebenso mit verschiedenen alten – und wurde ein ums andere Mal von der Pest besiegt. Sie versuchte es mit der Heilsalbe, dem Kräutertrunk und zahllosen Gebeten, aber es war alles vergebens. Pony gelangte zu dem Schluss, dass sie Dainsey nicht retten konnte, und wenn sie sich vor Augen führte, wie weit sich die Krankheit in Dainseys Körper ausgebreitet hatte, beschlich Pony allmählich die Furcht, dass es nun auch sie erwischen würde. Ja, Pony ging davon aus, dass Dainsey zu behandeln ihren eigenen Untergang bedeutete. Und doch konnte sie nicht aufhören. Jedes Mal, wenn sie Rogers verzweifelte Miene sah, wusste sie, dass sie es erneut versuchen musste.

Eines Abends nach einem weiteren vergeblichen Versuch ritt sie auf Greystone in das Wäldchen mit der Baumhöhle, in der sie das Orakel heraufzubeschwören pflegte. Sie musste mit Elbryan reden, zum einen, um ihn darüber zu informieren, dass sie ihm möglicherweise bald auf die andere Seite folgen würde, zum anderen, um eventuell neue Erkenntnisse zu erhalten. In diesem Moment brauchte sie einfach seine Nähe, musste wissen, dass er im Herzen bei ihr war.

Als sie vor der Baumhöhle eintraf, war es so dunkel, dass sie vor dem Eingang eine brennende Kerze aufstellen musste, um in der Höhle etwas erkennen zu können. Sie setzte sich hin und starrte mit halb geschlossenen Augen in den Spiegel, in Gedanken nach Elbryan rufend.

Dann war er mit einem Mal bei ihr.

Aber Elbryans Silhouette verblasste sogleich wieder und wurde durch ein anderes, verschwommenes Bild ersetzt, das Pony lange nicht zu deuten wusste.

Aber dann wurde es immer klarer, bis Pony erkannte, was es war.

Es war Avelyns versteinerter Arm.

»Du solltest euer Lager am Bach aufschlagen«, sagte Bradwarden aus sicherer Entfernung zu Pony.

»Und du kundschaftest heute Nacht weiter den Weg aus, während ich mich um Dainsey kümmere?«, fragte Pony.

Der Zentaur schaute verdrossen. »Du solltest dich lieber hinlegen«, sagte er. »Du bist seit fünf Tagen ununterbrochen auf den Beinen – seit ihr Dundalis verlassen habt. Selbst Symphony ist erschöpft, und das will etwas heißen.«

Pony wollte etwas einwenden, verkniff es sich aber und nickte bloß, denn Bradwarden hatte Recht. Nach ihrer Vision bei dem Orakel war sie umgehend nach Dundalis zurückgekehrt, hatte Roger und Dainsey geweckt und anschließend in Gedanken nach Symphony gerufen, das einzige Pferd auf der Welt, das stark genug war, um sie und Dainsey rechtzeitig in den Barbakan zum Berg Aida zu bringen, wo sie Dainsey womöglich doch noch retten konnte.

Der Hengst war fast augenblicklich erschienen, als hätte er nur auf diesen Moment gewartet, als hätte er gewusst, dass er und Pony diese Reise unternehmen würden.

Sie waren noch in derselben Nacht aufgebrochen. Roger war todtraurig, als Pony ihm unmissverständlich klarmachte, dass er nicht mitkommen konnte, weil Greystone trotz seiner unbändigen Kraft niemals mit Symphony würde mithalten können. Zwei Tagesritte nördlich von Dundalis hatte Pony von unerwarteter Seite Hilfe bekommen, als ihnen Bradwarden über den Weg lief. Der Zentaur, der die Kraft und das Durchhaltevermögen eines Pferdes und die Intelligenz eines Menschen besaß, hatte sich bereit erklärt, bis tief in die Nacht den vor ihnen liegenden Weg zu erkunden und sie anschließend über die beste und schnellste Route zu unterrichten.

Symphony trug Pony und Dainsey in atemberaubender Geschwindigkeit durch das Land. Pony half Symphony mit ihrem Malachit – mit dem sie auf magische Weise den Weg vor ihnen beleuchtete – und mit dem Hämatit – mit dem sie sich auf Geistreise begab und zahllosen Waldtieren Kraft aussaugte, um sie auf Symphony zu übertragen. Nach inzwischen fünf Tagen hatten sie hunderte Meilen zurückgelegt. In der Ferne war schon die Gebirgskette des Barbakan zu sehen.

Es war gut, dass sie ihr Ziel bald erreichen würden, denn obwohl Pony sich unermüdlich um Dainsey kümmerte, war Dainsey mit den Kräften am Ende. Sie konnte Pony nicht einmal mehr antworten und verbrachte Tag und Nacht im Delirium. Dainsey konnte jeden Augenblick sterben, wusste Pony. Deswegen konnte sie nur beten und hoffen, dass Dainsey durchhalten würde, bis sie den zerborstenen Gipfel des Aida erreichten, und dass Ponys Interpretation ihrer Vision sich als richtig erweisen würde.

Der Gedanke, zurückzukehren und Roger zu berichten, dass Dainsey gestorben sei, brach ihr fast das Herz.

Sie erreichten den Bach und schlugen ihr Lager auf. Bradwarden blieb noch eine Weile in der Nähe, dann verschwand er im Wald, um den Weg zu erkunden. Zu Ponys Überraschung kehrte er jedoch wenig später zurück und sah nicht sonderlich glücklich aus.

»Goblins«, sagte er. »Ich wusste doch, dass wir den Biestern begegnen würden.«

»Wie viele?«, fragte sie, nahm ihr Schwert und schnallte es an ihre Hüfte; dann prüfte sie ihren ledernen Steinbeutel.

»Eine kleine Bande«, antwortete Bradwarden. »Vielleicht können wir sie umgehen.«

Pony schüttelte den Kopf. »Dafür haben wir keine Zeit.«

»Was hast du vor?«, fragte der Zentaur. »Wenn du sie mit deinen Feuerbällen angreifst, machst du die Kerlchen erst richtig wild. Ich finde einen anderen Weg für uns.«

»Kein Zeit«, sagte Pony grimmig. Sie sattelte Symphony und stieg auf.

»Goblins brachten Elbryans Onkel Mather um«, sagte Bradwarden unvermittelt. »Und der war ein ebenso guter Kämpfer wie du.«

»Aber er besaß nicht das hier«, sagte Pony und schüttelte den ledernen Steinbeutel. Dann versetzte sie Symphony einen Tritt in die Flanken, und der prächtige Hengst preschte los.

Sie trug das Stirnband mit dem Katzenauge und hatte daher keine Schwierigkeiten, im Dunkeln zu sehen. Wenig später bemerkte sie zwischen den Ästen eines Baumes eine Bewegung: zwei Goblin-Wachen zum Schutz ihres in einer kleinen Lichtung aufgeschlagenen Lagers.

Pony warf einen Blitzschlag in den Baum; die Goblins fielen von den Ästen und blieben geblendet auf dem Boden liegen.

Pony ritt an ihnen vorbei auf die Lichtung. »Verschwindet von hier!«, rief sie. Symphony bäumte sich auf, als sie ihr Schwert zog, obwohl sie in der anderen Hand die Waffen – einen Serpentin und einen Rubin – hielt, die sie eigentlich zu benutzen gedachte.

»Verschwindet! Verschwindet!«, rief sie erneut.

Die Goblins schrien auf, rannten kopflos umher und bedachten Pony mit wüsten Verwünschungen. Plötzlich stürmte von der Seite eines der kleinen Ungeheuer auf sie zu und schleuderte einen Speer auf Pony.

Pony duckte sich und wehrte den Speer mit ihrem Schwert ab. Aber die übrigen Goblins gewannen neues Selbstvertrauen, als sie den kühnen Angriff ihres Gefährten sahen, und stürmten nun ihrerseits auf sie los.

Pony warf einen Feuerball, dessen Wucht die Goblins von den Beinen holte. Einige wurden auf der Stelle eingeäschert, andere brannten lichterloh und schrien vor Schmerz und Entsetzen. Diejenigen, die von dem Feuerball nicht verletzt worden waren, rappelten sich wieder auf: Einige ergriffen die Flucht, andere standen nur verwirrt da, und wieder andere, die Hartnäckigen unter ihnen, stürmten abermals auf Pony zu.

Pony hob die Hand und warf einen weiteren Feuerball, der den ersten heranstürmenden Angreifer in Flammen setzte; dann, mit einer leichten Handbewegung, schleuderte sie ein zweites Geschoss auf den nächsten Goblin, der sich augenblicklich in eine lebende Fackel verwandelte.

Danach setzte sie einen dritten Goblin in Flammen, worauf der Rest der heranstürmenden Ungeheuer stoppte, herumwirbelte und schreiend in den Wald floh.

Als Pony zu ihrem Lager zurückkehrte, sah sie, dass Bradwarden noch immer auf die arme Dainsey aufpasste.

»Gut gemacht«, sagte der Zentaur, denn selbst von hier aus hatte er Ponys Demonstration ihrer Stärke beobachten können.

»Es hat gereicht«, entgegnete sie. »Du kannst jetzt losziehen und den morgigen Weg erkunden.«

Am nächsten Tag kamen sie ohne weitere Schwierigkeiten voran – nirgends war eine Spur von den überlebenden Goblins zu sehen. Vor Einbruch der Dunkelheit erreichten sie die

Ausläufer des Gebirges, und Pony schlug ihr Lager zwischen einer Ansammlung bizarr geformter Felsbrocken auf.

Etwas später traf Bradwarden ein, hielt sich aber zwanzig Schritte von Pony entfernt.

»Wirst du heute Nacht wieder vorausgehen?«, fragte sie. Der Zentaur blickte skeptisch auf den steil ansteigenden Weg. »Zu viele Felsen, zu viele Hügel und kleine Schluchten«, antwortete er. »Ich würde in der Dunkelheit an einer Goblin-Horde vorbeikommen und sie glatt übersehen. Und ich finde, du solltest Symphony hier lassen – der Weg ist so steil, dass der Hengst dich eher langsamer machen als dir helfen würde.«

»Dann warte hier auf mich«, erwiderte Pony, »mit Symphony. Ich werde morgen allein mit Dainsey weiterziehen.«

»Du wirst sie ein langes Stück tragen müssen«, gab Bradwarden zu bedenken.

Pony nickte. Dann würde sie sie eben tragen.

Sie brachen weit vor dem Morgengrauen auf, früher als Pony geplant hatte, denn im Laufe der Nacht hatte sich Dainseys Zustand zusehends verschlechtert. Sie hatte sich mit den Händen in Ponys Kleidung gekrallt, als klammere sie sich mit letzter Kraft ans Leben.

Pony war klar, dass Dainsey nicht mehr viel Zeit blieb. Sie hatte viele Menschen sterben sehen – zu viele –, und kurz nach Mitternacht war ihr bewusst geworden, dass der Tod seine Hand nach Dainsey ausstreckte. Deswegen waren sie noch in der nächtlichen Finsternis aufgebrochen, zuerst auf Symphony, und als der Weg zu steil für den Hengst wurde, hatte Pony ihn zu Bradwarden zurückgeschickt und Dainsey auf den Rücken genommen. Schritt um Schritt kämpfte sie sich voran, anfänglich die Minuten zählend, dann die Stunden.

Sie schleppte Dainsey unermüdlich durch die Nacht und gönnte sich nur kurze Erholungspausen. Bei einer dieser Pausen glaubte sie, Dainsey sei eingeschlafen, und legte sie besonders behutsam auf den Boden.

Aber dann riss Dainsey die Augen auf.

»Dainsey?«, fragte Pony und beugte sich zu ihr hinunter. Sie merkte, dass Dainsey sie weder sah noch hörte. Sie wedelte mit ihrer Hand vor Dainseys Augen – oh, dieser seltsame Blick!

Nichts. Dainsey sah sie nicht.

Sie begann sich wild umherzuwerfen.

»Nein, nein«, schimpfte Pony, »nein, verfluchter Tod, die kriegst du nicht! Nicht jetzt! Nicht nach all der Schufterei!«

Aber sie wusste, dass sie nichts tun konnte. Dainseys Ende nahte. Pony schaute verzweifelt nach oben, denn sie waren kaum hundert Schritte von der Biegung entfernt, hinter der sie den Aida und seinen zerborstenen flachen Gipfel erblicken würden, auf dem Avelyns mumifizierter Arm aus dem Fels ragte. Warum waren der Tod und der allmächtige Gott so grausam, sie bis auf eine Meile an ihr Ziel herankommen und Dainsey erst dann sterben zu lassen?

»Nein, nein«, stammelte Pony immer wieder und riss, ohne sich dessen richtig bewusst zu sein, gewaltsam den Lederbeutel auf. Die Edelsteine fielen auf den Boden, einen aber behielt Pony in der Hand. Einen grauen Hämatit, ihren Seelenstein.

Sie ließ sich in dessen Magie fallen, trat aus ihrem Körper und schwebte in Dainseys geschundenen Leib. Die Pest war überall; ein betäubender Gestank schlug ihr entgegen, überall Bilder innerer Zersetzung.

Pony griff mit aller Kraft an, vor lauter Verzweiflung ihr eigenes Wohlergehen vergessend. Sie schöpfte den suppigen grünen Eiter aus den Eingeweiden, schleuderte ihn zu Boden, kratzte ihn aus Dainseys Lungen. Sie kämpfte mit fieberhafter Energie, konzentrierte alles, was sie hatte, auf die winzigen Pest-Dämonen.

Dann war es vorüber, und sie hockte erschöpft auf dem Boden und weinte.

Dainsey war noch am Leben – Pony hatte ein bisschen Zeit

gewonnen. Aber wie viel? Und wie sollte sie weitergehen, wo sie schon jetzt kaum aufstehen konnte?

Sie stand dennoch auf, ging zu Dainsey, schlang die Arme um sie und hob sie mit einem mächtigen Seufzer vom Boden. Halb tragend, halb ziehend erreichte sie die Biegung am Ende des steil ansteigenden Weges. Vor ihnen erhob sich der Aida. Es war ungefähr eine Meile bis zum Plateau. Nur eine Meile! Nachdem sie hunderte von Meilen zurückgelegt hatte.

Aber sie würden es nicht schaffen, jetzt nicht mehr. Daineys Gebaren verriet, dass der Tod wieder ganz nahe war, dass die letzte Gnadenfrist ablief.

»Der Malachit«, flüsterte Pony. Dann fiel ihr ein, dass der Stein ein Stück bergab zusammen mit den anderen Steinen im Staub lag. Sie ließ Dainsey behutsam zu Boden gleiten, wandte sich um und lief los, aber sie stolperte und fiel völlig entkräftet hin. Stur wie sie war, begann sie sich wieder aufzurappeln, aber ihr wurde schnell klar, dass es vorüber war. Selbst wenn sie den Stein sofort fände, hätte sie nicht mehr genügend Kraft, um ihn wirkungsvoll einzusetzen.

Es war vorbei.

15. Romeo Mullahys Geist

Sie verhielten sich so unauffällig wie möglich, als sie, wie jeden Tag, kurz vor Sonnenaufgang ins Hafenviertel schlichen, um neue Vorräte zu besorgen. Sie hatten von dem Gemetzel gehört, bei dem die so genannte Bruderschaft der Büßer praktisch die gesamte behrenesische Enklave in Palmaris ausgelöscht hatte.

Die fünf Mönche hatten länger als geplant gebraucht und stellten nun alarmiert fest, dass sie nicht mehr im Schutz der Dunkelheit nach St. Precious heimkehren konnten. In ihren blumenbehängten Kutten eilten sie, lebenden Blumensträußen gleich, von Straßenecke zu Straßenecke, immer auf der Hut, nicht einer Horde von Pestkranken in die Arme zu laufen. Die Einwohner von Palmaris waren momentan nicht gut zu sprechen auf die abellikanische Kirche.

Bruder Castiganis, der die Gruppe anführte, entspannte sich ein wenig, als der geheime Nebeneingang im Gemäuer von St. Precious in Sicht kam. Er hätte seine Gefährten in einem weiten Bogen dorthin führen und dadurch vermeiden können, von den vor der Abtei hausenden Kranken gesehen zu werden, aber Castinagis hielt einen solchen Umweg und die damit verbundene Verzögerung für noch gefährlicher. Er eilte mit seinen Brüdern über die Straße und führte sie auf die Seite des Vorplatzes.

Hinter ihnen erklangen laute Rufe, aber Castinagis war nicht überrascht, denn er hatte gewusst, dass sie das letzte Stück nicht zurücklegen konnten, ohne gesehen zu werden. Aber er war überzeugt, dass er und seine vier Gefährten den Nebeneingang erreichen würden, bevor einer der aufgebrachten Pestkranken auch nur in ihre Nähe kam.

Sie eilten an der Mauer entlang und näherten sich der Tür, sich immer wieder prüfend umblickend.

Sie hätten nach vorne schauen sollen.

Eine Gruppe von Mönchen in schwarzen Kutten mit roten Kapuzen kam um die Ecke der Abteimauer gerannt.

Castinagis blieb wie angewurzelt stehen. Er sah die Geheimtür im Gemäuer – wer den Eingang nicht kannte, würde ihn nicht entdecken –, und wog sogleich die zu überbrückende Distanz gegen die Geschwindigkeit der heranstürmenden Meute ab.

Er ließ sein schweres Vorratsbündel fallen, befahl den Brüdern, dasselbe zu tun, und rannte los, der Wache zurufend, dass sie die Tür öffnen solle.

Und sie wurde einen Spalt breit geöffnet. Castinagis hätte den abtrünnigen Ordensbrüdern entfliehen können, aber seine Gefährten würden es nicht schaffen, daher rannte er an der Tür vorbei und stürmte dem ersten schwarzgewandeten Mönch entgegen. »Schnell, rein!«, rief er seinen Gefährten zu.

Anders Castinagis war ein hervorragender Kämpfer, ein großer, starker Mann mit eisenharten Fäusten und einem Kinn, das einen kräftigen Fausthieb aushalten konnte. Er war in St. Mere-Abelle unterrichtet worden und hatte die Kampfausbildung als einer der Jahrgangsbesten abgeschlossen.

Er wusste nicht, dass er im Begriff war, sich mit seinem einstigen Lehrmeister zu messen.

Er rannte in vollem Tempo auf den Mönch zu und gedachte ihm ein paar Hiebe zu versetzen, augenblicklich kehrtzumachen und zu seinen Gefährten in die Abtei zu eilen.

Zu seiner Überraschung wehrte der Mann seinen ersten Hieb, eine gerade Rechte, mühelos ab, packte sein Handgelenk und drückte seinen Arm herunter. Castinagis versuchte sich mit seiner freien linken Hand zu schützen, als sein Gegner auf ihn zusprang und mit klauenartigen Fingern nach seiner Kehle griff.

Aber dann ließ der Mönch mit der roten Kapuze seine Hand plötzlich sinken und trat mit voller Wucht gegen Castinagis' Ellbogen. Der Knochen zersplitterte. Als Castinagis sich mit der freien Hand an die höllisch schmerzende Stelle griff, schossen die klauenartigen Finger des Mönchs auf seine ungeschützte Kehle zu.

Castinagis spürte, wie er fiel, aber dann wurde er aufgefangen. Ein kräftiger Arm legte sich um ihn, und er verlor das Bewusstsein.

Marcalo De'Unnero sah das Durcheinander vor dem Nebeneingang von St. Precious. Seine Männer waren an ihm vorbeigerannt und hatten die Mönche angegriffen, die aus der Abtei stürmten, um ihrem in die Falle gegangenen Ordensbruder zu helfen.

Dahinter näherte sich der zornige Mob der Pestkranken, Steine werfend und wüste Verwünschungen brüllend. Und hinter ihnen erklang das donnernde Hufgetrappel der Pferde der Stadtwachen, wie De'Unnero wusste.

Es war herrlich.

Er schlang einen Arm um den bewusstlosen Mönch und zog ihn in eine Seitengasse. Viele seiner Mitstreiter folgten ihm.

Sie begannen augenblicklich mit Anders Castinagis' Bestrafung. Bruder Redlich präsentierte ihn als Beispiel für die Sündhaftigkeit der Welt, ein abellikanischer Mönch, der, wie alle braungewandeten Kirchenmänner, von Gottes Pfaden abgekommen war und dadurch die Rotflecken-Pest über die Menschheit gebracht hatte.

Die Pestkranken wollten diese Erklärung glauben – sie brauchten einen Sündenbock – und machten sich wie vom Teufel getrieben über Castinagis her, traten ihm in den Leib, gegen den Kopf, bespuckten und verfluchten ihn.

Von der Abteimauer wurde ein donnernder Blitzschlag geworfen, und dann schien alles drunter und drüber zu gehen.

Um ein Haar wäre es Anders Castinagis' bitteres Ende gewesen, aber dann ritten Soldaten der Stadtwache in die Gasse und trieben den nach Blut lechzenden Mob und die Bruderschaft der Büßer auseinander.

De'Unnero erwog, die Soldaten anzugreifen, einfach das nächstbeste Pferd umzureißen und den darauf sitzenden Soldaten zu töten, aber er wusste, dass dies ein Fehler wäre. Natürlich hatte er keine Angst, aber bisher hatten die Soldaten – und damit letztlich der über die Stadt herrschende Herzog – die Bruderschaft der Büßer nicht von ihren Hetzreden und ihren Angriffen auf die Behreneser abgehalten. Es war besser, die Soldaten nicht gegen sich aufzubringen, sagte sich der listige De'Unnero.

Er wich einem heranstürmenden Soldaten aus und rief zum

allgemeinen Rückzug auf. Niemand verfolgte sie, denn die Soldaten wollten sich ihrerseits nicht mit De'Unnero und seinen Männern anlegen. Nein, sie taten nur das, was das Gesetz von ihnen verlangte: Sie beschützten einen abellikanischen Ordensbruder.

De'Unnero sah, wie sie Castinagis' leblosen Körper vom Boden hochhoben und ihn, zum Schutz vor der aufgebrachten Meute einen engen Verteidigungsring bildend, nach St. Precious brachten.

De'Unnero lächelte versonnen. Ihm war zwar bewusst, dass weiterhin täglich zahllose Menschen an der Pest starben, aber ebenso wusste er, dass die Zahl der Unzufriedenen und Zornigen mit jedem Tag wuchs. Er wusste, dass er in seinem Krieg gegen die abellikanische Kirche zahlreiche Verbündete finden würde – nein, eigentlich war es kein Krieg gegen die abellikanische Kirche, sinnierte er, denn er wollte sie schließlich in ihrer ursprünglichen Form rekonstituieren. Nein, die gegenwärtige Inkarnation seiner geliebten Kirche glich mehr einer Kirche Avelyns oder Jojonahs.

Das würde er rückgängig machen.

Eine Abtei nach der anderen.

Eine *niedergebrannte* Abtei nach der anderen.

»Das war De'Unnero«, lispelte Castinagis mit auf ihre dreifache Größe angeschwollenen Lippen. »Keiner außer ihm bewegt sich so schnell und präzise.«

»Gerüchten zufolge ist er der Anführer der Bruderschaft der Büßer«, sagte Abt Braumin seufzend.

»Dann brauchen wir den Einwohnern von Palmaris ja bloß zu enthüllen, wer er wirklich ist«, schlug Viscenti vor.

Die Tür zu Abt Braumins Arbeitszimmer flog auf, und ein sichtlich erzürnter Herzog Tetrafel stürmte herein.

»Wie seid Ihr ...«, wollte Abt Braumin fragen.

»Seine Soldaten haben uns gerade in höchster Not geholfen«, kam die nervöse Erklärung des Bruders, der an diesem Tag das Eingangstor bewachte.

Abt Braumin verstand: Herzog Tetrafel hatte den Zwischenfall genutzt, um sich Einlass in die Abtei zu verschaffen. Sei's drum, dachte Braumin und entließ den nervösen jungen Mönch mit einem Wink.

»Ich hoffe, Ihr habt Euch der Stein-Untersuchung unterzogen«, bemerkte Braumin, obwohl er davon ausging, dass der Herzog dies nicht getan hatte.

Tetrafel verzog das Gesicht. »Falls Eure Mönche versuchen sollten, mir mit ihren magischen Steinen zu Leibe zu rücken, werden meine Soldaten Eure Abtei niederreißen«, schimpfte er.

»Unsere Regeln und unsere Zufluchtsstätte wurden uns offiziell genehmigt«, entgegnete Braumin.

»Und verschafften meine Soldaten nicht soeben mehreren Eurer Mönche sicheren Zugang in diese Zufluchtsstätte?«, fragte Tetrafel. »Darunter auch Eurem Freund, Bruder Castinagis? Die Leute hätten ihn umgebracht. Und trotzdem wagt Ihr es, mich so zu begrüßen?«

Braumin schwieg einen Augenblick, um die anklagenden Worte zu verdauen. »Verzeiht mir«, sagte er, kam um seinen Schreibtisch herum und verneigte sich respektvoll. »Natürlich stehen wir in Eurer Schuld, Herzog Tetrafel. Aber versteht bitte, wir haben St. Precious zu einem sicheren Ort vor der Rotflecken-Pest gemacht, und um dies auch weiterhin zu gewährleisten, muss jeder Besucher sich einer Stein-Untersuchung unterziehen. Selbst die Mönche, einschließlich meiner Wenigkeit, müssen diese Prozedur über sich ergehen lassen, wenn wir uns hinter das Blumenbeet begeben haben.«

»Und wenn dabei herauskommt, dass Ihr Euch die Pest geholt habt?«, fragte Tetrafel argwöhnisch.

»Dann würde ich St. Precious auf der Stelle verlassen«, antwortete Abt Braumin ohne das geringste Zögern.

Tetrafel lächelte und starrte den Abt ungläubig an. »Dann seid Ihr ein Narr«, sagte er.

Der Abt zuckte mit den Schultern.

»Und falls ich mich anstecken sollte?«, fragte der Herzog listig. »Würde man mir den Zutritt in die Abtei verwehren? Und wenn ja, würden Eure Brüder dann rauskommen und mich behandeln?«

»Ja«, sagte Braumin, »und nein.«

Tetrafel brauchte einen Moment, um sich klar zu machen, was die knappen Antworten bedeuteten, dann blitzte in seinen Augen ein bösartiges Funkeln auf. »Ihr würdet mich sterben lassen?«

»Wir könnten Euch nicht helfen.«

»In den alten Kinderreimen heißt es, dass ein Mönch einen von zwanzig Kranken heilen könne«, entgegnete Tetrafel. »Hätten zwanzig Mönche dann nicht gute Aussichten, ihren Baron und Herzog zu retten?«

»Durchaus.« Abermals hielt Abt Braumin seine Antwort kurz und prägnant.

»Aber Ihr würdet sie trotzdem nicht herausschicken«, sagte Tetrafel.

»Nein«, sagte der Abt.

»Obwohl ich das Leben meiner Soldaten riskierte, um Euren Mönchen zu helfen!«, zischte der Herzog, kaum imstande, sich länger zu beherrschen.

»In dieser Sache dürfen wir keine Ausnahmen machen«, erwiderte Braumin, »weder für einen Adligen noch für einen Abt, ja nicht einmal für den ehrwürdigen Vater. Falls Vater Agronguerre die Pest bekäme, müsste er St. Mere-Abelle auf der Stelle verlassen.«

»Seid Ihr Euch bewusst, was Ihr gerade gesagt habt?«, brüllte Herzog Tetrafel. »Wie könnt Ihr ernsthaft behaupten, dass das Leben von zwanzig bedeutungslosen Mönchen es nicht wert wäre, einen Herzog oder gar Euren eigenen ehrwürdigen Vater zu retten? Dann solltet Ihr dafür beten, dass König Danube sich nicht ansteckt, denn wenn das geschehen sollte und Eure Kirche ihm nicht jede erdenkliche Hilfe gewährte, würde es zwischen Krone und Kirche zum Krieg kommen!«

Abt Braumin bezweifelte das, denn es hatte solche Fälle schon gegeben – ohne dass es zum Krieg zwischen den beiden Institutionen gekommen war.

»Nun kenne ich wenigstens Eure Auffassung von den Dingen«, schnaubte Herzog Tetrafel. »Ich weiß jetzt, wie Ihr die Dinge betrachtet, Abt Braumin. Nehmt zur Kenntnis, dass ich ab sofort keine Verantwortung mehr für die Sicherheit Eurer Ordensbrüder trage, wenn sie sich außerhalb von St. Precious aufhalten. Fortan verlasst Ihr das Abteigelände auf eigene Gefahr!« Dann wandte er sich um und stürmte aus dem Raum.

»Netter Auftritt«, lispelte Castinagis.

Als sollte es die Bemerkung unterstreichen, prallte in dem Moment ein Stein von Braumins Fensterluke ab. Schon den ganzen Tag lang, seit dem frühmorgendlichen Zwischenfall am Nebeneingang, warfen die aufgebrachten Bauern alle möglichen Wurfgeschosse auf die Abtei und den Ordensbrüdern die übelsten Verwünschungen an den Kopf.

»Wir haben die Stadt verloren«, sagte Abt Braumin.

»Wir könnten St. Mere-Abelle um Hilfe ersuchen«, schlug Viscenti vor.

Braumin schüttelte den Kopf. »Vater Agronguerre hat genügend eigene Probleme«, sagte er. »Nein, wir haben die Herzen der Menschen verloren und können sie nicht kurzfristig zurückgewinnen, es sei denn, wir gingen mit unseren magischen Steinen hinaus und versuchten, die Leute zu heilen.«

»Wir könnten jeden Tag Nahrung, Heilsalbe und den Kräutertrunk hinausbringen«, sagte Castinagis.

»Das dürfte die Todgeweihten kaum besänftigen«, erwiderte Braumin.

»Aber hinausgehen können wir auch nicht«, sagte Viscenti.

»Wir werden die Pest von hier aus bekämpfen«, sagte Abt Braumin, »so wie wir es bisher getan haben. Wir werden weiterhin versuchen, unsere Vorräte und Kräutermittel mit den Menschen zu teilen, aber wenn sie uns angreifen sollten – bestimmt unter Bruder Redlichs Führung –, werden wir St. Precious bis aufs Blut verteidigen.«

»Und wenn wir die Abtei verlieren?«, fragte Castinagis.

»Dann fliehen wir aus Palmaris«, antwortete Braumin. »Vielleicht nach Caer Tinella. Dort könnten wir Avelyns erste Kapelle errichten.«

»Dies wurde bislang nicht genehmigt«, merkte Viscenti an.

Braumin zuckte mit den Schultern, als wäre dieser Umstand bedeutungslos. »Vielleicht ist es an der Zeit, sich zu überlegen, ob wir die Kirche des Avelyn gründen sollen. Wenn sie es wollen, in Partnerschaft mit den Abellikanern, wenn nicht, dann eben als getrennte, völlig eigenständige Körperschaft.«

Die beiden anderen Brüder blickten erschrocken drein, als sie Braumins kühne Worte vernahmen, und auch Braumin war sich bewusst, was die Umsetzung dieses Planes bedeuten würde. Die Kirche würde einer solchen Abspaltung natürlich nicht zustimmen und Braumin vermutlich - wieder - zum Ketzer erklären und jeden exkommunizieren, der sich auf seine Seite schlug. Aber sie würden ihm nicht nachstellen, zumindest nicht, solange die Pest wütete, glaubte Braumin zu wissen. Und in diesen Jahren sollte es ihm mit seiner brüderlicheren Einstellung gegenüber der verzweifelten Bevölkerung gelingen, die Position seiner neuen Kirche derart zu festigen, dass die Abellikaner es für das Klügste halten würden, ihn einfach in Ruhe zu lassen.

Noch lange nachdem Viscenti und Castinagis gegangen waren, hing Braumin diesen Wunschvorstellungen nach. Aber letzten Endes wurde ihm bewusst, dass nur ein völlig verzweifelter Narr diesen Plan in die Tat umzusetzen versuchen würde. Sein gegenwärtiges Problem bestand nicht darin, unbedingt eine neue Kirche gründen zu müssen – genau genommen hatten er und seine Mitstreiter die abellikanische Kirche bereits in eine Richtung gelenkt, die der Glaubenslehre von Avelyn und Jojonah und damit seinem eigenen Glauben schon recht nahe kam. Das gegenwärtige Problem war schlicht und einfach die Pest, und selbst wenn Braumin und seine Gefährten sich von der Kirche abspalteten und eine neue Glaubenslehre ausriefen, würde dies nichts gegen die Seuche bewirken. Braumin wäre ihr trotzdem hilflos ausgeliefert.

Der nächste Stein traf die Abteimauer.

Er wandte sich zum Fenster um und lauschte den wüsten Flüchen und Beschimpfungen, mit denen seine Abtei bedacht wurde. Nein, er würde nicht fortrennen. Er und seine Ordensbrüder würden St. Precious bis zum letzten Mann verteidigen. Und falls sich die ganze Stadt gegen sie erhob, würde eben die ganze Stadt zerstört werden.

Braumin hasste seine Gedanken.

Aber er wusste, dass er das Richtige tat.

Pony kniete neben Dainsey, hielt ihre Hand und versuchte, der Frau das Gefühl zu geben, dass jemand sie liebte und dass sie in diesen letzten Augenblicken ihres Lebens nicht allein war. Wie bitter es Pony vorkam, an diesem Punkt aufgeben zu müssen, kaum eine Meile vom Ziel entfernt, obwohl sie im Grunde genommen bezweifelte, dass es Dainsey geholfen hätte, wenn sie das Bergplateau mit Avelyns versteinertem Arm erreicht hätten.

»Lass los, Dainsey«, flüsterte sie, denn sie wollte, dass die Leidenszeit der Frau endlich vorüber war. »Es ist in Ordnung loszulassen.«

Sie wusste nicht, ob Dainsey sie verstand, aber Pony redete weiter und hoffte, damit etwas Gutes zu bewirken.

Dann packte plötzlich eine kräftige Hand Ponys Schulter und zog sie auf die Beine. Sie wandte sich um und erblickte

Bradwarden, der den Lederbeutel mit ihren magischen Steinen in der Hand hielt.

»Was?«, fragte sie ihn.

»Steig mit ihr auf meinen Rücken«, sagte der Zentaur. »Ich werde euch zum Gipfel des Aida bringen.«

»B-Bradwarden, die Pest«, stammelte sie.

»Zum Teufel mit der Seuche«, erwiderte der Zentaur. »Ich würde mich lieber anstecken und sterben, als tatenlos zusehen, wie meine Freunde leiden.«

Pony wollte etwas entgegnen – ihr mitfühlendes Wesen war sogleich besorgt um ihren noch gesunden Freund. Aber hatte sie das Recht zu bestimmen, was Bradwarden oder irgendwer sonst zu tun oder zu lassen hatte? Wenn sie selbst gewillt war, ihren Geist in Dainseys geschundenen Körper zu schicken, und damit das Risiko einging, sich anzustecken, wie konnte sie sich dann anmaßen, Bradwarden davon abzuhalten?

Außerdem musste sie ihm beipflichten. Es gab in der Tat schlimmere Dinge als den Tod.

Sie half Bradwarden, Dainsey auf seinen kräftigen Rücken zu heben, dann kletterte sie auf ihn und setzte sich hinter ihre Freundin.

»Bisher hast du uns nur aus sicherer Entfernung geholfen«, sagte Pony. »Warum der plötzliche Meinungsumschwung?«

»Weil ich dir vertraue, Mädchen«, sagte der Zentaur. »Wenn du überzeugt bist, an dem versteinerten Arm die Pest heilen zu können, bleibt mir nichts anderes übrig, als an dich zu glauben. Zumal du auf Avelyns und Elbryans Anraten hier bist.«

Pony überdachte seine Worte und zuckte mit den Schultern.

»Ich werde versuchen, dass es so wenig wie möglich ruckelt«, versprach der Zentaur.

»Sie bekommt ohnehin nichts mehr mit«, sagte Pony. »Geschwindigkeit ist wichtiger als Bequemlichkeit. Lauf los!«

Und genau das tat Bradwarden, über Pfade preschend, die ihm nur allzu bekannt vorkamen. Er kam an der Innenseite des Barbakan-Ringes herunter und jagte über das weite Feld, auf dem nach der verheerenden Verwüstung durch Avelyns Kampf gegen Bestesbulzibar neue, dichte Gräser gewachsen waren. Dann ging es in vollem Tempo wieder bergauf.

»Ich nehme die Südflanke«, erklärte er. »Es ist der schnellere Weg zum Plateau, aber den letzten Felsvorsprung werde ich nicht schaffen.«

»Ich werde dich aber dort oben brauchen«, sagte Pony.

»Ich komme von der anderen Seite zu euch hoch«, versprach Bradwarden.

Und weiter ging es. Einige Stellen waren so steil, dass Pony absteigen und neben Bradwarden herlaufen musste.

»So, jetzt müsst ihr allein weiter«, verkündete der Zentaur und blieb stehen, als sie den Felsvorsprung erreichten, über dem das Plateau des Aida lag. Bradwarden hob Dainseys scheinbar leblosen Körper in die Höhe und schob sie vorsichtig über die Felskante; dann half er Pony hoch.

»Ich helfe dir mit dem Malachit nach oben«, schlug sie ihm vor, aber der Zentaur winkte ab.

»Ich bin ja gleich da«, sagte er. »Spar dir deine Kraft für Dainseys letzten Kampf.« Dann wandte er sich um und stürmte zu dem Pfad hinunter, der von der anderen Seite des Berges zu dem Plateau hinaufführte.

Pony drehte sich um und starrte auf Avelyn Desbris' versteinerten Arm, der aus dem Fels des zerborstenen Bergplateaus ragte. Bei der Explosion, die das Plateau und die körperliche Manifestation Bestesbulzibars in die Luft gesprengt hatte, hatte Avelyn seinen Arm himmelwärts gehoben, in der Hand Sturmwind und den Beutel mit den magischen Steinen. Aus irgendeinem für Pony unerklärlichen Grund war der Arm weder verwest noch vom ständigen Wind verwittert. Er sah noch genauso aus wie vor Jahren, außer dass das Schwert und die Steine fehlten, und allein sein Anblick genügte, um Pony mit neuer Zuversicht zu erfüllen.

Sie trug Dainsey zu dem Arm hinüber und legte sie davor behutsam auf den Boden.

Was jetzt?

Pony begann zu beten, zu Avelyn und Elbryan und zu jedem anderen, der ihr die richtigen Antworten zu geben vermochte. Dainsey wurde unterdessen immer schwächer in ihrem Kampf gegen das scheinbar unvermeidbare Ende.

Pony nahm ihren Seelenstein und ließ sich in seine Magie fallen, dann drang sie tollkühn in Dainsey Aucombs geschundenen Leib ein. Würde sie hier, an diesem geweihten Ort, ihre Freundin heilen können?

Pony griff die Pest-Dämonen an.

Und wurde zurückgeschlagen.

»Nein!«, rief sie, als sie aus der Trance erwachte und sah, dass Dainsey im Begriff war, ihre letzte Lebenskraft auszuhauchen. »Nein! Es kann keine Lüge gewesen sein!«

»Dies ist mein Vermächtnis für dich«, erklang hinter ihr eine Stimme. Pony wirbelte herum und sah den jungen Mönch Romeo Mullahy vor sich stehen.

Aber er war doch tot! Er hatte sich genau an dieser Stelle in die Tiefe gestürzt, weil er Vater Markwart nicht in die Hände hatte fallen wollen.

Pony stammelte etwas Unverständliches.

»Wer das Blut von meiner Hand kostet, braucht sich nicht länger vor der Pest zu fürchten«, sagte Mullahy.

Pony streckte einen Arm aus – und ihre Hand glitt durch den Mann hindurch! Es war Romeo Mullahy, zumindest sein Geist, denn er hatte tatsächlich eine körperlose Gestalt!

Verzweifelt überlegte Pony, was seine Worte bedeuten mochten.

»Aber du bist doch tot!«, erklang ein Ruf, als weiter hinten Bradwarden auf das Plateau kletterte.

Pony blickte auf Mullahys substanzlose Hände und suchte nach dem Blut, von dem er sprach.

»Ich spreche in Avelyns Namen«, sagte er. »Dies ist Avelyns Vermächtnis an die Welt.«

Pony richtete ihren Blick auf den versteinerten Arm und sah zu ihrer Überraschung und Verzückung, dass an der Hand tatsächlich eine rötliche Flüssigkeit klebte.

Plötzlich stöhnte Dainsey auf, als der Tod seine Arme nach ihr ausstreckte. Aber Pony war schneller: Sie bückte sich, hob Dainseys Gesicht und drückte die Lippen ihrer Freundin an Avelyns Hand.

Die Wirkung war verblüffend: Dainseys Körper wurde augenblicklich schlaff, aber nicht weil sie gestorben war, sondern weil sie sich entspannte! Zum ersten Mal seit Wochen schien es ihr besser zu gehen!

Pony legte sie behutsam zu Boden, dann beugte sie sich vor und küsste selbst die blutende Hand – und das Blut schien nicht zu versiegen.

Sie spürte, wie eine behagliche Wärme ihren Körper durchströmte, und da wusste sie mit letzter Sicherheit, dass sie sich bei Dainsey tatsächlich angesteckt hatte, dass die Pest in ihr war und sich auszubreiten begonnen hatte.

Aber nun war die Pest besiegt, wie Pony ganz deutlich spürte.

Wer das Blut von meiner Hand kostet, braucht sich nicht länger vor der Pest zu fürchten.

Pony schaute auf Dainsey hinab, die friedlich dalag, sich erholte und mühelos atmete. Dann blickte sie zu Romeo Mullahy auf, aber der Geist war verschwunden.

Bradwarden trat auf Pony zu.

»Du hast Blut an den Lippen«, sagte er.

»Avelyns Blut«, sagte sie kopfschüttelnd. »Wer das Blut an seiner Hand kostet, ist von der Pest geheilt. Das sagte –«

»Romeo Mullahys Geist«, beendete der Zentaur den Satz. »Ich sah mit eigenen Augen, wie er sich in den Tod stürzte, um Markwarts und König Danubes Häschern zu entgehen.«

»Aber wie kann das sein?«, fragte Pony.

Bradwarden stieß ein donnerndes Lachen aus und schüttelte den Kopf. »Wenn es um den versteinerten Arm geht, bin ich bereit, alles zu glauben«, sagte er. Dann hielt er einen Moment inne und blickte von Pony auf die noch immer blutende Hand. »Willst du etwas von dem Blut mitnehmen?«

Pony schaute ebenfalls auf die Hand. »Das geht nicht«, sagte sie, und tief in ihrem Herzen wusste sie, dass sie Recht hatte. Jetzt verstand sie alles. »Es ist nicht allein das Blut, sondern auch dieser Ort.«

»Was hast du vor?«, fragte Bradwarden argwöhnisch. »Wir sind weit weg von der Heimat.«

Pony sah ihn entschlossen an.

»Hat Mullahys Geist dir das eingeflüstert?«, fragte der Zentaur.

»Nein«, antwortete Pony gleichmütig. »Avelyns Geist, gerade eben.«

Bradwarden und Pony musterten einander lange, dann beugte sich der Zentaur hinunter und küsste die blutende Hand.

16. Die Vision

Symphony rannte so geschwind wie noch nie und brachte Pony auf dem schnellstmöglichen Weg nach Dundalis. Dainsey war nun allein mit Bradwarden unterwegs, denn der Zentaur konnte mit Symphony nicht Schritt halten. Selbst als der Hengst auf dem Weg in den Barbakan beide Frauen auf dem Rücken getragen hatte, hatte Bradwarden sich anstrengen müssen, um nicht allzu weit hinter Symphony zurückzufallen.

Pony hatte keine Zeit, um auf ihre beiden Freunde zu warten. Nun, wo sie Dainsey außer Gefahr wusste und überzeugt war, dass keine Goblins den Zentaur überraschen würden, galten ihre Bemühungen den übrigen Pestkranken im Bärenreich, die nun schnellstens die Wahrheit über Avelyns Arm erfahren mussten. Tausend verschiedene Fragen schossen ihr durch den Kopf. Konnte sie nun, da sie gegen die Pest immun war, die Infizierten von der Krankheit heilen? Würden die Menschen nun zum Aida pilgern? Wie sollte Pony die Pilger vor Ungeheuern, wilden Tieren und dem Wetter schützen, wenn erst einmal der Winter da war? Und wovon sollten sich die Menschen unterwegs ernähren? Durfte sie abertausenden Kranken Hoffnung machen, nur um sie auf dem Weg zum Aida verhungern zu lassen?

So viele Fragen, so viele Unwägbarkeiten. Aber, rief Pony sich immer wieder ins Gedächtnis, während Symphony sie in rasendem Galopp in den Süden trug, nichts von alledem konnte so schlimm sein wie das, was die Bevölkerung des Königreichs im Augenblick durchmachte, wo die Zahl der Toten mit jedem Tag wuchs.

Mit jeder Minute, ermahnte sich Pony. Sie benutzte den Malachit, um Symphonys Last ein wenig leichter zu machen, den Seelenstein, um die Kraft der Waldtiere auf Symphony zu übertragen, und das Katzenauge, damit Symphony nach Sonnenuntergang den Weg erkennen konnte.

Eines Abends, kurz vor Dundalis, sah Pony eine einzelne Gestalt am Wegrand stehen, und sie war nicht überrascht, als sie erkannte, wer es war.

»Hallo, Roger«, rief sie, mit Symphony auf ihn zureitend.

Der Mann rannte ihr entgegen und fiel vor Aufregung beinahe hin. »Sag schon!«, rief er. »Wo ist Dainsey?«

»Bei Bradwarden, einen Tagesritt hinter mir.«

»Habt ihr es in den Barbakan geschafft?«, stammelte Roger, nicht imstande, die eigentliche Frage auszusprechen. »Konnte Avelyn …«

Pony glitt von Symphonys Rücken herunter, und als sie sich drehte, war ihr strahlendes Lächeln Antwort genug für Roger Flinkfinger. Er explodierte förmlich vor Freude, fiel Pony um den Hals und drückte sie so fest an sich, dass sie kaum Luft bekam.

Wenig später waren sie in Dundalis, und Pony, die durch das von Avelyns Blut bewirkte Wunder neue Kraft gefunden hatte, machte sich sogleich daran, die Pest zu bekämpfen.

Ihr Geist glitt in den Körper eines infizierten Mannes. Sie musste keine Angst mehr haben, denn die Pest-Dämonen konnten sich nicht mehr auf ihren gestaltlosen Armen festsetzen, während sie die Krankheit attackierte, sie von den Knochen und aus den Organen schabte und den grünen Eiter mit ihrer magischen Hitze verdampfen ließ.

Sie blieb lange in dem Mann und reinigte jeden Winkel seines geschundenen Körpers, bis sie keine Pest-Dämonen mehr finden konnte.

Schließlich schwebte sie, erschöpft, aber zufrieden, in ihren eigenen Körper zurück. Sie lehnte sich an die Wand, schloss die Augen und ruhte sich einen Moment aus.

»Ich bin geheilt!«, hörte sie den Mann rufen, dann folgte eine Reihe begeisterter Freudenschreie.

Pony öffnete die Augen und sah, dass sich Roger, Belster, Tomas Gingerwart und mit ihnen viele weitere Dorfbewohner in dem Raum oder draußen vor dem Fenster versammelt hatten und ihr begeistert zujubelten.

Aber Pony kannte die Wahrheit. »Ihr seid nicht geheilt«, sagte sie dem Mann unverblümt. Der Jubel erstarb augenblicklich, und der Mann schien vor Schreck fast aus dem Bett zu fallen. »Ich habe Euch einen Aufschub verschafft, eine zeitweilige Besserung Eures Zustands, aber es gibt nur eine Möglichkeit für Euch, um richtig gesund zu werden.«

Sie hielt inne und ließ ihren Blick durch den Raum wandern; jeder Mann und jede Frau hing an ihren Lippen.

»Du sagtest, Dainsey sei geheilt«, bemerkte Roger Flinkfinger.

»Ihr müsst in den Barbakan pilgern«, erklärte sie. »Besteigt den zerborstenen Gipfel des Aida und geht zu Avelyn Desbris' versteinertem Arm. An seiner Hand werdet Ihr Blut sehen. Küsst die Hand und befeuchtet Eure Lippen mit dem Blut, dann werdet Ihr Euch niemals wieder vor der Pest fürchten müssen.«

»In den Barbakan?«, fragte der Mann, der kreidebleich geworden war. Auch den Schaulustigen an seinem Bett war ihre plötzliche Verunsicherung anzusehen.

Pony konnte die Leute gut verstehen. Neben der Tatsache, dass im Barbakan die letzte Inkarnation des geflügelten Dämons zum Leben erwacht war, beunruhigte sie vor allem der lange, schwere Weg dorthin. Erneut schossen Pony alle möglichen logistischen Fragen durch den Kopf. Sie mussten in den Barbakan reisen, jeder einzelne Erkrankte – und selbst die, die noch gesund waren, täten gut daran, die Reise zu unternehmen. Aber wie?

Pony ging in ihr Zimmer über der Geselligen Runde; sie musste sich ausruhen. Die Dorfbewohner hatten sie gebeten, sie in den Barbakan zu führen, und Pony hatte ihnen versprochen, ihnen morgen eine Antwort zu geben, aber eigentlich kannte sie die Antwort bereits. Sie konnte nicht in den Barbakan zurückgehen, nicht jetzt. Nein, sie musste in den Süden, nach Caer Tinella und Palmaris, um die Kunde von Avelyns blutender Hand zu verbreiten.

Sie wusste, dass es nur eine Möglichkeit gab, das ganze Land von dem Wunder zu unterrichten: Sie musste sich der Hilfe der königlichen Soldaten und der abellikanischen Mönche bedienen.

Aber selbst wenn ihr das gelänge, wie konnte sie den Weg in den Barbakan so weit sichern, dass die Pilger sofort aufbrechen konnten?

Pony schlief ein, während sie noch überlegte, was sie Abt Braumin und König Danube sagen sollte und was Bradwarden und Belster tun konnten, damit die Pilgerreisen ohne Verzögerung begannen. Wenige Stunden später erwachte sie, lange vor dem Morgengrauen.

Sie hatte eine Antwort gefunden.

Pony ließ sich in den magischen Strudel des Seelensteins fallen, trat aus ihrem Körper und schickte ihren Geist hunderte von Meilen in den Westen.

Wenig später gelangte sie an den Ort, wo man sie nicht willkommen hieß, aber trotzdem rief sie nach der Herrscherin von Andur'Blough Inninness.

Einige Minuten verstrichen; Pony erwog, den Nebelschleier zu durchbrechen, unter dem das Elfen-Tal verborgen lag. Aber dann spürte sie plötzlich ein eigenartiges Ziehen und erkannte, dass Lady Dasslerond die Magie ihres Smaragds benutzte, um Ponys Geist eine körperliche Gestalt annehmen zu lassen, damit sie sie besser erkennen konnte.

Und dann stand Lady Dasslerond vor ihr und musterte sie drohend. Pony sah, dass überall Touel'alfar Stellung bezogen hatten und mit ihren tödlichen kleinen Pfeilen auf sie zielten. Instinktiv betastete sich Pony und merkte, dass ihre Gestalt fest genug war, um Lady Dassleronds Bogenschützen tatsächlich ein lohnendes Ziel zu bieten.

»Ich dachte, die Dinge zwischen uns seien geklärt«, sagte die Herrscherin. »Unsere Grenzen sind für dich und für alle Angehörigen deiner Rasse geschlossen, Jilseponie.«

»Die Situation hat sich geändert«, entgegnete Pony.

»Nein, das hat sie nicht!«, fauchte Lady Dasslerond. »Die Pest ist ein Problem der Menschen. Ich werde nicht zulassen, dass es auch zum Problem der Touel'alfar wird. Also verschwinde, Jilseponie, auf der Stelle!«

»Ich habe ein Heilmittel gefunden!«, rief Pony aus und sah Lady Dassleronds verblüfften Blick.

»Im Barbakan, an Avelyns versteinertem Arm«, begann Pony zu erklären. »An der Hand ist Blut, Lady Dasslerond. Es ist Avelyns Blut, und es macht einen immun gegen die Pest.«

»Unser Tal ist von der Seuche verschont geblieben«, entgegnete Lady Dasslerond. »Warum bist du hier und erzählst mir das?«

»Weil Ihr es erfahren musstet, denn falls die Pest doch zu Euch gelangen sollte, wisst Ihr nun, was zu tun ist.«

Lady Dasslerond überlegte einen Moment, dann nickte sie. »Nun, vielleicht war ich voreilig, was dein Erscheinen bei uns betrifft«, gab sie zu. »Wir danken dir für diese Information. Sollte es nötig sein, werden wir an deinen Rat denken.«

»Aber ich brauche Eure Hilfe«, fuhr Pony wagemutig fort. »Bald werden die Menschen zu abertausenden in den Barbakan pilgern. Solange die königlichen Soldaten und die abellikanischen Mönche nicht vor Ort sind, wird es für die Menschen eine sehr gefährliche Reise sein. Unterwegs kann viel passieren, Hunger, Goblins ...«

»Was erwartest du von den Touel'alfar?«, fragte Lady Dasslerond, wieder mit einem angespannten Unterton in der Stimme.

»Ich erwarte gar nichts«, erwiderte Pony, »aber ich flehe Euch an, uns in diesen schwierigen Zeiten zu helfen. Eine Abordnung von Elfen könnte von unschätzbarem Nutzen sein. Sie könnten marodierende Goblins verjagen und am Wegrand Proviant bereitstellen, ohne auch nur ein einziges Mal mit den Pilgern in Kontakt treten zu müssen. Ihr könntet –«

»Das reicht!«, unterbrach Lady Dasslerond sie. »Ich habe verstanden, was du möchtest.«

»Und werdet Ihr meine Bitte erhören?«

Die Lady stand regungslos da; sie schüttelte weder den Kopf noch willigte sie ein.

»Verlass diesen Ort, Jilseponie«, befahl sie wenig später.

Pony wollte etwas einwenden, aber plötzlich spürte sie ein

Ziehen in sich und merkte, dass ihr Geist zurück nach Dundalis flog. Sie erwog, kehrtzumachen, Lady Dasslerond in das Nebeltal zu folgen und eine konkrete Antwort zu verlangen, aber sie wusste, dass dies ihren Tod bedeuten würde.

Am folgenden Morgen trafen Bradwarden und Dainsey in Dundalis ein und sahen, dass die Dorfbewohner Vorkehrungen für eine Pilgerreise in den Norden trafen. Die Leute eilten der auf wundersame Weise genesenen Frau entgegen und schlossen sie begeistert in die Arme, obwohl man Roger deutlich ansah, dass er seine Dainsey mit niemandem teilen wollte!

»Du musst wieder zurück und die Menschen in den Barbakan führen«, sagte Pony zu Bradwarden, als sie sich endlich zu ihm durchgekämpft hatte.

»Roger und ich werden Bradwarden begleiten«, sagte Dainsey mit glänzenden Augen.

Pony schüttelte den Kopf. »Ich brauche dich an meiner Seite«, erklärte sie der Frau. »Wir müssen nach Palmaris, um den Menschen deine wundersame Genesung zu demonstrieren und auch sie in den Barbakan zu schicken.«

»Dann also auf in den Süden«, sagte Roger.

»Nein, du musst nach Norden«, sagte Pony zu ihm. Er wollte protestieren, aber ihre simple Logik ließ ihn verstummen. »Du bist noch nicht immun gegen die Pest«, erinnerte sie ihn.

»Ich will aber nicht schon wieder von Dainsey getrennt sein«, sagte Roger und sah seine Frau liebevoll an.

»Ihr werdet noch genug Zeit miteinander verbringen«, versprach Pony, »aber nicht jetzt.« Sie packte Dainsey am Arm und zog sie von Roger weg »Du reitest auf Greystone, ich auf Symphony.«

»Ihr wollt sofort aufbrechen?«, fragte Roger. »Dainsey ist gerade erst heimgekehrt und noch völlig erschöpft. Und wir hatten noch nicht einmal Gelegenheit, miteinander zu –«

»Jede Minute, die wir warten, bedeutet, dass ein weiterer Mensch sterben wird«, sagte Pony. »Das ist die Wahrheit, richtig? Und will Roger angesichts dieser Wahrheit wirklich, dass wir hier in Dundalis unsere Zeit vergeuden?«

Roger sah sie missmutig an, aber dann seufzte er hilflos und gab seiner Frau einen Kuss. »Na schön, Liebste. Mach dich mit Pony auf den Weg«, sagte er.

»Nicht mit Pony«, verkündete Jilseponie, mehr einer Eingebung denn einem konkreten Gedanken folgend. Roger und Dainsey sahen sie verblüfft an und fragten sich, ob sie ihre Meinung geändert und beschlossen hatte, Dainsey allein in den Süden zu schicken, während sie selbst in den Barbakan zog. Pony sah die beiden an, mit einer so entschlossenen Miene, wie die beiden sie noch nie bei ihr gesehen hatten.

»Mit Jilseponie«, verkündete sie, »nicht mit Pony. Pony war die Frau, die ein zurückgezogenes Leben in Dundalis führte. Ich gehe als Jilseponie in den Süden.«

»Ein kluger Gedanke«, sagte Roger. »Dann also Dainsey und Jilseponie. Ab mit euch nach Palmaris!«

Wenige Minuten später ritten die beiden Frauen in vollem Galopp aus dem Dorf.

»Ich sagte doch, dass sie sich wieder besinnen würde«, meinte Bradwarden zu Roger, als sie Dainsey und Jilseponie nachblickten.

»Unterwegs, um mal wieder die Welt zu retten«, sagte der betrübte Mann mit mehr als einer Spur Sarkasmus in der Stimme.

»Ihr Feuer brennt wieder.« Der Zentaur lachte. »Sie ist bereit, wieder loszuziehen und mit Braumin gegen die Pest zu kämpfen. Und gegen den Herzog, falls er nicht mitmachen will, und gegen den König persönlich, falls es sein muss. Wurde ja auch Zeit!«

Roger sah den Zentaur missmutig an.

»Was starrst du so?«, fragte Bradwarden und klopfte Roger

auf die Schulter. »Du warst doch derjenige, der sich darüber mokierte, als sie nach Dundalis heimkam und mit allem nichts mehr zu tun haben wollte. Jetzt hast du es so, wie du es wolltest, Junge!«

»Vielleicht kann sie ja tatsächlich etwas in Bewegung setzen«, räumte Roger ein.

»Für sich selbst bestimmt«, sagte der Zentaur, und Roger sah ihn verständnislos an. »Junge, man braucht im Leben eine Aufgabe«, erklärte Bradwarden. »Ohne das hat man gar nichts. Sie hat ihre Aufgabe erkannt und weiß um die Verantwortung, die auf ihr ruht. Wenn sie ihr Ziel nicht erreicht oder es nicht wenigstens versucht, würde sie seelisch zugrunde gehen.«

»Glaubst du, dass sie die Leute überzeugen kann?«, fragte Roger.

»Ich weiß nicht, ob man alle Menschen überzeugen kann«, gestand Bradwarden, »aber man muss es versuchen, und wenn es nicht auf Anhieb gelingt, muss man es weiter versuchen. Aber keine Sorge, Pony wird dem Königreich und seinen Einwohnern Gutes tun, davon bin ich fest überzeugt. Hunderte, tausende Menschen werden wieder ein sorgenfreies Leben führen können, und das allein wegen Pony.«

»Jilseponie«, verbesserte ihn Roger.

Sie kamen auf ihn zu, starrten ihn aus ihren leblosen Augen an, beneideten ihn um seine innere Wärme. Er versuchte fortzurennen – bisher hatte er immer entkommen können –, aber dieses Mal waren es zu viele. In welche Richtung er sich auch wandte, die Untoten waren überall und griffen mit ausgestreckten Armen nach seiner Kehle.

Er schlug um sich, traf einen der Untoten im Gesicht, aber die schreckliche Kreatur zeigte sich völlig unbeeindruckt.

Er stolperte und rappelte sich sogleich wieder auf, aber die Mauer aus verwesendem, stinkendem Fleisch war unüberwindbar.

Er rief nach seinen Gefährten, aber dann wurde ihm bewusst, dass er keine Gefährten hatte, dass er ganz auf sich allein gestellt war.

Also versuchte er zu kämpfen, aber plötzlich lag er auf dem Rücken. Die Untoten beugten sich über ihn, griffen nach ihm …

Herzog Tetrafel schreckte mit einem Schrei aus dem Schlaf und griff so heftig nach seiner Bettdecke, dass er aus dem Bett fiel. Es dauerte eine Weile, bis ihm klar wurde, dass alles nur ein Traum gewesen war.

Er kauerte noch eine Weile auf dem Boden, während hinter dem Fenster der Tag anbrach. Der Traum war ihm nicht neu, sondern hatte ihn in jeder Nacht quer durch das Bärenreich verfolgt, seit sein Expeditionstrupp von den Doc'alfar und den Untoten ausgelöscht worden war.

Aber zum ersten Mal hatte er in dem Traum nicht fliehen können. Dieses Mal hatten die Untoten ihn überwältigt. Herzog Tetrafel überlegte, was das zu bedeuten haben mochte, bis plötzlich die Tür seines Schlafzimmers in Chasewind Manor aufflog und einer seiner Bediensteten hereinplatzte.

»Mein Herzog!«, rief der Mann. »Wurdet Ihr überfallen?«

Tetrafel lächelte und hob beschwichtigend den Arm, um den besorgten Narren zu beruhigen.

Aber zu seiner Überraschung schien die Geste den Mann noch mehr zu beunruhigen. Er stand einige Schritte entfernt und starrte den Herzog entgeistert an, dann, zu Tetrafels Verblüffung, begann er, kopfschüttelnd zurückzuweichen.

»Was ist los?«, fragte der Herzog, aber der Diener antwortete nicht. Er wich weiter zurück und hatte fast die Tür erreicht.

»Rede, du Narr«, forderte Tetrafel ihn auf. »Was ist –«

Der Mann drehte sich um und rannte aus dem Zimmer.

Tetrafel, der immer noch auf dem Boden saß, starrte auf die offene Tür und fragte sich, was los war.

Dann traf es ihn wie ein Faustschlag, und plötzlich ergab die hässliche Variante seines wohlbekannten Alptraums einen Sinn. Er hob den Arm und hielt ihn ins trübe Morgenlicht.

Rote Flecken.

Herzog Tetrafel stieß einen ohrenbetäubenden Schrei aus.

Abt Braumin rieb sich nervös die Hände, während er durch die stillen Korridore von St. Precious ging. Es war kein guter Tag gewesen, ganz und gar nicht. Aus Palmaris waren ihm wieder neue Schreckensmeldungen zugetragen worden. Und jetzt dieser heimliche Besucher, den Viscenti für wichtig genug hielt, um ihm Einlass in die Abtei zu gewähren – ohne viel Aufsehen und natürlich erst, nachdem der Besucher einer gründlichen Stein-Untersuchung unterzogen worden war.

Als der Abt die Tür erreichte, blieb er stehen, holte tief Luft und sammelte sich. Dann betrat er sein Arbeitszimmer und erblickte den wartenden Shamus Kilronney.

»Bruder Viscenti behauptet, Ihr wollt die Stadt verlassen«, sagte der Abt und versuchte, nicht allzu bedrückt zu klingen.

»Ja, ich will so weit weg wie möglich«, sagte Shamus, trat vor und reichte dem Abt die Hand. »Das alles hier wird mir zu viel. Ich kann es nicht mehr mit ansehen.«

»Palmaris wird Euch vermissen«, sagte Braumin.

»Palmaris wird Schauplatz einer schrecklichen Katastrophe werden, egal ob ich bleibe oder nicht«, erwiderte Shamus. »Habt Ihr die Gerüchte gehört?«

»Mir kommen jeden Tag Gerüchte zu Ohren«, sagte Braumin. »Ich kann kaum noch Tatsachen von Märchen unterscheiden.«

Shamus nickte und schmunzelte, was Braumin verriet, dass der Mann seine ausweichenden Worte durchschaute. Er hatte tatsächlich von dem Gerücht gehört, auf das Shamus Kilronney offenbar anspielte.

»Es ist mehr als bloß ein Gerücht«, sagte Shamus mit ernster Stimme. »Herzog Tetrafel hat die Pest. Er ist mit den Nerven völlig am Ende.«

»Das kann ich gut nachvollziehen«, sagte Braumin teilnahmsvoll.

»Er will seine unsichere Residenz verlassen und St. Precious um Hilfe ersuchen«, sagte Shamus.

»Aber ich sagte ihm doch, dass –«

»Das zählt für ihn nicht mehr«, unterbrach ihn Shamus. »Seine Verzweiflung wird ihn an Eure Tore führen, glaubt mir.« Er hob die Hand, um Braumins abzusehender Erwiderung zuvorzukommen. »Ihr werdet ihn abweisen, ich weiß. Ich gehe fort, mein Freund. Ich kann diese Tragödie nicht länger mit ansehen.«

Diese letzte Bemerkung zusammen mit Shamus' Warnung, dass Tetrafel nach St. Precious kommen würde, erklärte Braumin alles. Die Tragödie, von der Shamus sprach, war nicht die Pest an sich. Er sprach von dem, was passieren würde, wenn Herzog Tetrafel keine Hilfe aus St. Precious bekam. Shamus sah das Chaos voraus, das die Stadt zerreißen würde, nämlich die Schlacht zwischen Tetrafels Soldaten und den Ordensbrüdern der Abtei. In Braumins Augen hatte St. Precious die Stadt ohnehin längst verloren, und die Lage wurde durch das Auftauchen von De'Unnero und seiner Bruderschaft der Büßer noch verschlimmert. Falls Herzog Tetrafel sich nun aus Verzweiflung hinter De'Unnero und die aufgebrachte Bevölkerung stellen sollte, stünden St. Precious in der Tat dunkle Stunden bevor.

»Wohin werdet Ihr gehen?«, fragte Braumin seinen Freund.

»Vermutlich in den Norden«, antwortete Shamus, »nach Caer Tinella oder vielleicht noch weiter rauf – vielleicht sogar in die Waldlande.«

»Könnt Ihr nichts tun, was uns irgendwie helfen würde?«, fragte Braumin bedrückt.

»Könnt *Ihr* nichts tun, was Herzog Tetrafel helfen würde?«, gab Shamus die Frage zurück.

Abt Braumin wich seinem Blick aus und schüttelte hilflos den Kopf. »Dann betet wenigstens für uns, mein Freund«, sagte er.

Shamus Kilronney nickte, klopfte Braumin mitfühlend auf die Schulter und ging.

Abt Braumin konnte es dem Mann nicht verübeln, denn am liebsten wäre er mit ihm gegangen.

17. Ein Wunder für Bruder Francis

Francis versuchte vergebens, den Schwarm winziger grüner Pest-Dämonen abzuschütteln, die an seinen Armen hochkrochen. Er wusste, dass auch diese Frau dem Tode geweiht war, aber er konnte es nicht ertragen, noch einen Menschen sterben zu sehen, den dritten in drei Tagen.

Also kämpfte er weiter, weniger um die arme Frau zu retten – das würde ihm ohnehin nicht gelingen –, sondern um wenigstens sich selbst und seiner erschütterten Gefühlswelt eine Gnadenfrist zu verschaffen.

Francis fiel nicht auf, dass die in der Frau wütende Pest ihn nicht mit der üblichen Vehemenz attackierte, und deswegen hielt er auch nicht inne, um sich zu fragen, was diese Veränderung bedeuten mochte.

Kurz darauf beendete er den Versuch, ohne viel erreicht zu haben. Resigniert starrte er auf die arme todgeweihte Frau herab. Als er sich umwandte und gehen wollte, merkte er, dass sich vor seinen Augen alles zu drehen begann.

Francis fiel mit einem dumpfen Knall auf den Boden.

Atemlos eilte Vater Agronguerre auf die vordere Abteimauer, wo Bou-raiy, Machuso, Glendenhook und viele andere sich versammelt hatten. Er schob sich durch die Menge und warf einen Blick auf das Spektakel, das sich den Ordensbrüdern jenseits des Blumenbeets bot.

Bruder Francis lag im Staub, in den Armen der einäugigen Frau, deren Heiligsprechung so viele forderten.

»Bruder Francis hat die Pest«, sagte Meister Machuso leise.

»Der beringte rote Fleck«, bemerkte Meister Bou-raiy. »Die alten Kinderreime lügen nicht.«

Unter den Mönchen erhob sich zustimmendes Gemurmel; die meisten machten das Zeichen des Lebensbaums.

Vater Agronguerre starrte betroffen auf das im Morgennebel liegende Feld. Ihm war bewusst, dass er Francis gewissermaßen als seinen Stellvertreter betrachtet hatte. Er hatte ihn wegen seines Muts und seiner wenigen Siege bewundert, vor allem aber dafür, dass er zu den Pestkranken gegangen und sich monatelang unermüdlich für sie aufgeopfert hatte, auf wundersame Weise immun gegen die gefürchtete Seuche.

Nun aber war das Ende dieser wundersamen Immunität gekommen. Daran bestand kein Zweifel, wie man selbst aus der Ferne sah. Es war nicht bloß Erschöpfung gewesen, die Francis hatte ohnmächtig werden lassen.

»Dies ist der Grund, weswegen wir die Regeln befolgen«, fuhr Fio Bou-raiy, an die versammelten Mönche gewandt, fort, als hielte er eine Rede. »Das Vermächtnis der Ordensbrüder, die vor uns lebten, ist ihre an uns weitergegebene Weisheit. Wir wären töricht, wenn wir ihre Ratschläge nicht befolgten!«

Wieder erhob sich zustimmendes Gemurmel, aber in Vater Agronguerres Ohren klang es wie beißender Hohn. Es war falsch, alles daran war falsch. Nicht falsch im praktischen Sinne, denn natürlich wusste er, dass er nicht hinunterrennen und die Abteitore aufreißen konnte. Nein, es war im spirituellen Sinne falsch; es war Bou-raiys aufgeregter, selbstgerechter Tonfall, es waren die erleichterten Seufzer all derer, die hier hinter dicken Steinmauern und dem Schutzwall des duftenden Blumenbeets ausharrten und sich insgeheim über Francis lustig machten.

»Gefällt es Euch, Bruder Francis am Boden zu sehen?«, fragte Agronguerre unvermittelt. Er sah Bou-raiys überraschten Blick und Glendenhooks ungläubige Miene. Selbst Machuso trat beklommen von einem Fuß auf den anderen.

Aber Agronguerre hatte nicht vor, so einfach einzulenken. »Ihr alle solltet Bruder Francis und dem von ihm erbrachten Opfer Achtung entgegenbringen«, sagte er energisch und ließ seinen Blick von einem überraschten Bruder zum nächsten wandern. »Wenn Ihr im Grunde Eures Herzens erleichtert seid über den von uns gewählten Kurs und Francis insgeheim einen Narren nennt, der sein Schicksal verdient, dann erwarte ich, dass Ihr nach dem Abendgottesdienst zur Beichte geht und Buße tut. Wir verbergen uns hier, weil die Kirchen-Doktrin es aus pragmatischen Gründen von uns verlangt, aber jeder Einzelne von uns sollte sich wünschen, denselben Mut zu haben und so viel Nächstenliebe zu empfinden wie Bruder Francis. Nun, wo sein Ende naht, können wir hochmütig auf ihn herabschauen, oder wir können zu ihm aufblicken und Trauer empfinden über den Verlust eines heldenhaften Bruders.«

Am Ende stieß er ein verärgertes Seufzen aus, dann warf er Fio Bou-raiy einen letzten Blick zu, wandte sich um und stürmte in den Innenhof hinunter, um sich in seine Gemächer zurückzuziehen.

»Werdet Ihr zur Beichte gehen?«, fragte Glendenhook Meister Bou-raiy.

Bou-raiy zog eine abfällige Grimasse. »Bruder Francis ließ sich von Emotionen leiten, die ich ihm nicht verübeln kann«, sagte er laut genug, um die Aufmerksamkeit aller versammelten Brüder auf sich zu lenken, »aber er unterlag einem Fehlglauben.«

Dieser scheinbar direkte Widerspruch zu Vater Agronguerres soeben gemachten Ausführungen ließ einige der Brüder verdutzt aufblicken.

»Schenkt meinen Worten keinen Glauben, denn sie sind bloß eine persönliche Meinung«, fuhr Bou-raiy fort. Dann wandte er sich um und deutete auf die Szenerie, die sich ihnen jenseits des Blumenbeets bot. »Glaubt, was Ihr mit eigenen Augen seht. Bruder Francis ignorierte unsere Regeln, weil sein Herz schwach war, weil er nicht länger das Jammern der Sterbenden mit anhören konnte. Nein, gegen seine Gefühle können wir nichts sagen, aber wir sehen doch, was sie ihm einbrachten. Vielleicht wird Francis wegen seiner stark ausgeprägten Nächstenliebe vor Gott ein gewisses Maß an Gnade erfahren, aber diese Gnade wird er auch benötigen, denn er verweigerte sich der höheren Verantwortung, die uns allen obliegt, nämlich nicht uns selbst, sondern unsere Kirche vor der Pest zu schützen und damit ihr Fortbestehen zu sichern.

Sollen wir Francis hinaus auf das Feld und in die Massengräber folgen?«, fragte er dramatisch. »Schön, dann werden wir wegen unserer Schwäche die Welt in ein Zeitalter völliger Finsternis führen.«

Sein Abgang war nicht weniger dramatisch als Agronguerres.

Meister Glendenhook sah Bou-raiy nach, als dieser die Treppe hinunterstürmte. Soeben hatte er das Vorspiel eines titanischen Machtkampfes erlebt, war Glendenhook überzeugt, denn für ihn war klar, dass sein Freund Fio Bou-raiy nicht nachgeben, sondern bis zum bitteren Ende gegen Agronguerre kämpfen würde, falls der ehrwürdige Vater wegen Francis weiterhin Schwäche zeigen sollte.

Im Geiste sah Glendenhook plötzlich statt Francis Vater Agronguerre auf dem Feld liegen und den neuen ehrwürdigen Vater, Fio Bou-raiy, auf St. Mere-Abelles Mauer stehen und dem Spektakel zusehen.

In diesem Augenblick schien der Gedanke vorstellbar.

Als Bruder Francis erwachte, glaubte er, Engel singen zu hören. Und als er die Augen aufschlug, sah er, dass dies tatsächlich der Fall war.

Dutzende ausgemergelter Pestkranker standen Hand in Hand an seinem Bett und sangen ein Gebet für ihn. Er erkannte einige, die in der letzten Nacht aus eigener Kraft kaum hatten stehen können; aber nun hielten sie sich mit Hilfe ihrer Schicksalsgefährten auf den Beinen und lächelten ihn trotz ihrer Schmerzen beseelt an.

Francis drehte sich auf die Seite und schaffte es aufzustehen und sich zu seinen Engeln umzuwenden und ihre gütigen Blicke zu erwidern.

Plötzlich wallte ein Anflug von Panik in ihm auf, als er merkte, dass er seinen kostbaren Seelenstein vermisste. Er blickte suchend auf den Boden und konnte nur hoffen, dass sich niemand aus St. Mere-Abelle herausgeschlichen und ihm den Stein gestohlen hatte.

Aber dann, wie als Antwort auf seine besorgte Miene, trat eine zerbrechliche, einäugige Frau auf ihn zu und reichte ihm den Stein.

»Danke, Merry«, flüsterte Francis und nahm den Hämatit. »Meine Arbeit ist noch nicht beendet.«

»Sie beten für Euch, Bruder Francis«, erwiderte Merry. »Jeder Einzelne. Versucht, Euch mit dem Stein selbst zu behandeln.«

Francis lächelte, aber er wusste, dass dies nicht möglich war, selbst wenn er es gewollt hätte. Er wusste, dass in ihm die Pest wütete, aber Bruder Francis kümmerte dies nicht sonderlich.

»Wir singen für Euch, Bruder Francis«, fuhr Merry Cowsenfed fort. Als er sie genauer betrachtete, sah Francis, dass in ihrem Auge Tränen schwammen.

Sie weinte um ihn! Francis schluckte beklommen. Er konnte nicht glauben, wie viel er diesen armen Menschen bedeutete, wie sehr sie sich um ihn sorgten. Er betrachtete die Leute, die Todgeweihten, Menschen, die er nicht retten konnte und die dies ganz genau wussten. Und dennoch weinten sie um ihn! Und beteten für ihn!

»Wir lassen nicht zu, dass die Pest Euch umbringt, Bruder Francis«, sagte Merry Cowsenfed energisch. »Wir werden zu Gott beten, wir werden Gott *anbrüllen*! Er darf Euch uns nicht fortnehmen! Habt keine Angst, wir werden für Euch ein Wunder bewirken!«

Francis betrachtete die Frau und schenkte ihr ein so aufrichtiges, warmherziges Lächeln, wie es sich noch nie auf seinen meist angespannten Gesichtszügen gezeigt hatte. Nein, sie würden ihn nicht retten, dessen war er sich sicher. Er spürte, wie die Krankheit in ihm kochte und brodelte. Selbst mit seinem Seelenstein konnte er nichts dagegen tun, und ihnen würde es erst recht nicht gelingen. Nein, die Pest würde ihn töten, und dann würde er vor Gott treten und dessen Urteil vernehmen.

Zum ersten Mal seit langer, langer Zeit fürchtete sich Bruder Francis Dellacourt nicht vor diesem Urteil.

»Wir werden ein Wunder bewirken!«, rief Merry Cowsenfed abermals aus, und die meisten Leute stimmten in den anschließenden Jubel mit ein.

Sie verstanden es nicht, wurde Francis klar. Sie würden für ihn kein Wunder bewirken.

Sie hatten es bereits getan.

18. Der Vulkan explodiert

Er hörte die Schreie und aufgebrachten Rufe, und das spornte ihn nur noch mehr an. Während er auf die Abtei zuging, vernahm er aus der Ferne das Klirren der Rüstungen und das Stampfen der Pferde.

Marcalo De'Unnero verlangsamte seine Schritte, und seine Mitstreiter hinter ihm folgten seinem Beispiel. Er fürchtete, dass Herzog Tetrafels Soldaten erneut versuchen würden, einen Aufruhr zu verhindern. Trotzdem ging er ungerührt auf die Abtei zu, in der Hoffnung, dass sich eine Gelegenheit ergeben würde, Abt Braumin und den übrigen Ketzern, die St. Precious gestohlen hatten, eine Lektion zu erteilen.

Als sie den Vorplatz erreichten, trat ein freudiger Glanz in De'Unneros Augen, denn er sah, dass die Soldaten – es schien, als hätte sich die gesamte Stadtwache versammelt – nicht gegen die Bauern vorgingen. Im Gegenteil, einige spornten die zerlumpten Menschen sogar an, die Stein um Stein gegen die Abteimauer warfen.

De' Unnero wandte sich zu seinen fanatischen Mitstreitern um. »Unser Ruf wurde endlich erhört«, sagte er entschlossen. »Unsere Ruhmesstunde ist gekommen. Lasst uns den Ketzern den Garaus machen!«

Die abtrünnigen Brüder schrien begeistert auf, stießen die Fäuste in die Luft und stürmten in ihren wallenden schwarzen Kutten auf den Vorplatz von St. Precious.

Diese Gelegenheit würde er nicht ungenutzt verstreichen lassen, sagte sich De'Unnero. Er wusste, dass die Soldaten ihn und seine Anhänger nicht aufhalten würden. Nicht dieses Mal.

»Die Bruderschaft der Büßer«, brummte Anders Castinagis finster. »Marcalo De'Unnero.«

Braumin Herde betrachtete die wachsende Menschenmenge vor seiner Abtei. »Dort drüben ist Herzog Tetrafel«, sagte er und deutete auf eine kunstvoll bemalte Kutsche hinter den Soldaten. »Er lässt es zu.«

»Er ist wütend und hat Angst«, bemerkte Bruder Talumus.

»Er ist ein Narr«, fügte Castinagis hinzu.

»Können wir ihn nicht einfach bloßstellen?«, fragte Bruder

Viscenti nervös. »Ich meine De'Unnero. Die Menschen hassen ihn. Sie würden sich ihm bestimmt nicht anschließen, wenn sie wüssten …«

»Ihre Angst vor der Pest ist größer als ihr Hass auf De'Unnero«, sagte Abt Braumin kopfschüttelnd. »Wir können ihn bloßstellen und ihm damit einige seiner Mitstreiter rauben. Aber das wird uns letztlich kaum helfen, denn dieser Aufstand wurde nicht von De'Unnero angezettelt, sondern von Herzog Tetrafel.«

Diese ernüchternde Erkenntnis war ein schwerer Schlag für die Ordensbrüder.

»Ich sagte euch doch, dass wir die Stadt verloren haben«, fuhr Abt Braumin fort. »Und nun sehen wir den Beweis dafür.«

»Sie werden unsere Mauern nicht überwinden«, sagte Bruder Castinagis energisch. »Selbst wenn alle Soldaten und Bauern gleichzeitig losstürmen.«

»Wir werden sie zurückschlagen«, pflichtete Viscenti ihm bei.

»Nein«, sagte Braumin Herde. »Ich werde nicht zulassen, dass das Blut verzweifelter Menschen unsere Abteimauern befleckt.«

»Was sollten wir sonst tun?«, fragte Bruder Castinagis über das aufgeregte Gemurmel hinweg, das Braumins überraschende Äußerung ausgelöst hatte. Hatte Braumin nicht die Losung ausgegeben, St. Precious bis zum letzten Mann zu verteidigen?

Braumin nickte, und seine Miene verriet den anderen Mönchen, dass er etwas wusste, das sie nicht wussten – dass er vielleicht eine Lösung gefunden hatte. »Ruhe bewahren, Brüder«, erklärte er, wandte sich um und ging in sein Arbeitszimmer. Nach einem verwirrten Blick zu den Übrigen eilte Marlboro Viscenti seinem alten Freund hinterher.

Als er das Arbeitszimmer des Abtes betrat, sah er Braumin mit dem Schlüssel seiner Schreibtischschublade herumhantieren – in der der Großteil von St. Precious' magischen Steinen lag.

»Also werdet Ihr die Brüder doch bewaffnen«, sagte Viscenti, als Braumin die Schublade aufzog. »Sagtet Ihr nicht gerade, dass –«

»Nein«, korrigierte ihn Braumin. »Ich werde nicht zulassen, dass das Blut verzweifelter Menschen unsere Abteimauern befleckt.«

»Warum holt Ihr dann die ....«, begann Viscenti zu fragen, aber er verstummte, als er sah, dass der Abt nur einen einzelnen grauen Stein aus der Schublade nahm.

»Ich werde mit dem Heilstein hinausgehen«, erklärte Abt Braumin, »und Herzog Tetrafel meine Dienste anbieten.«

»Wozu?«, fragte Viscenti erschrocken.

»Um zu versuchen, ihn zu heilen«, antwortete Braumin. »Wenn ich ihm meine Hilfe anbiete, wird er vielleicht den Sturm auf die Abtei abblasen.«

Er wollte gehen, aber Viscenti stellte sich ihm in den Weg.

»Das wird er nicht tun!«, betonte der nervöse kleine Mann. »Und wenn Ihr hinausgeht, um Tetrafel zu heilen – was Euch voraussichtlich nicht gelingen wird –, gießt Ihr nur Öl in De'Unneros Feuer. Er wird nämlich behaupten, dass Ihr den Herzog geheilt hättet, wenn Gott auf Eurer Seite stünde.«

»Aber er beansprucht doch für sich, Gott auf seiner Seite zu haben, und heilt trotzdem niemanden«, wandte Braumin ein.

»Er behauptet nicht, die Leute heilen zu können«, entgegnete Viscenti. »Er sagt nur, dass die Pest solange wüten wird, solange die Kirche auf unbotmäßigen Pfaden wandelt.«

Abt Braumin schüttelte den Kopf. »Ich gehe zu Tetrafel«, sagte er zu Viscenti, Talumus und Castinagis, die gerade an seiner offenen Tür aufgetaucht waren. »Vermutlich werde ich versagen, aber ich muss es wenigstens versuchen.«

»Ihr seid ein Feigling«, sagte Viscenti barsch. Braumin blieb wie angewurzelt stehen, verblüfft von dem uncharakteristischen Gefühlsausbruch des sonst so zurückhaltenden Mannes. Der Abt wandte sich zu ihm um und sah Viscentis unnachgiebige Miene.

»Ihr seid ein Feigling«, wiederholte Viscenti.

Braumin schüttelte ungläubig den Kopf. Er war im Begriff, hinauszugehen und sich der Rotflecken-Pest zu stellen. Wie konnte Viscenti da von Feigheit sprechen?

»Ihr geht zu Tetrafel, obwohl Ihr wisst, dass es falsch ist, denn Ihr habt Angst, dass er seine Soldaten auf uns hetzt.«

»Sie werden uns nie im Leben besiegen!«, erklärte Bruder Castinagis. »Selbst wenn die ganze Stadt versuchen sollte, unsere Mauern zu stürmen!«

»Und genau davor habt Ihr so große Angst, erkennt Ihr das nicht?«, fuhr Viscenti an Braumin gewandt fort. »Ihr habt Angst vor den Maßnahmen, die wir ergreifen müssen, um die Abtei zu schützen. Mit einem solchen Gemetzel wollt Ihr nichts zu tun haben, nein, nur das nicht!«

Sein sarkastischer Tonfall war ein regelrechter Schock für Braumin.

»Aber wenn Ihr hinausgeht und versagt, werden sie uns trotzdem angreifen«, führte Viscenti weiter aus, »und dann werden wir ohne unseren Anführer kämpfen müssen. Ihr seid ein Feigling«, wiederholte Viscenti, bei jedem seiner Worte am ganzen Leib zitternd. »Ihr wisst, was wir tun müssen, aber Ihr wollt Euch nicht die Hände schmutzig machen.«

Braumin schaute rasch zu Talumus und Castinagis hinüber und sah ihre kühlen Blicke.

»Und für uns wird dadurch alles nur noch schwieriger«, argumentierte Viscenti. »Denn wie sollen wir es rechtfertigen, nicht hinauszugehen und den Leuten nicht zu helfen, wenn Ihr diesen Vorsatz außer Acht lasst und zu Herzog Tetrafel rennt? Was sollen wir den wütenden Menschen entgegenhalten, wenn Ihr uns durch Euer Verhalten als Feiglinge darstellt, die sich nicht aus ihrer Abtei wagen?«

Dies brachte Braumin zur Besinnung, erinnerte ihn in aller Schärfe daran, weshalb die Kirche in Zeiten der Pest an ihrer strikten Linie festhalten musste, wenn sie nicht untergehen wollte. Er überraschte die drei Männer, als er plötzlich hilflos zu lachen anfing.

»Danke, mein Freund. Ihr habt mir gezeigt, welch großen Fehler ich begehen wollte«, sagte Braumin zu Viscenti. »Ich werde nicht hinausgehen.« Er schüttelte hilflos den Kopf, als Viscenti vor ihn trat und ihn beruhigt in die Arme schloss.

»Aber wir werden nicht aggressiv vorgehen, falls man uns angreift«, befahl Braumin. »Wir werden uns unsere Gegner mit begrenzten magischen Mitteln vom Leib halten. Lasst uns versuchen, möglichst niemanden zu töten, sondern die Leute mit ein paar schwächeren Blitzschlägen in die Flucht zu schlagen.«

Castinagis schien nicht zufrieden damit, nickte aber zustimmend.

Shamus Kilronney traf in Caer Tinella ein und musste feststellen, dass auch hier die Pest ihren Tribut forderte. Zu seiner Überraschung strahlte die Bevölkerung dennoch eine gewisse Aura der Hoffnung und Entschlossenheit aus. Dies waren keine Menschen, die sich mit ihrem nahenden Tod abfanden, wurde Shamus bewusst, sondern Menschen, die gewillt waren zu kämpfen. Voller Erstaunen sah er, dass die Infizierten nicht ausgegrenzt und aus der Stadt verwiesen, sondern von den anscheinend Gesunden völlig gleichwertig behandelt wurden. Obwohl ihn diese großmütige Nächstenliebe anrührte, musste er sich dennoch fragen, ob die Bevölkerung von Caer Tinella verrückt geworden war.

Kurz darauf traf er sich mit Janine vom See, der Bürgermeisterin des Städtchens.

»Ich hab's auch«, sagte Janine, schob den Blusenärmel hoch und zeigte Shamus die roten Flecken auf ihrer Haut. »Ich dachte schon, meine Zeit wäre abgelaufen.«

»Dachte?«, fragte Shamus skeptisch und wich unwillkürlich vor der infizierten Frau zurück.

»Ja, das dachte ich«, sagte Janine und sah ihn durchdringend an. »Nun weiß ich aber, dass es eine Möglichkeit gibt, etwas dagegen zu tun.«

Shamus erwiderte ihren starrenden Blick, sich seiner skeptischen Miene voll bewusst.

Janine stieß ein fröhliches Lachen aus. »Ja, ich dachte, ich müsste sterben!«, wiederholte sie. »Aber dann kam Pony – ach nein, sie möchte ja fortan Jilseponie genannt werden – und zeigte uns, was wir tun können.«

Shamus seufzte ungläubig, dachte, dass seine alte Freundin Jilseponie womöglich zu viel von all dem Leid gesehen hatte und sich nun – wie die Bruderschaft der Büßer – zu wissen einbildete, was gegen die Pest zu tun sei.

»Sie hat Dainsey Aucomb geheilt«, sagte Janine trotz seines ungläubigen Blicks. »Sie hat die Pest aus Dainseys Körper geholt.«

Shamus verzog keine Miene. Er wusste, dass man einen Menschen von der Pest heilen konnte, aber er wusste auch, dass dies nur äußerst selten vorkam. Zwar freute es ihn zu hören, dass Jilseponie noch am Leben war, aber er konnte einfach nicht glauben, dass sie mit den magischen Steinen derartige Zauberkunststücke vollbringen konnte. Nein, Shamus kannte das Schicksal seiner Cousine, Colleen, die in Jilseponies Armen gestorben war.

»Und Euch hat sie auch geheilt?«, fragte er die Bürgermeisterin. Janine lachte wieder. »Sie hat die Pest in meinem Körper ein wenig zurückgedrängt, aber geheilt hat sie mich nicht.«

»Dann seid Ihr also noch krank.«

Janine nickte.

»Aber Ihr habt gerade von einem Heilmittel gesprochen«, platzte es aus dem zunehmend verwirrten Mann heraus.

»Richtig, und Jilseponie hat auch eines gefunden«, entgegnete Janine gelassen, »aber dieses Mittel gibt es hier nicht. Nein, hier kann sie uns nur ein wenig Linderung verschaffen, aber um richtig gesund zu werden, mein Freund, muss man in den Barbakan zum Aida gehen, zu der Engelshand und ihrem Heilblut. Wir bereiten uns gerade auf diese Reise vor – die ganze Stadt geht in den Norden. Die Einwohner aus drei Dörfern in den Waldlanden sind schon unterwegs.«

»Was?«, fragte Shamus kopfschüttelnd, seinen Ohren nicht trauend. Er fand, dass das alles völlig absurd und lächerlich klang. »Wo ist Jilseponie?«

»In Landsdown. Sie hilft den Leuten bei den Reisevorbereitungen.«

Wenige Minuten später war Shamus nach Landsdown unterwegs, das ungefähr eine Stunde von Caer Tinella entfernt lag.

Als er dort eintraf, sah er auf dem Dorfplatz eine große Menschenmenge vor einem Zelt stehen, Pestkranke, die darauf warteten, eingelassen zu werden, während andere, offenbar gesunde Leute umhereilten und zahllose Karren und Wagen mit Vorräten beluden.

Obwohl er kein Verlangen danach hatte, sich in die Nähe der Kranken zu begeben, überwand er seine Angst und seine Abscheu, ging zu dem Zelt und sah darin eine Frau – Jilseponie – sitzen, die einen Kranken nach dem anderen mit einem magischen Stein behandelte.

Shamus betrat das Zelt, während Jilseponie, tief in Magie versunken, einen kleinen Jungen behandelte. Er wartete geduldig, bis Jilseponie wenig später die Augen aufschlug und ihren alten Freund erblickte. Sie bedeutete dem nächsten Kranken, einen Moment zu warten, stand auf – mit großer Mühe, wie Shamus bemerkte – und schloss den Cousin ihrer verstorbenen Freundin in die Arme.

Shamus verkrampfte sich unter der Berührung, und Jilseponie schob ihn mit einem wissenden Lächeln ein Stück von sich weg. »Du hast von mir nichts zu befürchten«, sagte sie. »Ich bin immun gegen die Pest.«

»Bist du jetzt die große Heilerin einer kranken Welt geworden?«, fragte Shamus mit mehr als einer Spur Sarkasmus in der Stimme.

Jilseponie schüttelte den Kopf. »Nein, nicht ich«, sagte sie.

Shamus blickte zu den Kranken vor dem Zelt und zu dem Jungen, den Jilseponie gerade behandelt hatte. Er rannte putzmunter durch die Gegend, den anderen beim Beladen eines Karrens helfend.

»Ich tue nichts, was jeder ausgebildete Mönch nicht auch tun könnte«, sagte Jilseponie.

»Ich habe gesehen, was die Kirche gegen die Pest unternimmt«, wandte Shamus ein. »Die Mönche tun nichts, außer sich verängstigt hinter ihren Abteimauern zu verstecken.«

»Sie haben nicht die Hand geküsst«, entgegnete sie, setzte sich wieder hin und bedeutete dem nächsten Kranken näherzutreten. Als sie danach wieder Shamus anschaute, sah sie seine ungläubige Miene.

»Warum zweifelst du so?«, fragte sie ihn. »Du hast doch damals das Wunder mit Avelyns Arm miterlebt.«

»Aber das hatte nichts mit der Pest zu tun.«

»Nun, ich habe ein zweites Wunder erlebt, ein Wunder gegen die Pest«, sagte Jilseponie energisch. »Ich brachte Dainsey zu Avelyns Arm, und zu dem Zeitpunkt war sie bereits so gut wie tot. An Avelyns Hand klebt frisches Blut – ich glaube, es ist ein nie versiegender Strom –, und als sie es mit den Lippen berührte, strömte neue Lebenskraft in ihren Körper, und mit einem Mal war sie geheilt. Ich habe es mit eigenen Augen gesehen, und als ich selbst die Hand küsste, spürte ich, dass ich von nun an keine Angst mehr vor der Pest haben muss.«

»Heißt das, dass alle diese Leute zum Aida gehen?«, fragte Shamus.

»Ja.«

»Aber woher willst du wissen, dass es weiterhin funktioniert?«, fragte Shamus. »Was ist mit dem Blut? Wird es ewig fließen? Ist die Heilung von Dauer?«

Jilseponie bedachte ihn mit einem zufriedenen, völlig überzeugten Lächeln. »Ich weiß es eben«, war alles, was sie darauf antwortete. Dann winkte sie den nächsten Kranken zu sich.

»Wir reden später weiter«, sagte Shamus. Jilseponie nickte knapp, dann ließ sie sich in die Magie ihres Seelensteins fallen.

Ein sichtlich verunsicherter Shamus Kilronney verließ das Zelt und ging in das Schankhaus auf der anderen Straßenseite. Es war menschenleer, aber Shamus ließ sich davon nicht stören, sondern ging hinter den Tresen und schenkte sich ein Glas starken Wein ein.

Einige Zeit später gesellte sich Jilseponie zu ihm, erschöpft, aber zufrieden wirkend.

»Ich denke, die Dorfbewohner werden die Reisestrapazen überstehen«, erklärte sie. »Zumindest wird die Pest sie nicht töten, bis sie zum Aida gelangen.« Sie senkte den Blick. »Nur einer kann nicht mitkommen«, gestand sie. »Er ist so krank, dass er die Reise nicht überleben würde, selbst wenn ich ihn jeden Tag ununterbrochen behandelte.«

Shamus starrte sie kopfschüttelnd an. »Du scheinst ja alles genau geplant zu haben«, sagte er.

»Nein, mir wurde gesagt, was zu tun ist«, erklärte sie. »Avelyn zeigte es mir durch Romeo Mullahys Geist.«

Shamus schien kaum überzeugt, aber Jilseponie zuckte bloß mit den Schultern, zu erschöpft, um zu streiten.

»Jetzt kannst du also helfen, die Leute zu heilen?«, fragte er. »Weil du von dem Blut gekostet hast und dadurch immun geworden bist?«

Jilseponie nickte. »Ja, ich kann ihnen helfen«, sagte sie und nahm das Glas, das Shamus ihr reichte. »Zumindest einigen von ihnen. Aber jeder Mönch, der Avelyns Hand küsst, könnte das auch. Ich bin nun immun und kann, ohne mich selbst zu gefährden, die Pest in den meisten Leuten zurückdrängen.«

»Aber nicht bei den Schwerkranken«, stellte Shamus fest.

Jilseponie schüttelte den Kopf und trank einen Schluck Wein. »Nein, bei vielen ist es zu spät, fürchte ich«, sagte sie, »und je länger ich warte, desto mehr Leute werden sterben.«

»Ist dir diese riesige Verantwortung nicht zu viel?«, fragte Shamus sichtlich beklommen.

»Wenn ich es nicht tue, wer dann?«

Er starrte sie nur an.

»Ich werde die Leute nicht in den Norden begleiten – morgen brechen sie auf«, fuhr sie fort. »Aber du solltest mitgehen, nein, du *musst* mitgehen – zum einen, um sie zu beschützen, und zum anderen, um selbst die Hand zu küssen.« Sie sah Shamus in die Augen, und ihr flehender Blick erinnerte ihn daran, wer sie war und was sie zusammen durchgemacht hatten. »Bradwarden führt den Treck an, und du solltest ihm helfen. Am besten wäre, wenn du im Norden bliebest. Du könntest dich dem Schutztrupp anschließen, den Bradwarden für die nachfolgenden Pilger in den Barbakan zusammenstellen wird.«

Shamus Kilronney, der die strapaziöse Reise in den Barbakan schon einmal unternommen hatte, verzog das Gesicht.

»Das wäre eine Aufgabe für die Soldaten des Königs!«, entgegnete er.

»Ich habe ja vor, die Soldaten des Königs für das Unternehmen einzuspannen«, antwortete Jilseponie mit einem so grimmigen, energischen Tonfall, dass Shamus auf seinem Hocker zurückwich und zu seiner Überraschung merkte, dass er am Erfolg von Jilseponies Vorhaben nicht den geringsten Zweifel hegte. Aber das erinnerte ihn nur an ein weiteres Problem.

»In Palmaris ist der Teufel los«, sagte er ernst. »Die Einwohner rebellieren, und Herzog Tetrafel unterstützt sie dabei. Denn auch er hat sich angesteckt, und Abt Braumin kann nichts für ihn tun.«

Jilseponie nickte, scheinbar weder überrascht noch sonderlich besorgt.

»Zudem werden die Einwohner von der Bruderschaft der Büßer aufgehetzt«, fuhr Shamus fort, »einer Gruppe abtrünniger Mönche, die behaupten, die Pest sei ausgelöst worden, weil die Kirche sich von Markwart abwandte und nun Avelyns Glaubenslehre folgt.«

Jilseponie zuckte zusammen, als sie dies hörte.

»Es heißt, die abtrünnigen Brüder würden von Marcalo De'Unnero angeführt«, sagte Shamus. Er schenkte ihr von dem Wein nach, denn ihre verblüffte Miene und die Art, wie plötzlich alles Blut aus ihrem Gesicht wich, verrieten ihm, dass sie noch einen Schluck vertragen konnte.

Stein um Stein traf die Abteimauer oder flog darüber hinweg, sodass sich die Mönche auf der Brustwehr immer wieder ducken mussten.

Unter ihnen auf dem Vorplatz eilten De'Unnero und seine abtrünnigen Ordensbrüder umher und feuerten den lärmenden Mob an.

Die Leute wurden immer zorniger, warfen Steingeschosse und versuchten, die Abteimauer auf klapprigen Leitern zu erstürmen. Eine andere Gruppe griff mit einem riesigen Rammbock das Abteitor an.

»Abt Braumin!«, rief Castinagis, denn der Abt hatte die Mönche aufgefordert, sich zurückzuhalten. Nun aber mussten sie reagieren.

»Verteidigt die Abtei«, gab Braumin nach, seine Stimme ein raues Flüstern. Dann wandte er sich um und ging davon.

Hinter sich hörte er einen donnernden Blitzschlag nach dem anderen, Schmerzensschreie, zornige Schlachtrufe und das Prasseln der heranfliegenden Steine. Und über alldem hörte er Marcalo De'Unnero, der die Meute unermüdlich anstachelte.

Die Angreifer belagerten die Abtei den ganzen Tag. Jedes

Mal, wenn sie eine Leiter an die Mauer stellten, war ein Mönch zur Stelle und stieß sie zurück; andere Mönche verteidigten die Abtei mit magischen Blitzen, mit Armbrust-Bolzen und sogar mit heißem Öl, das sie den Angreifern auf die Köpfe schütteten. Dutzende Menschen starben am Fuß von St. Precious' altehrwürdiger Steinmauer, aberdutzende wurden verletzt.

Am nächsten Tag war die Zahl der Angreifer noch einmal deutlich gewachsen. Denn dieses Mal wurden die Bruderschaft der Büßer und die zornige Meute von einer dritten Streitmacht begleitet. Trompetenfanfaren verkündeten die Ankunft von Herzog Tetrafels Soldaten, alle mit glänzenden Schlachtrüstungen ausgestattet.

Abt Braumin war schon unterwegs zur Abteimauer, als der Bote ihm entgegenlief. »Es ist der Herzog«, rief der junge Ordensbruder. »Er hat seine Soldaten dabei und fordert, dass wir die Abtei aufgeben sollen!«

Braumin sagte nichts dazu, sondern rannte weiter und stürmte die Treppe zur Brustwehr hoch, wo ihn seine drei engsten Vertrauten erwarteten.

»Abt Braumin!«, erklang der Ruf des Herolds, der vor Tetrafels Kutsche stand.

»Ich bin hier«, antwortete Braumin und trat an den Rand der Mauer – sich wohl bewusst, dass Tetrafels Bogenschützen auf ihn zielten.

Der Herold räusperte sich und öffnete eine Schriftrolle. »Kraft seines Amtes erklärt Herzog Timian Tetrafel, der Baron von Palmaris, Euch und Eure Ordensbrüder innerhalb der Stadtgrenzen von Palmaris zu Gesetzlosen und fordert Euch auf, das Abteigelände umgehend zu verlassen. Da Herzog Tetrafel ein großzügiger Mensch ist, sichert er Euch zu, dass Ihr nicht hingerichtet werdet, wenn Ihr die Stadt noch heute verlasst und versprecht, nicht zurückzukehren!«

Abt Braumin starrte zu Herzog Tetrafel hinunter, absichtlich jede Regung auf seinem Gesicht vermeidend.

»Wir sprachen doch davon, nach Caer Tinella zu gehen und Avelyns Kapelle zu bauen«, sagte Viscenti hoffnungsvoll.

Braumin blickte zu ihm zurück und schüttelte den Kopf. »Herzog Tetrafel!«, rief er aus voller Brust. »Ihr habt keine Befehlsgewalt über die Abtei. Es steht Euch nicht zu, solche Forderungen zu stellen.«

Der Herold wollte etwas entgegnen, aber Tetrafel packte den Mann an der Schulter und schob ihn beiseite. »Die ganze Stadt ist gegen Euch!«, rief er Braumin aus seiner Kutsche zu. »Wie könnt Ihr Euch auf die Rechte der Kirche berufen, wenn Ihr keine Anhänger mehr habt!«

»Wir haben nicht die Pest über Euch gebracht, Herzog Tetrafel«, antwortete Braumin.

»Natürlich habt Ihr das!«, ertönte eine Stimme von der Seite, De'Unneros Stimme. Er schob sich durch die Menge und baute sich vor den Leuten auf. »Sie haben die Pest über uns gebracht! Ihr Frevel brachte Gottes Zorn über uns! Vertreibt sie, und Gottes Zorn wird vergehen, und die Pest wird von uns genommen!«

»Herzog Tetrafel!«, rief Braumin. »Wir haben die Pest nicht über Euch gebracht, und wir können nichts gegen Eure Krankheit tun. Aber wie oft haben die Brüder aus St. Precious Euch –«

»Raus mit Euch!«, unterbrach ihn Tetrafel, sprang aus seiner Kutsche und stapfte einige Schritte nach vorn. »Raus mit Euch! Verschwindet aus der Abtei und aus meiner Stadt!«

Abt Braumin starrte wortlos zu ihm hinunter. Seine kühle Miene war für den verängstigten und erzürnten Herzog Antwort genug.

»Dann befindet Ihr Euch ab sofort im Belagerungszustand!«, erklärte Herzog Tetrafel. »Solltet Ihr nach Ablauf der Nacht die Abtei und die Stadt nicht verlassen haben, werdet Ihr dies nur unter größter Gefahr tun können. Und seid Euch darüber im Klaren, dass unsere Geduld nicht ewig währt. Die

Bedingungen Eurer Kapitulation verschlechtern sich mit jeder abgelaufenen Stunde!«

Braumin wandte sich ab und ging. »Wenn sie uns angreifen, verteidigt die Abtei mit allem, was wir haben«, sagte er zu seinen Freunden. »Und falls sich die Gelegenheit ergibt, tut mir den Gefallen und tötet Marcalo De'Unnero.«

Castinagis und Talumus nickten grimmig, aber Viscenti, der De'Unneros Ruf besser als alle anderen kannte, erbleichte allein bei der Vorstellung, sich mit De'Unnero anzulegen. Er sah Braumin nach und fragte sich, ob es dumm gewesen war, seinen Freund davon abzuhalten, zu Tetrafel hinauszugehen. Er fragte sich, ob sie das Angebot nicht lieber annehmen und auf der Stelle aus Palmaris verschwinden sollten.

Viscenti schaute auf den Vorplatz hinunter und sah, dass inzwischen hunderte – nein tausende – Menschen zusammengeströmt waren und nun voller Inbrunst De'Unneros Gebete nachsprachen.

Nein, hier gab es kein Entkommen, glaubte Viscenti. Das aufgebrachte Volk würde sie so lange angreifen, bis St. Precious nur noch eine ausgebrannte Ruine war. Und was würde dann aus ihnen werden?, fragte er sich. Würde man sie durch die Straßen schleifen und zu Tode foltern? Oder auf den Scheiterhaufen werfen, wie den armen Jojonah?

Er hörte die Gebete der Menschen und – immer deutlicher – den drohenden Unterton in ihren Stimmen, der zu versprechen schien, dass die Ordensbrüder von St. Precious dafür bezahlen würden, die Pest über das Land gebracht zu haben.

Ein Schauer kroch Viscenti über den Rücken. In dieser Nacht fand er keinen Schlaf.

»Sie kommen«, sagte Bruder Talumus zu den Mönchen, die einige Tage später auf der Brustwehr mit ihm Wache hielten. Er und die anderen wussten, dass dies der bisher schwerste Angriff werden würde. Herzog Tetrafel hatte zwar den Belagerungszustand ausgerufen, aber die Angriffe waren mit jedem Tag heftiger geworden, weil das von De'Unnero aufgepeitschte Volk, darunter viele Pestkranke, keine Geduld für eine langwierige Belagerung hatte.

Ein Steinhagel prasselte auf die Mönche nieder, dann stürmten Männer mit Leitern und Enterhaken an die Mauer. Eine andere Gruppe versuchte es wieder mit dem Rammbock, obwohl dies schon dreimal fehlgeschlagen war – beim letzten Mal waren zwölf von ihnen von einem Blitzschlag pulverisiert worden.

Die Mönche rannten auf der Brustwehr hin und her, stießen die Leitern zurück, lösten die Enterhaken von der Mauerkante, warfen Blitze oder schlugen mit Knüppeln auf die Invasoren ein, die es bis nach oben schafften.

Ein Pfeilhagel regnete auf die Abteimauer nieder. Mehrere Brüder wurden getroffen.

»Tetrafels Bogenschützen!«, rief Talumus und duckte sich. »Blitzschläge! Wir brauchen Blitzschläge!«

Abt Braumin sprang tollkühn auf und schleuderte einen gleißenden weißen Blitzschlag in die Reihen der Bogenschützen. Er wollte sich gerade wieder ducken, als er eine Gestalt erblickte: De'Unnero, die heranstürmende Meute anfeuernd und in den sicheren Tod schickend.

Braumin warf einen zweiten Blitzschlag, aber De'Unnero sah ihn kommen und sprang mit einem Raubkatzenreflex zur Seite.

Mit einem Schrei auf den Lippen, der eher wie das Fauchen eines Tigers klang, stürmte der Mönch auf die Abtei zu.

Braumin blickte suchend nach der Leiter oder dem Enterhaken, den De'Unnero zu benutzen gedachte, und deswegen übersah er, dass die weit ausholenden Schritte des Mönchs mehr an eine Raubkatze erinnerten als an einen rennenden Menschen. Kurz vor der zwanzig Fuß hohen Mauer hob De'Unnero sich mit einem gewaltigen Satz in die Luft, krallte sich in das Gestein und zog sich mit beängstigender Leichtigkeit das letzte Stück hoch, bis er plötzlich dem völlig verblüfften Abt gegenüberstand.

Er schickte Braumin mit einem rechten Haken zu Boden. Zwei Brüder stürmten auf ihn los, aber De'Unnero duckte sich, brachte einen der beiden mit einem Schlag ins Straucheln und stieß den Mann von der Mauer. Dann packte er den zweiten Mann an der Schulter, wirbelte ihn herum und schleuderte auch ihn in die Tiefe.

Der bemitleidenswerte Mönch war noch am Leben, als er vor der Abtei auf dem Boden aufschlug. Die Bauern fielen über ihn her wie eine Meute blutdürstiger Geier.

Ein dritter Ordensbruder trat auf De'Unnero zu, eine Armbrust im Anschlag.

De'Unnero sah dem Mann in die Augen, wartete, und als der Bruder abdrückte, stießen sich die mächtigen Tigerbeine vom Boden ab und hoben De'Unnero himmelwärts in die Luft. Der Bolzen zischte unter ihm hinweg.

Als De'Unnero landete, stürmte er sogleich auf den Schützen los und deckte ihn mit einer Serie vernichtender Fausthiebe ein. Dieser Mönch war tot, noch bevor er von der Mauer fiel.

Weitere Mönche eilten ihrem Abt zu Hilfe. De'Unnero beugte sich zu Braumin herab, drehte ihn um und wollte ihm den tödlichen Schlag versetzen, den der Abt kommen sehen sollte.

Ein Blitzschlag traf De'Unnero in die Brust und schleuderte ihn in hohem Bogen von der Mauer. Er landete federnd auf seinen Füßen – für die Bauern ein Wunder! – und schüttelte den stechenden Schmerz ab.

Er konnte nicht wieder auf die Mauer hoch, denn dort standen nun mehrere Mönche und zielten mit ihren Armbrüsten auf ihn.

De'Unnero zog sich hastig in den Schutz der tobenden Menge zurück.

Trotz des Rückschlags ging der Angriff mit unverminderter

Vehemenz weiter. Die Ordensbrüder verteidigten sich mit allem, was sie hatten, aber ihre Magie wurde schwächer und ihre Zahl unter den unablässigen Pfeilhageln der Bogenschützen immer geringer.

Abt Braumin, noch benommen von De'Unneros Fausthieb, betrachtete das Durcheinander, blickte auf die Menschenmassen, die auf die Abtei zustürmten, blickte auf Tetrafels todbringende Bogenschützen am Rand des Vorplatzes, und dann wurde es ihm unumstößlich klar:

St. Precious würde am heutigen Tag fallen, und er und alle seine Brüder würden hingerichtet werden.

Sie vernahm den nur zu vertrauten Schlachtenlärm, als sie sich der nördlichen Stadtmauer von Palmaris näherte, die Schreie, das Klirren der Schwerter, den Donner magischer Blitzschläge und ein tieferes, widerhallendes Geräusch: einen schweren Rammbock, der gegen ein massives Tor gestoßen wurde.

Jilseponie trieb Symphony in einen schnellen Galopp, denn sie musste umgehend erfahren, was los war. Ihr fiel auf, dass auf der Stadtmauer keine Soldaten standen. Die Tore waren geschlossen, aber offenbar unbewacht.

»Macht auf!«, rief sie. »Öffnet Jilseponie die Tore!«

Keine Antwort.

In dem Augenblick wurde ihr klar, dass St. Precious angegriffen wurde.

»Gib Acht, wenn du in die Stadt reitest«, sagte sie zu Dainsey, die auf Greystone saß. Jilseponie riss Symphony herum und setzte ein Stück zurück. Dann holte sie verschiedene Steine aus ihrem Lederbeutel, ließ sich in den magischen Strudel fallen und schickte ihre Gedanken geradewegs in das Pferd, Symphony um einen schnellen Anlauf und vollstes Vertrauen bittend.

Der wundersame Hengst preschte auf die Stadtmauer zu, und statt langsamer wurde er immer schneller, bis Jilseponie etwa zwanzig Fuß vor der Mauer den Malachit aktivierte. Sie schlang die Beine um Symphonys Leib und hielt sich an seiner Mähne fest, als der Hengst sich mit einem mächtigen Satz in die Lüfte hob.

Sie flogen über die Stadtmauer hinweg, aber Jilseponie ließ den Malachit weiter aktiviert. Ihre ganze Kraft floss in den Stein, der sie – scheinbar gewichtslos – in der Luft schweben ließ. Von hier oben hatte sie einen hervorragenden Überblick, und welches Bild sie erst über dem Schlachtfeld abgeben würde!

Aber wie sollte sie dorthin kommen, wenn Symphonys kräftige Beine keinen Boden unter den Hufen hatten?

Sie hatte eine – von Avelyn inspirierte – Idee. Sie nahm den Magnetit, ließ sich auch in dessen Magie fallen und blickte über die Stadt hinweg nach St. Precious, wo – wie erwartet – die Schlacht tobte. Sie konzentrierte sich auf die große Kirchglocke im Hauptturm der Abtei und konnte durch den Stein ganz deutlich das Metall spüren, das den Magnetit auf magische Weise anzuziehen begann. Den Stein auf die Kirchglocke gerichtet, ließ sie sich und ihr Pferd von den magischen Schwingungen zur Abtei tragen.

Als Jilseponie das Chaos unter sich sah, wäre sie am liebsten auf der Stelle nach Dundalis zurückgekehrt. Menschenmassen stürmten auf die Abtei zu, Blitzschläge, Pfeile und Bolzen schossen durch die Luft, Mönche stürzten tödlich getroffen von der Brustwehr.

Sie nahm einen dritten Stein und ließ sich auch in dessen Magie fallen; mit Hilfe des Malachits waren sie und Symphony gewichtslos, der Ladestein ließ sie auf magnetischen Schwingungen durch die Luft fliegen, und nun umhüllte sie der bläulichweiße Feuerschild ihres Serpentins.

Als sie direkt über dem Schlachtfeld schwebte, sahen einige Leute zu ihr auf, aber die meisten konzentrierten sich dermaßen auf die Schlacht, dass sie Jilseponie nicht bemerkten.

Aber dann bemerkten sie alle! Denn Jilseponie beschwor die Kräfte ihres Rubins herauf und ließ einen gigantischen Feuerball aufblitzen, der den Boden und die Abteimauer erbeben ließ, wie kein noch so schwerer Rammbock es vermocht hätte. Dann warf sie einen Blitzschlag auf die Kirchglocke, und dem Donner folgte sogleich ein ohrenbetäubender Gong.

Herzog Tetrafels Bogenschützen richteten ihre Pfeile auf sie, aber niemand hatte das Herz und den Mut, auf sie zu schießen. Auf der Abteimauer starrten die Mönche fassungslos zu ihr hoch, und als sie die Reiterin erkannten, wussten sie, dass Rettung nahte.

Jilseponie und Symphony landeten mitten auf dem Vorplatz der Abtei.

»Was soll dieser Unsinn?«, wollte Jilseponie von den Leuten wissen. Auf dem Schlachtfeld war es totenstill geworden, sodass man sie auch in der hintersten Ecke verstand. »Reicht euch die Pest nicht? Müsst ihr euch auch noch gegenseitig umbringen? Was ist nur in euch gefahren, dass ihr euch herablasst, euch wie Goblins oder Pauris aufzuführen?«

Die Leute wichen vor ihr zurück, einige sanken vor Angst auf die Knie.

»Die haben Schuld!«, rief ein Mitglied der Bruderschaft der Büßer und deutete auf die Abtei.

»Sei still!«, brüllte Jilseponie, dem Mann einen drohenden Blick zuwerfend. Er hastete verängstigt davon.

Ein anderer Bruder ließ sich nicht so leicht einschüchtern. Er trat aus der Menge hervor, schlug seine rote Kapuze zurück und starrte Jilseponie durchdringend an.

»Die haben Schuld«, sagte er völlig gelassen.

Jilseponie musste sich mit aller Kraft zusammenreißen, als sie sah, wer der Mann war. Eine Mischung aus schmerzvollen Erinnerungen und purem Hass stieg in ihr auf. Ja, sie kannte diesen Mann. Trotz der langen Haare und des Bartes erkannte sie Marcalo De'Unnero so deutlich, als hätte der schicksalhafte Kampf in Chasewind Manor erst gestern stattgefunden.

»Sie folgen einem dämonischen Glauben«, erklärte De'Unnero und kam langsam auf sie zu.

»Sie folgen Avelyn«, widersprach Jilseponie.

Der Mann lächelte schulterzuckend, als hätte sie ihm soeben Recht gegeben.

Jilseponie löste den Blick von dem Mann und wandte sich wieder an die Leute. »Hört mir gut zu!«, rief sie. »Zu Zeiten von Bestesbulzibar war Avelyn unser Retter, und er wird es wieder sein!«

»Avelyn brachte die Pest über uns«, erklärte der Anführer der Bruderschaft der Büßer, der selbst ernannte Bruder Redlich.

Zwischenrufe ertönten, einige hoffnungsvoll, andere ablehnend. Aber Jilseponie schenkte ihnen kaum Beachtung, denn De'Unnero kam Schritt um Schritt näher. Da wurde ihr klar, dass sie die Leute nicht überzeugen würde, solange diese Symbolfigur vor ihnen stand und jeder ihrer Erklärungen widersprach.

Aber in diesem Moment kümmerte es Jilseponie nicht. Plötzlich war ihr die Angelegenheit egal, die Ausschreitungen, ja sogar das Leid der Menschen. Nein, das Einzige, was in diesem Moment für Jilseponie zählte, war das mörderische Monster vor ihr, der Mann, der – wenn man es genau betrachtete – den Tod ihres geliebten Elbryan verschuldet hatte. Sie glitt von Symphony herunter, schob ihre Steine in den Lederbeutel zurück und zückte Beschützer, ihr Schwert.

De'Unnero grinste höhnisch, blieb aber stehen. »Das ganze Gerede um Avelyn ist eine Lüge«, fauchte er.

»Das sagt Ihr, Marcalo De'Unnero, der frühere Bischof von Palmaris«, entgegnete Jilseponie. Ein überraschtes Raunen ging durch die Menge, was ihr verriet, dass die meisten Leute die wahre Identität des Mannes nicht kannten.

»Derselbe Marcalo De'Unnero, der Baron Rochefort Bildeborough und seinen Neffen, Connor, umbrachte«, verkündete Pony. Dieses Mal war das Raunen noch eine Spur lauter.

»Alles Lügen!«, rief Bruder Redlich. »Den Zeugen zufolge wurde Baron Bildeborough von einer Raubkatze getötet.«

»Von einer Kreatur, die sich mit Hilfe eines magischen Steins in eine Raubkatze verwandeln kann.«

»Das stimmt nicht!«, rief De'Unnero. »Mit dem Stein kann man ein Glied einer Raubkatze nachbilden, vielleicht sogar zwei Gliedmaßen, wenn man im Gebrauch des Steins geübt ist. Die Spuren am Ort des Verbrechens wiesen aber auf eine ausgewachsene Raubkatze hin, und deswegen sind Eure Behauptungen die unverschämten Lügen einer verzweifelten Närrin!«

Pony warf einen raschen Blick auf die Menschenmenge und sah die ängstlichen, verunsicherten Mienen der Leute. Nein, sie konnte De'Unnero keinen öffentlichen Prozess machen, wurde ihr klar, denn es war fraglich, ob die Leute in dieser gespannten Lage für vernünftige Argumente empfänglich waren.

»Lasst die Leute später entscheiden, wer Recht hat«, sagte sie zu dem Mann. »Wir aber werden unsere private Angelegenheit klären, hier an Ort und Stelle.« Sie schwang Beschützer durch die Luft, und die geschmeidige Bewegung verriet dem Mönch, dass er auf der Hut sein musste.

Mit einem bösartigen Lachen ließ De'Unnero seine Kutte zu Boden gleiten und nahm eine Kampfhaltung ein.

»Nein, nicht!«, hörte Jilseponie Abt Braumin rufen. »Ihr wisst nicht, welche Fähigkeiten der Mann –« Sie brachte ihn mit einer knappen Handbewegung zum Schweigen; nichts würde sie von diesem Kampf abhalten. Nicht jetzt. Vor ihr stand der Mann, der Elbryan verwundet und damit seine tödliche Niederlage im anschließenden Kampf gegen Markwart eingeleitet hatte. Vor ihr stand der Mann, der die Menschen gegen St. Precious aufgehetzt hatte, der Mann, der all das symbolisierte, was Jilseponie verachtete.

Mit einer blitzartigen Bewegung sprang De'Unnero auf sie zu; sein linker Arm glitt unter ihrem Schwert hinweg und drückte ihre Führhand nach außen, während seine rechte Faust auf Ponys Gesicht zuflog. Sie hatte geglaubt, er würde den Schlag nur antäuschen, und war völlig überrascht, als er sie mit voller Wucht traf und sie benommen einige Schritte zurückwankte.

Der Kampf wäre so gut wie entschieden gewesen, denn De'Unnero setzte unbarmherzig nach und deckte sie mit einer Reihe vernichtender Fausthiebe ein.

Aber Jilseponie beherrschte den *Bi'nelle dasada* – besonders die geschmeidigen Ausweichmanöver –, und deshalb gelang es ihr, den Schlägen des Mönchs lange genug zu entgehen, bis sie ihr Schwert hochgerissen hatte und ihn wieder zurückdrängen konnte.

Sie sprang vor und griff ihn mit einer Folge blitzartiger Schwertstöße an, aber De'Unnero hechtete zur Seite, rollte sich ab und sprang sogleich wieder auf die Beine.

Plötzlich hob er sich mit einem kräftigen Satz in die Luft, ließ ein Bein vorschnellen und versuchte, Ponys Kopf zu treffen. Sie riss einen Arm hoch und blockierte den Tritt, wurde aber von der Wucht des Angriffs zurückgedrängt.

Sie ließ sich von ihrem schmerzenden Arm nicht beirren und torkelte nur wenige Schritte nach hinten, bevor sie De'Unnero erneut mit mehreren schnellen Schwertschwüngen attackierte. Einer dieser Streiche traf den linken Unterarm des Mönchs, der sich einen Moment lang verblüfft an die klaffende Wunde fasste.

Dann stürmte Marcalo De'Unnero fauchend auf sie zu, ließ seine Arme pfeilschnell durch die Luft kreisen, und die Bewegungen waren so schnell und verschwommen, dass Pony es nicht wagte, ihr Schwert hineinzustoßen, denn wenn sie ihn nicht traf, würde er ihr Beschützer aus der Hand schlagen, und sie stünde ohne Waffe da.

Jilseponie wich vor ihm zurück, wich den Schlägen und Tritten aus und versuchte, in seiner Deckung eine Lücke zu finden, aber da war keine Lücke. Ihr blieb nichts anderes übrig, als Elbryan zu rufen.

Aber sie konnte ihn nicht finden, oder er konnte ihr nicht antworten. Sie war auf sich allein gestellt gegen diesen Mann, dieses Monster, und in diesem Moment wurde ihr klar, dass er ihr weit überlegen war. Hätte sie doch nur ihre magischen Kräfte nicht so erschöpft! Wie gerne sie den Serpentin und den Rubin eingesetzt hätte, um De'Unnero das Fleisch von den Knochen zu brennen!

Eine Faust flog ihr entgegen. Sie musste das Schwert hochreißen, um den Schlag abzuwehren, und erst da merkte Jilseponie, dass sie in eine Falle gelaufen war.

De'Unnero sank blitzschnell zu Boden, ließ ein Bein vorschnellen und erwischte die zurückweichende Frau am Fußknöchel, sodass sie stolperte und hinfiel.

Sie konnte den Sturz so weit abfangen, dass sie sich nicht verletzte, aber der Mönch sprang so schnell über sie, dass sie dieses Mal ihr Schwert nicht rechtzeitig hochbekam. Sie sah, dass sich die Hand des Mannes in eineTigerpranke verwandelt hatte.

Für Marcalo De'Unnero war dies der Augenblick seines größten Triumphes. Der Kreis schloss sich. Jilseponie würde sterben und mit ihr seine Furcht, dass Avelyns Anhänger seine Brüder womöglich doch noch irgendwie zurückschlagen würden.

Denn er war der Sieger dieses Kampfes, und dies würde den Massen neuen Elan geben und sie mit noch größerer Entschlossenheit den schwindenden Widerstand von St. Precious endgültig brechen lassen.

Er hatte gespürt, dass dies die Entscheidung war, als sein Fuß ihren Knöchel traf und er sie auf die Pflastersteine geschickt hatte. Er hatte ihr Blut gerochen und gespürt, wie der Tiger in ihm erwachte. Die Frau war gut – sehr gut sogar –, und er wusste, dass ihm nur ein Schlag blieb, bevor sie sich wieder aufrappeln würde. Aber er hatte ein Raubtier in sich; seine Pranke besaß tödliche Krallen.

Er würde nur einen Schlag brauchen.

Ihr Hals lag frei vor ihm, er holte aus. Sie konnte ihr Schwert nicht heben, konnte sich nicht schützen.

Aber dann öffnete sie ihre freie Hand, aus der ein Geschoss geflogen kam, ein kleiner Edelstein, der auf das Metall im einzigen Schmuckstück zuraste, das Bruder Redlich trug, einen Ohrring mit dem Symbol des Lebensbaumes der abellikanischen Kirche.

Der magische Stein traf De'Unnero seitlich am Kopf und riss sein Ohr ab. Er schrie auf und griff sich an die Wunde.

Jilseponie rollte sich zurück und sprang auf. De'Unnero wich ebenfalls zurück, vor Wut und Schmerzen schreiend.

»Betrügerin!«, brüllte er.

»Ich setzte erst Magie ein, nachdem Ihr damit angefangen habt!«, brüllte Jilseponie zurück. Sie sprang mit einem Schwertstoß vor, De'Unnero wich zur Seite aus.

In ihm brodelte es, siedend heiß zischelte die Wut in ihm, die urzeitliche Bestie. Sein Kopf brannte vor Schmerz; seine Gedanken rasten. Er hatte gewonnen! Er hatte den Sieg zum Greifen nahe, direkt vor seinen Tigerpranken!

Er spürte die Verwandlung kaum, das Knacken und Verdrehen seiner Knochen. Die Bestie übernahm die Kontrolle. Er wusste, dass dies ein Fehler war, dass er es nicht zulassen durfte! Nicht hier vor allen Leuten, nicht nachdem Jilseponie ihn vorhin als Baron Bildeboroughs Mörder bezeichnet hatte!

Aber er konnte nichts dagegen tun – der Schmerz und die in ihm lodernde Wut waren zu groß.

Seine Sinne schärften sich. Er sah Jilseponie, dahinter ihr wieherndes Pferd.

Er hörte das Gemurmel der Menschen, dann die gegen ihn gerichteten Rufe.

Schiere Verzweiflung hatte ihr die Kraft gegeben, den Magnetit abzuschießen, aber es war reines Glück gewesen, dass sie eine so sensible Stelle wie das Ohr getroffen hatte. Sie holte einen zweiten Stein heraus, einen Graphit, aber Jilseponie wusste, dass er kaum Wirkung erzielen würde. Ihre magischen Kräfte waren inzwischen so weit geschwunden, dass ihr Blitzschlag den Angriff der riesigen Raubkatze vermutlich nicht einmal verlangsamen würde.

Sie würde sich allein auf Beschützer verlassen müssen, um sich den Tiger vom Leib zu halten, aber so prächtig das Schwert auch sein mochte, Pony wusste, dass sie in ernsten Schwierigkeiten steckte.

Aber De'Unnero griff nicht an, und mit einem Mal war ihr klar, dass ihr privater Kampf ein abruptes Ende gefunden hatte. Tetrafels Bogenschützen zielten nicht länger auf sie, sondern auf ihn.

Ja, De'Unnero hatte sich verraten. Er hatte den Einwohnern von Palmaris offenbart, dass er tatsächlich der Mörder des allseits beliebten Baron Bildeborough war.

Nun kannten sie die Wahrheit über Bruder Redlich.

Der riesige Tiger setzte zum Sprung an – sprang aber nicht auf Pony, sondern an ihr vorbei – und preschte davon. Pfeile flogen ihm nach, und einige trafen ihr Ziel. Aber De'Unnero rannte unbeirrt weiter in Richtung Stadtmauer, übersprang alle Hindernisse und war schließlich außer Sichtweite. Soldaten der Stadtwache ritten ihm nach.

Jilseponie stand ruhig da und richtete ihr Augenmerk von dem fliehenden Tiger auf den nächsten, weitaus wichtigeren Gegner.

Herzog Tetrafel erwiderte ihren Blick durch das Fenster seiner kunstvoll bemalten Kutsche.

Unendliche Wut, blinder Hass und die vernichtende Erkenntnis seines Versagens, all das raste durch seine Gedanken. Binnen eines einzigen Augenblicks war er vom strahlenden Sieger zum bitteren Verlierer geworden, gebrandmarkt und für alle Zeiten verbannt.

Er rannte auf die nördliche Stadtmauer zu, hörte seine Verfolger, spürte den Schmerz von zahlreichen Pfeilen, die sein schwarz-gelbes Fell durchbohrt hatten. Nur seine Angst und seine Wut gaben ihm die Kraft zum Weiterrennen.

Er sah eine Frau auf einem Pferd sitzen, das er zu kennen glaubte, aber er durfte sie nicht anfallen und ihre Kehle aufreißen und sich an ihrem warmen Blut laben. Er musste zum Stadttor.

Nein, wurde der Raubkatze klar. Nicht zum Stadttor. Die Reiter würden ihm nach draußen folgen, und er wurde immer schwächer. Er war ein Jäger, hatte eine Konstitution, die für kurze, explosive Geschwindigkeitsausbrüche gedacht war, und außerdem war er schwer verwundet. Die Pferde dagegen konnten endlos laufen.

Er flüchtete weiter in Richtung Stadtmauer, umging aber das Tor. Die Verfolger kamen immer näher, doch schließlich erreichte De'Unnero die Mauer und sprang mit letzter Kraft darüber hinweg.

Mitten in der Luft traf ihn ein weiterer Pfeil.

Er schlug mit einem dumpfen Knall auf dem Feld jenseits der Stadtmauer auf, schaffte es aber, auf die Beine zu kommen und seinen mehrfach getroffenen Leib in ein Versteck zu schleppen.

Er spürte, wie Dunkelheit ihn umfing, und plötzlich vernahm er das raue Flüstern des Todes. Dann fühlte er, wie dessen eisige Hand nach ihm griff.

19. Ungläubiges Staunen

Die Leute standen auf dem Vorplatz der Abtei und sahen zu, wie die Soldaten der Stadtwache dem flüchtenden Monster nachritten.

Jilseponie folgte ihrem Blick nicht. Sie stand völlig erschöpft neben Symphony, ihre magischen Kräfte ebenso geschwunden wie ihre körperlichen. Sie blickte zu den abtrünnigen Ordensbrüdern hinüber, zu den Soldaten auf ihren Pferden und zu Herzog Tetrafel, der sie mit unergründlicher Miene durch das Fenster seiner Kutsche anstarrte.

Dann wanderte ihr Blick zur Abteimauer von St. Precious, auf der sie die Mönche mit ihren Steinen und Armbrüsten stehen sah; einige flankierten sogar einen großen schwarzen Kessel mit siedend heißem Öl. Dann erblickte sie ihren Freund Braumin Herde, der mit einer Mischung aus Bewunderung und Respekt, Dankbarkeit und Furcht zu ihr hinabstarrte.

Denn sie war dort draußen, eingekesselt von den beiden Streitmächten, die trotz De'Unneros Bloßstellung anscheinend ein letztes Mal angreifen wollten.

Als Jilseponie sich wieder umwandte, sah sie, dass Herzog Tetrafel aus seiner Kutsche gestiegen war. Sie bemerkte seine hängenden Schultern und die dunklen Ringe unter seinen Augen. Ja, er hatte die Pest; sie konnte es riechen.

»Die Ordensbrüder von St. Precious haben keine Schuld an Eurer Krankheit«, sagte Jilseponie mit lauter Stimme und ließ ihren Blick über die Menschenmenge wandern, bevor sie sich rasch zu Herzog Tetrafel umwandte. »Die Pest wurde nicht von Menschen verursacht und ebenso wenig von einem erzürnten Gott.«

»Das sagt Ihr!«, rief ein Mitglied der Bruderschaft der Büßer. »Das müsst Ihr schließlich sagen, denn Ihr habt Euch ja von Gott abgewandt!« Noch während er sprach, schob er sich durch die Menge, mit dem Finger auf Pony zeigend. Sie bedachte ihn mit einem kühlen, völlig gelassenen Blick, und der Mann, dessen gefeierter Anführer von dieser Frau soeben verjagt worden war, schien sich wieder zu beruhigen.

»Die Brüder von St. Precious sind unschuldig«, sagte Jilseponie an Tetrafel gewandt.

»Sie verstecken sich, während die Menschen sterben wie die Fliegen!«, schimpfte der Herzog.

»Genau wie Ihr, bis Ihr gemerkt habt, dass Ihr krank seid«, erwiderte sie. »Aber ich verurteile Euch nicht deswegen, Herzog Tetrafel«, fügte sie schnell hinzu. »Es steht weder mir noch irgendwem sonst zu, Menschen zu verurteilen, die sich vor der Pest verstecken. Viele mussten aus Sorge um den Rest ihrer Familie sogar einen erkrankten Familienangehörigen fortschicken.«

»Aber Ihr habt Euch nie vor der Pest versteckt!«, rief jemand aus der Menge.

»Aber das war meine freie Entscheidung«, antwortete Pony. »Genauso wie es Eure freie Entscheidung war, Herzog Tetrafel.«

Das Klacken von Pferdehufen auf der Seite des Platzes verriet Jilseponie, dass Dainsey Aucomb und Greystone endlich vor der Abtei eintrafen.

»Aber nun können wir wieder hoffen«, rief Jilseponie. »Es gibt ein Heilmittel! Ihr könnt alle gesund werden, und dort seht ihr den lebenden Beweis!« Sie zeigte auf Dainsey, dann blickte sie zu den Menschen zurück und sah deren aufgeregte, ja fast begeisterte Mienen.

»Herzog Tetrafel, würdet Ihr mich bitte in die Abtei zu Abt Braumin begleiten, damit ich Euch meine Entdeckung erklären kann?«

Der kranke Mann starrte sie entgeistert an.

»Das ist ein Trick!«, rief ein Mitglied der Bruderschaft der Büßer.

Jilseponie schenkte dem Mann keine Beachtung. »Ihr habt die Pest und werdet sterben«, sagte sie zu Tetrafel. »Ich kann Euch nicht helfen und die Brüder in der Abtei auch nicht. Aber es gibt ein Heilmittel für Eure Krankheit, und ich weiß, wo Ihr es findet.«

»Dann verratet es uns!«, erklang ein Ruf aus der Menge, den unzählige Leute wiederholten.

Jilseponie hob beschwichtigend die Hände. »Jeder Einzelne von euch muss dorthin gehen«, rief sie. »Und das ist nur möglich, wenn Herzog Tetrafel zustimmt.« Sie richtete den Blick wieder auf den Herzog. »Werdet Ihr mich in die Abtei begleiten?«, fragte sie ihn erneut. »Ich gebe Euch mein Wort, dass Euch nichts geschehen wird.«

»Euer Wort?«, fragte Herzog Tetrafel skeptisch und blickte zu den Mönchen auf der Mauer.

»Meines auch«, rief Braumin herunter.

Die neben ihm stehenden Ordensbrüder sahen ihn ungläubig an. Seiner eigenen Anordnung gemäß durfte Jilseponie die Abtei nur betreten, wenn sie sich einer Untersuchung unterzog und wenn diese ergab, dass sie gesund war. Aber es kam natürlich auf keinen Fall in Frage, dass Herzog Tetrafel hereindurfte, denn jeder wusste, dass er die Pest hatte.

»Wir treffen uns am Tor«, schlug der Abt vor. »Wir werden im Untersuchungszimmer des Torhauses einen Blumenteppich auslegen und können darüber hinweg miteinander reden.«

»Bis zum Ende ein wahrer Held«, murmelte Tetrafel so laut, dass Jilseponie es hörte. Sie dagegen hielt den Vorschlag für perfekt.

»Ihr bleibt hier und wartet auf mich«, sagte Tetrafel zu seinen Soldaten. Dann tat er einen tiefen Atemzug, stieß zischend die Luft aus, wandte sich um und ging mit Jilseponie und Dainsey zum Eingangstor von St. Precious. Es dauerte eine Weile, bis die Mönche den Boden des Torhauses mit Blumen ausgelegt hatten, aber schließlich war es so weit, und die Tür schwang auf.

Jenseits des Blumenteppichs standen Abt Braumin und seine Vertrauten, Viscenti, Talumus und Castinagis, und sahen Pony erwartungsvoll an.

Pony atmete tief durch. Dies war der entscheidende Moment, der Moment, in dem sich das Schicksal der Welt entschied.

Sie erzählte ihnen die ganze Geschichte, von Dainsey und Roger, von ihrer Reise in den Barbakan, von Romeo Mullahys Geist und von dem zweiten Wunder am Aida.

»Auch ich habe Avelyns Hand geküsst«, endete sie. »Deswegen kann mir die Pest nichts mehr anhaben.«

Die Mienen der Männer jenseits des Blumenteppichs hätten kaum unterschiedlicher sein können: Meister Viscenti schaute hocherfreut, Bruder Talumus hoffnungsvoll, Bruder Castinagis sah sie skeptisch an, und – dies war am schlimmsten – Abt Braumin betrachtete sie mitleidig. Der neben Jilseponie stehende Tetrafel dagegen war völlig aus dem Häuschen, gepackt von der Hoffnung, die sie soeben in ihm geweckt hatte.

»Dann seid Ihr mein Schutzengel«, sagte er und nahm Jilseponies Hand. »Ihr werdet mich von der verdammten Krankheit heilen!«

Jilseponie wandte sich zu ihm und versuchte ihm klar zu machen, dass es zwar tatsächlich ein Heilmittel gab, aber dass nicht sie diejenige war, die es ihm verabreichen würde.

»Die Pest endet nicht immer tödlich«, sagte Abt Braumin unvermittelt. Jilseponie und Tetrafel schauten überrascht zu ihm hinüber, denn sein Tonfall verriet, dass er Jilseponies Entdeckung längst nicht so spektakulär fand wie alle anderen. »Menschen wurden geheilt, auch wenn es selten vorkam«, fügte der Abt hinzu.

»Warum versteckt Ihr Euch dann hinter Euren Mauern?«, fragte Tetrafel aufgebracht.

»Weil ich die alten Kinderreime kenne«, antwortete der Abt ruhig. »Einem von zwanzig Kranken kann geholfen werden, aber jeder siebte wird den behandelnden Mönch anstecken. Wir verstecken uns, weil diese bitteren Zahlen uns dazu zwingen.«

Tetrafel begann am ganzen Körper zu zittern und schien jeden Augenblick zu explodieren.

»Aber hier liegt die Sache anders«, versuchte Jilseponie zu erklären. »Dainsey wurde nicht von mir geheilt – ich habe es probiert, und es ist mir nicht gelungen.«

»Vielleicht hattet Ihr mehr Erfolg, als Ihr glaubt«, entgegnete Braumin.

Jilseponie schüttelte den Kopf. »Nein, ich konnte nichts ausrichten. Im Gegenteil, ich habe mich selbst angesteckt. Und doch trage ich die Pest nicht mehr in mir, denn mein Körper wurde von Avelyns Blut gereinigt. Es ist wahr, Braumin. Dort oben im Barbakan wartet das Heilmittel gegen die Pest.«

Nun war Braumin derjenige, der den Kopf schüttelte, aber dies ließ Jilseponie nur umso energischer fortfahren.

»Ihr zweifelt, genauso wie viele Menschen an Eurer Geschichte vom Wunder am Aida zweifelten«, rief sie ihm ins Gedächtnis. »Ich spreche von Geistern und von Blut an einer versteinerten Hand. Ich spreche von der wundersamen Genesung einer Frau, die schon so gut wie tot war. Und wegen alledem fällt es Euch schwer, neue Hoffnung zu schöpfen.« Sie hielt inne und sah den Abt eindringlich an, trat sogar auf den Blumenteppich vor. »Ihr kennt mich, Braumin Herde. Ihr wisst, wer ich bin und was ich getan habe. Ihr kennt meine Stärken und meine Fehler. Falsche Hoffnungen zu schüren gehörte nie zu diesen Fehlern.«

»Die Glocke! Die Glocke!«, ertönte ein Ruf im Innenhof der Abtei. »Die Glocke!«, rief der aufgeregte junge Bruder erneut, als er, ohne anzuklopfen, in den Raum platzte und dem Abt und den übrigen Abtei-Oberen beinahe vor die Füße fiel. »Abt

Braumin, die Glocke!«, stammelte er und zeigte hinaus auf den Hauptturm. Der Mann schien sich vor Überwältigung kaum auf den Beinen halten zu können.

»Was ist passiert?«, wollte Braumin von ihm wissen, den Mann an den Schultern packend.

»Die Glocke!«, rief er wieder, sein Gesicht tränenüberströmt.

Plötzlich erklangen weitere Rufe aus der Abtei, etwas über »ein Zeichen« und »ein Wunder«.

Castinagis, Talumus und Viscenti rannten nach draußen. Braumin wandte sich zu Jilseponie um und sah, dass sie und ihre beiden Begleiter über den Blumenteppich kamen. Er wollte ihnen bedeuten, stehen zu bleiben, merkte aber, dass er es nicht konnte. Ihm ging auf, dass hier tatsächlich etwas Außergewöhnliches im Gange war.

Sie eilten gemeinsam auf das Abteigelände, rannten eine Steintreppe hoch, einen Gang entlang und stürmten in den Hauptturm. Auf der Wendeltreppe mussten sie sich an zahllosen Mönchen vorbeidrängen – Mönchen, die so überwältigt waren, dass ihnen nicht auffiel, dass mit Herzog Tetrafel ein Pestkranker unter ihnen war.

Oben angelangt, erblickten sie die gewaltige Kirchglocke von St. Precious, die Jilseponie mit einem Blitzschlag geläutet hatte, um ihre Ankunft in Palmaris zu verkünden.

An der Seite war ein unverwechselbares Bild in das uralte Glockenmetall gebrannt: ein erhobener Arm, dessen Hand eine Schwertklinge umfasste.

Braumins Kinnlade klappte herunter. Er wandte sich zu Jilseponie um. »Wie habt Ihr …«, begann er zu fragen, aber die Frage erübrigte sich, als er sah, dass Jilseponie ebenso überrascht und verwirrt war wie er.

Er war erschöpft, er war schmutzig, und er wusste, dass ihn bald die Pest holen würde – wenn er sie nicht schon in sich trug. Aber Bruder Holan Dellman würde seine Arbeit nicht aufgeben, nicht solange auf dem Feld vor St. Belfour Menschen starben.

Abt Haney und die übrigen Brüder, die nach der Entscheidung, die Tore zu öffnen, in St. Belfour geblieben waren, empfanden genauso. Drei dieser Brüder waren einen schmerzvollen Pest-Tod gestorben, nachdem sie sich bei ihren Heilversuchen angesteckt hatten. Bis heute hatten die Ordensbrüder keinen Einzigen der Kranken kurieren können, aber wenigstens hatten ihre Bemühungen das Leid der Menschen ein wenig gelindert.

Doch selbst diese traurige Realität hatte Haney, Dellman und die Übrigen nicht von ihrer aufopferungsvollen Arbeit abbringen können. Auch Prinz Midalis versteckte sich nicht in seinem kleinen Palast in Pireth Vanguard, denn genau wie die Mönche konnte er es nicht ertragen, tatenlos zuzusehen, wie die Menschen starben.

Midalis war noch nicht krank, aber bei Liam zeigten sich die ersten Symptome der Seuche.

Dellman ging in sein abgedunkeltes Zimmer und wollte nichts weiter als schlafen. Er hatte am Morgen von Liams Erkrankung gehört, und diese Nachricht raubte ihm den letzten Nerv. Am liebsten hätte er den Mann besucht und ihn getröstet. Nein, am liebsten hätte er seine ganze Kraft auf diesen einen Mann konzentriert, jetzt, im Frühstadium der Krankheit, wo eine Heilung noch möglich war.

Aber das konnte Dellman nicht tun. Er konnte das Schicksal seines Freundes nicht über das der anderen Menschen stellen. Das ließ sein Glaube an Gott nicht zu, denn so sehr er Liam O'Blythe auch mochte, sein Glaube war für ihn das Wichtigste auf der Welt.

Dellman warf sich auf das schmale Bett, grub sein Gesicht ins Laken und versuchte, alles um sich herum zu vergessen.

Und dann spürte er sie. Er schreckte hoch, wirbelte herum und sah sie.

Jilseponie stand in seinem Zimmer und erwiderte seinen Blick.

»Wie seid Ihr hierher gekommen?«, fragte Holan Dellman verblüfft. »Ist ein Schiff –«

Dellman verstummte. Ihm wurde klar, dass dies nicht wirklich Jilseponie war, die dort vor ihm stand. Es war eine Erscheinung, eine körperlose Illusion. Er sog zischend die Luft ein und wich auf seinem Bett vor ihr zurück.

»Wir haben ein Heilmittel gefunden, Bruder Dellman«, sagte Jilseponie.

Natürlich wusste Holan Dellman, was Geistreisen waren, aber etwas derart Extremes hatte er noch nie gesehen. Sein erster Gedanke war, dass Jilseponie gestorben war und ihr Geist ihn nun heimsuchte. Aber dann wurde ihm klar, dass dies eine Geistreise auf so hohem Niveau war, wie er es bisher noch nie gesehen hatte.

»Bruder Dellman!«, sagte sie in drängenderem Ton, und da begriff er, dass sie ihn zu beruhigen versuchte und dass sie ihre Erscheinung in Vanguard womöglich nicht lange aufrechterhalten konnte.

»Wo seid Ihr?«, fragte er.

»In St. Precious«, antwortete sie. Ihre Stimme klang plötzlich schwächer, und ihre weiteren Erklärungen waren eher Bilder als Worte, Bilder eines Gebirgszuges, den Holan Dellman nur zu gut kannte. Dann blitzte vor seinem inneren Auge ein anderes Bild auf – das Bild eines zerborstenen Bergplateaus und eines versteinerten Arms, der aus dem Fels ragte.

»Geht dorthin, mit allen Kranken und allen Gesunden«, sagte Jilseponie. »Geht dorthin und lasst Euch vom Blut an Avelyns Hand heilen.«

Jilseponies Erscheinung verschwand.

Bruder Dellman saß eine Weile fassungslos auf dem Bett. Dann stürmte er – nicht länger erschöpft – aus dem Raum und eilte zu Abt Haney.

»Alle müssen hin«, sagte Jilseponie zu Tetrafel und Braumin, als sie sich etwas später wieder in St. Precious trafen. »Die Kranken und die Gesunden, und Eure Soldaten müssen sie beschützen.«

Herzog Tetrafel zögerte, denn plötzlich wurde ihm das Ausmaß des gigantischen Unternehmens bewusst. »Ich werde ein paar Soldaten mitschicken«, entgegnete er.

»Nein, nicht ein paar, alle!«, protestierte Jilseponie, und ihr Tonfall ließ keinen Widerspruch zu. »Jeden Mann und jede Frau. Und Ihr müsst König Danube in Ursal Bescheid geben, dass er die Einwohner und seine gesamte Streitmacht zum Aida schicken soll. Er muss alles mobilisieren, so als befänden wir uns wieder im Krieg gegen die Goblins und Pauris.

Und Ihr, Abt Braumin, müsst Eure gesamte Bruderschaft in den Barbakan schicken, mit allen magischen Steinen, die Ihr besitzt«, fuhr sie fort. »Nachdem Ihr Avelyns Blut gekostet habt, könnt Ihr entlang des Weges die kranken Pilger behandeln, ohne dass Ihr Angst haben müsst, Euch anzustecken.«

»Aber mich könnt Ihr nicht heilen«, wandte Herzog Tetrafel ein, »das waren Eure eigenen Worte.«

»Richtig, aber ich kann die Krankheit so weit zurückdrängen, dass Ihr die Reise zum Aida übersteht und dort gesund werden könnt.«

»Seid Ihr Euch in dieser Sache wirklich sicher?«, fragte Braumin nachdenklich, und Jilseponie nickte, ihre Miene ernst und entschlossen.

»Die gesamte Strecke von Palmaris in den Barbakan muss von Mönchen und Soldaten gesichert werden«, erklärte sie. »Wir brauchen Lager mit Vorräten und Heilzelten und frischen Pferden, und die Soldaten müssen die verschiedenen Pilgergruppen von einem Lager zum nächsten führen, damit sich niemand verläuft.«

»Seid Ihr Euch darüber im Klaren, was für ein Aufwand das ist?«, fragte Herzog Tetrafel skeptisch.

»Seid Ihr Euch darüber im Klaren, was passiert, wenn wir nichts tun?«, entgegnete Jilseponie, und das ließ den kranken Mann verstummen.

»Habt Ihr Dellman unterrichtet?«, fragte Braumin Herde.

Jilseponie nickte. »Vanguard weiß Bescheid. Jetzt müssen sie handeln.«

»Wollt Ihr Vater Agronguerre auf dieselbe Art benachrichtigen?«, fragte Braumin.

Jilseponie überlegte kurz, dann schüttelte sie den Kopf. »Ich werde mit Dainsey nach St. Mere-Abelle reiten und ihnen die Sache persönlich erklären.«

Braumin dachte einen Moment nach, dann nickte er. »Die Brüder dort werden sich nicht so leicht überzeugen lassen«, sagte er, sich an seine letzte Zusammenkunft mit Glendenhook erinnernd.

»Wir brauchen jeden einzelnen Bruder Eurer Kirche«, sagte Jilseponie. »Alle müssen zum Aida, um immun zu werden und anschließend denen zu helfen, die zu der heiligen Stätte pilgern.«

»Als Erstes brechen die Einwohner von Palmaris auf«, forderte Tetrafel.

Jilseponie nickte. »Lasst uns sofort mit der Arbeit beginnen, draußen auf dem Platz.«

Wenig später war Jilseponie auf dem Vorplatz der Abtei zugange und behandelte mit ihrem Seelenstein diejenigen Pestkranken, die noch an diesem Tag aufbrechen würden, während die Soldaten und die gesunden Pilger die Pferde vor die unzähligen Wagen und Karren spannten.

Da Braumin und die Übrigen sich – auf Jilseponies Rat – nicht direkt um die Kranken kümmern konnten, übertrugen sie mit ihren Seelensteinen ihre magischen Kräfte auf die junge Frau, die unermüdlich einen Pilger nach dem anderen behandelte.

Am späten Abend verließen Jilseponie und Dainsey Aucomb Palmaris. Statt wie sonst die langsame Fähre über den Masurischen Fluss zu nehmen, ließen sich die beiden Frauen von Kapitän Al'u'met auf der *Saudi Jacintha* übersetzen.

Auch Abt Braumin und mit ihm alle Ordensbrüder aus St. Precious verließen an diesem Abend die Stadt und machten sich auf die Pilgerreise in den Norden. Sie wollten so schnell wie möglich zum Aida gelangen und sich danach in mehrere Gruppen aufteilen, um entlang des Weges den Pilgern bei der beschwerlichen Reise zu helfen.

Abt Braumin hatte weiterhin seine Zweifel, obwohl er Jilseponie vorbehaltlos vertraute und mit eigenen Augen das auf wundersame Weise in die Glocke eingebrannte Bild von Avelyns Arm gesehen hatte. Aber der Mönch wusste, was auf dem Spiel stand. Er durfte sich keine großen Hoffnungen machen, nur um später herauszufinden, dass Jilseponie sich getäuscht hatte und es überhaupt kein Wunder gab oder dass Dainsey Aucombs Genesung schlichtweg ein einmaliges Wunder gewesen war.

Was würde dann geschehen? fragte sich der Abt voller Besorgnis. Was würden die Einwohner von Palmaris oder der Herzog und seine Soldaten tun, wenn sie herausfanden, dass sie die strapaziöse Reise vergebens unternommen hatten?

Ihm schauderte bei dem Gedanken, aber er rief sich ins Gedächtnis, wer die Person war, die all das ins Rollen gebracht hatte. Als er Jilseponie das letzte Mal vor ihrer Rückkehr nach St. Precious gesehen hatte, hatte er ihr einen Beutel mit magischen Steinen geschenkt und gebetet, dass sich die Frau erneut als der Lichtschein in der Finsternis erweisen würde. Nun war sie zurückgekehrt und behauptete, das Heilmittel gegen die Pest gefunden zu haben, und seine Zweifel an ihr hatten ihm deutlich seinen Zynismus vor Augen geführt.

Was für ein Freund war er, wenn er ihr keinen Glauben schenkte?

Was für ein Kirchenmann war er, wenn er seinen weltlichen

Zynismus nicht abzulegen und an ein erneutes Wunder zu glauben vermochte?

20. Nagende Eifersucht

»Wir stechen sie ab, und der komische Pferdemann, der sie anführt, wird nichts dagegen tun können!«, sagte Kriskshnuk, der kleine Goblin, höhnisch grinsend. »Wir stechen sie ab und fressen sie auf!«

Seine Gefährten nickten eifrig, denn unterhalb ihres Beobachtungspostens zogen die Menschen aus Dundalis und den übrigen Dörfern der Waldlande an ihnen vorüber – die erste Pilgergruppe auf den Weg in den Barbakan.

Für die Goblins, die vor kurzem in das Gebiet südlich des Gebirgsringes zurückgekehrt waren, schienen die Pilger leichte Beute zu sein. Die Goblins kannten sich in dieser rauen Gegend gut aus, die Menschen nicht. Sie würden die Tölpel immer wieder überfallen und so lange zermürben, bis sie für die entscheidende Schlussoffensive bereit waren.

Und da sich ihnen täglich neue Goblins anschlossen und ihre Zahl inzwischen auf über dreihundert angewachsen war, schien ihr Plan in der Tat gute Erfolgsaussichten zu haben.

Kriskshnuk konnte vor lauter Vorfreude kaum den Speichel im Mund halten, als er und seine Gefährten von der felsigen Anhöhe kletterten, um ihren wartenden Kameraden Bericht zu erstatten. Auf halbem Weg nach unten schrie jedoch einer der Goblins plötzlich auf.

»Au!«, brüllte das kleine Ungeheuer. »Mich hat eine Biene gestochen. Au! Au!«, rief er immer wieder, bis Kriskshnuk sich zu ihm umblickte und sah, dass sein Gefährte wild mit den Armen um sich schlug und kurz darauf, von eigenartigen Zuckungen geschüttelt, zu Boden sackte.

Bevor Kriskshnuk fragen konnte, was los war, sackte ein weiterer seiner Gefährten zu Boden, dann ein dritter.

Kriskshnuk war schlau, deshalb stellte er keine weiteren Fragen, sondern fuhr herum und rannte davon. Er sprang über eine schmale Bodensenke, kletterte hastig über einen riesigen Felsbrocken und rutschte eine niedrige Felswand hinunter. Dann wandte er sich nach links und rannte weiter, nur zwanzig Meter von einer schützenden Baumgruppe entfernt.

Er spürte den ersten brennenden Stich im Oberschenkel, blickte an sich hinab und sah einen winzigen Schaft aus dem Muskel ragen. Er humpelte weiter und wurde erneut getroffen, dieses Mal in die Hüfte, danach in den Bauch.

Kriskshnuk stürzte, sich mit einer Hand an den Bauch und mit der anderen an den Oberschenkel greifend, und kroch weiter.

»Die Bäume«, murmelte er hoffnungsvoll, in dem Glauben, dort in Sicherheit zu sein. Aber dann sah er sie – kleine Gestalten, die auf den Ästen saßen und mit ihren Bogen auf ihn zielten.

Dutzende kleiner Pfeile durchsiebten den Goblin.

König Danube starrte ungläubig auf das formlose Schreiben hinab. Es war von einem Händler gekritzelt worden, dessen Frachtkahn am Morgen in Ursals Hafen eingelaufen war. Es handelte sich um eine Eilübermittlung, die die Bootsmänner in Vorwegnahme einer formellen herzoglichen Nachricht von Schiff zu Schiff den Masurischen Fluss hinuntergebrüllt hatten.

Danube schaute zu Constance und Kalas auf, die beide das Schreiben gelesen hatten, bevor sie es ihm aushändigten. Von ihren Mienen las er ihre Meinung darüber ab, doch er sah die Dinge anders.

»Das könnte unsere Rettung sein«, sagte er.

»Tetrafel hat die Pest und klammert sich an jede Hoffnung«, wandte Herzog Kalas ein.

»An jede falsche Hoffnung«, ergänzte Constance. Sie erschrak, als sie sich ihres scharfen Tonfalls bewusst wurde. Möglicherweise spiegelte er ihre Angst wider, dass Jilseponie auftauchen und erneut die Welt vor dem drohenden Untergang retten würde.

»Können wir uns dessen sicher sein?«, fragte der König. »Es dauert noch Tage, bis uns das offizielle herzogliche Schriftstück erreicht.«

»Diese Eilnachrichten haben sich oft als falsch erwiesen«, rief Kalas ihm ins Gedächtnis, und sein Tonfall verriet, dass er hoffte, dass es auch diesmal so war.

Aber Danube war anderer Meinung und schüttelte den Kopf. »Zu wichtig. Es muss stimmen«, sagte er.

»Viele der Übermittler auf den Schiffen haben bestimmt selbst die Pest«, warf Constance ein. »Entweder sie selbst oder ein Familienangehöriger.«

König Danube blickte auf die Nachricht und las sie noch einmal langsam durch. Herzog Tetrafel sei unterwegs in den Barbakan, hieß es, mit seiner gesamten Garnison und dem Großteil der Einwohner von Palmaris. Nein, bei einem Ereignis dieser Größenordnung konnte sich selbst der verzweifeltste Bootsmann nicht vertun.

»Vielleicht sind die Einzelheiten etwas durcheinander geraten, aber die eigentliche Nachricht wird vermutlich stimmen«, befand König Danube.

»Ihr glaubt, Herzog Tetrafel wäre ein so großer Narr, dass er Jilseponie Wyndon sein gesamtes Heer überantwortet?«, fragte Kalas ungläubig.

»Wenn sie ein Heilmittel gefunden hat, wäre dies nur eine folgerichtige Entscheidung.«

Constance wandte sich, verächtlich schnaubend, ab.

»Unser weiteres Vorgehen sollte auf der Annahme beruhen, dass die Nachricht im Großen und Ganzen stimmt«, schlug Danube vor.

»Dass ein Heilmittel gefunden wurde?«, fragte Herzog Kalas kopfschüttelnd. »Sollen wir das den abertausenden verzweifelten Menschen in Ursal verkünden? Wir könnten einen Aufruhr auslösen. Und was würde es für die Krone bedeuten, wenn wir uns täuschen sollten?«

»Nein, so weit denke ich gar nicht«, korrigierte ihn König Danube. »Wir warten Tetrafels offizielle Nachricht ab und werden dann entscheiden, was zu tun ist. Aber angenommen, dass die anderen Dinge stimmen, dass die Soldaten und die Einwohner Palmaris tatsächlich verlassen haben? Was tun wir dann?«

»Wir könnten eine kleine Streitmacht nach Palmaris entsenden, um zu prüfen, was geschehen ist«, schlug Kalas vor.

»Die Männer würden erst im Spätherbst zurückkehren, und dann wäre eine Pilgerreise in den Norden ungleich beschwerlicher«, erwiderte Danube. »Der nahende Winter würde viele Opfer fordern, Menschen, die sonst nicht sterben müssten.«

Constance wandte sich zu ihm um. »Ihr klingt so, als würdet Ihr bereits Eure ganze Hoffnung in diese Frau setzen«, sagte sie scharf und starrte den König verstimmt an.

»Wir wünschen uns doch alle, dass es mit der Pest endlich ein Ende hat«, warf Kalas leise ein, die für ihn ungewöhnliche Rolle des Vermittlers einnehmend.

»Macht die Soldaten bereit zum Abrücken«, ordnete Danube an.

»Aber, mein König …«, begann Kalas einzuwenden.

Aber Danube hatte diesen Einwand erwartet und hob beschwichtigend die Hände. »Ich sagte nicht, dass wir abrücken würden«, stellte er klar, »sondern nur, dass Ihr die Truppen bereit machen sollt. Und lasst uns Abt Hingas unterrichten und hören, was die Kirche zu der Sache zu sagen hat. Für die Abteien ist die Lage sogar noch heikler als für uns, denn die meisten Leute geben der Kirche die Schuld an der Pest, nicht der Krone.«

Es regnete, was die Stimmung der Pilger aus den Waldlanden jedoch nicht trüben konnte, denn kaum eine Tagesreise vor ihnen ragten die Berge des Barbakan empor. Roger Flinkfinger und Bradwarden wussten, wie man durch diese Berge hindurchgelangte, und danach war das letzte Stück zum Aida und zu Avelyns Hand in der Tat nur noch ein Katzensprung.

Roger war an diesem Morgen vorne bei Bradwarden und erkundete mit ihm den Weg, denn der Zentaur hatte den Geruch von Goblins gewittert und argwöhnte, dass die kleinen Ungeheuer in der Nähe waren.

Sie fürchteten, auf einen großen Stamm zu stoßen, vielleicht sogar auf eine ganze Armee, aber der erste Goblin, dem sie begegneten, stellte alles andere als eine Gefahr dar.

Denn er lag tot im Unterholz.

Roger ging zu der Leiche hinüber und rollte sie mit dem Fuß herum. Das kleine Biest hatte überall im Gesicht und am Hals winzige runde Einstiche – Roger hatte diese Verletzungen schon einmal gesehen.

Sofort wanderte sein Blick hinauf zu den Bäumen.

»Was ist los?«, fragte Bradwarden. »Was hat die kleine Bestie umgebracht?«

»Pfeile«, antwortete Roger. »Kleine Pfeile. Elfen-«

»Elfenpfeile«, kam die Antwort aus dem Schatten eines Baums. Es war eine Stimme, die Roger erst einmal gehört hatte, aber trotzdem sofort erkannte.

Genau wie Bradwarden. »Lady Dasslerond?«, fragte der Zentaur, überrascht lachend.

»Sei gegrüßt, Bradwarden«, antwortete Lady Dasslerond. »Es ist schön, dich wiederzusehen, wenngleich es mich überrascht, dass du dich in diesen Seuchenzeiten bei den Menschen aufhältst.«

»Wir müssen zu einem alten Freund«, erklärte der Zentaur. »Habt Ihr jemals von Avelyn gehört?«

»Jilseponie erzählte uns von ihm.«

»Dann wart Ihr bereits bei der blutenden Hand?«

Er erhielt keine Antwort, aber Bradwarden kannte die Elfen gut genug, um nicht weiterzubohren.

»Ihr könnt unbesorgt zum Aida weiterziehen«, sagte Lady Dasslerond zu den beiden.

»Waren viele Goblins in der Gegend?«, fragte der Zentaur.

»Nicht genug«, erklang eine zweite, noch vertrautere Elfenstimme. »In meinem Köcher sind noch viele Pfeile.« Belli'mar Juraviel flatterte auf den untersten Ast einer breiten Ulme herab, damit Roger und Bradwarden ihn sehen konnten. Roger wollte auf ihn zugehen, aber der Elf hob warnend die Hand und winkte den Mann fort.

»Wir haben euch den Weg frei gemacht und werden noch einige Tage in der Gegend bleiben«, erklärte Lady Dasslerond. »Aber diese Route gehört allein den Menschen und muss von Menschen bewacht werden. Wenn der Winter hereinbricht, werden wir längst zu Hause in Andur'Blough Inninness sein.«

»Nun, dann habt Dank«, sagte Bradwarden und verneigte respektvoll seinen menschlichen Oberkörper.

»Also, dann auf zum Aida«, sagte Lady Dasslerond zu Roger. »Und du kannst davon ausgehen, dass die Region auch auf dem Rückweg sicher sein wird.«

»Uns werden ohnehin noch viele Pilger folgen«, erklärte Roger.

»Sie sind schon unterwegs«, sagte Juraviel, »aus Caer Tinella und Landsdown – selbst aus Palmaris. Ihr werdet auf dem Rückweg bestimmt Braumin und seinen Ordensbrüdern begegnen. Sie kommen zusammen mit Herzog Tetrafel und seinen Soldaten.«

Roger und Bradwarden strahlten vor Freude.

»Ah, was für ein gutes Mädchen Pony doch ist«, sagte der Zentaur.

»Und Dainsey auch«, fügte Roger eilig hinzu. Er wandte

sich zu Juraviel um und wollte ihm von seiner neuen Freundin berichten, aber der Elf war schon im Blätterdach der Bäume verschwunden. Er rief mehrere Male, erhielt aber keine Antwort.

Die beiden gingen zu ihrem Tross zurück und berichteten den Leuten, dass der vor ihnen liegende Weg sicher sei.

Sie schlugen ihr Nachtlager auf einer Anhöhe in Sichtweite des Aida auf. Am nächsten Tag trafen die ersten Pilger an Avelyns versteinertem Arm ein und kosteten vom Blut seiner Hand.

Roger war der Erste, und sobald die Blutstropfen seine Lippen benässten, spürte er ohne jeden Zweifel, dass die Rotflecken-Pest ihm nichts mehr anhaben konnte.

»Diese Pilgerreise ist doch blanker Unsinn!«, schimpfte Constance Pemblebury.

König Danube zog seine Reitstiefel an und schnallte den Schwertgürtel um die Hüften.

»Was, wenn es kein Heilmittel gibt?«, fuhr Constance fort. »Welchen Gefahren Ihr Euch aussetzt! Und was das für das Königreich bedeuten könnte!«

Danube hatte sich ihre unentwegten Einwände anhören müssen, seit er verkündet hatte, dass er mit einer großen Streitmacht nach Palmaris und anschließend vermutlich weiter nach Norden ziehen würde. Er sah Constance ernst an und brachte ein Lächeln zustande. »Wenn dies die Rettung ist, muss ich dort sein, wo sie sich präsentiert«, versuchte er zu erklären. »Was für ein König wäre ich, wenn ich mich auf Schloss Ursal versteckte, während die ganze Welt schutzlos in den Norden zieht, weil sie dort das Heilmittel zu finden glaubt?«

»Wir haben uns all die Monate im Schloss versteckt«, rief Constance ihm ins Gedächtnis. »Torrence hat das Schloss noch nie verlassen!«

»Ja, und damit ist jetzt Schluss!«, schimpfte Danube. Er wollte aus dem Raum stürmen, aber Constance eilte ihm nach und versperrte ihm den Weg.

»Ihr seid das alles leid, ich weiß«, sagte sie. »Uns allen geht es so. Aber zum Wohle des Königreiches müssen wir durchhalten.«

»Herzog Tetrafel hat Palmaris geräumt«, rief Danube ihr ins Gedächtnis. »Er ist mit seinen Truppen und den Einwohnern in den Norden gezogen, nachdem Jilseponie ihm bewies, dass es ein Heilmittel gibt.«

»Tetrafel ist verzweifelt.«

»Mag sein, aber Ihr wisst ebenso gut wie ich, dass ich nicht untätig herumsitzen kann, während diese Dinge geschehen. Es bedarf vieler Soldaten, um den Pilgern unterwegs Schutz zu gewähren, und wenn es tatsächlich ein Heilmittel gibt, werden noch mehr Menschen nach Norden ziehen.«

»Abt Hingas und seine Ordensbrüder haben sich noch nicht bereit erklärt, in den Norden zu gehen«, wandte Constance ein, und sie hatte Recht. Abt Hingas hatte von dem angeblichen Wunder erfahren und sogar behauptet, dass Jilseponie ihm erschienen sei und ihn aufgefordert habe, sich den Pilgern anzuschließen. Trotzdem konnten er und seine Ordensbrüder sich bisher noch nicht dazu durchringen.

König Danube stieß zischend die Luft aus und packte Constance an den Schultern. »Ich glaube an diese Sache«, sagte er. »Ich muss daran glauben. Und wenn dies tatsächlich die Erlösung für das Bärenreich bedeutet, muss ich darüber wachen. Zum Wohle der Menschen und der Krone.«

»Ihr glaubt daran?«, fragte Constance scharf. »Oder glaubt Ihr an sie?«

Dies überraschte Danube, denn es war das erste Mal, dass Constance unverblümt ihre Eifersucht auf Jilseponie zum Ausdruck brachte, und dies war eine außerordentliche Offenbarung angesichts der enormen Tragweite der Katastrophe, mit der sie es zu tun hatten. Vor diesem Hintergrund hätten sich eigentlich alle persönlichen Belange relativieren sollen.

Er sah Constance eindringlich an und ließ nicht zu, dass sie seinem Blick auswich. »Ich muss es tun«, erklärte er und schob die Frau sanft, aber bestimmt aus dem Weg und ging davon.

Herzog Kalas wartete im Flur auf ihn, nicht allzu glücklich aussehend, aber fertig für die sofortige Abreise.

»Herzog Bretherfords Schiffe sind bereit zum Ablegen«, sagte er. »Die Straßen zum Hafen sind gesichert.«

»Dann lasst uns aufbrechen«, erwiderte Danube und wandte sich zum Ausgang.

»Mein König!«, erklang hinter ihnen eine Stimme, und die beiden Männer wandten sich wieder um.

Constance stand in der Tür und starrte Danube missmutig an. »Wartet, ich komme mit«, sagte sie entschlossen.

21. Erlösung

Der Anblick, der sich Jilseponie bot, als sie und Dainsey in Sichtweite von St. Mere-Abelle kamen, ließ ihre Erinnerung an das Leid in Palmaris verblassen. Hunderte Zelte standen auf dem kahlen Feld vor der Abtei, und Pony schien es, als hausten in jedem dieser Zelte dutzende kranker Menschen.

Hunderte von Todgeweihten schlurften lethargisch in der Zeltstadt umher.

»Es sind so viele«, flüsterte Dainsey neben ihr.

Jilseponie nickte, aber sie kannte die traurige Wahrheit, die sich hinter dem erschütternden Anblick verbarg. St. Mere-Abelle lag in einer verhältnismäßig abgeschiedenen Gegend, ohne größere Städte in der näheren Umgebung – die nächste war das achtzig Meilen entfernte Palmaris im Nordwesten. Und doch schien es in der Gegend unzählige Kranke zu geben, die aus der ganzen Region herbeigeströmt waren und nun auf dem Feld vor der größten abellikanischen Bastion – unter den Augen des ehrwürdigen Vaters – starben.

Wie viele waren auf dem Weg hierher umgekommen?, fragte sich Jilseponie. Vermutlich ebenso viele, wie es hierher geschafft hatten.

Die bloße Vorstellung war fast zu viel für sie. In diesem Moment hätte sie nichts lieber getan, als kehrtzumachen und nach Dundalis zurückzureiten. Sie musste sich mit aller Kraft davon abhalten, schloss die Augen und rief sich das Bild von Avelyns versteinertem Arm ins Gedächtnis.

»Zu viele«, sagte sie zu Dainsey. Sie drückte ihre Hacken nur in Symphonys Flanken, und der mächtige Hengst schoss nach vorne und galoppierte auf das Feld hinunter.

Viele Augenpaare blickten den beiden Reitern nach, als sie die armselige Zeltstadt durchquerten und auf die Eingangstore der Abtei zupreschten. Jilseponie kam sich vor wie ein Seemann auf hoher See, und die Abteimauern schienen eine ferne Insel zu sein.

Aber sie wusste, dass der Ort keinen Schutz bot.

Sie hatte vor, diese Mauern niederzureißen.

Bruder Francis marschierte vor dem Blumenbeet auf und ab, mit jedem Schritt schwächer werdend.

Er wollte, dass sie ihn sahen.

Er war längst mit seinen Kräften am Ende, konnte sich kaum noch auf den Beinen halten. Er trug den Seelenstein in der Tasche, denn er hatte erwogen, seinen Geist nach St. Mere-Abelle zu schicken.

Ja, er wollte sie wie ein Gespenst heimsuchen.

Er rollte den Stein zwischen den Fingern und wusste, dass er die Gelegenheit verpasst hatte, denn mittlerweile war er zu schwach, um sich in die Magie des Steins fallen zu lassen und aus seinem Körper zu treten.

Er hatte kaum noch genug Kraft, der Abteimauer »Bou-raiy!« zuzurufen.

Seine Beine wurden immer schwerer, und er hatte zunehmend Schwierigkeiten, Luft zu bekommen.

Sie sollten ihn sehen, sollten das Ende von Bruder Francis miterleben und wissen, dass er sich dem Tod mutig gestellt hatte, und zwar mit der Überzeugung, das Richtige getan zu haben!

Aber jetzt lief er nicht mehr auf und ab, stand nicht mal mehr auf seinen Beinen, wie er plötzlich merkte. Er schaffte es, sich auf die Seite zu rollen und zu den Gestalten auf der Mauer hochzublicken. Wegen seiner schwindenden Sehkraft konnte er nicht erkennen, wer sie waren, aber er spürte, dass sie ihn beobachteten und mit den Fingern auf ihn zeigten.

Sie würden es Bou-raiy berichten.

Zufrieden wandte Francis seine Aufmerksamkeit auf das riesige Blumenbeet und verlor sich in den lieblichen Düften und dem Anblick der farbenprächtigen Blüten. Er fühlte sich, als könnten diese Düfte ihn emporheben und seinen Geist von den Fesseln seines Körpers befreien, genau wie ein Hämatit. Er würde auf einer lieblichen Duftwolke zu Gott emporschweben und dessen Urteil vernehmen. Er hatte keine Angst davor.

Er hörte kaum die herangaloppierenden Pferde, die dicht hinter ihm stehen blieben. Ebenso wenig hörte er die mehreren hundert Leute, die, angeführt von Merry Cowsenfed, herbeieilten, um von ihm Abschied zu nehmen.

Jilseponie wusste, dass dem Mann nicht mehr zu helfen war, noch bevor sie ihn sich genauer angesehen hatte. Selbst wenn sie mit ihrer ganzen magischen Kraft in ihn eingedrungen wäre, hätte sie ihm bestenfalls einen – schmerzvollen – Aufschub von wenigen Stunden verschaffen können.

Sie sah es seinem völlig entkräfteten, reglos daliegenden

Körper an, dass die Pest ihn besiegt hatte. In seinen Augen lag bereits der nahende Schatten des Todes.

Jilseponie hätte den Mann nie im Leben erkannt, wenn nicht jemand seinen Namen gerufen hätte, als sie über das Feld geritten war. Als sie Francis das letzte Mal gesehen hatte, war er ein kräftiger, frisch rasierter Mann mit kurz geschorenen Haaren gewesen. Jetzt aber war er nur noch ein Schatten seiner selbst. Er hatte einen wilden, ungepflegten Haarschopf, einen struppigen Vollbart, und sein Körper war so ausgezehrt, dass Jilseponie kaum glauben konnte, dass dies tatsächlich Bruder Franics Dellacourt sein sollte.

Sie eilte zu ihm, kniete neben ihm nieder und nahm seine Hand.

Er starrte zu ihr auf, schien sie nicht zu erkennen.

»Seid gegrüßt, Bruder Francis«, flüsterte sie. »Ich habe gehört, was Ihr hier geleistet habt. Ich bewundere Euren Mut und Eure Nächstenliebe.«

Francis starrte weiter zu ihr auf, dann breitete sich ein Lächeln über sein Gesicht. »Jilseponie?«, fragte er.

Sie nickte und holte ihren Seelenstein heraus, obwohl sie wusste, dass dies nichts mehr nützen würde.

Plötzlich erlosch das Lächeln auf Francis' Gesicht. »Könnt Ihr mir vergeben?«, fragte er, seine Stimme nur noch ein schwaches raues Flüstern.

Jilseponie sah ihn fragend an.

»Euer Bruder«, flüsterte Francis. »Grady Chilichunk. Ich bin es gewesen.«

Jilseponie beugte sich näher zu ihm herunter und versuchte, ihren wütenden Blick zu unterdrücken.

»Ich habe ihn getötet«, gestand Francis, »als wir Palmaris verließen. Es war ein Unfall … Es war nicht meine Absicht, ihn zu …«

Jilseponie legte ihm einen Finger auf die Lippen. Sein Zustand war so schlecht, dass jeglicher Groll fehl am Platz war.

»Vergebt mir«, wiederholte Francis. »Wir waren alle so verwirrt und haben uns getäuscht.«

»Und nun erkennt Ihr die Wahrheit?«, fragte sie ihn.

Francis' Lächeln kehrte zurück, aber dann stöhnte er vor Schmerzen und schloss die Augen. Jilseponie wollte den Seelenstein benutzen, aber Bruder Francis schien ihren Gedanken zu erraten und hielt ihren Arm fest. »Ich sterbe ohne Furcht«, flüsterte er, und Jilseponie kam es so vor, als spräche er mehr zu sich selbst als zu ihr.

»Ich habe keine Angst vor Gottes Urteil«, endete er, ohne noch einmal die Augen zu öffnen. Dies waren die letzten Worte Bruder Francis Dellacourts aus St. Mere-Abelle.

Es schmerzte Jilseponie mehr, als sie geglaubt hätte, diesen Mann sterben zu sehen. Sie hatte Francis nicht sonderlich gemocht, war einstmals sein erbitterter Feind gewesen. Und selbst als sie nach Markwarts Tod mit ihm einige Zeit in St. Precious verbracht und er sie für das Amt der ehrwürdigen Mutter der abellikanischen Kirche vorgeschlagen hatte, hatten sich ihre Gefühle für ihn nicht sehr geändert.

Und doch merkte sie nun, dass sein Tod ihr wehtat.

Sie nahm behutsam seine Hand von ihrem Unterarm und legte sie auf seine Brust; dann stand sie auf und wandte sich um. Zuerst betrachtete sie die trauernden Pestkranken, die von der einäugigen Frau angeführt wurden, dann wanderte ihr Blick zu den düsteren Mauern von St. Mere-Abelle. Es dauerte eine Weile, bis sie den Schock, diese Abtei wiederzusehen, überwunden hatte.

Dort, hinter den düsteren Abteimauern, war Bradwarden gefangen gehalten worden. Dort waren ihre Pflegeeltern elendig zugrunde gegangen.

Sie atmete tief durch, sich ins Gedächtnis rufend, weswegen sie hier war, und zwang sich, zu den Gestalten auf der Mauer hochzublicken. Sie nahm Dainseys Hand in ihre und begann, auf die Mönche zuzugehen.

»Ist Francis tot?«, fragte eine ihr nicht bekannte Stimme in scharfem Tonfall.

»Ja«, antwortete Jilseponie.

Was sie als Nächstes vernahm, klang für ihre Ohren wie ein abfälliges Schnauben.

»Es gefiel ihnen nicht, dass er zu uns herauskam«, erklang eine Stimme hinter ihr. Jilseponie wandte sich um und erblickte die einäugige Frau. Hinter der Frau hüllten die Leute Francis' Leichnam in ein sauberes Laken.

»Haben sie ihn rausgeworfen, als er die Pest bekam?«, fragte Jilseponie.

Die Frau schüttelte den Kopf. »Er kam freiwillig zu uns heraus«, antwortete sie, »und er war völlig gesund und kümmerte sich aufopferungsvoll um die Kranken. Ein oder zwei Leute konnte er sogar heilen, bevor er der Pest anheim fiel. Oh, Bruder Francis war ein guter Mensch. Ein Heiliger, wie ich finde! Aber die Kerle dort auf der Mauer haben davon keine Ahnung!« Sie spuckte auf den Boden. »Die sind nur mit sich selbst und ihrer Feigheit beschäftigt. Sie trauen sich nicht raus und erschießen uns, sobald wir ihr kostbares Blumenbeet betreten.«

Bruder Francis ein Heiliger! Immer wieder schossen Jilseponie diese unfassbaren Worte durch den Kopf, während sie dastand und zusah, wie die Kranken seinen Leichnam forttrugen. Plötzlich gewann seine letzte Bemerkung, dass er Gottes Urteil nicht fürchte, für sie an Gewicht. Hatte Francis wirklich die Wahrheit erkannt? War seine Beseeltheit bei seinem Tod so echt gewesen, wie sie gewirkt hatte? Hatte er sich tatsächlich so verändert, dass er Gottes Urteil nicht mehr hatte fürchten müssen?

Jilseponie wandte sich wieder zu den Mönchen auf der Mauer um.

»Ich muss mit dem ehrwürdigen Vater sprechen«, rief sie ihnen zu.

»Niemand darf die Abtei betreten«, antwortete dieselbe Stimme in herablassendem Tonfall.

Jilseponie warf einen Blick auf die mächtigen Tore von St. Mere-Abelle und griff automatisch nach ihren Steinen in dem Lederbeutel. »Ich würde hineingelangen, wenn ich wollte«, murmelte sie. Sie blickte wieder zur Mauer hoch und sah erst jetzt, dass einer der Ärmel des Mönchs, mit dem sie sprach, an der Schulter zugebunden war, als würde ihm ein Arm fehlen.

»Ich spreche mit ihm am Toreingang, von der anderen Seite des Blumenbeets aus«, rief sie.

Der Mönch wandte sich mit einem höhnischen Blick ab und wollte gehen.

»Wisst Ihr, wer ich bin?«, rief sie ihm nach, und der Mönch hielt inne und drehte sich langsam zu ihr zurück. »Ich bin Jilseponie Wyndon aus Dundalis, eine Freundin von Avelyn Desbris, eine Freundin von Braumin Herde, die Frau des Nachtvogels! Ich bin diejenige, die den Dämon vernichtete, von dem Vater Markwart besessen war!«

Der Mönch kam wieder an die Mauer und starrte zu ihr herunter.

»Richtet Vater Agronguerre aus, dass ich dringende Nachrichten habe«, fuhr sie fort. »Sehr dringende Nachrichten.«

»Dann teilt mir mit, was Ihr zu sagen habt«, erwiderte der Mönch.

»Richtet ihm aus, dass er mich am Blumenbeet treffen soll«, fuhr Jilseponie fort, ohne auf die Aufforderung des Mannes einzugehen. »Wenn Ihr meine Geschichte hören wollt, dann begleitet ihn. Ich habe nicht die Zeit, sie zweimal vorzutragen.« Dann wandte sie sich um und ging mit Dainsey und der einäugigen Frau im Schlepptau zu den kranken Bauern zurück.

Der Mönch rief ihr mehrere Male nach, forderte sie auf, zurückzukommen und zu erklären, was sie zu sagen hatte, und drohte sogar damit, dass er andernfalls Agronguerre nichts ausrichten würde.

Aber Jilseponie hatte keine Zeit für derartige Spiele. Nicht jetzt. Nicht, wo so viele schwere Aufgaben vor ihr lagen.

»Erzählt mir Eure Geschichte«, bat sie die einäugige Frau, denn sie wusste, dass sie irgendwie von der Pest genesen und danach die Anführerin der Kranken geworden war.

Wenig später, als sie gerade einen Bauern behandelte, den Merry Cowsenfed zu ihr geschickt hatte, öffneten sich St. Mere-Abelles mächtige Tore. Im Torgang jenseits des Blumenbeets standen mehrere Ordensbrüder, die von Mönchen mit Armbrüsten flankiert wurden, wie Jilseponie sah. Sie bedeutete Dainsey, sie zu der Zusammenkunft zu begleiten.

»Wir haben eine Menge über Euch gehört, Jilseponie Wyndon«, begrüßte sie der größte der Männer, ein betagter Mönch, der in Jilseponies Augen Belster O'Comelys Vater hätte sein können. »Ich bin Vater Agronguerre. Es tut mir weh zu sehen, dass Ihr die Pest habt.«

»Ich habe nicht die Pest«, erwiderte sie.

»Aber Ihr behandelt die Kranken«, sagte der ehrwürdige Vater.

»Und Euch wird bestimmt bald dasselbe Schicksal ereilen wie Francis«, bemerkte der einarmige Mönch neben ihm.

»Mir kann die Pest nichts anhaben«, entgegnete Jilseponie, »denn ich habe das Blut von Avelyns versteinertem Arm gekostet. Deswegen kann ich mit meinem Seelenstein die Kranken behandeln, ohne fürchten zu müssen, mich dabei anzustecken.«

»Ihr wollt all die Todgeweihten heilen?«, fragte der einarmige Mönch sarkastisch.

»Wahrscheinlich werde ich nicht einen Einzigen von ihnen heilen«, erwiderte die Frau, »aber ich werde viele so weit stärken, dass sie kräftig genug sind für die Pilgerreise, auf die sie sich begeben müssen.« Sie machte eine Pause und versuchte einzuschätzen, ob sie das Interesse der Mönche geweckt hatte. »Für die Pilgerreise in den Barbakan, zu Avelyns versteinertem Arm«, erklärte sie. »Dort werden die Menschen geheilt werden.«

Der einarmige Mönch schnaubte verächtlich und wollte eine abfällige Bemerkung machen, aber Agronguerre hob die Hand und verbot dem Mann zu sprechen.

»Es ist wahr, ehrwürdiger Vater«, fuhr Jilseponie fort. »Diese Frau« – sie zog Dainsey an ihre Seite – »ist der lebende Beweis. Ich brachte sie in den Barbakan. Sie war im selben Zustand wie Francis vorhin. Ich dachte, ihr Tod sei unausweichlich, aber dann –«

»Aber dann küsste ich die blutende Hand«, unterbrach Dainsey, »und es war, als wären alle Engel vom Himmel gestiegen und hätten die Pest aus meinem Körper geholt.«

»Francis ist tot«, sagte der einarmige Mönch. »Ihn habt Ihr nicht gerettet.«

»Er war zu geschwächt, um sich auf die Reise zu begeben«, erwiderte Jilseponie. Sie richtete den Blick auf die Bauern in der Zeltstadt hinter ihr. »Wie zahllose andere auch«, gestand sie. »Aber viele können es schaffen und werden am Aida geheilt werden. Und die, die noch gesund sind und von dem Blut kosten, werden fortan gegen die Pest immun sein.«

Die Mönche antworteten nicht sofort, und als Jilseponie wieder zu ihnen blickte, sah sie, dass Vater Agronguerre sich nachdenklich über das Kinn strich.

»Ihr wolltet mich sprechen, daher nehme ich an, dass wir eine bestimmte Rolle in Euren Plänen spielen«, sagte er.

Wieder schnaubte der einarmige Mönch verächtlich. »Das ist ja absurd«, murmelte er. »Vermutlich wollt Ihr erreichen, dass wir auf das Feld rauskommen und mit unseren magischen Steinen den Bauern helfen, damit auch wir an der Pest zugrunde gehen.«

»Ich wollte Euch von dem Wunder am Aida berichten«, sagte Jilseponie an Agronguerre gewandt und versuchte erneut, den einarmigen Mönch zu ignorieren. »Ihr müsst Euch mit

Eurer gesamten Bruderschaft umgehend auf die Pilgerreise begeben und persönlich von Avelyns Blut kosten. Erst dann könnt Ihr den Kranken wirklich helfen. »

Agronguerre sagte nichts, aber Jilseponie sah, wie er mit sich rang. Wie gern er ihr doch Glauben schenken würde!

»Ihr habt mein Wort«, sagte sie energisch. »Schickt Euren Geist mit Eurem Seelenstein nach Palmaris. Dort werdet Ihr sehen, dass die gesamte Stadt in den Barbakan unterwegs ist, darunter auch Herzog Tetrafels Soldaten und Eure Ordensbrüder aus St. Precious. Und wenn Ihr weiter nach Norden geht, werdet Ihr sehen, dass alle Dörfer in den Waldlanden menschenleer sind. Ein jeder ist auf Pilgerreise zum heiligsten aller Orte.«

Sie machte eine Pause, um abzuwarten, ob die Mönche irgendwelche Einwände hatten, aber keiner sagte ein Wort.

»Schickt Euren Geist zum Aida, ehrwürdiger Vater«, fuhr sie fort. »Seht Euch den heiligen Ort mit eigenen Augen an. Danach werdet Ihr Eure Ordensbrüder dorthin schicken, damit sie von Avelyns Blut kosten und die Wahrheit erkennen. Euer Mitwirken ist entscheidend für das Wohl der Welt.«

»Ihr verlangt viel von uns«, entgegnete Agronguerre leise.

»Ich habe Euch die Wahrheit gesagt und kann nur beten, dass Ihr die richtige Entscheidung trefft«, entgegnete Jilseponie.

»Das ist blanker Unsinn«, behauptete der einarmige Mönch. »Eure Freundin hat die Pest überlebt, aber das haben andere auch. Zum Beispiel die einäugige Frau draußen auf dem Feld. Haben wir etwa ›Ein Wunder!‹ gerufen und die ganze Welt zu dem Ort geschickt, an dem sie zufällig war, als die Pest sie aus ihren Klauen ließ?«

Jilseponie zuckte mit den Schultern. »Glaubt, was Ihr wollt. Wenn Ihr Wunder nicht für möglich haltet, dann versteckt Euch weiter hinter Euren Mauern«, sagte sie und lachte bitter. »Ich kann nicht mehr tun, als Euch die Wahrheit zu verkünden und zu beten, dass Euer Glaube mehr ist als bloß eine Maske, hinter der Ihr Euch versteckt.« Dann wandten sie und Dainsey sich um und gingen.

»Die Steine, die Ihr bei Euch tragt!«, rief ihr der einarmige Mönch nach, und Jilseponie fuhr herum.

»Was ist damit?«, fragte sie scharf.

»Sie sind Eigentum der Kirche«, antwortete der Mönch.

Jilseponie kniff die Augen zusammen und sah den Mann wütend an. »Dann kommt und holt sie Euch«, forderte sie ihn auf, und als er keine Anstalten machte, ihrer Aufforderung zu folgen, wandte sie sich um und ging davon.

Sie erwartete fast, dass man ihr einen Pfeil in den Rücken jagte.

Aber nichts geschah. Jilseponie ging in die Zeltstadt zurück und setzte ihre Arbeit fort, behandelte unermüdlich einen Kranken nach dem anderen, während Merry Cowsenfed die Vorbereitungen für die nahende Abreise überwachte.

Die Kranken, denen es so gut ging wie seit Wochen nicht mehr, verließen das Feld vor St. Mere-Abelle in kleinen Gruppen und traten eilig die Pilgerreise in den Norden an. Wenn alles lief wie vorgesehen, erklärte ihnen Jilseponie, würde der Weg in den Barbakan von Soldaten bewacht werden, und Mönche würden unterwegs diejenigen behandeln, die von der Pest zu geschwächt waren.

»Wenigstens müssen wir nicht länger das Gejammer und den Gestank ertragen«, sagte Fio Bou-raiy zu Glendenhook, während sie den aufbrechenden Menschen von der Mauer aus zusahen.

»Vielleicht hat Jilseponie Wyndon uns ja doch etwas genützt«, entgegnete Glendenhook sarkastisch.

»Sie hatte Recht«, verkündete Vater Agronguerre, als er zu den beiden Männern trat. »Anscheinend ist ganz Palmaris auf dem Weg zum Aida.«

Fio Bou-raiy warf verärgert die Hände in die Luft.

»Was, wenn auch der Rest ihrer Geschichte wahr ist?«, fragte Vater Agronguerre nachdenklich. »Was, wenn sich am Aida tatsächlich ein Wunder vollzieht und wir zu verbohrt sind, um es uns wenigstens anzuschauen?«

»Und wenn sie sich irrt?«, gab Bou-raiy die Frage umgehend zurück. »Sollen wir auf ihr Anraten hin die gesamte Bruderschaft losschicken, nur damit die Hälfte unterwegs umkommt und die anderen die Pest haben, wenn sie nach St. Mere-Abelle zurückkehren?«

»Jilseponies Geschick mit den magischen Steinen ist allseits bekannt«, erwiderte Agronguerre.

»Sie hat selbst zugegeben, dass sie bisher niemanden geheilt hat«, rief Bou-raiy ihm ins Gedächtnis.

Agronguerre wandte sich kopfschüttelnd um und ging in die Abtei zurück.

In Gedanken spielte der ehrwürdige Vater alle Möglichkeiten durch. Wäre es vernünftiger, hier zu bleiben, oder wäre es ein Zeichen von Feigheit? Was wären die Folgen, wenn er die falsche Entscheidung traf?

Und was wären die Folgen, wenn er die richtige Entscheidung traf, aber nicht den Mut hatte, entsprechend zu handeln?

Der ehrwürdige Vater musste unweigerlich an das Bild eines sterbenden Ordensbruders auf dem Feld vor St. Mere-Abelles unüberwindbaren Mauern denken, eines Ordensbruders, dessen Mut den alten Agronguerre zutiefst beeindruckte.

»Oh, Francis«, murmelte er seufzend. Er rief sich den Neujahrsabend ins Gedächtnis, als Francis auf das Feld zu den Kranken gegangen war. Er hatte sich aus freien Stücken in höchste Gefahr begeben, und das Einzige, was sein Opfer ihm gebracht hatte, war der Hohn seiner so genannten Brüder gewesen.

Diese Erinnerung plagte den sanftmütigen alten Mann,

während er durch die düsteren Gänge seiner Abtei schritt und am Ende eines dieser Gänge die steinerne Wendeltreppe hinunterstieg.

Unten angekommen, stand er vor einer selten geöffneten, kunstvoll verzierten Tür – so reichlich verziert, dass man den Schlossriegel erst erkannte, wenn man genau hinsah.

Agronguerre suchte hastig den richtigen Schlüssel, denn er wollte die Sache erledigen, bevor ihn jemand davon abhalten konnte. Ja, er hatte Angst, obwohl sein Herz ihm sagte, dass er das Richtige tat.

Er öffnete das Schloss, schob den Riegel zur Seite und zog die Tür auf, allerdings nur einen Spalt breit, denn plötzlich legte sich eine andere, kräftigere Hand auf die Tür und drückte sie wieder zu.

Abt Agronguerre wandte sich überrascht um und erblickte Meister Bou-raiy, der ihn kühl anstarrte. Wahrscheinlich hätten die beiden Männer sich noch länger wortlos fixiert, wenn sie nicht plötzlich Schritte auf der Wendeltreppe vernommen hätten.

»Hoffentlich habt Ihr noch lange zu leben«, warnte ihn Bou-raiy unheilvoll. »Denn wenn Ihr dies tut, wird die abellikanische Kirche einen nie dagewesenen Aufruhr erleben.«

»Seid Ihr wirklich davon überzeugt, Meister Bou-raiy?«

»Ja, so sehe ich die Dinge.«

»Wäre es Euch lieber, wenn ich einer Kirche vorstünde, die sich den Leiden des Volkes verschließt?«, fragte der ehrwürdige Vater.

»Die Pest wird mit der Zeit von selbst verschwinden«, sagte Bou-raiy und senkte die Stimme, als am Treppenabsatz Meister Glendenhook erschien. »Die Kirche muss und wird ewig fortbestehen.«

Meister Glendenhook trat zu den beiden Männern und sah sie abwechselnd fragend an. »Offenbar seid Ihr Euch uneins«, sagte er.

Vater Agronguerre warf Glendenhook einen argwöhnischen Blick zu. »Ihr kennt meinen Standpunkt«, entgegnete er. »Ihr habt Jilseponies Geschichte gehört und wisst somit, dass eine Entscheidung getroffen werden muss. Auf wessen Seite steht Meister Glendenhook?«

Glendenhooks Schultern sanken ein Stück herunter, ein Hinweis darauf, dass er sich nur ungern in den Streit zwischen den beiden Männern hineinziehen ließ. Er sah Agronguerre teilnahmsvoll an, dann wandte er sich zu Bou-raiy, dessen bohrender Blick ihn aufzufordern schien, eine definitive Antwort zu geben.

Glendenhook klopfte Agronguerre mitfühlend auf die Schulter, aber dann wandte er sich vom ehrwürdigen Vater ab und stellte sich demonstrativ neben Bou-raiy. Er sah Agronguerre entschuldigend an und verneigte sich. »Bei allem Respekt, ehrwürdiger Vater«, sagte er, »ich fürchte die Pest, und ich kenne die alten Berichte über die Seuche – Berichte, die auf den bitteren Erfahrungen der Betroffenen beruhen. Ich habe Angst, die Brüder aus St. Mere-Abelle fortzuschicken, und ich habe noch größere Angst davor, unsere Seelensteine in ungeübte, unwürdige Hände zu geben.«

»Unsere Brüder werden über die Steine wachen«, erwiderte Agronguerre.

»Und was ist mit denen, die unterwegs sterben?«, fragte Bou-raiy. »Die Steine, die sie bei sich tragen, wenn sie tot umfallen, werden zwangsläufig in ungeübte, unwürdige Hände fallen.«

»Jilseponie wird den Menschen beibringen, wie man mit ihnen umgeht«, entgegnete Agronguerre in scharfem Tonfall, denn ihm missfiel die Art, wie Bou-raiy das Wort »unwürdig« betonte.

»Und genau das ist meine größte Angst, ehrwürdiger Vater«, bemerkte Meister Glendenhook.

Die Worte trafen Agronguerre so hart, als hätte Glendenhook ihm einen Fausthieb versetzt. In diesem Moment fühlte der ehrwürdige Vater sich so alt und ohnmächtig, dass er beinahe resigniert gegangen wäre. Aber als er sich umwandte, sah er Meister Machuso die Wendeltreppe herunterkommen, den Mann, den er mehrere Male dabei beobachtet hatte, wie er zusätzliche Vorräte in die Wagenladungen gestopft hatte, die zu den Kranken hinausgekarrt worden waren.

»Meine jüngeren Ordensbrüder verbringen zu viel Zeit mit uralten Büchern«, sagte Machuso und brachte ein Lächeln zustande, »und gehen zu oft auf die Knie und richten ihre flehenden Blicke himmelwärts.«

»Wir sind schließlich Abellikaner«, rief Meister Bou-raiy ihm ins Gedächtnis.

»Trotzdem würden wir mehr über die Welt erfahren, wenn wir unsere Blicke statt zum Himmel auf das Leid der Menschen richten würden«, erwiderte Machuso. »Wir Abellikaner sind so sehr mit uns selbst und unseren Ritualen beschäftigt, dass wir nicht die einmalige Gelegenheit erkennen, die uns heute geboten wurde.«

»Von einer Frau, die nicht einmal Mitglied unseres Ordens ist«, bemerkte Bou-raiy.

»Von einer Frau, die am Aida gemeinsam mit Bruder Avelyn den geflügelten Dämon vernichtete«, verbesserte ihn Machuso. »Und die den dämonischen Geist zerstörte, von dem Vater Markwart besessen war. Und nun weist sie uns abermals den rechten Weg, ehrwürdiger Vater«, fuhr der plötzlich energische Machuso fort, seine Worte direkt an Agronguerre richtend.

Agronguerre versuchte erneut, die Tür zu öffnen, und wieder wollte Bou-raiy sie zudrücken, aber der ehrwürdige Vater warf ihm einen so scharfen Blick zu, dass Bou-raiy zurücktrat.

»Tut es nicht«, warnte er. »Ihr führt uns alle in die Verdammnis.«

»Ich führe mich selbst in die Verdammnis, wenn ich es nicht

tue«, antwortete Agronguerre entschlossen. »Verbreitet die Kunde, Meister Machuso«, fuhr er fort. »Jeder hat die freie Wahl. Wer sich auf die Pilgerreise begeben möchte, soll binnen einer Stunde bereit sein.«

»Wird gemacht, Vater«, antwortete Machuso freudig und verneigte sich respektvoll. »Ich bezweifle, dass viele hier bleiben werden.«

»Und wenn sich alles als ein Irrtum herausstellt?«, fragte Bou-raiy ein letztes Mal.

»Lieber sterbe ich, als es nicht wenigstens versucht zu haben«, sagte Vater Agronguerre, sein Gesicht kaum einen Zoll von Bou-raiys entfernt.

Er öffnete die Tür zu St. Mere-Abelles Schatzkammer, in der mehr als tausend Seelensteine warteten.

22. Avelyns Vermächtnis

Als Jilseponie gegen Ende des Sommers in den Barbakan zurückkehrte, sah sie, dass ihre Botschaft in Vanguard nicht ungehört geblieben war. Angeführt von Bruder Dellman und Abt Haney, umfasste die Prozession der Pilger beinahe die gesamte Einwohnerschaft der nördlichsten Provinz des Bärenreiches.

Jilseponie erblickte sie auf dem Bergplateau und eilte ihnen sofort entgegen, denn sie freute sich, Dellman und Abt Braumin wiederzusehen, der inzwischen Aufseher des versteinerten Arms war und den Pilgern erklärte, was sie tun mussten.

Sie entdeckte Dellman zuerst und schloss ihn am Rande des heiligen Plateaus glücklich in die Arme, dann drängte sie sich durch die Menschenmenge und ging zu Braumin. Sie war überrascht, als sie neben ihm zwei bekannte Gesichter erblickte.

»Andacanavar!«, rief sie. »Liam O'Blythe!«

Der riesige Hüter schenkte ihr ein strahlendes Lächeln. Zu Jilseponies Überraschung wandte sich noch ein dritter, rothaariger Mann zu ihr um und bedachte sie ebenfalls mit einem strahlenden Lächeln.

»Kennen wir uns, schöne Frau?«, fragte der rothaarige Mann.

Jilseponie warf ihm einen erstaunten Blick zu, während sie auf Andacanavar und den Mann, den sie für Liam hielt, zuging. »Ich glaube nicht«, antwortete Jilseponie höflich.

»Aber Ihr kennt meinen Namen!«, protestierte der Mann.

Jilseponie musterte ihn unsicher, dann blickte sie kurz auf Andacanavars Gefährten, den Mann, den sie für Liam O'Blythe gehalten hatte.

»Ihr seid Liam O'Blythe?«, fragte sie den rothaarigen Mann.

»Behauptet denn jemand anderer, Liam O'Blythe zu sein?«, gab er die Frage zurück.

»Ich fürchte ja«, sagte Jilseponie und richtete den Blick auf Andacanavars Gefährten.

»Dann kann der Kerl sich auf was gefasst machen!«, tönte Liam, mit dem Finger auf seinen Freund zeigend.

»Ich wollte unerkannt bleiben«, erklärte der ertappte Lügner. »Ansonsten hätte es nur Ärger heraufbeschworen.«

»Seid Ihr ein gesuchter Dieb?«, fragte Jilseponie und verschränkte die Arme vor der Brust. »Oder stehlt Ihr nur die Namen anderer Leute?«

»Nein, er ist ein Prinz«, antwortete Liam anstelle von Midalis. »Er ist der Bruder des Königs und der Prinz von Vanguard.«

Jilseponies Kinnlade klappte herunter, und ihre Augen wurden so groß, dass sie aus den Höhlen zu fallen drohten. Nun, da die Identität des Mannes gelüftet war, konnte sie deutlich erkennen, wie ähnlich er Danube sah, die jüngere und schlankere Version des Königs.

»Ich dachte, du würdest es ihr verraten«, sagte Andacanavar, an Jilseponie vorbeischauend, und diese wandte sich um und sah Bradwarden auf sie zutreten.

»Ich hielt's nicht für nötig«, sagte der Zentaur trocken. »Sie bildet sich auch so schon genug ein, ohne dass sie weiß, dass sie den Prinzen des Bärenreichs im Schwertkampf besiegte!«

»Du wusstest es?«, fragte Jilseponie.

»Du weißt doch, Mädchen, in den Wäldern gibt es nichts, was mir verborgen bleibt. Wann wirst du mir endlich glauben?«

Jilseponie schüttelte nur hilflos den Kopf.

»Wir stehen tief in Eurer Schuld«, sagte Prinz Midalis, trat näher und nahm ihre Hand. Er verneigte sich und hauchte ihr einen Kuss auf die Hand.

»Ich war so gut wie tot«, fügte Liam hinzu. »Aber dann kostete ich von Avelyns Blut, und nun schaut mich an! Ich strotze vor Gesundheit!«

»Ihr habt die Welt gerettet, Ihr verhinderte Hüterin«, sagte Andacanavar lächelnd.

»Nein, nicht ich, Avelyn«, verbesserte sie ihn schnell, auf den erhobenen Arm deutend. »Ich habe die Botschaft nur verkündet.«

»Trotzdem, Ihr seid eine wahre Heldin«, sagte Prinz Midalis, der ihre Hand in der seinen hielt und bewundernd in ihre dunkelblauen Augen starrte.

Die plötzliche Spannung löste sich gleich wieder, als Braumin, laut nach ihr rufend, herübereilte und Jilseponie so fest an sich drückte, dass sie fast keine Luft mehr bekam.

Sie verbrachten den Rest des Tages miteinander und feierten am Abend im Tal unterhalb des Berges ein rauschendes Fest. Irgendwann fiel Jilseponie auf, dass nur wenige Alpinadoraner unter den Feiernden waren.

»Sie fürchten sich vor der Steinmagie und deswegen auch vor Avelyns versteinertem Arm«, erklärte Midalis.

»Ich denke nicht, dass man dem abellikanischen Glauben folgen muss, um sich heilen zu lassen«, erwiderte Jilseponie und sah, dass Abt Braumin überrascht die Brauen hob.

»Dies ist eine heilige Stätte für die abellikanische Kirche«, merkte Braumin an.

Jilseponie nickte. »Dies ist die Stätte, an der der abellikanischen Kirche bewusst werden sollte, dass sie für alle Menschen auf der Welt da ist, ob Abellikaner oder nicht«, sagte sie. »Wenn dies Avelyns Vermächtnis ist, dann hat er mit Sicherheit gewollt, dass ein jeder herkommen und sich heilen lassen kann, unabhängig von seinem Glauben.«

Bei den letzten Worten wurde ihr Tonfall schärfer, was alle gespannt auf Abt Braumin blicken ließ.

»Ich habe Andacanavars Volk nicht verboten herzukommen«, erklärte er, »und ich würde sie auch niemals fortschicken oder irgendetwas von ihnen verlangen, sollten sie von Avelyns Blut kosten wollen. Es sind ihre eigenen Ängste, die sie von diesem Ort fern halten, keine Anordnungen von mir oder irgendjemand anderem. Vielleicht fürchten sie, dass dies eine List ist, um sie zu einem Glauben zu bekehren, den sie schon immer ablehnten.«

»Oder vielleicht fürchten sie zu erkennen, dass ihr alter Glaube möglicherweise überholt ist«, fügte Dellman hinzu, und Jilseponie übersah nicht die Verärgerung, die über Andacanavars Gesicht huschte.

»Diese ganze Diskussion ist einfach nur dumm«, sagte sie. »Und Dummheit war sicher keine der Eigenschaften, die Avelyn Desbris kennzeichneten.« Sie wandte sich zum Hüter um, ihre Miene voller Anteilnahme. »Habt Ihr die Pest im Lande?«, fragte sie ihn.

Er nickte. »Es ist noch nicht so schlimm wie bei Euch«, sagte er, »aber ja, viele sind bereits daran gestorben.«

»Bringt die Menschen her«, sagte Jilseponie. »Überzeugt sie. Macht ihnen klar, dass dies ebenso ein Geschenk Eures

Gottes ist wie unseres. Sagt ihnen, was immer Ihr wollt, Hauptsache, die Leute kommen her.«

»Wir stellen keine Bedingungen«, fügte Braumin hinzu, und Jilseponie war froh, dass er die Dinge genauso sah wie sie.

»Das werde ich tun«, versicherte ihr der Hüter. »Nachdem ich nun selbst von dem Blut gekostet habe.«

»Wenn Ihr wollt, werden ich und meine Brüder aus St. Belfour Euch begleiten«, bot Dellman an. »Wir könnten die Menschen unterwegs behandeln, damit sie die Reise unbeschadet überstehen, so wie es die Brüder aus St. Precious für die aus dem Süden kommenden Pilger tun.«

»Wir werden sehen«, war alles, was Andacanavar dazu zu sagen hatte.

Am nächsten Tag traten die Pilger aus Vanguard den Heimweg an. Am Tag darauf begannen, zu Jilseponies Freude, die Ordensbrüder aus St. Mere-Abelle einzutreffen. Fast die Hälfte der Brüder aus der größten Abtei des Landes hatte sich unter Agronguerres persönlicher Führung auf den Weg gemacht. Sie begaben sich auf das Plateau und erfuhren die wundersame Wahrheit. Und als sie noch in derselben Nacht den Heimweg antraten – Agronguerre war klar, dass jede Verzögerung neues Leid bedeutete –, versprach der ehrwürdige Vater, dass die restlichen Ordensbrüder aus St. Mere-Abelle binnen zwei Wochen am Aida eintreffen würden.

Jilseponie schlief bestens in dieser Nacht, denn sie wusste, dass die von Elbryans und Avelyns Geist bewirkte Vision am Orakel tatsächlich wahr werden würde.

Wenige Wochen später beobachteten Jilseponie und Bradwarden die sich scheinbar endlos durch das Gebirge schlängelnde Prozession der Pilger. Die Hälfte der Leute war unterwegs zum Aida, die andere Hälfte eilte bereits wieder in den Süden zurück, um vor dem Winterbeginn wenigstens einen Teil der Ernte einzuholen.

»Es heißt, sogar König Danube sei unterwegs«, sagte Bradwarden.

Jilseponie nickte. Auch sie hatte gehört, dass Danube mitsamt der königlichen Entourage, darunter auch seine beiden Söhne, am späten Abend im Barbakan eintreffen sollte.

»Er bringt seinen gesamten Hofstaat mit«, sagte Bradwarden und beäugte sie neugierig, während er sprach. »Sogar seine Söhne.«

Jilseponie nickte bloß und verkniff sich ihr Lächeln. Sie wusste, dass Bradwarden sie testen wollte, um herauszufinden, ob sie für den König des Bärenreiches irgendwelche Gefühle hegte. Tatsache aber war, dass Jilseponie bisher nicht einmal im Traum in diese Richtung gedacht hatte und es auch künftig nicht vorhatte.

Sie trafen König Danube am späten Abend, und alle Anwesenden, besonders Constance Pemblebury, bemerkten, dass der Mann trotz der verstrichenen Jahre noch immer dieselben Gefühle für die heldenhafte Frau aus dem Norden hegte.

»Meine Arbeit liegt hier«, wies Jilseponie seinen neuerlichen Vorschlag zurück, dass sie Baroness von Palmaris werden solle.

»Mir scheint, dass die Dinge hier auch ohne Eure Anwesenheit weiterlaufen würden«, erwiderte Danube.

Jilseponie musste ihm Recht geben – bis zu einem gewissen Punkt. »In den nördlichen Gebieten des Barbakan wimmelt es noch von Goblins und Riesen«, erklärte sie. »Und deswegen habe ich mich zur Hüterin des Barbakan ernannt, zumindest für die nächste Zeit.«

»Sie sollte diesen Titel nicht tragen«, warf Bradwarden lachend ein. »Aber sie hat ja mich, um sie rauszuboxen, wenn sie in Schwierigkeiten gerät!«

Alle Anwesenden lachten herzlich.

»Palmaris wird warten, bis Ihr Eure Meinung ändert«, sagte Danube feierlich. »Ob heute, morgen oder in einigen Jahren, Ihr müsst nur ein Wort sagen, und die Stadt gehört Euch.«

Jilseponie wollte sein Ansinnen ein für alle Mal ablehnen, besann sich aber eines Besseren. Der König hatte ihr soeben eine so große Gefälligkeit eingeräumt, dass sie es nicht leichthin abtun wollte, ganz gleich, was sie darüber denken mochte. Sie verneigte sich respektvoll und beließ es dabei.

Als sie wieder aufschaute, übersah sie jedoch weder das eifersüchtige Funkeln in Constance Pemblebury Augen noch den verkniffenen, warnenden Blick, mit dem Herzog Targon Bree Kalas sie bedachte.

Wie schön, dachte sie, die herrliche Welt der Politik!

»Er möchte, dass sie die nächste Königin wird«, sagte Herzog Kalas zu Constance Pemblebury, als sie auf ihren Pferden wieder unterwegs nach Ursal waren. »Ihr seid Euch dessen natürlich bewusst.«

Constance antwortete nicht, aber ihr Schweigen war für Kalas Antwort genug. Natürlich war sie sich dessen bewusst. In den fünf Tagen, seitdem sie den Barbakan verlassen hatten, hatte Danube nur ein Thema gekannt: Jilseponie Wyndon, die Erlöserin der Welt. Er hatte ihr Palmaris versprochen, und Kalas wusste, dass sie nur ein Wort zu sagen brauchte, damit Danube das Versprechen auf Schloss Ursal und Ursal selbst und auf das gesamte Königreich ausweitete.

Ja, Kalas wusste es, und Constance wusste es ebenfalls: König Danube war bis über beide Ohren in Jilseponie Wyndon verliebt. Er musste sich in Geduld üben, denn momentan ließ Jilseponie sich nicht aus dem Barbakan locken, aber Danube war ein geduldiger Mensch, der wusste, wie er bekam, was er wollte.

»Königin Jilseponie«, murmelte Kalas leise.

Constance Pemblebury warf ihm einen vernichtenden Blick zu.

Die Menschen strömten in Scharen in den Barbakan, Kranke und Gesunde aus jedem Winkel des Bärenreichs, aus Vanguard und aus Mantis Arm, aus Yorkey, aus den Ausläufern des Großen Gürtels und aus dem fernen Entel.

Sogar aus Behren kamen sie, verzweifelte Menschen, die sich von ihren Yatol-Priestern lossagten und auf Handelsschiffen die Küste zur Mündung des Masurischen Flusses hochsegelten, um von dort aus über Land weiterzuziehen.

Als der Winter hereinbrach, nahm die Zahl der Pilger natürlich ab, aber Jilseponie, Bradwarden und Braumin hielten trotzdem ihren Posten auf dem Plateau – ein Ort, der durch Avelyns Magie von den eisigsten Winterwinden verschont blieb.

Als das Jahr endete, kamen nur noch wenige Menschen, und die Drei am Aida hörten Gerüchte, denen zu Folge viele Pilger in heftige Schneestürme geraten und vor Erschöpfung und Kälte gestorben waren.

Trotzdem behielten Jilseponie und die anderen ihren Glauben. Ja, die Pest würde weiterhin ihre Opfer fordern, aber tausende, abertausende Menschen waren jetzt gegen die Seuche immun.

Und im Frühjahr würde der Pilgerstrom wieder einsetzen, denn sie hatten gehört, dass in Palmaris zahllose Neuankömmlinge nur auf die Nachricht warteten, dass die Bergpässe wieder frei seien.

Zu Beginn des zweiten Monats des Jahres erlebten sie eine schöne Überraschung, als eine vertraute, in Pelze gehüllte Gestalt über den Rand des Plateaus gestiegen kam.

Jilseponies Lächeln wurde breiter und breiter, als Andacanavar immer neue Alpinadoraner auf das Plateau folgten.

»Ihr hättet nicht gedacht, dass ich sie im Winter hier hochführen kann?«, fragte der Hüter schmunzelnd. »Ihr haltet mich wohl für einen Schwächling, was, Ihr bezaubernde Möchtegern-Hüterin?«

Jilseponie konnte nur lachen und fassungslos den Kopf schütteln.

Dann stellte Andacanavar ihnen Brunheld vor, und Jilseponie schien es, als wäre der Mann nicht sonderlich begeistert, hier zu sein.

Aber er war schwer pestkrank, fiel ihr auf.

Einige angespannte Momente folgten. Jilseponie und Andacanavar versicherten ihm, dass Avelyns Blut zu kosten nicht hieß, von seinem Glauben abzurücken, und dass ihm und seinen Landsleuten Avelyns Vermächtnis ohne jede Bedingung offen stand. »Wenn Ihr geheilt in Eure Heimat zurückkehrt, könnt Ihr weiterhin Eure Götter anbeten und Eurem Glauben treu bleiben«, sagte Jilseponie, blickte aber mehr zu Braumin als zu den Alpinadoranern, während sie sprach.

»Werter Brunheld, Ihr kennt den ehrwürdigen Vater meiner Kirche«, sagte Braumin. »Ihr wisst, wie wertvoll das Bündnis war, das Ihr mit ihm und Prinz Midalis in Vanguard geschlossen habt. Nun, betrachtet dies hier einfach als Ausweitung dieses Bündnisses, als eine Ausweitung der freundschaftlichen Bande zwischen unseren beiden Völkern.«

Sie warteten, während Andacanavar die Worte ins Alpinadoranische übersetzte, um zu gewährleisten, dass Brunheld den Abt richtig verstand.

Dann sagte Brunheld etwas zum Hüter, und Andacanavar wandte sich zu dem Trio. »Seine Leute fürchten, dass das, was sie hier tun, den Göttern missfallen könnte«, erklärte der Hüter.

Jilseponie sah kurz ihre Gefährten, dann wieder die Alpinadoraner an. »Dann tut es als Erster«, sagte sie zu Brunheld. »Fungiert als Speerspitze Eures Volkes, seid der Erste, der es versucht.«

Andacanavar räusperte sich.

»Dann eben der Zweite«, verbesserte sich Jilseponie, denn

der Hüter hatte ja bei seinem ersten Besuch im Barbakan von dem Blut gekostet. »Aber der Erste aus Eurem Volk, der nicht außerhalb Alpinadors aufgezogen und ausgebildet wurde. Geht zu der Hand und kostet von ihrem Blut. Dann werdet Ihr wissen, was Ihr Euren Landsleuten zu sagen habt.«

Andacanavar begann zu übersetzen, aber Brunheld hob die Hand und bedeutete, dass er verstanden habe. Er tat einen tiefen Atemzug, schritt an Jilseponie und den anderen vorbei und ging zu dem Arm hinüber.

Er setzte sich auf den Boden und betrachtete den Arm eingehend, schnüffelte sogar an der blutenden Hand.

Jilseponie trat zu ihm heran. »Kostet von dem Blut, dann werdet Ihr verstehen«, versprach sie.

Brunheld schaute argwöhnisch zu ihr auf.

»Wie wollt Ihr es Eurem Volk sagen, wenn Ihr es nicht versucht?«, fragte sie unschuldig.

Der Barbar starrte lange zu ihr auf, dann beugte er sich plötzlich herunter, ließ den Kopf kurz herabsinken und benässte seine Lippen mit Avelyns Blut.

Auf seinem Gesicht zeigte sich Überraschung, dann …

Begeisterung.

Er schaute erneut zu Jilseponie auf.

»Ihr seid noch immer derselbe Mann mit denselben Göttern«, sagte sie leise, »aber von jetzt an kann die Pest Euch nichts mehr anhaben.«

Und so ging es den ganzen Tag weiter; die Barbaren aus Alpinador fanden Erlösung an der blutenden Steinhand eines künftigen Heiligen der Abellikaner. Sie blieben noch eine Weile im Barbakan und feierten, und als sie wieder loszogen, versprach Brunheld Jilseponie, dass er in seiner Heimat die Kunde verbreiten und ihnen weitere Alpinadoraner folgen würden.

Und Jilseponie versprach ihm, dass die Barbaren als Freunde empfangen werden würden.

Nachdem sie, aus allen Winkeln des Bärenreichs kommend, in der Stadt überwintert hatten, begannen – wie erwartet – im Frühjahr ganze Heerscharen von Pilgern Palmaris zu verlassen.

Jilseponie und Bradwarden beobachteten den Strom der Pilger von ihrem Posten am Aida aus, überglücklich, dass sich Avelyns Versprechen erfüllen und die Pest nun endgültig aus dem Land hinfortgespült werden würde.

In den Ausläufern des Barbakan kauerte jemand im Unterholz, der ebenfalls den vorbeiziehenden Pilgerstrom beobachtete, allerdings mit ganz anderen Gefühlen.

Die ganze Welt zu Avelyn Desbris' versteinertem Arm kriechen zu sehen war für Marcalo De'Unnero wie in einen finsteren Spiegel zu blicken, der ihm seine Untaten und seine bitteren Niederlagen vor Augen führte.

Er war nun ebenso oft in Tiger- wie in Menschengestalt, verzehrt von der Macht der Tigertatze, deren Magie irgendwie ein Teil von ihm geworden war. Es war jetzt ein Fluch für ihn, keine nützliche Gabe mehr, denn er konnte den Jagdtrieb der Raubkatze nicht länger kontrollieren. Er überlebte durchs Töten, schlicht und einfach. Meistens fraß er Rehe und Hasen, aber wenn er keine Alternative fand, labte er sich eben am Fleisch und Blut der Menschen.

Er wusste, dass er unterging, dass die Raubkatze in ihm seinen Geist und seine Seele verzehrte.

Nicht aber seinen Körper. Nein, es schien, als wäre ein weiterer Stein, ein Hämatit, den er einem Händler in Palmaris abgenommen hatte, auf magische Weise Teil von ihm geworden. Eigentlich hätte er an den Wunden sterben müssen, die ihm bei seiner Flucht aus Palmaris zugefügt worden waren, denn mehrere Pfeile hatten ihn an lebenswichtigen Punkten getroffen. Er hatte Tage gebraucht, bis er die Pfeilspitzen herausgezogen hatte, denn er verlor dabei so viel Blut, dass er jedes Mal ohnmächtig wurde.

Aber stets war er wieder erwacht, und die Wunde hatte sich geschlossen. Der Seelenstein ließ ihn nicht sterben!

Aber genau genommen wäre Marcalo De'Unnero damals am liebsten gestorben, um sich aus dem höllischen Kerker zu befreien, zu dem sein Körper für ihn geworden war.

Er hatte sogar überlegt, ob er Avelyns versteinerten Arm aufsuchen sollte. Vor der Pest hatte er keine Angst – nein, er wusste, dass die Seuche ihm aus irgendeinem Grund nichts anhaben konnte –, aber er fragte sich, ob dieses Wunder, von dem alle sprachen, ob dieses – Avelyns – Wunder ihn womöglich von seinem gegenwärtigen Zustand kurieren konnte.

De'Unnero hatte sogar die Reise in den Barbakan angetreten, aber er hatte sich vom Weg abbringen lassen, als eine Frau aus dem Pilgerstrom sich eines Abends vom Lager entfernt hatte, um im Wald spazieren zu gehen.

Nach seinem blutigen Festmahl war De'Unnero klar geworden, dass er nicht weiterzuziehen brauchte, dass jemand wie er sich von einem Heiligen wie Avelyn Desbris keine Erlösung erhoffen konnte.

Und so verschmolz er wieder mit dem Wald und zog Richtung Westen, in rauere Landstriche, wo es mehr wilde Tiere und weniger Menschen gab.

Es ging mehrere Jahreszeiten und Jahre so weiter, bis zum Frühling im Jahre des Herrn 834. Im vorherigen Frühling waren deutlich weniger Pilger gekommen – so wenige, dass Abt Braumin nach St. Precious heimgekehrt war und viele der unterwegs stationierten Mönche in ihre jeweiligen Abteien zurückgerufen worden waren. Und allen Berichten zufolge würden in diesem Jahr sogar noch weniger Menschen zum Aida pilgern.

Es schien, als wäre die Pest besiegt, und so verließen auch Jilseponie und Bradwarden ihren Posten am Aida und kehrten in die Waldlande zurück.

Bevor sie nach Dundalis ritt, verbrachte Jilseponie einige Zeit an Elbryans Hügelgrab. Sie benutzte das Orakel und spürte, dass Elbryans Geist bei ihr war. Zum ersten Mal seit Jahren war sie nicht Jilseponie, sondern einfach nur Pony, das Mädchen, das zusammen mit Elbryan in der Gegend aufgewachsen war und dessen eigenartiger, turbulenter Lebensweg sie nun an diesen Punkt geführt hatte.

Stundenlang genoss sie die Gegenwart ihres verstorbenen Mannes, und es war bereits spät am Abend, als sie aus der Baumhöhle trat. Bradwarden war nirgends zu sehen, aber sie vernahm sein liebliches Pfeifenspiel, das die abendliche Brise herantrug.

Wie in alten Tagen.

Als sie schließlich in Dundalis eintraf, sah sie, dass das Dorf größer geworden war, denn viele Pilger hatten beschlossen, einfach dort zu bleiben, statt in ihre südliche Heimat zurückzukehren. Auch die übrigen Dörfer in der Region – eigentlich alle Ortschaften bis hinunter nach Palmaris und auch Palmaris selbst – platzten vor lauter Neuankömmlingen aus allen Nähten. Es hieß sogar, dass Palmaris jetzt mehr Einwohner hätte als vor dem Ausbruch der Pest.

Die Gesellige Runde in Dundalis lief bestens, war immer voller Gäste. Als Pony an diesem Frühlingsabend hereinkam, schlug ihr begeisterter Jubel entgegen, der lauter war als alles, was sie in der alten Geselligen Runde in Palmaris gehört hatte, und auch dort war das Schankhaus stets gut gefüllt gewesen.

Sie ging zu Belster und Roger an den Tresen. Dainsey bediente die Tische – wann immer ihr kleiner Sohn so weit entschlummert war, dass sie in den Schankraum herauskommen und ein bisschen arbeiten konnte.

»Könnt ihr eine kleine Pause einlegen?«, fragte Pony ihre drei Freunde nach einer überschwänglichen, tränenreichen Begrüßung.

Belster nickte zwei Bekannten zu, die eilig einsprangen und

sich um die Gäste kümmerten, dann ging Pony mit den dreien ins Hinterzimmer.

»Schön, dich zurückzuhaben«, sagte Belster.

»Leider nicht für lange«, erwiderte Pony und ließ ihren Blick von einem zum anderen wandern. »Ich gehe nach Palmaris«, verkündete sie, »und werde König Danubes Angebot annehmen.«

»Baroness Pony?«, fragte Dainsey fröhlich lachend.

»Baroness Jilseponie«, korrigierte sie.

»Was ist mit deinen Kirchenfreunden?«, fragte Belster. »Sie sind mit Avelyns Heiligsprechung beschäftigt und wollen in Caer Tinella eine ihm gewidmete Kapelle bauen. Ich glaube, Braumin will, dass du die Kapelle führst oder wenigstens seiner Kirche beitrittst.«

Pony schüttelte den Kopf. »Er wird mich verstehen«, sagte sie. »In einem hohen weltlichen Amt kann ich mehr für die Verbreitung von Avelyns Lehre tun als in einem Kirchenamt, wo ich mich ständigen Anfeindungen ausgesetzt sähe, nur weil ich eine Frau bin.«

Während sie sprach, sah sie hauptsächlich Roger an. Sie wollte seinen Zuspruch, denn außer Bradwarden war er derjenige, der sie am besten kannte. Und tatsächlich, Roger nickte und lächelte!

Ja, dies war der richtige Weg für sie.

»Für Belster, Roger und Dainsey sind in Chasewind Manor immer ein paar Zimmer frei«, versprach Pony.

»Für Bryan hoffentlich auch«, bemerkte Dainsey mit einem schelmischen Grinsen.

»Bryan?«, fragte Pony, doch als sie Rogers und Dainseys glückliche Mienen sah, begriff sie. Sie gratulierte den beiden zu ihrem Glück, dann führte Dainsey Pony ins Nebenzimmer, wo der kleine Bryan friedlich vor sich hin schlummerte, und berichtete ihr alle Einzelheiten seiner Geburt und seines noch jungen Lebens.

Einen Monat später verließ Jilseponie Wyndon Dundalis, nachdem sie die Botschaft nach Palmaris geschickt hatte, dass sie König Danubes Angebot annehmen und der Stadt fortan als Baroness dienen würde. Als sie dort eintraf, hatte Herzog Tetrafel Chasewind Manor bereits – frohgemut – geräumt.

Brynn Dharielle glaubte, ihn mit dem geschickten Täuschungsmanöver besiegt zu haben, denn es hatte den jungen Aydrian scheinbar aus dem Gleichgewicht gebracht.

Aber sie hatte sich zu früh gefreut, denn als sie zum letzten, entscheidenden Stoß ansetzte, schlug er mit seinem Schwert ihre schlanke Klinge zu Boden und brachte mit einer blitzschnellen Handgelenkdrehung seine Schwertspitze an ihre Kehle.

»Endlich«, sagte Aydrian, denn dies war sein erster Sieg über die künftige Hüterin, deren Kampffertigkeiten die Touel'alfar so sehr lobten.

»Er macht bemerkenswerte Fortschritte«, sagte Lady Dasslerond zu Belli'mar Juraviel. Die beiden standen hinter einem Busch, außer Sichtweite der Kombattanten. »Er scheint fast noch vielversprechender zu sein als die junge Brynn.«

Juraviel nickte. Was hätte er auch einwenden können, nach dem, was er soeben gesehen hatte? Er wusste nicht viel über Aydrian, aber den Berichten zufolge neigte der Junge zu einem gewissen Hochmut und konnte sehr aufbrausend sein. Doch Lady Dasslerond schienen diese Charakterzüge nicht zu stören, denn immer wenn Juraviel sie darauf ansprach, bezeichnete sie Aydrians Verhalten einfach als »leidenschaftlich« und ließ es dabei bewenden.

»Es ist an der Zeit, mit der anderen Seite seiner Ausbildung zu beginnen«, überraschte Lady Dasslerond Belli'mar Juraviel.

»Mit Steinmagie?«, fragte er zögerlich.

Lady Dasslerond nickte. »Mit der Einbeziehung magischer

Fertigkeiten wird er der beste Krieger werden, den die Welt je gesehen hat«, sagte sie. »Er wird besser werden als sein Vater, besser als der erste Aydrian und sogar besser als der legendäre Terranen Dinoniel.«

»Er ist noch sehr jung«, wagte Juraviel einzuwenden, aber was er vor seiner Herrin in Wirklichkeit am liebsten herausgeschrien hätte, war, dass der kleine Kerl mehr brauchte als eine Ausbildung im Gebrauch von Waffen und magischen Steinen. Dass er auch auf emotionaler Ebene geschult werden musste, dass er das rechte Maß finden musste in seinem Verhalten gegenüber anderen. Dass er – und dies fand er am wichtigsten – Güte und ein Herz für Schwächere entwickeln musste.

Aber er sagte nichts, weil er wusste, dass sie nicht auf ihn hören würde.

Dann lauschte er wieder Aydrian, der Brynn Dharielle verspottete und um einen weiteren Kampf bettelte, damit er sie »wieder besiegen« konnte.

Belli'mar Juraviel hatte ein ungutes Gefühl bei dem Jungen.

Epilog

Jilseponie streifte die Baronswürde von sich ab, als sie die Treppe ins Kellergewölbe von Chasewind Manor hinunterstieg, sich in den kleinen dunklen Raum begab, den sie als privates Refugium für ihre Meditationen nutzte, und wieder Pony wurde, einfach nur Pony.

Und dort in der Dunkelheit, frei von allen Gedanken an die Wirrnisse des politischen Lebens in Palmaris, starrte Pony in ihren Spiegel und beschwor den Geist ihres geliebten toten Mannes herauf. Endlich hatte sie sich wieder gefunden, und als sie in Gedanken zu Elbryan sprach, tat sie es mit tiefer innerer Zufriedenheit.

Mein geliebter Mann, ich habe begriffen, und dieses Begreifen hat mir einen inneren Frieden geschenkt, den zu erlangen ich schon nicht mehr für möglich gehalten hatte.

Als ich dich verlor, fürchtete ich, dass alles vergebens gewesen sei, dass unsere Opfer nichts gebracht hätten. Ich fürchtete, dass es in der Natur des Menschen liegt, all die schrecklichen Dinge zu tun, gegen die wir kämpften, dass eine Schlacht nur dazu dient, die nächste einzuläuten, und dass all das niemals ein Ende nehmen würde. Ich bin noch immer nicht vom Gegenteil überzeugt, bin nicht überzeugt, dass man im Reich der Menschen das Paradies finden kann.

Aber ich verstehe nun, dass wir unseren Kampf fortsetzen müssen, ganz gleich wie schwer und scheinbar aussichtslos es ist. Wir kämpfen, weil wir damit kundtun, wer wir sein möchten, wer wir werden möchten. Wir kämpfen, weil nicht zu kämpfen hieße, vor einer Art des Denkens zu kapitulieren, von der wir wissen, dass sie falsch ist. Wir kämpfen, um, wenn schon nicht die ganze Welt, dann doch uns selbst zu retten.

Und wir, die gesamte Menschheit, taten gut daran, den Kampf angenommen zu haben. Seit unserem Sieg über Markwart erstrahlt die Welt tatsächlich in einem helleren Licht. Natürlich weiß ich, dass irgendwann wieder Finsternis über die Welt kommen wird, und ich weiß auch, dass es früher oder später jemanden geben wird, der aus reinem Machtstreben einen neuen Krieg heraufbeschwört, aber daran kann ich nichts ändern. Du hast die Welt verbessert, indem du den obersten Führer der abellikanischen Kirche von den Fesseln der Finsternis befreit und damit all diejenigen inspiriert hast, die nach deinem Tod den Kampf für dich fortführten.

Und deswegen war dein Tod nicht sinnlos, und obwohl ich dich schrecklich vermisse und immer vermissen werde, akzeptiere ich jetzt den Preis für unseren Sieg. Ja, mein geliebter Mann, der Sieg war seinen Preis wert.